鲁迅著译编年全集

人民出版社

鲁迅著译编年全集

伍

目　　录

一九二三

一月

三月

四月

六月

十月

一九二三

一月

一日

日记 晴。休假。邀徐耀辰，张凤举，沈士远，尹默，孙伏园午餐。风。

二日

日记 晴。休假。午后理发。

三日

日记 晴。休假。晚寄孙伏园译稿一篇。

观北京大学学生演剧和燕京
女校学生演剧的记

[俄国]爱罗先珂

一

在中国没有好戏剧。所谓中国的旧戏，也不过是闹嚷嚷的酒馆罢了。没有戏剧的国度，是怎样寂寞的国度呵，我到了中国，最强烈的感到的便是这一节。在先回到俄国去，从实说来，就因为要听好的戏剧和好的音乐的缘故。在中国还有一样可叹的，是女人不能和男人一同来演剧。在文明各国中，女人不和男人一同演剧的是，虽然可羞，虽然可惨，只有中国了。这样异样的习惯，先前是仿佛什么国度里都曾有过的，然而在现在，却破除了这野蛮的习惯，无论那一国,男人和女人,也如亲密的携着手去上学校一样,一同撰述杂志一样,一同议论政治和社会问题一样,一同扮演戏剧,是当然的事了。只有中国,虽然可羞,虽然可惨,却还以为是不道德的事。当大众之前,明明买着三四个姨太太,并不觉得不道德,而于男人和女人一同尽力于艺术的事倒说是不道德,这国度是怎样黑暗的国度呵。我一想到这些事,我就悲伤起来了。在心和脑里,都已经受不下新的真理去,而长成于旧道德中的年老的人们,即使最愚劣的习惯也还是要遵循,这结局固然是没有法子想,然而大学和专门学校的年青的男人和女人,又何以竟不反抗那朽烂的已为全世界所弃的习惯的呢?景仰真理而心地温顺的年青的男女学生们,又何以并不一同研究戏剧,在没有好戏剧的中国里,建设起真的戏剧来的呢?中国的年青的男女学生们,难道并没有这元气,来弃掉这于理智和感情全都相反的腐烂了的习惯么?中国的年青的男女学生们,难道并没有这力量,敢将唾沫吐在那生长在旧的道德和新的不道德里,弄脏了戏剧的真艺术的老年和少年们的脸上,而自走正当的道路么?对于并没这一点元气的年青的男女学生们,我还称之为可怜,称之为近于白痴呢,还是说他是生长在不健全的旧道德里,退化了的父母所生的,在年青时候,已经堕落,无论于真理,于虚伪,两无干系的退化的孩子呢?然而无论怎么说,遇见这年青的孱弱的男女学生们,我就觉得寂寞,觉得悲伤。倘使连大学和专门学校的男女学生们,对于这一点简单的早为全世界所排斥的偏见,也竟奈何不得,则对于现在全世界正在激烈争斗着的社会问题和政治问题上,那里会给与一点微末的影响呢?唉唉,黑暗的国度!唉唉,较之黑暗的现在,未来还要黑暗的国度呀!

二

北京大学的演剧,我是大抵去看的,近时在纪念日这一天,也曾经去看了《黑暗之力》。但是虽然时常去,而对于大学生诸君的戏剧,却没有一回觉得好。去看演剧的时候,我无论那一回总高兴,然而到从观剧归来的时候,却无论那一回总寂寞得没有法了。大学生诸君在舞台上,似乎并不想表现出 Drama 中的人物来,反而鞠躬尽瘁的,只是竭力的在那里学优伶的模样。大学生诸君似乎以为只要在舞台上,见得像优伶,动得像优伶,用了优伶似的声音,来讲优伶似的话,这便是真的艺术的理想。然而我想,倘将模仿优伶,当作真艺术的目的,那可是太不能理解艺术了。学优伶的样,并不是真艺术的目的,却只能说是猴子的本领。真的艺术的目的,是在人,并非用了优伶似的,却用了人似的动作和感情,也并非用了优伶似的声音,却用人似的声音来说话,而表现出人似的人来。所以大学生诸君对于出场的人物,只要一上舞台,就当作自己做去,愈是如此,在看客便愈加见得是一个好演员。而这一点,大学生诸君似乎不知道;他们似乎忘却了自己是最是人似的人,而反以为在什么地方(在拙劣的戏园里吧)见过的优伶是最近于人了。惟其如此,所以他们的笑声,哭声,怒的心绪,喜的心绪,全都不自然,较之艺术的心情,却更多的给人以沉重的压迫精神的印象。扮女人的学生尤其甚。无论是谁,来学女人,固然都不外乎猴子学人样,然而大学生诸君却又并非单是学女人,还在学那什么地方(在拙劣的戏园吧)见过的扮女人的旦角,这可真是当不住,决不能坦然的听下去了。还有一件事,就是大学生诸君仿佛又不知道有各种方法,可以使不好的戏剧,见出好来。剧场的装饰和光线之类且不提,其中最要紧的是要使戏剧有戏剧似的情绪。而对于这一节,大学生诸君也仿佛毫不留心似的。如近时在大学纪念日所做的那模样,虽然使人起些出卖菜蔬鱼肉的市场,大而喧闹的饭店和运动会,夜市之类的感觉,却并没有剧场似的感觉。大学生诸君也许说,中国的剧场是向来这样的。这大约是的罢,中国的剧场说不定也会像妓院。但是将西洋的《黑暗之力》之类的 Drama 在出卖菜蔬鱼肉的市场上扮演,在谁也不听,而要听也听不到的运动场上扮演，可是呆气而且全无益处的。要演西洋的戏剧，则造成戏剧的空气便是演剧者第一的目的。倘于造成戏剧的空气这一节遭了失败，则纵使在北京大学纪念日这一天，使西洋的最高的优伶来演剧，也一定不免于失败的了。这不但大学生诸君为然，许多扮演西洋作品的人们，也似乎多没有留心到这一点。

三

然而有一件例外的事，是新近燕京女校学生诸君在协和医学校礼堂扮演的戏剧，所演的是沙士比亚的《无风起浪》这一篇喜剧。这和大学生诸君所演的《黑暗之力》这一类 Drama 比较起来，实在是轻易而且无聊的；但是和女学生诸君的艺术相比较，则大学生诸君的艺术，可不能不说是比傀儡戏尤其无聊的了。第一，是女学生诸君似乎已经忘却了模仿优伶的模样。这或者是女学生诸君并没有大学生诸君似的见过较多的无聊的优伶，所以模仿优伶的样子这一种诱惑，因此并不强烈，也未可知的。总而言之，女学生诸君是自始至终，人似的上了舞台，用了人似的声音说了话。扮作男人的几位，较之仿效男人，却更在表出 Drama 中人物的性质的一种努力，也分明的可以看见。看了这演剧，要我们想象出无论什么时候，总是动得像山上的激流，在喜悦，在悲哀，却没有限量，爱好音乐，而充满着美，而且热情的意大利人来，那固然是完全不行的，然而在舞台上扮演的人们，是爱好真艺术，想竭了自己所理解的能事，将他表现出来，却是毫无可疑的事。还有女学生诸君将自己演剧的处所，不像大学生诸君似的做成大学的运动场，做成出卖菜蔬鱼肉的市场模样，而做成了真像演剧的性情了。凡是要造剧场似的空气，第一必要的是美的音乐。这一节，女学生诸君仿佛是最为了然的。那唱歌也就像大抵的中国人唱西洋作品一样，简直是不足道；然而演奏 Organ 的人，却是第一流的艺术家。那 Organ 即使说并非单是那学校的,而是北京的宝物,也没有什么不可以。我在东洋,还没有听到过这样好的 Organ 呢。女学生诸君凭了这 Organ 以及美的西洋的音乐,造成了剧场似的空气,将美的难忘的艺术的印象,给与我了。这是我所极感谢于女学生诸君的。

临末,并且希望大学生诸君也学女学生诸君的榜样,不再将演剧的处所做成出卖菜蔬鱼肉的市场,而能够给人以剧场似的印象。而且希望在不多久,男女的学生诸君能携着手为了在中国的戏剧的真艺术尽心。

（一九二二年十二月二十九日原作。）

原载 1923 年 1 月 6 日《晨报副刊》。

初未收集。

四日

日记 晴。赠秦君以汉玉一事。

五日

日记 晴。上午收三弟所寄书一包,内《月河所闻集》一本,《两山墨谈》四本,《类林杂说》二本,共泉二元三角。往高师讲。买景印《中原音韵》一部二本,泉三元二角。晚访季市。永持德一君招饮于陶园,赴之,同席共九人,至十时归。

六日

日记 昙。午后寄胡适之信。寄三弟信。其中堂寄到书目一本。

七日

日记 昙。星期休息。午后井原,藤冢,永持,贺四君来,各赠以《会稽郡故书杂集》一部,别赠藤冢君以唐石经拓片一分。下午丸山君来,并绍介一记者橘君名朴。

八日

日记 晴。午后步于小市。

致 蔡元培

子民先生左右:谨启者,汉石刻中之人首蛇身象,就树人所收拓本觅之,除武梁祠画象外,亦殊不多,盖此画似多刻于顶层,故在残石中颇难觏也。今附上三枚:

一　南武阳功曹乡啬夫文学掾平邑□郎东阙画象南阙有记云章和元年十一月十六日。　在山东费县平邑集。　此象颇清楚,然亦有一人抱之,左右有朱鸟玄武。

(未搴)

二　嘉祥残画象旧为城内轩辕氏所藏,今未详所在。象已漫漶,亦有一人持之。

三　未知出处画象从山东来。此象甚特别,似二人在树下,以尾相缭,惜一人已泐。

周树人　启上　一月八日

九日

日记 晴。上午往大学讲。寄蔡先生信附拓片三枚。寄其中堂泉三元。

十日

日记 晴。午后寄章菊绅信。游小市,以泉二角买《好逑传》一部四本。晚朱遏先，张凤举，马幼渔，沈士远，尹默，臥士来，赠遏先以自藏专拓片一分。

十一日

日记 晴。下午寄孙伏园信。

关于《小说世界》

记者先生：

我因为久已无话可说，所以久已一声不响了，昨天看见疑古君的杂感中提起我，于是忽而想说几句话：就是对于《小说世界》是不值得有许多议论的。

因为这在中国是照例要有，而不成问题的事。

凡当中国自身烂着的时候，倘有什么新的进来，旧的便照例有一种异样的挣扎。例如佛教东来时有几个佛徒译经传道，则道士们一面乱偷了佛经造道经，而这道经就来骂佛经，而一面又用了下流不堪的方法害和尚，闹得乌烟瘴气，乱七八遭。（但现在的许多佛教徒，却又以国粹自命而排斥西学了，实在昏得可怜！）但中国人，所擅长的是所谓"中庸"，于是终于佛有释藏，道有道藏，不论是非，一齐存在。现在刻经处已有许多佛经，商务印书馆也要既印日本《续藏》，又印正统《道藏》了，两位主客，谁短谁长，便各有他们的自身来证明，用不着词费。然而假使比较之后，佛说为长，中国却一定仍然有道士，或者更多于居士与和尚：因为现在的人们是各式各样，很不一律的。

上海之有新的《小说月报》，而又有旧的(?)《快活》之类以至《小说世界》，虽然细微，也是同样的事。

现在的新文艺是外来的新兴的潮流，本不是古国的一般人们所能轻易了解的,尤其是在这特别的中国。许多人渴望着"旧文化小说"（这是上海报上说出来的名词）的出现,正不足为奇;"旧文化小说"家之大显神通,也不足为怪。但小说却也写在纸上,有目共睹的,所以《小说世界》是怎样的东西,委实已由他自身来证明,连我们再去批评他们的必要也没有了。若运命,那是另外一回事。

至于说他流毒中国的青年,那似乎是过虑。倘有人能为这类小说(?)所害,则即使没有这类东西也还是废物,无从挽救的。与社会,尤其不相干,气类相同的鼓词和唱本,国内非常多,品格也相像,所以这些作品(?)也再不能"火上添油",使中国人堕落得更厉害了。

总之,新的年青的文学家的第一件事是创作或介绍,蝇飞鸟乱,可以什么都不理。东枝君今天说旧小说家以为已经战胜,那或者许是有的,然而他们的"以为"非常多,还有说要以中国文明统一世界哩。倘使如此,则一大阵高鼻深目的男留学生围着遗老学磕头,一大阵高鼻深目的女留学生绕着姨太太学裹脚,却也是天下的奇观,较之《小说世界》有趣得多了,而可惜须等将来。

话说得太多了,再谈罢。

一月十一日,唐俟。

原载 1923 年 1 月 15 日《晨报副刊》"通信"栏,题作《唐俟君来信——关于〈小说世界〉》。署名唐俟。

初未收集。

十二日

日记 晴。上午往高师校讲。夜得章菊绅信,即复。

十三日

日记 晴。晚寄上海医学书局信并泉十二元八角,预约《士礼居丛书》及《唐诗纪事》。伏园来。

看了魏建功君的《不敢盲从》
以后的几句声明

在副刊上登载了爱罗先珂君的观剧记以后，就有朋友告诉我，说很有人疑心这一篇是我做的，至少也有我的意见夹杂在内：因为常用"观""看"等字样，是作者所做不到的。现在我特地声明，这篇不但并非我做，而且毫无我的意见夹杂在内，作者在他的别的著作上，常用色彩明暗等等形容字，和能见的无别，则用些"观""看"之类的动词，本也不足为奇。他虽然是外国的盲人，听不懂，看不见，但我自己也还不肯利用了他的不幸的缺点，来作嫁祸于他的得罪"大学生诸君"的文章。

魏君临末还说感谢我"介绍了爱罗先珂先生的教训的美意"，这原是一句普通话，也不足为奇的，但从他全篇带刺的文字推想起来，或者也是为我所不能懂的俏皮话。所以我又特地声明，在作者未到中国以前，所译的作品全系我个人的选择，及至到了中国，便都是他自己的指定，这一节，我在他的童话集的序文上已经说明过的了。至于对于他的作品的内容，我自然也常有不同的意见，但因为为他而译，所以总是抹杀了我见，连语气也不肯和原文有所出入，美意恶意，更是说不到，感谢嘲骂，也不相干。但魏君文中用了引号的"哓辞""艺术的蟊贼"这些话，却为我的译文中所无，大约是眼睛太亮，见得太多，所以一时惑乱，从别处扯来装上了。

然而那一篇记文，我也明知道在中国是非但不能容纳，还要发生反感的，尤其是在躬与其事的演者。但是我又没有去阻止的勇气，因为我早就疑心我自己爱中国的青年倒没有他这样深，所以也就不愿意发些明知无益的急迫的言论。然而这也就是俄国人和中国以及别国人不同的地方，他很老实，不知道恭维，其实是罗素在英国称赞中国，他的门槛就要被中国留学生踏破了的故事，我也曾经和他谈过的。

以上，是我见了魏君的文章之后，被引起来的觉得应该向别的读者声明的事实；但并非替爱罗先珂君和自己辩解，也不是想缓和魏君以及同类诸君的心气。若说对于魏君的言论态度的本身，则幸而我眼睛还没有瞎，敢说这实在比"学优伶"更"可怜，可羞，可惨"；优伶如小丑，也还不至于专对他人的体质上的残废加以快意的轻薄嘲弄，如魏建功君。尤其"可怜，可羞，可惨"的是自己还以为尽心于艺术。从这样轻薄的心里挤出来的艺术，如何能及得优伶，倒不如没有的干净，因为优伶在尚不显露他那旧的腐烂的根性之前，技术虽拙，人格是并没有损失的。

魏君以为中国已经光明了些，青年的学生们对着旧日的优伶宣战了，这诚然是一个进步。但崇拜旧戏的大抵并非瞎子，他们的判断就应该合理，应该尊重的了，又何劳青年的学生们去宣战？倘说不瞎的人们也会错，则又何以如此奚落爱罗先珂君失明的不幸呢？"可怜，可羞，可惨"的中国的新光明！

临末，我单为了魏君的这篇文章，现在又特地负责的声明：我敢将唾沫吐在生长在旧的道德和新的不道德里，借了新艺术的名而发挥其本来的旧的不道德的少年的脸上！

附　记

爱罗先珂君的记文的第三段内"然而演奏 Organ 的人"这一句之间，脱落了几个字，原稿已经寄给别人，无从复核了，但大概是"然而演奏 Violin 的，尤其是演奏 Organ 的人"罢，就顺便给他在此改正。

一月十三日。

原载 1923 年 1 月 17 日《晨报副刊》。
初未收集。

十四日

日记　雨雪。星期休息。午霁。下午得三弟信,十一日发。晚得章厥生信片。夜风。寄伏园稿一篇斥魏建功。

十五日

日记　晴。下午许钦文君持伏园信来。

十六日

日记　晴。上午往大学讲。

十七日

日记　晴。无事。

十八日

日记　晴。午后寄三弟信。

十九日

日记　昙。上午往高师校讲。午后往牙医陈顺龙寓,切开上腭一痈,去其血;又至琉璃厂,在德古斋买魏张澈,元寿安,元诲,元珽妻穆夫人,隋郭休墓志打本各一分,又山东商河出土之《龙泉井志铭》一分,共泉八元;复至高师校听爱罗先珂君演说。晚收去年九月下半月分奉泉百五十元,同僚张绂君病故,赙五元。

二十日

日记　昙。下午医学书局寄来缩印《士礼居丛书》一部三十本,排印《唐诗纪事》一部十本。晚爱罗先珂君与二弟招饮今村,井上,清水,丸山四君及我,省三亦来。

二十一日

日记 昙。星期休息。晚寄医学书局信,索补《唐诗纪事》阙叶。

二十二日

日记 昙。午后寄马幼渔信。

二十三日

日记 晴。上午往大学讲。

二十四日

日记 晴。无事。

二十五日

日记 晴。下午大学送来《国学季刊》一本。

二十六日

日记 晴。上午往高师校讲。午后往商务馆买《天籁阁旧藏宋人画册》一本,三元。下午以 E 君在高师演说稿寄孙伏园。其中堂寄来《五杂组》八册,《麈馀》二册,共泉四元六角。

二十七日

日记 晴。午后游小市。下午得三弟信,廿三日发。代 E 君寄稿一篇。

二十八日

日记 晴。星期休息。午后子佩来。晚伏园来。夜重装《麈馀》二本。

二十九日

日记 晴。上午得镜吾先生信。得医学书局信。

三十日

日记 晴。上午往大学校讲。午后往留黎厂买《为孝文皇帝造九级浮屠碑》并阴共二枚,价泉一元。往高师校取讲义稿。下午得宋子佩信,即复。寄高阆仙信。

三十一日

日记 晴。夜重装《五杂组》八本。

二月

一日

日记 晴。无事。

二日

日记 晴,风。午后往留黎厂买景元本《本草衍义》一部二册,二元八角。

三日

日记 晴,风。上午寄马幼渔信。直隶官书局送来《石林遗书》一部十二本,四元五角;《授堂遗书》一部十六本,七元。午后往富晋书庄买书,不得。下午收去年十月上半月分奉泉百五十。买大柜两个,二十三元。

四日

日记 晴。星期休息。下午补钞《唐诗纪事》一叶。

五日

日记 晴。下午钱稻孙赠《道光十八年登科录》一册。胡适之寄《读书杂志》数枚。

六日

日记 晴。下午同徐吉轩,裘子元游小市。夜省三寄来书一本。

七日

日记 晴。午后自游小市。晚得其中堂寄来之左暄《三馀偶笔》八册,《巾箱小品》四册,共泉三元二角。二弟亦从芸草堂购得佳书数种。

八日

日记 昙。困顿,不赴部。订书数本。

九日

日记 晴,风。午后游小市,买《太平广记》残本四册,每册五十文。寄镜吾先生信。

十日

日记 昙。夜制书帙二枚。

十一日

日记 晴。星期休息。上午制书帙二枚。下午贺慈章君引今关天彭君来谈,并赠『北京ノ顧亭林祠』一册。夜其中堂寄来《世说逸》一册,五角。

十二日

日记 晴。休假。重装《金石存》四本,制书帙二枚,费一日。

十三日

日记 晴。无事。

十四日

日记 晴。上午收去年十月下半月分奉泉百五十。午后往留黎厂买《元珽墓志》并盖二枚,二元;《唐土名胜图会》六册,五元;《长安志》五册,二元五角。买陶水滴二枚,二元,其一赠二弟。下午收去年十一月上半月分奉泉百五十。

十五日

日记　晴。下午游小市。旧除夕也,夜爆竹大作,失眠。

十六日

日记　晴。休假。无事。

十七日

日记　晴。休假。午二弟邀郁达夫,张凤举,徐耀辰,沈士远,尹默,臥士饭,马幼渔,朱遏先亦至,谈至下午。

十八日

日记　晴。星期休假,无事。

十九日

日记　微雪即止。休假。无事。

二十日

日记　晴。下午同裘子元往松云阁买土偶三枚,共泉五元。收去年十一月下半月分奉泉百五十。

二十一日

日记　晴。午后游留黎厂,买汉画象拓本三枚,一元五角;又至松云阁买土寓人八枚,共泉十四元;又在小摊上得《明僮欸录》一本,价一角。

二十二日

日记　晴。午后游留黎厂,买《丁柱造象》拓片一枚,有翁大年题,值二元五角。

二十三日

日记　晴。午前张凤举邀午饭,同席十人。

二十四日

日记　晴。上午得张俊杰信。

二十五日

日记　晴,风。星期休息。下午得三弟信。

二十六日

日记　晴,风。午后游厂甸,买《缓曹造象》及《毛叉造象》共四枚,计泉二元。下午其中堂书店寄到《巢氏诸病源候论》一部十册,值亦二元。夜得郁达夫柬招饮。王叔钧之长公子结婚,送礼四元。

二十七日

日记　晴。上午往大学讲。午后胡适之至部,晚同至东安市场一行,又往东兴楼应郁达夫招饮,酒半即归。

二十八日

日记　晴。午后游厂甸,买杂小说数种。至庆云堂观簠斋藏专拓片,价贵而似新拓也。买《曹全碑》并阴二枚,皆整张,一元五角;

王稚子阙残字及画象各一枚,题记二枚,三元;又石门画象二枚,六元,其一为阴,有"建宁四年"云云题字,二榜乃伪刻。夜得郁达夫信。

三月

一日
日记 昙，午后晴。无事。夜大风。

二日
日记 晴，风。上午往高师讲。游厂甸，买《张盛墓碣》拓本一枚，一元。

三日
日记 晴。上午寄三弟信。复张俊杰信。

四日
日记 晴。星期休息。改装旧书二本。

五日
日记 晴。无事。

六日
日记 晴。上午往大学讲。晚得沈兼士信。

七日
日记 昙，晚雨。无事。夜大风。

八日
日记 昙，大风。项背痛，休息。傍晚风定。

九日

日记 晴。上午往高师校讲。

十日

日记 雨雪。无事。

爱字的疮*

[俄国]爱罗先珂

一

我是寒冷的国度里的人。深的雪和厚的冰是我的孩子时候以来的亲密的朋友。冷而且暗,而且无穷无尽的连接下去的冬,是那国里的事实,而温暖美丽的春和夏,是那国里的短而怀慕的梦。——我在那国度里的时候虽然是这样,听说现在却是两样了。我愿意相信他已两样——

那国里的人们,也如这世间的国里的人们一般,分为幸福者和不幸者。虽不知道是怎么一回事,我可也仍在不幸者一类的中间。

幸福者为要忘却那冻结了心一般冷的,和威胁于心一般暗的事实,便到剧场和音乐会之类的愉快的会上去,做些艺术的梦,那自然是不足为奇的,然而在不幸者,却不能不从冷的浓雾的早晨直到吹雪怒吼的深更,来面会这事实。

要不听到可怕的寒冷,和凄凉的吹雪的呻吟,忘掉他们,幸福者是大抵躲到恋爱的城和友情的美丽的花园里去游玩着,然而在不幸者,却不得不自始至终,听那可怕的寒冷,和凄凉的吹雪的凄凉的歌,和比歌尤其凄凉的话。为了又冷又暗的那国度里的事实,身心全都冰结了的我,将脸埋在冰冷的枕上,紧紧的紧紧的,至于生痛的紧咬了牙关。诅咒着自己,诅咒着别人,我仿佛寒夜的狼一般,真不知哭了多少回了。然而比我哭得更甚的不幸者,还该有几千几万人罢?——现在是听说为了又冷又暗的事实而大哭的不幸者,在那国度里也减少了。我相信他已减少。这减少的事,我是从幼小时候就梦想着,从幼小时候就希望着的。我到现在还活着,大约也就为了这梦想和希望罢了。

只愿意永久的睡下去的一件事实,是成了那国度里的空气的。然而这心情却不限于寒冷的国度里,便在东洋的国度,南方的国度,这一种心情尤其强,这可是在当时未经知道的了。唉唉!那时候,我所不知道的事还是非常多;就是现在,我所不知道的事,比起知道的来,还该多于几亿倍罢……

<h2 style="text-align:center">二</h2>

十年以前的事了。那时我住在一个小村里。那村虽然小,然而村人们的无智实在大,迷信和偏见是多的。村旁就有一丛接连几里的白杨林;在这村的人们,是以为再没有比这白杨林更可怕,比这白杨林更可憎的了。倘使没有事,决没有人进这林子去。但因为村人所喜欢的我就憎厌,村人所憎厌的我却喜欢,所以我对于那树林也一样,村人愈憎厌,我也就愈加喜欢了。

先前什么时候,白杨树林所在的地方,本来是一片大平野。而那大平野,什么时候又曾经做过战场的。那时候,人类和动物;接连多年的争斗着;就在那一片平野上,熊和狼和狐狸之类的动物,都领着大队,和人类决了最后的争雄。在这一战,人类完全败北了。就在人类流了血的地方,埋了骨殖的上面,成功了白杨的林子。

据这村里的人们说,是凡有常到白杨林里的人们,一定要变成古怪人,舍了村庄,跑往外国,或者寻不见,或者遭着横祸的。但是我却毫不留心这些话,最喜欢走到那白杨的森林去。愈到森林去,村里的人们也就愈加猜疑我,终于说我是古怪人了。

有一夜是大雪纷飞的夜,狼在村的左近嗥叫的夜,我往白杨树林走去了。为什么在这样可怕的夜里往那边去,那时我可并没有深知道。大约有着这样的心情,是要在大雪纷飞的夜间,在林中看见春的梦;也有着这样的心情,是要在豺狼吓人的嗥叫的夜里,听些对于白杨的春的私语罢。现在想起来,这心情似乎颇古怪,但在那时候,在那大雪纷飞的时候,在那豺狼吓人的嗥叫的时候,这心情是毫不觉得古怪的。我走进树林里;我在一株大的白杨下,柔软的雪垫子上坐下了。雪下得很大;狼就在我的近旁呻吟。我静静的坐着,听那白杨树林的说话。

"尽先前,尽先前,这里原是一片大平野。尽先前,尽先前,人类是和熊和狼和狐狸战斗了。人类败北了。完全败北了……"

听着这些话之间,一个异样的老女人在我的面前出现了。那全身紧裹着熊的氅衣,很深的戴着海狸的帽,腰间挂一盏小小的灯笼的那年老的女人,就将说不出的异样的印象给了我。那相貌,也是只要一看见,便即终身记得的形容。

那老女人一面对我说,"你是我的东西哩。从今以后,要跟着我走的呵。"一面径向林中走去了。我虽然说,"第一,我并不是'东西'。第二,我不愿意跟谁走。"然而说着的时候,我又不知不觉的起来跟着伊走去了。"好怪呀,"我自己想。

白杨的树木,似乎在那老女人的前面排成宽阔的长廊,行着规矩的敬礼。豺狼一见伊,也都行起举手的敬礼来。

我说,"祖母,那简直是兵队似的……"

伊却道,"兵队简直是这些似的。"

我这才觉得,高兴的笑道,"阿阿,这是梦呵。"

大雪纷飞着;四近就听得狼的声音。

"祖母,你是谁?"我问说。

"我是冬的女王呵。"伊回答,很认真的。

"的确,是梦了。"我笑着。

"还有,我们现在前去的是到你的宫殿里去罢?"

"对了。"伊又认真的回答说。

"祖母的宫殿是用了金刚石和玛瑙之类的宝石做起来的罢?"我问。

"对了。"伊又用了先前一样的口气回答说。

"唉唉,倒像一个有趣的梦哩。不使这梦更加有趣些,是不行的。"我想。

"祖母,在你的宫殿里,有一个年青的好看的雪的王女罢。"

"王女是没有的。"伊答说,"虽然有一个哥儿。"

"哥儿?"我又复述的说。

"十二岁的哥儿呵。"

"如果是哥儿,无谓得很呀。"我说着,自己觉得似乎受了嘲笑了。

"连梦也做不如意,好不无聊。若是梦,何妨就有一个好看的王女,……哥儿哩……无谓。"我一面絮叨着,却仍然紧跟在伊后面。

大雪纷飞着;狼就在四近呻吟。不一会,我们的前面就现出闪闪发光的东西来,又不一会,就分明知道那闪闪发光的东西便是金刚石的宫殿了。我想站一刻。远望他的景致,然而我的脚不听我,只是急急的跟着老女人走。伊毫不留滞,进了大开的门;我也跟随着。我们一进内,那金的门便锵的一声合上了。然而伊还怕那门没有关得好,又去摸着看。

"行了。不会开的。"伊自己说,似乎放了心。

我向屋里的各处看。地上是铺着虎和熊的上好的皮毛,四壁和顶篷上是饰着各样的宝石。只有窗户,却用铁棒交成虎柙一般,给人以一种监狱似的不愉快的感觉。

"祖母,所谓宫殿,简直是牢狱呵。"

"并非到了现在,宫殿才成了牢狱模样,是什么时候都是这样的。"伊絮叨似的回答说。于是从帽子和氅衣上拂去了积雪,一面向我说,"你在这里罢。我进去一会就来。"便自走向里面去了。

"胡说。肯等在这样的地方的么?"我一面说,也悄悄的跟在伊后面。

走过了大屋二三间,伊就进了内室,紧紧的关了门。我走近门,暂时仁立着。伊在里面脱下衣裳来,一面又和谁说着话。

"今天晚上也是一个……"

"谁呢? 也是农人么?"问的是可爱的哥儿的声音。

"那里,这么大雪的夜里,农人会进树林里来的么?"

"那么,又是谁呢? 工人?"

"便是工人,这样的夜间也不到树林里来的。"

"那么,究竟是谁呢?"

"一定是一个呆子。"

听到这里,我愤然的就想打门了,然而竟也没有打。

"年青的?"

"廿一二岁罢。"

"那人也许知道我正在找寻的字呢。老年人虽然不知道这一个字,年青的人们却仿佛知道似的。"

"唔,怎样呢。虽然看去有些呆……"

"问一问好罢? 可是即使知道,怕也未必肯教罢。"

"唔,怎样呢。虽然看去有些呆……"

"给点报酬呢? ……"

"可是已经死掉了的,什么报酬也未必要罢。"

"但是,祖母,便将那生命做了报酬,怎么样?"

"那是已经不行了。"

"祖母,怎么不行? 没有什么不行的。只要你答应……"

"已经不行了呵。是盖在雪里睡了两个时辰的。"

“但是，祖母，我如果不知道这个字，我就如死了的一样。年青时候便死掉，我是不愿意的。”

“已经不行了，是已经到了这里的。”

“但是，祖母，这倒也没有什么做不到。我知道的。”

“胡说，将你的生命当作那一条生命给了他，那又何须说得呢，自然是没有什么做不到的。”

“倘不是立刻给了我的生命，就不行？”

“并不是立刻。是到了那时候，到了廿二岁，便得承受那运命的。懂了么？……”

邻室里面的哥儿便凄凉的哭起来了。

“祖母，如果不知道那字，我也还是不想活着呵。”

“然而岂不是没有法办么？是已经盖在雪底下睡了两个时辰的。是已经到了这里的。但似乎自己却还没有知道死，是呆子呵。总之，照那人说过的话，给些报酬就是了。未必会要讨还自己的生命罢，因为还没有知道是死着的哩，而况又是呆子呢。姑且去问一问罢……”

哥儿站起身，走向我所站着的门口来了。我便竭力的不使出声，竭力的赶快回到先前的屋子里。而且作为最后的言语，送到我的耳朵里来的是，“要将自己的生命交出去，得用什么方法交付呢？”的哥儿的质问的声音。

“唉唉，有趣的梦呵。”

我说着，悠然的躺在虎皮上面了。不多久，我的屋子里，便毫无声响的走进一个十二岁上下的可爱的哥儿来。那哥儿，是没有一处不使我想起白杨树。模样宛然是白杨做成的美丽的雕刻；头发披在肩上，好像白杨的花；而那全身，又似乎弥满着白杨的香味。他的声息，也给人起一种听到了白杨叶的摇动的心情。

“不相识的人呵，我是这家里的，是白杨的哥儿。”他一面对我行着礼，一面看定了我的脸，谦逊的开谈了。

"原来,是这府上的哥儿么? 请,请坐。"我率直的说。

哥儿便坐在我的旁边;屋子里充满了白杨的香气。

"什么事呢?"

"对于不相识的人,有一件重大的请求哩。"

"那请求是?⋯⋯"

哥儿暂时沉默着;于是用了低微的声音,完全是白杨叶的瑟瑟的摇动似的,说出话来了。

"我是白杨的孩子。待长大起来,须得发出许多光和热,在这世界上燃烧的。成了柴木和火把,来温暖这世界,光明这世界,这是白杨的使命。然而要热发得多,要火把烧得亮,有一个字是必要的。胸膛上一个'爱'字,是必要的。"

哥儿一面说,一面便脱了衣服,给我看那宛如白杨的皮色一般的胸膛。我全不知道怎么一回事,略略起身,向那胸前惘然的只是看。哥儿接着说:

"在这胸膛上,'爱'的一个字是必要的。在这胸膛上,请写一个'爱'字罢。"

"用什么写呢?"

我一问,哥儿便送过一把小小的金的刀子来,而且说:

"望你就用这金的刀子写。"

"要割得深么?"

"愈深就愈好。"

"痛的呵。"

"不要紧的,因为是白杨的孩子。"

"还要出血呢。"

"不要紧的,因为是白杨的血⋯⋯"

我接过金刀子,就在那胸前正当心脏的地方,认真的刻了一个"爱"的字。从胸脯上,就如清露滴在花上似的,流出几点鲜血来。一看见这刻着的字,哥儿的相貌便充满了喜欢。而且他又比先前更其可爱了。

"作为报酬,你愿意要什么呢?"白杨的哥儿这样问。

"要生命。"我笑着说。

我才说,哥儿的脸便变了青苍,那嘴唇,也如白杨的银叶似的,颤抖起来了。我看着,便觉得那美丽的哥儿很可怜。

"可爱的哥儿。白杨的哥儿呵。我只是说一句笑话罢了。我并不要生命。"一面说,我便和蔼的抱住了白杨的银叶似的抖着的哥儿。

"哥儿,不要怕罢。我单是说了笑话罢了。我并不是要生命的。作为报酬,我单希望给我接一回吻。只一回……"

我于是就在白杨的银叶似的发着抖的嘴唇上接了吻。忽然间,仿佛觉得有热的潮流通过了我的周身了。

"接吻是归还生命的方法。"哥儿紧握了我的手,低声说,"因为接吻,你取得了自己的生命了。至于我的生命是……"

——我睁开眼睛来。一瞬息中,便分明的知道了自己是在林中葬在积雪里,几乎要冻死的了。然而接吻的热,却似乎使全身都温暖。我竭力的站起身。大雪纷飞着。狼就在四近呻吟。我向村庄走去了。因为和白杨的哥儿接了吻,我的全身还温暖。我走到村庄了。大雪纷飞着,狼就在四近呻吟。

全村里的人们是没有一个不认识我的,因此我便去打第一家的门。听说有人受着冻,那家的主人便絮絮叨叨的来开门。然而待到分明的见是我,那主人却又变了异样的相貌了。

"今天晚上,兵和侦探都在到处搜寻你呢,要逃走,还是赶快逃走的好罢。"主人说。

"兵和侦探都在搜寻我? 为什么?"

"还说为什么哩,你自己总该明白的。"主人说着话,又眼睁睁的看我了。

"我是不逃的。我冻着呢。你肯救我一救么?"

"出多少？……"

"出十卢布，可以么？"

"太少。"

"二十呢？"

"如果出到二十五个，那可以……"

三

从那时候以来，早过了十年了。在这十年之间，我曾经住在东洋的国度里，也曾经住在南方的国度里。在这十年之间，我对于暖热的国度的梦话和东洋的国度的呓语，全都听得疲倦了。在这十年之间，我见了南方的国度的幻觉，也见了东洋的国度的催眠状态，于这世间已经厌倦了。我于是又回到那又冷又暗的事实的国度里去了。那时候，则正是那国度里所梦想着的春的时候。那国度里的人们，都希望这春比平常更其暖，也比平常更其长。一到了这国度里，我便又觉得总该一到那十年以前曾经住过的村庄去。但是这村庄，太阳虽然温和的照着，却是依旧的寒冷，虽在美丽的春季，却也依旧的凄凉。为人们所憎，为我所爱的白杨的树林也早已完全没有了。一看见曾经有过树林的大平原，便使我仿佛觉得人类和动物又挑中了这里开过战。而且这一回，是人类虽然得了胜，却毫没一处可以觉察出胜利的情形。

离村二里模样，还剩下一些大白杨的林子。我便从白杨的残株间，走向那剩下的林中去。正走着，又仿佛走在十年以前曾和冬的祖母一同走过的那廊下似的了。在这长廊的尽头，就是树林的边界，却看见一间小小的人家。我不由的走进家里去了，只见在屋子里，散乱着白杨柴木的中间，想些什么似的在床上坐着一个年老的妇女。那女人的相貌，便是只要一看见，便即终身记得的形容。

"是冬的祖母呵。"我心里说。心脏也怦怦的跳动，几乎生痛了。

"莫非又是做着梦么?"我又疑心起来。

"祖母!"我低声的叫唤,伊什么都不说,只是看定了我的脸。我那心脏的鼓动比先前更剧烈了。我就用两手按在胸膛上。

"祖母,你就是冬的祖母罢。"我低声的说。

伊什么都不说,只是看定了我的脸。我几乎跌倒了……

我坐倒在白杨的柴木上。暂时是不断的沉默。于是伊仿佛定了神似的,粗卤的说:

"我是这里的砍柴的老婆子。"

"十年前,"我又问,"祖母这里有过一个十二岁的哥儿罢?"

伊的脸色变成青苍了。我也发了抖。暂时是不断的沉默。

"有的,但是现在已经没有了。"伊仿佛记起了什么似的,说。

"现在在那里呢?"

"谁?"

"哥儿呀。"

"现在是,什么地方都不住了。已经烧完了。"

"烧完了?"

"为了爱字的病呵。"

伊见我不能懂,仿佛很以为奇似的。又是锐利的看定了我的脸。在树林的幽静里,听到我的心脏的鼓动的声音。

"祖母,什么是爱字的病呢?"

"十年前,哥儿的胸膛上,生了一个'爱'字模样的疮。这'爱'字的疮,却又渐渐的侵进胸膛的深处去了。"

"还有呢?"

"哥儿的性子便古怪了。哥儿就说出这等话来,说是愿意拥抱了全世界的人,给他们温暖……"

"后来呢?"

"后来我窘了。哥儿还说是愿意做了火把,去照人们的暗路。"

"还有呢?"

“还有是做了火把，照着人们的暗路，于是烧完了。”

又是暂时的接着的沉默。伊却又看定了我的脸。

“你能写‘爱’字么？”

“唔唔。”

“那么，可肯给我在白杨的柴木上写个‘爱’字呢？”

“祖母，为什么？”

“写了‘爱’字的柴木，比平常的烧得更其暖，更其亮呵。”

伊异样的笑起来了。我一听到那笑声，便如淋了冰水似的发了抖。伊又站立起来，贴着我的耳朵低声说：

“在我的胸膛上，正当心脏的地方，可也肯给写一个‘爱’字呢？我也愿意像白杨哥儿一样，成了火把，照着人们的暗路，一直到烧完。”

我急忙站起身：自己分明的知道，只要再在那屋里一分钟，我便会发狂的。于是也不再理会那老女人，我跳出屋子，向着村庄这面逃走了。

·················

我在这晚上，便向着我所借宿的人家的主人，问他可知道住在树林里的砍柴的老婆子的事。

“知道的。”他说，“那是这里的有名的狂人；是树林里的妖怪。你遇见了么？给你说了些‘爱’字的疮之类的话了罢。什么写了‘爱’字，柴木便烧得更其热，真是妖怪呵。十字架的力，和我们在一处！”他于是画了三回的十字。

“然而那哥儿是怎么死掉的呢？”我问说。

“那是全不足道的事。那是入了多数党，做了奇兵队，在这里活动的。幸而今年的骚扰时候，反给白军的奇兵队捉住，治死了。那样的东西么，愈是死得多，我们便愈多谢。”他向四面张望着，低声的说。

“是怎么治死的呢？”我又问。

32

"因为要威吓那样的东西，是活活烧死的。然而这是讲白军坏话的人们所说的话，不足为凭的。那样的东西，无论怎么治死，谁也不会当作一个问题看。只有那老婆子却可怜。从那时候起便发了疯，说着走着，说是哥儿成了火把，照着人们的暗路，烧完了。总而言之，实在是无谓。"

他一面说，一面剧烈的吐唾沫，后来似乎又记起什么来了，便又说：

"但是讲些妖怪和杀人的话，晚上不相宜。十字架的力，和我们在一处！"

他怯怯的向着窗门看，画了十字许多回。我沉默着，凄凉的看他画十字。外面是渐渐的暗下来了；连着我的心……

………………

我又出了这国度。向外国去了。然而便是到了外国，我的心还痛着。似乎觉得在我的心里，有了一条新的而且深的伤。而且这伤，又似乎渐渐的深下去了。而且这伤的模样，仿佛又并非"爱"字而为"憎"字。大的"憎"字的模样……而且这又渐渐的大了起来……

唉唉，将这心，须得怎么办才好呢……

原载 1923 年 3 月 10 日《小说月报》第 14 卷第 3 号。

初收 1924 年 12 月上海商务印书馆版"小说月报丛刊"第二种《世界的火灾》。

十一日

日记　昙。星期休息。下午子佩来。夜风。

十二日

日记　晴。无事。

十三日

日记　昙。上午往大学讲。下午风,晴。夜微雨。

十四日

日记　昙。午后得胡适之信并还教育部之《大名县志》。

十五日

日记　昙。午后理发。得郁达夫信。下午收去年十二月分上半月奉泉百五十。夜小雨。

十六日

日记　昙。上午往师校讲。晚晴。收泰东书局所寄《创造》一册。夜濯足。

十七日

日记　晴。下午同徐吉轩,裴子元游小市,买《读书杂释》四本,价一元。

十八日

日记　晴。星期休息。午后寄胡适之信。下午李又观君来。晚丸山君来,为作书一通致孙北海,引观图书馆。

十九日

日记　晴。无事。

二十日

日记　晴。上午往大学讲。午后往留黎厂买影印《焦氏易林》

一部十六册,四元。夜寄马幼渔信。

二十一日

日记　晴。下午孙伏园携其子惠迪来。

二十二日

日记　晴。晚得丸山信。得李遐卿信。

二十三日

日记　晴。上午往高师校讲。至直隶书局买石印《夷坚志》及《聊斋志异》各一部,各一元八角。下午往孔庙演丁祭礼。

二十四日

日记　晴。下午略观护国寺集会。

二十五日

日记　晴。星期。黎明往孔庙执事,归涂坠车落二齿。

二十六日

日记　小雨。休息。晚霁。

二十七日

日记　昙。休息。上午协和来。晚雨。三弟寄来《弥洒》一本。

二十八日

日记　晴。休息。上午季市来,赠以《小说史》讲义四十一叶。

二十九日

　日记　晴。新潮社赠《风狂心理》一本。

三十日

　日记　晴。上午往师校讲。买《藕香零拾》一部三十二本,八元四角。

三十一日

　日记　昙,晚雨。无事。

四月

一日

日记　晴。星期休息。无事。

二日

日记　昙,风。午后大学送《太平广记》八十册又别本九册来,属校正。

三日

日记　昙。上午往大学讲。下午游小市,买石刻《孔子及弟子象赞》拓本共十五枚,泉四角。晚得蔡先生信并还汉画象拓本三枚。夜雨。

四日

日记　昙。无事。

五日

日记　晴。无事。

六日

日记　昙。清明休假。无事。

七日

日记　昙,风。下午小雨即止。无事。

八日

日记　晴。星期休息。上午丸山,细井二君来,摄一景而去。下午伏园携惠迪来,因并同二弟及丰一往公园,又遇李小峰,章矛尘,同饮茗良久,傍晚归。

九日

日记　晴。休假。补钞《青琐高议》阙卷。下午雷川先生来。

十日

日记　晴。上午往大学讲。闻王仲仁以夜三时没于法国病院,黯然。午后往留黎厂托直隶书局订书。下午小说[月]报社寄来《小说月报》一号一本。

十一日

日记　晴,大风。夜寄马幼渔信。

十二日

日记　晴。下午伏园来。夜风。

十三日

日记　晴。上午得李遐卿信。得何植三等信。往高师校讲。在德古斋买《王智明等造象》二枚,《陈神姜等造象》四枚,《严寿等修塔记》一枚,《法真等造象记》四枚,共泉三元。在云松[松云]阁买唐佛象塈一枚,一元,陕西出。午后寄孙伏园信。游小市,买《汉律考》一部四本,一元。

十四日

日记　晴,风。午后寄师校讲义稿。得丸山信。

十五日

日记　晴,风。星期休息。上午寄周嘉谟君信。午丸山招饮,与爱罗及二弟同往中央饭店,同席又有藤冢,竹田,耀辰,凤举,共八人。下午同耀辰,凤举及二弟赴学生所集之文学会。夜伏园,小峰并惠迪来。

十六日

日记　昙,午后雨。晚张凤举招饮于广和居,同席为泽村助教黎君,马叔平,沈君默,坚士,徐耀辰。爱罗先珂君回国去。

十七日

日记　雨。上午往大学讲。下午晴,风。得周嘉谟君信并剧稿一卷。胡适之赠《西游记考证》一本。夜补抄《青琐高议》前集毕。

十八日

日记　晴,风。下午同裘子元往松云阁买土偶人四枚,共泉五元。

十九日

日记　晴。午后寄季市《小说史》讲义印本一卷。

二十日

日记　晴。无事。

二十一日

日记　晴。上午子佩赠火腿一只,茗一合。夜译E君稿一篇讫。

红 的 花

第一部曲

其 一

我睡着,我睡了做着各样的梦,做着关于人类的运命的梦,和关于这世间的将来的梦……。那梦很凄凉,是这世间似的黑暗而且沉重的梦。然而我又不能不做这些梦,因为我是睡着的……。

有谁敲了我的屋子的窗了。"谁呀,敲着窗门的是?"我暂时醒过来,讯问说。

"是我呵,春的风呵。"仍然敲着窗门,一面回答说。

"北京的风么? 讨厌的东西呀。"

"我是春风呢。"

"什么事呢?"

"新的春来了。"

"春便是来,和我有什么关系呢? 我是睡着的,我是正在做着这世间的梦的,春便是来……。"

"春来了呵,真的春,比起你做着的梦来,春的现实美得多哩。"

"胡说……。"

"在这世上,新的花就要开了。"

"怎样的花?"

"红的花呵,通红通红的血一般的通红的铃兰呵,赶快起来,来迎新春罢,美的鸟儿也就要叫了。"

"怎样的鸟?"

"红的鸟呵,通红通红的天鹅……。"

"天鹅在临死之前,唱那凄凉的歌罢?"

"不的,那里那里,是天鹅在未生以前,唱那红的歌呵,通红通红的血一般的歌。"

"吓,要说谎,还该说得巧妙些,什么通红的歌……。"

"不相信么?"

"谁会相信呢。不要再敲窗门了罢,我是睡着的,我是做着梦的。"

"这有什么要紧呢,还要打门哩!"他说着,就激烈的叩起门来了。

"唉唉,北京的风,怎样的善于捣乱呵。"我一面说,一面也便清醒了。

其 二

有谁正在拼命的敲门。我想:大约是哥儿回来了罢。所谓哥儿者,是一个十六七岁的我的学生,和我住在一处的。我开了门,我的猜想也不错,那打门的也果然是这哥儿。哥儿进了房,暂时没有话,只听到那急促的呼吸。

"哥儿怎么了?"

"我们学生又闹起来了,"他无力的说,"而且又行了示威运动了。"

"又有了什么冲突了么?"

"对咧,给警察和兵队殴打了。"他低声回答说。

"很痛了罢。"

"那里,痛什么之类的事,有什么要紧呢。虽然并没有痛……。"

"只要没有痛,那就很好了。"我说。

暂时没有话。

"打学生的也不只是警队和兵队，一到大街，也有从店铺里跳出来来打我们的。而且普通的人们也嘲骂我们，那些民众呵。"

"这真是劳驾劳驾了。"我笑着说。

"大哥，大哥，"哥儿看见我笑，便用两手掩了脸。我自己也觉得对于哥儿太残酷了，似乎很抱歉。

"哥儿，不要哭了罢，我不过是讲笑话。"我于是谢罪似的说。

"笑话是尽够了，"哥儿脸向着我说。"各处都正在说笑话，我不愿意从你这里再听笑话了。你倘以为我可怜，就该说些正经话给我听的。"他说着，脸上又显出要哭的模样来。

"所谓正经话，是怎样的说话呢。文学的事，还是世界语的事呢？"

"并不是这些事呵。"

"那么？……"

哥儿目不转睛的看着我的脸。

"为什么显了这样的相貌，看着我的呢？"我问。

"讲给我红花的事罢。"哥儿便断然的说。因为红花这一句话，来得太突然了，我不由的吃了惊，张大了嘴和眼睛对他看。

"红的花的话？"

"是的，通红通红的血一般的通红的铃兰的话……。"

"并且和那红的鸟的话，通红通红的血一般的通红的天鹅的话？"

"还有这样的话么？"这回是哥儿吃了惊了。

"还有红的歌哩，通红通红的血一般的通红的歌……，唱一出试试罢。"我看见哥儿的惊疑的脸，又禁不住失了笑。

"又是笑话么？"这一回，他也当真要哭了。

"阿阿，哭是不行的。从此不再说笑话了……。"

"你这里，一定有着红的花，"哥儿又看着我的脸说，"大家全都这样说着呢。"

"即使有着这样的花,这也已经是不开的枯掉的了。"

"这样看来,没有太阳的光和热,花便开不成的话,也竟是真话哪。"他自言自语的说,又向我说道,"但是,大哥,在这国度里,红的花开花的时候,也要来的,不多久。"

"怎么知道的呢?"

"因为太阳就要上来了……。"

我笑了。暂时是沉默,忽而哥儿似乎想到了什么了,用力的握了我的手。

"大哥,送给我你那红的花罢,便是枯的也可以。"

"喂,哥儿,你在那里说什么?"

"你该懂得的罢。"

"不懂呀。"

"也仍然不肯给我红的花罢了。虽然怎样的爱我……。"

哥儿苦笑着,放开了我的手。他走向窗面前,将湿着眼泪的脸,靠了玻璃,去看黑暗的夜主宰着黑暗的世界。什么地方鸡啼了。"那是第三回的鸡啼呵,"哥儿说。什么地方又是一回的鸡啼。

"大哥,那是第三回的鸡啼呵。"他又说,于是更加竭力的向着东边看。哥儿是热心的等着太阳的上来;我一见他那种热心的等着太阳,便也忍不下去了。

"哥儿呵,我来讲红的花的事给你听,就是不要再等太阳了罢。"

"为什么呢?"

"因为太阳是不上来的。"

"永远?"

"也许是永远。"

"可是已经第三回的鸡啼了。"

"那也许是第三千零三回的鸡啼哩。你以为只要鸡一啼,太阳就上来么?"

"虽然是这样想……大哥,要怎么办,太阳才会上来呢?"那熬着眼泪的哥儿,竟孩子似的呜呜的哭起来了。我用尽了在东洋各国学来的所有恳切的话,去安慰这哭着的哥儿,然而都无效。只望他哭得稍平静,我便叫哥儿赶紧躺下了,将头搁在自己的膝上,讲起红花的话来。

"讲红的花罢。"哥儿一听到,便渐渐的平稳下去了。单是从他眼睛里,还滔滔的流出热泪来,那身体,也正如痉挛许久以后似的,不住的发着抖。

第二部曲

其　一

"红的花的故事,是一个国度里的故事。这国度,是从一直先前以来,为寒王和暗后所主宰的。那王有两个王子叫横暴和乱暴。叫作窃盗的人是这国里的总理;叫作精穷的一个术士是王的最忠的忠臣。受着这一流人物的统治的国民,那困难,像你似的哥儿怎么能领会呢。而且那国度的状态,像我似的不会说话的嘴,怎么能叙述呢。那凄惨的模样,实在是言语说不尽,笔墨也写不出的。那国度里的人民,从起来的时候起,到躺下的时候止,(这国里除了科学家以外,普通的人们都没有昼夜的分别,白昼称为起来的时候,黑夜称为躺下的时候。)总是迷路,碰着物和人,颠仆在泥涂里,坠落在深沟里。因为寒王,这国里的人们的全身总是发着抖,因为暗后,连灵魂都缩小了。在这国里的人们的起来的时候和躺下的时候,横暴和乱暴这两王子都带了和自己一类的人物,唱着国歌道:

　　'喂,打打,推,

　　　喂,捶呀,杀杀!'

一面疯狗似的在国度里跑,打男人,拉女人,惊孩子,威吓这全国度。唉唉,那种状态,在哥儿的国度里,是无论如何看不到的。

"那叫作窃盗的总理,又将那些'拿钱来''送孩子来,那边去,这边来'之类的命令,无论在这国里的人们的起来的时候,或者是躺下的时候,都不断的发表,而且差那叫作精穷的忠心的术士去施行这些命令去,这国里的人们是连夜梦里也发着抖的。点灯笼和洋灯不消说,即使点油松,对于暗后也是不赦的罪;倘想要自己住着的街和房子更便利,更温暖,虽然不过单是想,对于寒王也犯了不赦的罪的。犯了这样的罪的人们,那自然该受可怕的刑罚。"

哥儿完全不哭了,抬了湿着眼泪的可爱的脸,用了他吃惊的眼睛,只看着我的脸。

"大哥,这故事不太可怕么?"

"那里那里,可怕的故事多得很哩。不消说,虽然不是童话,却是真事情的话。……"

"后来那国度怎么了呢?"

春风又来敲着窗门。第三千多少回的鸡啼,也来报黎明已到了……。

其　二

"那国度是全然困顿了。那国里的人们只有唯一的希望,就是像你一样的希望太阳的上来。只因为这希望,大家所以一代一代的活着。

"寒王和暗后也拼命的劝谕,教大家静静的等候太阳上来,而且还说,太阳一升到这国度里,他们便即让位给太阳,自己却来和国民过平等的生活。这是什么缘故呢,因为统治一国,是很不容易,非常为难的;所以专等着太阳的上来是这国度里的人们的义务,而这国度里的人们也都驯良的等候着太阳。但是无论怎么等,太阳在别的国里虽然也上来,也下去,只在寒王和暗后的国度里却不见有上来的模样。于是这国里的人们都不知道怎么办才好了。寒王和暗后之间,却又生了第三个王子,叫作失望。

"这时候,这国里来了一个称为希望的外人,那是伟大的学者,懂得许多事情的人。然在这国度里,却以为惟有外人最讨厌;而且这名叫希望的学者,便在别的外人之间,也很被憎恶。因是他从起来的时候起,到躺下的时候止,只研究着不利于暗王国的事,而且还计画着各国的灾祸。据人们说,希望外人又曾宣言,说是寒王和暗后统治着国度的时候,太阳是不会上来的。那就是太阳不上来的时候,这国里的人们便不会得到幸福的理由了。

"但这国里的人们,虽然从一直先前以来,即使各人都不幸,却总相信自己的国度是世界上最为幸福的国度,从来没有怀过疑。听了希望学者的话,诚实的人们都不信,然而性急的勇敢的青年们却因此很担心,没法放下了,并且这才觉到自己的国度并非幸福的国度。听到了这些事,横暴和乱暴两王子带了和自己相像的人物,用了比先前更响的声音,唱着

　　　　'喂,打打,推,

　　　　　喂,捧呀,杀杀!'

的国歌,比先前更利害的在全国度里绕。窃盗总理和精穷术士也比先前更尽忠于寒王和暗后了。还有新降诞的叫作失望的王子,并不多久,也就长大起来了。但是虽然这样,那性急的元气的青年们,却还是发各种的议论,终于跑到希望学者那里去商量。

"'要怎么办,暗王国才会幸福呢?'那青年们对了希望学者首先问。

"'使全国开了红的花,就会幸福罢。'他简单的答。

"红的花的种子在这国度里是多到有余,性急的年青的人们便将那种子撒在学校和寺院的院子里,运动场里,市上的公园里,各处的田地里。"

哥儿兴奋了,抬了头看着我的脸。

"那红的花开了没有呢?"

"不,一朵也没有开。"

哥儿叹一口气,那眼珠又湿润了。

第三千多少回的鸡啼已经报了天明;春风微微的敲着窗户,说:

"可是这回却要开哩,红的花……,通红通红的血一般的通红的铃兰的……。"

然而哥儿将脸埋在我的膝上,没有听到了。

其 三

"性急的元气的年青的人们,又跑到希望学者那里去,说:

"'红的花的种子虽然各处都撒到了,但是红的花却一朵也没有开。'

"'那是光和热不够的缘故。'希望学者静静的回答说。

"听了这话,年青的人们都愕然了。

"'那么,仍然是除了等候太阳上来之外没有法,这是寒王和暗后的国度,光和热当然不足的。'他们都失望了。希望学者却失了笑。他知道这国度的人们是以为各国各有一个太阳,即使别国的太阳早已上升,而本国的太阳没有上,是丝毫没有法子想的。希望外人这时候想到了这一节,于是就失笑了。

"'虽然对诸位很抱歉,但是在这世上,为这世间的太阳是只有一个的,就是这太阳,什么时候都无休无息,给这世上温暖和光明。然而因为寒王和暗后统治着这国度,横暴和乱暴这两王子又在各处走,所以这太阳的暖和光都达不到这国度里。倘没有了寒王和暗后,这国度的上面,是一定可以看见温暖光明的太阳的。使这国度里开了红的花,那妨碍看见太阳的东西也就自然而然的没有了。'

"听了这些话,年青的人们便是忧郁,失掉了元气了。

"'然而,能使开花的热和光不是不够么?'他们又说。

"希望学者又笑了。

"'能使开花的热和光,无论在那一国,是多到有余的。'他说,而且笑。

"性急的年青的人们都目不转睛的看着希望学者的脸。他们里面,也有一个像你似的哥儿叫作有望,是最勇敢最高尚的青年。暂时看着希望学者的脸之后,那有望哥儿也笑了。他于是用了锋利的刀割开了自己的胸膛,在自己的心脏中,种下那红的花的种子去。从这哥儿的胸膛里,这才开了通红通红的,血一般的通红的铃兰的花……

"不多久,全国到处都开了红的花。一看见红的花,寒王和暗后便带了横暴,乱暴和失望这三个王子遁向东方,窃盗总理和忠心的精穷术士都忽而逃向西方了。在这国度上,从创世以来,那温暖光明的太阳这才给与光亮。从这时候起,这国度里的人们,这才学起生活于幸福的事来。

"然而,哥儿,那首先割开胸膛,使从这里面首先开花的有望哥儿们,却并没有看见光辉美丽温暖的太阳在这国度上。他们并没有在太阳之下,尝一点幸福的生活。

"有望哥儿们的生命,是成了红的花的生命了。哥儿呵,为了红的花,而交出了自己的生命和自己的心的热血的有望哥儿们,是忘记不得的。……"

然而我那可爱的,将眼泪沾湿了我的膝髁的哥儿,却已经睡着了。我目不转睛的看着泪湿的疲劳的美丽的脸,屹然的坐着,什么地方又起了第三千多少回的鸡啼;春风又静静的敲着窗户。

哥儿入梦了。我也一样……

第三部曲

其 一

在将头藏在很高的青云里的山的山脚下,嚷嚷的聚集着许多工人们:他们都想走上那连着青云的一条很狭的山路去。但在狭路的两面,从山脚下一直到云端,都排列着几千百个收税官吏一般的人物。他们因为要使不纳税的不能走上这条道路去,正和冲过去的工人们战争。正当这时候,工人们里忽然跳出一个青年来,一面将金钱递给站在左右的官吏,一面径自上去了。工人们也暂时停止了和官吏的争斗,羡慕似的看那青年向上走,直到看不见了影子,才又格外的喧嚷起来。我走向闹着的工人们那边去。

"你们为什么闹的呢?"我问一个工人说。

"我们么,"他先抛给我一个怀疑的眼光,"我们到这里来,是想要一同上山去的,然而那班畜生,"他指着两旁的官吏,"说是拿钱来。吃饭尚且没有钱,上山还会有钱么。"

"上山又做什么呢?"我问。

"说是山上有着红的花哩,能使工人们得到幸福的红的花。"

"通红通红的,血一般的通红的铃兰的花么?"

"对咧,大家就是想要拿这个去,那些畜生们却是除了有钱的之外,谁也不放过去。"

"究竟前面的是什么山呢?"我问。

"你不知道?"工人又诧异的看我了,说,"那就是有名的学问山,是智识阶级的窠呵。在上面的能使工人幸福的红的花,就是智识阶级这些小子们在那里做出来的。但是智识阶级这羔子能够相信么?我们也想自己上去看,然而那畜生……。刚才上去的小子虽然也是我们的一伙……。虽说替工人们去取了红的花,拿到这里来……。手头有钱的小子,能够相信的么? 有钱的都是强盗,都是吸我们的血的狗呵!"工人们各处叫喊,而且声音又逐渐的响起来了。

"打罢,动手!"工人们叫喊着,又开始了前进,在这时候,那青色的云端里恰现出先前上去的青年来。

"呀,回来了,回来了。"工人看见他,都大声说。

"喂,快下来,快下来罢,我们并不是到山上来旅行的。"工人喊着说。受着站在两旁的官吏的逐一的招呼,那少年走下来了。待他近来,我才知道他便是我的哥儿。他的眼睛发出光闪,那脸热得通红。哥儿一面往下走,一面对着工人热烈的说话。工人都张着嘴,茫然的听着。我虽然也分明的听到他的言语,却毫不懂那些言语的意义。我看着站在前面的一个工人的脸说:

"那说的是什么话呢?不懂呵。"

"不懂。似乎并不是我们所用的话。"

"那里的话呢?不懂呵,不知道可是美国话。"

"不。"一个工人说,"那是智识阶级所用的话呵,据说就是学问话。"

"喂喂,简单点!"各处发出工人的忍耐不住的声音来了。

"红的花怎么了?"

"拿出红的花来……。"

"谈天不关紧要,先拿出红的花来罢!"工人们都叫喊。

"红的花在这里!"在喧嚣里提高了喉咙说,哥儿将红的花擎起在工人们的头上了。忽而大家都寂静;而红的花照入各人的眼中。在忽而平静了的沉默中,我分明的听到工人们的充满了希望的胸膛的鼓动。但是过了一分时,工人们又像暴风雨中的大海一般的喧扰起来了。

"那是白的花,是染红的白的花……。那是白纸做的花……。那是用红颜色染过的纸的花。那是用原稿纸做的花,用红水染过的。"

"骗子!说谎的……。打这畜生,动手!"大家叫喊着,捏起拳头,都准备攻击哥儿了。

"且住,且住,那是我的哥儿呵。"我一面叫喊,因为想帮哥儿,便跳进工人们的队伍里……。

其　二

幻景消失了。我的额上流着冷汗。一瞥那躺在我的膝上的哥儿的脸,只见他为恐怖所袭击,发着可怕的痉挛,我便不由的往后缩,我为要不看见他的脸,闭了自己的眼睛。我用手遮了他的额,许多回,无意识的反复的说道,"那不过是梦罢了,幻罢了。"

"我并不说谎;我并不想要欺骗工人。但是那红的花,那用红水染出来的,用原稿纸做成的那花,怎么会在我的手里的呢?"似乎被谁诘问着似的,哥儿用了笑话,替自己辩护说。我用手抚着他的脸,许多回,反复的说道,"那不过是梦罢了,幻罢了。"那脸相终于沉静;哥儿已经熟睡了。有谁开了门,走进我的房里来。我直觉的知道:那是新的梦又复进来了。

"已经尽够了。不要进来!"我想说,然而竟不行。哥儿又在那里做梦了。我也一样。……

其　三

在起了大波涛,可怕的呻吟着的无限的人们的大海中间,出现了一座铁和石造成的金字塔一般的高塔。那铁制的门户,都密不通风,关闭得紧紧的。从许多窗子里,却看见机关枪和大炮。塔上面和塔下面,以及门前面,都站着许多的军人。那军人,全是造塔的石头一般冷,造门的铁一般硬,毫不动弹,只是静静的看着起了大波涛,可怕的呻吟着的无限的人们的大海。

"开门罢!"无限的人们的海发出咆哮来。铁匠的锤,樵夫的斧,矿工的锄,这些作工的器具,都做了工人的武器,当军人前面,抡在空气中。

"开门,开门罢!"无限的人海的呻吟逐渐响起来了。然而塔是像石和铁所做的山一般冷,军人是像铁和石所做的塔一般不动摇,静看着这情状。

"开门,开门罢……。"

"那塔,是什么塔呢。"我向了一个抡着斧头的工人问。

"那是议院呵……。"

"议院？"

"是的，"工人说着，又抢起斧头，叫道"开门开门"了，但忽又向着正在惊疑的我，愤愤的说道。"据说那里面就有红的花哩。"

"红的花？"

"红的花呵，据说能使穷人得到幸福的红的花，就在这里面。"

"也有红的鸟么？"我无意识的问。这回是工人吃了惊，显了什么也不懂的脸相了。

"什么红的鸟？"

"通红通红的，血一般的通红的天鹅呵。"

"这样的东西，或者也有罢。我们已派了代表，教他无论如何，总要从有钱的小子们的手里，取了那能使穷人得到幸福的红的花来。但是红的鸟，却并没有说起呢。也许又受了富翁的骗了。畜生！我们的代表本该早已回来的了，现在是怎么的呢？只是等候着，等候着。……在那里面的东西是没有一个靠得住的，全是畜生。因为都是不能够相信的坏种。……"

"喂，开门罢，开门！"他们抢着工具，叫喊的声音比先前更响亮了。跟着这叫喊似的，静静的开了最上层的门，于是第二层，第三层，瞬息之间，一切门都开了。在那里面，能看见从底到顶的雪白的大理石的阶级，充满着大约是温室里养出来的美丽的奇花。那两边，是排列着远方各国的有名的绘画和很古的雕刻；而在中间，则站着不动如雕刻，美丽如图画的军人。

无限的人海忽而冰冻了。石级上面，静静的现出一个年青的人来。

"那是我们的代表呵，体面罢。"拿斧的工人对我说。仔细的看了工人的代表，我的心却又鼓动起来了。

"喂喂，那是我的学生呵，那是我的哥儿呵。"我拉了工人的袖子说。

"胡说，畜生！"工人却仿佛骂我似的发恼了。

代表渐渐下来,工人的叫喊万岁的声音也渐渐的盛大,而在后面,铁的门也从上到下,一层一层的挨次关闭了。待到代表走完了石级,也就关上了最后的门,只见那高塔如石和铁做成的山一般,冰冷的先前一样的站着。

"红的花怎么了?拿出红的花来!"无限的人海如此呻吟。这时候,我已经知道那工人的代表确凿是我的哥儿了。哥儿很庄严的举了手,在那手里,便捏着鲜血染过了似的通红的花。无限的人海又冰冻了,然而这也不过是一瞬间的事。

"那是白的花。那是染了工人们的血的白的花;染了穷人们的血的白的花。奸细!凶手!"无限的人海又复呻吟,起了斧和锄和镰刀的波涛,奔向哥儿这面去。

"那是我的学生呵。那是我的哥儿呵。"我一面叫,便跳进了工人们的队伙里。

"教出奸细来,还要逞能么?畜生!"一个拿斧工人吆喝着,就举斧来劈我的头。我惊叫一声,向后一仰面,那斧便顺势落在胸膛上,立刻劈成两半了。

"那是我的学生呵。那是我的哥儿呵……。"

其 四

幻景消失了。我颤抖着。我聚起所有的元气来,去一看靠在我的膝上的哥儿的脸。那脸苍白到像一个死人,筋肉丝毫不动,也完全像是死尸的模样。

"死了!死了!"我叫喊着,又一摸他的额,冰冷如同石头。我又要去按哥儿的胸膛,这时才知道,他的胸膛已经分成两半了。

"死在斧上的罢。"我想。我又去一窥探,只见心脏还在那里面微微的动弹。

"死在斧上的呵!"我又想。而且这时才记得,我的胸膛也是受了斧劈的了。我一看自己的胸膛,我的胸膛也分了两半,又去一窥探,只见心脏还在那里面微微的动弹。在心脏中,隐约的看见红的花,已经就要枯起来了。"拿掉罢。"我勉励自己似的说,从心脏中取出红的花来。"将这送给故去的哥儿,作为最后的纪念罢。"我说着,便将花种在哥儿的心脏里。这时候,哥儿的心脏却又复活过来,发生了鼓动;那死人似的哥儿的苍白色的脸上,也流通了新的神秘的生命;他的嘴唇,也凄凉的微笑了。

"我并不是奸细。我是寻觅着真的花的,但那染了工人们的血的白的花怎么会在我的手里的呢?"他握着我的手,低声的说。

"可爱的哥儿呵。那是我知道的,然而那些不过全是梦罢了,可怕的幻景罢了。"

"是罢。"哥儿说着,将眼光转到那边去了。我也一样……。

然而那边的墙壁已经看不见了。

其 五

在我的面前,有无限的大都会中的一片空地方,左边看见学问山似的高山,右边看见仿佛议院塔一般的高塔。其间有许多人,动弹着,然而不出声。空地的中央立着奏乐的高台,四面都围满了兵队。人们里面,仿佛觉得最多的是农夫。

"那是什么?"我指着兵队围住的高台,问一个年青的农夫说。

"那是断头台呀,砍人头,绞人颈子的。"他低声的答,很坦然。

"今天也有人要受死刑么?"

"对啰。"

我的心骤然间生痛了。

"今天是砍谁的头呢?"

"这我们怎么知道呢?虽然天天在这里砍人,绞人,但是砍的是什么人的头,绞的是为了什么事,我们统统不知道。总该是有什么缘故的罢,总该是因为做了什么坏事情罢。……"他仿佛有所忌惮似的向四面看,而且放低了声音。

"听说做了好事情的人的头也砍。然而我们是无智识的,所以什么也不懂的。"他于是接近了我的耳朵,用了更低的声音说:

"我们是小百姓呀,似乎不能排在人里面的。"

我吃了惊,目不转睛的看着他的脸。

"我们是人的影子呵。"他极低声的说。

我的心寒冷了。我于是知道他实在是人的影子。我想从他这里逃开,便走向守着断头台的军人那边去。我还怕军人也是人的影子,就去一触其中一个的手,觉得确是人,我不由的非常高兴了。那被我触着了的军人,当即转过眼来对我看。

"究竟在这里,今天处谁死刑呢?"我问。

"这些事,"他微微一笑说,"我们是不知道的。虽然每天在这里砍人,绞人,但是砍的是什么人,绞的是为了什么事,我们统不知道的,总该有什么缘故的罢,总该是因为做了什么坏事情罢……。"他说着,也如先前的农夫一样,惴惴的向四面看,于是放低了声音,挨近了我,说道:

"听说做了好事情的人的头也砍。然而我们是无智识的,所以什么也不懂的。"他又像那农夫一样,接近了我的耳朵,而且用了比先前更小的声音:

"我们是军人呀,似乎不能排在人里面的。"他说。

我更加吃了惊,目不转睛的看着他的脸。

"我们是机器呵。"他在我的耳朵边,极低声的说。

我发了抖,我的心寒冷了。

有谁在我的后面笑;回头看时,是成了一小群,都是戴着红的假面和黑的假面的,正在站着笑我哩。我便走向他们那边去。

"究竟今天是砍谁的头呢?"我向了戴着红假面的一个人问。

"这我们是不知道的。虽然天天在这里砍人,绞人……"红假面也学着农夫的口吻说。红假面和黑假面都笑起来了,然而我却没有笑。

"你们是谁呢？"

"我们是假面。"

"你们为什么戴着红的和黑的假面的呢？"

"因为我们的脸还没有长成。"

"如果脸长成了？"

"便抛了假面了。"

"要什么时候，你们的真的脸才会长成呢？"

"红的花开了的时候……。"

"今天是砍谁的头呢？"

"你为什么要问这等事？"

"因为我的心生痛呵。"

戴着红的和黑的假面的人们，都诧异似的看我了。

"这似乎不是影子……。也不是机器……。说是有心的……。而且说是这心还会痛……。"他们用了很低的声音，大家切切的说。于是经我最先问过的红假面，便走近我的身边来了。

"今天是，要砍那种了红的花的人的头。"

"红的花？"

"红的花！今天就要砍那试种了使人们幸福的红的花的人的头呵。"

"那红的花是种在什么地方呢？那人是……。公园里，还是田地里呢？"

"种在什么地方，我们不知道。似乎不是在公园，也不是田地里。我们也曾将红的花的种子下在这些地方的，但是都无效，那花一朵也没有开。将花种在什么地方这一节，我们也正想探问他，所以特地来到这里的。"

"来了！来了!"影子和机器都嚷起来了。影子们和机器们左右一分，让出一条大路，直通断头台，路上现出一辆自动车，棺木似的盖着黑布。这时候，捏着明晃晃的板斧的刽子手，也在断头台上站起来了。驶到断头台的阶级下,那黑的棺木似的自动车便停了轮。五六个军人和官吏,从车子里押出犯人来,并且带到断头台上去了,犯人的胸前,就开着很大的红的花。

"那是我的学生呵。那是我的哥儿呵。"我叫唤说。

军人将哥儿的头搁在高的树桩上,刽子手举起那明晃晃的板斧了。

"且住!且住!"我一面叫喊,一面跳到断头台上去。

"且住,且住……。"

挂着许多勋章的官员一举手,刽子手的明晃晃的板斧停在哥儿上面的空中了。影子们和机器们全都不动了。

"且住,且住……。这红的花是我的,并不是哥儿的花。如果为了红花而死,不该是这哥儿,却应该是我……。"

挂着许多勋章的官员将他举着的手的小指只一弯,刽子手的明晃晃的板斧便闪电似的落下来了……。哥儿的头,掉在我的脚下了。

"哥儿,哥儿……"

结 末

其 一

幻景消失了。我用两手掩了脸,啼哭着。

"说谎,说谎,这花是我的。这是我用了胸中的血和热养大来的红的花。"哥儿正在说笑话。

"哥儿,哥儿……。"

春风比先前更用力的来敲窗。

"新的春来哩。不起来迎接么?"

哥儿醒来了。

"大哥,谁敲了窗门了?"

"谁也没有敲。"

"我分明听到的。"

"阿阿,那是春风罢了。"

"说了些什么罢,那春风?"

"不,也并不……"

"我分明的听到了。说是'新的春来哩。不起来迎接么?'"

哥儿起来了。太阳升得很高了。

"大哥,我去了。"

"那里去?"

"那边,你不同去么?"

"我的路是不同的。"

"我却也这样想……。"哥儿寂寞的说。

"哥儿,我们的路虽然不同,我们一同还要会见的。"

"在断头台上么? ……"

我们都走出外面了。天空很澄明,春天的太阳很愉快的晃耀。春风摇荡着杨柳的下垂到地的枝条,切切的说:

"春来了,还不起来么?"

哥儿微笑了。临别的时候,他紧紧的握着我的手说:

"大哥,无论怎么说,那是总不还你的了。"

"什么?"

"你给我的那红的花呵。"

其 二

在院子里,我和客寓里的主妇遇见了。

"唉唉,颜色好不难看,这是怎么一回事呢?"伊说。

"不,别的倒也没有什么。"

"昨晚上又是一点也没有睡着么?"

"倒也还算是睡着的……。"

"和那美少年一起?"

"是的。"

"那可不好。"

"为什么?"

"还说为什么……。总之,还是再去睡一会罢。"

"叫我再去睡下么?"

"自然,可是颜色太难看了………。"

下垂到地的杨柳树,很深的吐一口气,说:

"开起花来试试罢。红的花却不成,虽然对诸君很抱歉……。"

我许多时,许多时,惘然的只站着。

原载 1923 年 7 月 10 日《小说月报》第 14 卷第 7 号,副
题作"致北京大学的学生"。

初收 1924 年 12 月上海商务印书馆版"小说月报丛刊"
第二种《世界的火灾》。

二十二日

日记 晴。星期休息。护国寺集会,午后游一过。下午子
佩来。

二十三日

日记 昙。无事。

二十四日

日记 晴。上午往大学讲。午后游小市,以钱五百买《觉世真

经闱化编》一部八本。下午同徐吉轩,裘子元往松云阁,以其方有人自洛来也,因以泉五元买六朝小土寓人二枚,宋磁小玩物六枚。夜大学寄《国学季刊》一册。

二十五日

日记　晴。无事。

二十六日

日记　晴。无事。

二十七日

日记　晴。上午往高师校讲。往直隶书局买《铜人腧穴针灸图经》一部二本,一元四角;又石印《圣谕象解》一部十本,一元。往松云阁买土寓人二校[枚],鸡豚各一枚,五元。下午同戴螺舲阅小市,以泉一元一角买磁小花盆一枚,磁大粗盘二枚。夜风。

二十八日

日记　晴。下午寄胡愈之译文一篇。夜濯足。

二十九日

日记　晴。星期休息。下午寄胡愈之信。装书六本讫。晚伏园来。

三十日

日记　晴。上午收郑振铎信并版税泉五十四元。下午收去年十二月下半月奉泉百五十。夜三弟归,赠我烟卷两合。

五月

一日

日记 晴,风。午后往图书分馆访子佩,不值。往商务印书馆取版税泉五十四元,买《玉篇》三本,《广均》五本,《法言》一本,《毗陵集》四本,共泉三元四角。往松云阁买土偶人五枚,七元。三弟以外氅一袭见让,还其原价十四元。夜复郑振铎信。

二日

日记 晴,风。无事。

三日

日记 昙,下午小雨。收正月上半月奉泉百五十。

四日

日记 小雨,下午晴。丸山君来部,为作一函致孙北海,绍介竹田,小西,胁水三君参观图书馆。王君统照来。

五日

日记 晴。无事。

六日

日记 晴。星期休息。午孙伏园来。

七日

日记 昙,夜大风。无事。

八日

　　日记　昙,风。上午往大学讲。见丸山及石川半山二君。晚丸山君招饮于大陆饭店,同坐又有石川及藤原镰兄二人。

九日

　　日记　晴。无事。

十日

　　日记　晴。有人釀泉为秦汾制屏幛,给以一元。省三将出京,以五元赠行。晚与二弟小治肴酒共饮三弟,并邀伏园。

十一日

　　日记　晴。上午往师校讲。

十二日

　　日记　晴。上午得省三信。夜得赵子厚信。

十三日

　　日记　晴。星期休息。午后与二弟应春光社约谈话,下午至中央公园会三弟及丰丸同饮茶。晚伏园来。夜重装《颜氏家训》二本。

十四日

　　日记　晴。晨三弟往上海,托以『最後之溜［嘆］息』一册转赠梓生。晚与裘子元往西吉庆饭,复至大学第二院听田边尚雄讲说《中国古乐之价值》。

十五日

　　日记　昙。上午往大学讲。午后高阆仙为代买得《王右丞集笺注》一部,泉五元。晚雨一陈。夜重装《石林遗书》十二本讫。

十六日
日记　晴。夜濯足。

十七日
日记　晴。夜修补旧书。

十八日
日记　雨。上午往高师校讲。至达古斋买《浩宗买地券》一枚,二元;《寇胤哲墓志》并盖一枚,残石二种二枚,共二元。往图书分馆查书,又致子佩泉十元贺其移居。下午晴。

十九日
日记　小雨。下午遐卿来并赠《近代八大思想家》一册,太平天国坏印本二枚。夜得三弟信,十六日上海发。重装旧书三部共十二本讫。饮酒。

二十日
日记　昙。星期休息。下午子佩来。伏园来,赠华盛顿牌纸烟一合,别有《浪花》二册,乃李小峰所赠托转交者,夜去,付以小说集《呐喊》稿一卷,并印资二百。

二十一日
日记　昙。下午晴。寄三弟信并书一册。寄周嘉谟君信并剧稿。游小市,买《朝市丛谈》一部八本,泉二角。

二十二日

　日记　晴。上午往大学讲并还《太平广记》。三弟寄来《草隶存》一部二本,直三元二角。

二十三日

　日记　晴。下午泽村君及张凤举来。晚寄郑振铎信。夜大风。

二十四日

　日记　晴,风。午后以『北京勝景』一册寄赠季市。晚伏园来。

二十五日

　日记　昙。上午往高师校讲。往德古斋为泽村君买《孝堂山画象》一分,泉三元五角。下午得伏园信并代印名刺百枚。历史博物馆赠摹利玛窦本地图影片一分三枚。夜补书十六叶。雨。

二十六日

　日记　晴。上午得三弟信,廿三日发。下午风。晚二弟治酒邀客,到者泽村,丸山,耀辰,凤举,士远,幼渔及我辈共八人。

二十七日

　日记　晴,风。星期休息。午后得久異信。得三弟信。理发。

二十八日

　日记　晴。上午得三弟信,廿五日发。午后往帝王庙观阿博洛展览会绘画。下午收正月分奉泉三成九十。观小市。夜复三弟信。

二十九日

　日记　晴。上午往大学讲。下午往德古斋买黄肠石名二枚,杂造象七种十枚,墓名三种三枚,共泉十二元。

三十日

日记 晴。无事。

三十一日

日记 晴,晚风。无事。

六月

一日

日记 晴。上午得三弟信,廿八日发,晚复。

二日

日记 晴。痔发多卧。

三日

日记 晴。星期休息。上午徐耀辰,张凤举,沈士远,尹默来。夜濯足。

四日

日记 晴,热。无事。

五日

日记 小雨。上午往大学讲。晚霁。

六日

日记 晴。上午得伏园信。午后寄季市《小说史》三篇。晚浴。从上午至夜半共补钞《王右丞集笺注》四叶。风。

七日

日记 晴。午后往世界语学校筹款游艺会。夜补《王右丞集》二叶。

八日

日记 晴。上午往高师校讲。寄还郭耀宗君小说稿。往德古斋买《吕超静墓志》一枚,一元;六朝造象七种十二枚,二元。夜雷雨。补钞《王右丞集》三叶。

九日

日记 晴。上午钞《王右丞集》一叶,全书补讫。夜阅大学试卷四十六本。

十日

日记 晴。星期休息。上午得三弟信,七日发。午后小雨,晚霁。伏园来。夜装钉《王右丞集》八本。阅高师校试卷二十七本。

十一日

日记 晴。无事。

十二日

日记 晴。下午往师校。得福冈君信。晚寄伏园信。

致 孙伏园

伏园兄:

今天《副镌》上关于爱情定则的讨论只有不相干的两封信,莫非竟要依了钟孟公先生的"忠告",逐渐停止了么?

我以为那封信虽然也不失为言之成理的提议,但在变态的中国,很可以不依,可以变态的办理的。

先前登过的二十来篇文章，诚然是古怪的居多，和爱情定则的讨论无甚关系，但在别一方面，却可作参考，也有意外的价值。这不但可以给改革家看看，略为惊醒他们黄金色的好梦，而"足为中国人没有讨论的资格的左证"，也就是这些文章的价值之所在了。

我交际太少，能够使我和社会相通的，多靠着这类白纸上的黑字，所以于我实在是不为无益的东西。例如"教员就应该格外严办"，"主张爱情可以变迁，要小心你的老婆也会变心不爱你，"之类，着想都非常有趣，令人看之茫茫然惘惘然；倘无报章讨论，是一时不容易听到，不容易想到的，如果"至期截止"，杜塞了这些名言的发展地，岂不可惜？

钟先生也还是脱不了旧思想，他以为丑，他就想遮盖住，殊不知外面遮上了，里面依然还在腐烂，倒不如不论好歹，一齐揭开来，大家看看好。往时布袋和尚带着一个大口袋，装些另碎东西，一遇见人，便都倒在地上道，"看看，看看。"这举动虽然难免有些发疯的嫌疑，然而在现在却是大可师法的办法。

至于信中所谓揭出怪论来便使"青年出丑"，也不过是多虑，照目下的情形看，甲们以为可丑者，在乙们也许以为可宝，全不一定，正无须乎替别人如此操心，况且就在上面的一封信里，也已经有了反证了。

以上是我的意见：就是希望不截止。若夫究竟如何，那自然是由你自定，我这些话，单是愿意作为一点参考罢了。

六月十二日，迅。

十三日

日记　昙。下午伏园来。小雨即止。

十四日

日记　晴。下午得缪金源信并《江苏清议》三枚，《枡角公道话》

二枚。

十五日

日记　晴。下午往戴芦舲寓。往高师校取薪水。夜风。

十六日

日记　晴,热。午齿痛,下午服舍利盐一帖,至晚泻二次,渐愈。

十七日

日记　昙,风。星期休息。上午复缪金源信。寄三弟信。伏园携惠迭〔迪〕来,并持交春台自法国来信。晚晴。

十八日

日记　晴。旧端午也,休假。午邀孙伏园饭,惠迪亦来。连日重装《授堂遗书》,至夜半穿线讫,计十六本,分为两函。

十九日

日记　晴。下午收奉泉五十一元,正月分之一成七也。晚齿又小痛。

二十日

日记　晴。上午至伊东医士寓治齿,先拔去二枚。

二十一日

日记　晴。下午收特别流通券百十六元,二月分奉泉之三成三也。

二十二日

日记　　昙,风。下午往伊东寓疗齿,拔去二枚。

二十三日

日记　　晴。下午往留黎厂买土偶人一枚,小磁犬一枚,共泉
二元。

二十四日

日记　　晴。星期休息。午后风。晚伏园来。

二十五日

日记　　晴,风。晚浴。夜雷雨。

二十六日

日记　　晴。上午往伊东寓拔去一齿。往禄米仓访凤举,曜辰,
并见士远,尹默,二弟已先到,同饭,谈至傍晚始出。至东安市场,见
有蒋氏刻本《札朴》,买一部八本,直二元四角。得三弟信,二十三日
发。得冯省三信。夜小雨。

二十七日

日记　　昙。上午赙遐卿五元。黄中埁嫁女,与一元。

二十八日

日记　　昙。上午往伊东寓补龋齿一。午后伏园来。下午雨。

二十九日

日记　　晴。上午往留黎厂。往青云阁买鞋一两。往大学新潮

社,旋与李小峰,孙伏园及二弟往第二院食堂午餐,伏园主。晚得三弟信。

三十日

日记　晴。上午往伊东寓补龋齿二。下午子佩来并赠茗两包。

七月

一日

日记 晴。星期休息。晚风。无事。

二日

日记 晴。无事。

三日

日记 昙。休假。寄三弟信。与二弟至东安市场,又至东交民巷书店,又至山本照相馆买云冈石窟佛像写真十四枚,又正定木佛象写真三枚,共泉六元八角。下午伏园来,并持交锡马一匹,是春台之所赠。

四日

日记 晴。上午凤举,士远,尹默来。

五日

日记 晴。无事。

六日

日记 晴,午后昙,晚小风雨。浴。

七日

日记 晴。午后得伏园信。得师校信,即复。得马幼渔信并残本《三国志演义》十六本,下午复。晚小风雨。

八日

日记　晴。星期休息。下午伏园来。晚雷,夜微雨。

九日

日记　昙。劳顿,休息。无事。

十日

日记　晴,下午雨一陈即霁。无事。

十一日

日记　晴,下午大风雨一陈。无事。

十二日

日记　晴。上午得三弟信,九日发。下午收商务印书馆所寄三色爱罗先珂君画象一千枚,代新潮社购置。得马幼渔信。

十三日

日记　晴。晚浴。

十四日

日记　晴。午后得三弟信。作大学文艺季刊稿一篇成。晚伏园来,即去。是夜始改在自室吃饭,自具一肴,此可记也。

十五日

日记　昙。星期休息。下午空三来。李遐卿携其长郎来,并赠越中所出笔十支。晚雨。

十六日

日记 雨。下午寄三弟信。

十七日

日记 昙。上午戴昌霆君交来三弟所托寄之竹篓一个,布一包。收商务印书馆制板所所寄爱罗君画象铜板三块。下午雨。

十八日

日记 昙。午得久巽信。晚微雨。

十九日

日记 昙。上午启孟自持信来,后邀欲问之,不至。下午雨。

二十日

日记 晴。午后寄马幼渔信并还《列女传》,《唐国史补》,残本《三国志演义》。下午伏园来。夜省三,声树来。夜半大雷雨。

二十一日

日记 晴。下午理发。

二十二日

日记 晴。星期休息。无事。

二十三日

日记 晴。上午以大镜一枚赠历史博物馆。得三弟信,廿日发,夜复。

二十四日

日记 晴。下午声树来。

二十五日

日记 晴。上午往伊东寓治齿。寄声树信。

二十六日

日记 晴。上午往砖塔胡同看屋。下午收拾书籍入箱。

二十七日

日记 晴。上午得伏园信。下午紫佩挈其子俫来,并赠笋干新茶各一包,贻其孩子玩具二事。

二十八日

日记 晴。上午往伊东寓治齿。下午孙伏园持《桃色之云》二十册来,即以一册赠之,并托转赠李小峰一册。夜寄三弟信。

二十九日

日记 晴。星期休息。终日收书册入箱,夜毕。雨。

三十日

日记 昙。上午以书籍,法帖等大小十二箱寄存教育部。寄马幼渔信并还《唐国史补》及《青琐高议》。赠戴芦舲,冯省三以《桃色之云》各一本。午雨一陈。得三弟信,廿六日发,夜复。

三十一日

日记 晴。上午访裴子元,同去看屋。寄许季市信并还《文选》一部,送《桃色之云》一册。下午收拾行李。

八月

一日

日记 昙。上午往伊东寓治齿,遇清水安三君,同至加非馆小坐。午后收拾行李。下午得冯省三信。晚小雨。寄三弟信。

二日

日记 雨,午后霁。下午携妇迁居砖塔胡同六十一号。

三日

日记 晴。下午赠许羡苏,俞芬《桃色之云》各一册。

四日

日记 晴。上午以《桃色之云》各一册寄赠福冈,津曲二君。寄冯省三信。晚潘企莘来。

五日

日记 昙。星期休息。晨母亲来视。得三弟信,七月卅一日发。晚孙伏园来并持示春台里昂来信。小雨。

六日

日记 晴。上午得三弟信,二日发,即复。

七日

日记 晴。无事。

八日

　　日记　昙。上午往伊东寓治齿并补齿毕,共资泉五十。伏园来,交爱罗君画象印资二十八元六角。陈百年君母故,赙二元。下午常维钧来并赠《歌谣》周刊一本。子佩来。小雨。

九日

　　日记　昙,午晴。无事。

十日

　　日记　昙。上午冯省三来。往伊东寓修正所补齿。下午孙伏园来。夜雨。

十一日

　　日记　雨。无事。

十二日

　　日记　昙。星期休息。午雨。得伏园信,即复。下午晴。章矛尘,孙伏园来。夜校订《山野掇拾》一过。

十三日

　　日记　晴。上午得三弟信,九日发。母亲来视,交来三太太笺,假十元,如数给之,其五元从母亲转借。夜校订《山野掇拾》毕。

十四日

　　日记　昙。上午寄伏园信并还《山野掇拾》稿本,又附寄春台笺。寄三弟信。寄李茂如信。午晴。得季市信。

十五日

日记　昙。上午得三太太信。午后雨一阵。

十六日

日记　晴。上午寄季市信。寄三弟信。午后李茂如,崔月川来,即同往菠萝仓一带看屋,比毕回至西四牌楼饮冷加非而归。

十七日

日记　晴。无事。

十八日

日记　晴。上午收二月分奉泉四元,即付工役作夏赏。

十九日

日记　晴。星期休息。上午母亲来。得福冈君信片,十二日发。午得伏园信。

二十日

日记　小雨。午后与李姓者往四近看屋。下午大雨。

二十一日

日记　晴。上午收二月分奉泉四元。午后母亲往八道弯宅。

二十二日

日记　晴。上午得三弟信并泉十五元。下午与秦姓者往西城看屋两处。晚伏园持《呐喊》二十册来。

二十三日

日记 晴。得罗膺中结婚通告,贺以一元。以《呐喊》各一册分赠戴螺舲,徐耀辰,张凤举,沈士远,尹默,冯省三,许羡苏,俞芬,泽村。夜小雨。

二十四日

日记 晴。上午得三弟所代买书四本,共泉二元伍角。以《呐喊》各一册赠钱玄同,许季市。而省三移去,昨寄者退回,夜与声树同来,复取去。

二十五日

日记 晴。上午往伊东寓修正补齿。得朱可铭信,四日发。下午约王仲猷来寓,同往贵人关看屋。晚许钦文,孙伏园来。

二十六日

日记 晴。星期休息。上午母亲遣潘妈来给桃实七枚,三弟之款即令将去交三太太收。下午许钦文来。李遐卿来。夜濯足。

二十七日

日记 晴。午后寄三弟信。

二十八日

日记 昙。午后同杨仲和往西单南一带看屋。下午小雨即霁。夜又小雨且雷。

二十九日

日记 晴。上午母亲来,交三太太信并所还泉五元,所赠沙丁鱼二合,即以泉还母亲,以一合鱼转送俞芬小姐。

三十日

日记 昙。下午得沈士远信。雨。

三十一日

日记 晴。上午母亲往新街口八道湾宅去。下午同杨仲和看屋三处,皆不当意。

九月

一日
日记 昙。上午崔月川来引至街西看屋。下午以《呐喊》各一册寄丸山及胡适之。

二日
日记 晴。星期休息。下午昙。声树来。潘企莘来。

三日
日记 晴。上午阮和森来,留午饭,饭既去。午后得丸山信。夜雨。

四日
日记 晴。下午往图书分馆访紫佩并查书,借《甲申朝事小记》一部而归。

五日
日记 雨。下午收二月分半月奉泉百五十。夜大雨。

六日
日记 昙。无事。

七日
日记 晴。午后游小市。

八日

日记　晴。晨母亲来。上午往留黎厂取高师薪水,买《庄子集解》一部三册,一元八角;又买方木二合,分送俞宅二孩子。下午得潘企莘信,夜复。

九日

日记　昙。星期休息。无事。

十日

日记　晴。师曾母夫人讣至,赙二元。彭允彝之父作生日,有人集资,出一元。

十一日

日记　晴。午后往大学取四月分薪水泉九。下午寄常维钧信。子佩来,贻火腿一块,赠以《桃色之云》,《呐喊》各一册。李小峰,孙伏园来,各赠以《呐喊》一册,又别以一册托转赠章矛尘。夜小雨。

十二日

日记　晴。上午同母亲往山本医院诊。午后往中校为俞芬小姐作保证。雨一陈。

十三日

日记　昙。上午和孙来。下午同李慎斋往宣武门附近看屋。夜濯足。

十四日

日记　晴。上午往师校取薪水二月分者二元,三月分者四元。

买《管子》一部四本,《荀子》一部六本,共三元。往山本医院取药。寄丸山信。午后往东单牌楼信义洋行买怀炉灰〔炭〕,又买五得一具。访丸山,不直。马幼渔来,不直。晚风,小雨即止。

十五日

日记 晴。下午往裘子元寓,复同至都城隍庙街看屋。

十六日

日记 晴。星期休息。上午许钦文来。往山本医院取药。下午昙。三太太以信来问母亲疾。雷雨一陈即止。夜散步于四牌楼。得和森信。

十七日

日记 晴。上午得伏园信。午后往世界语专门学校讲。

十八日

日记 昙。上午同母亲往山本医院诊。午后晴。母亲往八道湾宅。夕风。

十九日

日记 晴。下午寄三弟信并钱稻孙译稿一本。晚省三来取讲义稿子。夜半雷雨,不寐饮酒。

二十日

日记 昙。下午潘企莘来,同至西直门内访林月波君看屋。

二十一日

日记 晴。午后访孙伏园,赠我《梦》一本。晚林月波君来。

二十二日

日记　昙。上午往西北城看屋。得晨报馆征文信。午后小雨。下午往表背胡同访齐寿山,假得泉二百。

二十三日

日记　昙。星期休息。晨和森来,尚卧未晡。下午往世界语专门学校交笺,请明日假。秦姓者来,同至石老娘胡同,拟看屋,不果。

二十四日

日记　昙。欲买前桃园屋,约李慎斋同访林月波,以议写契次序不合而散,回至南草厂又看屋两处。下午访齐寿山,还以泉二百。咳嗽,似中寒。

二十五日

日记　晴。秋节休假。午后李茂如来言屋事。往四牌楼买月饼三合,又阿思匹林饼一筒。夜服药三粒取汗。

二十六日

日记　晴。午后得季市信,即以电话复之。收三月分奉泉五十六元,一月之一成七。

二十七日

日记　晴。晨母亲来。晚李茂如来。

二十八日

日记　小雨,午后晴。下午往鼎香村买勒鲞,茶叶。

二十九日

　　日记　晴。上午往师范校取薪水十四元,三月分讫。往商务印书馆买《孟子》一部三本,《说苑》一部六本,共泉二元八角。下午和森来。

三十日

　　日记　晴。星期休息。午李茂如来。夜得世界语校信并九月薪水泉十。

十月

一日

日记 昙,大风。上午李茂如来,同出看屋数处。午后往世界语校讲。得三弟明信片,九月廿七日发。夜李小峰,孙伏园来。大发热,以阿思匹林取汗,又写四次。

二日

日记 晴。上午往山本医院诊。得李茂如信。

三日

日记 晴。泻利加剧,午后仍往山本医院诊,浣肠,夜半稍差。

四日

日记 晴。午后往山本医院诊。晚始食米汁,鱼汤。

五日

日记 晴。晚李慎斋来。

六日

日记 晴。午后寄三弟信。往山本医院诊。

七日

日记 昙。星期休息。下午子佩来。伏园来。晚风。

《中国小说史略》序言

中国之小说自来无史；有之，则先见于外国人所作之中国文学史中，而后中国人所作者中亦有之，然其量皆不及全书之什一，故于小说仍不详。

此稿虽专史，亦粗略也。然而有作者，三年前，偶当讲述此史，自虑不善言谈，听者或多不憭，则疏其大要，写印以赋同人；又虑钞者之劳也，乃复缩为文言，省其举例以成要略，至今用之。

然而终付排印者，写印已屡，任其事者实早劳矣，惟排字反较省，因以印也。

自编辑写印以来，四五友人或假以书籍，或助为校勘，雅意勤勤，三年如一，呜呼，于此谢之！

一九二三年十月七日夜，鲁迅记于北京。

未另发表。

初收 1923 年 12 月北京新潮社版《中国小说史略》（上册）。

八日

日记 晴，风。午后往世界语校讲。下午往山本医院诊。以《中国小说史略》稿上卷寄孙伏园，托其付印。夜得季市信。

九日

日记 晴。午后寄马幼渔信。季市来部，假我泉四百，即托寿山暂储。

十日

日记 晴。休假。上午得夏葵如信,即复。午后得章菊绅信,即复。母亲往八道湾宅。访李慎斋,同出看屋数处。

十一日

日记 晴。午后往山本医院诊。下午和森来,未遇。

十二日

日记 晴。午后往半壁街看屋。

十三日

日记 晴。晨往女子师校讲。上午得三弟信,十日发,午后复。下午昙。寄钱稻孙信。晚诗荃来,赠以《桃色之云》,《呐喊》各一册。夜风。

十四日

日记 晴,风。星期休息。午后往德胜门内看屋。晚孙伏园来。

十五日

日记 晴。上午钱稻孙来,赠以《桃色之云》,《呐喊》各一册。午后往世界语校讲。下午往山本医院诊。寄三弟信。寄章菊绅信。

十六日

日记 晴。午后往针尖胡同看屋。

十七日

日记 晴。午后李慎斋来,同往四近看屋。晚服燕医生补丸二粒。

十八日

日记 昙。下午收教育部补足正月分奉泉十。晚李小峰,孙伏园来。

十九日

日记 雨。上午往高师校讲。午后大风。往大学讲。收大学四月下半及五月全月薪水共二十七元。下午得孙伏园信,即复。和森来访,不相值。

二十日

日记 晴。晨往女子师范校讲。上午母亲来。下午许钦文来。

二十一日

日记 晴。星期休息。晚孙伏园来并持示春台信。

二十二日

日记 晴,午后风。往世界语校讲。下午寄许诗荃信。得三弟信,十九日发,附卖稿契约一纸,即以转寄钱稻孙。往通俗图书馆还书,借书。托孙伏园买《呐喊》五本,晚令人送来,其直二元五角。夜大风。

二十三日

日记 晴,风。午后李慎斋来。寄孙伏园《小说史》稿一束。寄三弟信。下午得伏园信,晚复。风定。夜得伏园信。

二十四日

日记 晴。上午得孙伏园信,午后复。午后李慎斋来,同至阜成门内看屋。

致 孙伏园

伏园兄:

昨天接两信,前后相差不过四点钟,而后信称前信曰"昨函",然则前寄之一函,已为送之者压下一日矣,但好在并无关系,不过说说而已。

昨下午令部中信差将《小说史》上卷末尾送上,想已到。现续做之文,大有越做越长之势,上卷恐须再加入一篇,其原稿为八十六七叶,始可与下卷平均,现拟加之篇姑且不送上,略看排好后之情形再定耳。

昨函谓一撮毛君及其夫人拟见访,甚感甚感。但记得我已曾将定例声明,即一者不再与新认识的人往还,二者不再与陌生人认识。我与一撮毛君认识大约已在四五年前,其时还在真正"章小人 nin"时代,当然不能算新,则倘蒙枉顾,自然决不能稍说魔话。然于其夫人则确系陌生,见之即与定例第二项违反,所以深望代为辞谢,至托至托。此事并无他种坏主意,无非熟人一多,世务亦随之而加,于其在病院也有关心之义务,而偶或相遇也又必当有恭敬鞠躬之行为,此种虽系小事,但亦为"天下从此多事"之一分子,故不如销声匿迹之为愈耳。

树人 上 十月廿四日

再者,廿三函并书皮标本顷亦已到。我想不必客气,即用皇帝所用之黄色可也,今附上,余者暂存,俟面缴。

面上印字之样子,拟亦自定一款式,容迟日奉上,意者尚不急急也。

树又上　廿三[四]

二十五日

日记　晴。午后得沈士远祖母夫人讣,赙二元。

二十六日

日记　昙。上午往师校讲。午后往大学讲。往京师图书馆阅书,晚归。得钱稻孙信。

二十七日

日记　晴。晨寄钱稻孙信。寄三弟信。往女子师校讲。上午得钱稻孙信片。午后杨仲和,李慎斋来,同至达子庙看屋。

二十八日

日记　昙。星期休息。晚访李慎斋。许钦文,孙伏园来,同至孙德兴饭店夜饭,后往新民[明]大戏院观戏剧专门学校学生演剧二幕。

二十九日

日记　晴。午后往世界语校讲。寄大学讲义。寄常维钧信。得三弟信,二十七日发,夜复。理发。

三十日

日记　晴。午后杨仲和,李慎斋来,同至阜成门内三条胡同看屋,因买定第廿一号门牌旧屋六间,议价八百,当点装修并丈量讫,付定泉十元。

三十一日

日记　雨,上午晴。和森自山西来,赠糟鸭卵一篓,汾酒一瓶。下午往骡马市买白鲞二尾,茗一斤。寄王仲猷信。夜绘屋图三枚。世界语校送来本月薪水泉十五元。雨。

十一月

一日

日记　晴。午后托王仲猷往警署报转移房屋事。

二日

日记　晴。上午往师范校讲。午后往大学讲。得三弟信,十月廿九日发。

三日

日记　晴。上午母亲往八道湾宅。午后昙。

四日

日记　昙。星期休息。上午母亲令人持来书二部,鸭肝一碗,花生一合。午后寄朱可铭信。寄三弟信。下午微雨。夜濯足。

五日

日记　雨。午后往世界语校讲。

六日

日记　昙,下午晴,风。三弟邮来卫生衣一包,即取得并转送于母亲。

七日

日记　晴,大风。午后往图书阅览所查书,无所得,买馒头十二枚而归。晚风定。

八日

日记　晴。午后装火炉,用泉三。陈援庵赠《元西域人华化考》稿本一部二册,由罗膺中携来。夜饮汾酒,始废粥进饭,距始病时三十九日矣。

九日

日记　晴。上午往师校讲。午往世界书局,见所售皆恶书,无所得而出。午后回寓,母亲已来,因同往山本医院诊,云是感冒。得春台自巴黎来信并鸟羽二枚,铁塔画信片一枚,均由伏园转寄而至。晚始生火炉。

十日

日记　晴。晨往女子师校讲。午后得三弟信,六日发。下午得丸山信。李小峰,孙伏园来,并交俞平伯所赠小影,为孩提时象,曲园先生携之。

十一日

日记　晴。星期休[息]。上午往山本医院取药。午后买煤一顿半,泉十五元九角,车泉一元。

十二日

日记　昙,大风。上午得丸山信。午后往世界语学校讲。下午得宫野入博爱信。得三弟信,八日发。晚和森来,饭后去。

十三日

日记　晴。午后访李慎斋。寄伏园信。寄三弟信。往山本医院取药。下午紫佩来。

十四日

日记　昙。上午得孙伏园信。丸山来并持交藤冢教授所赠《通俗忠义水浒传》并《拾遗》一部八十本,『標注訓訳水滸伝』一部十五本。晚伏园来。

十五日

日记　晴。午后郁达夫来。往山本医院取药。

十六日

日记　晴。晨往高师校讲。午后往大学校讲。下午往内右四区第二路分驻所,又至西四[三]条胡同二十一号,又使吕二连[送]信于连海。晚李慎斋来。

十七日

日记　晴。上午往女子师范校讲。往山本医院取药。

十八日

日记　晴。星期休息。上午和森来。邀李慎斋同往西三条胡同连海家,约其家人赴内右四区第二路分驻所验看房契。夜风。

十九日

日记　晴,风。上午得伏园信。午后往世界语校讲。寄伏园信并小说史一篇。

宋民间之所谓小说及其后来

宋代行于民间的小说,与历来史家所著录者很不同,当时并非文辞,而为属于技艺的"说话"之一种。

说话者,未详始于何时,但据故书,可以知道唐时则已有。段成式(《酉阳杂俎续集》四《贬误》)云:

> "予太和末因弟生日观杂戏,有市人小说,呼扁鹊作褊鹊字,上声。予令任道昇字正之。市人言'二十年前尝于上都斋会设此,有一秀才甚赏某呼扁字与褊同声,云世人皆误。'"

其详细虽难晓,但因此已足以推见数端:一小说为杂戏中之一种,二由于市人之口述,三在庆祝及斋会时用之。而郎瑛(《七修类藁》二十二)所谓"小说起宋仁宗,盖时太平盛久,国家闲暇,日欲进一奇怪之事以娱之,故小说'得胜头回'之后,即云话说赵宋某年"者,亦即由此分明证实,不过一种无稽之谈罢了。

到宋朝,小说的情形乃始比较的可以知道详细。孟元老在南渡之后,追怀汴梁盛况,作《东京梦华录》,于"京瓦技艺"条下有当时说话的分目,为小说,合生,说诨话,说三分,说《五代史》等。而操此等职业者则称为"说话人"。

高宗既定都临安,更历孝光两朝,汴梁式的文物渐已遍满都下,伎艺人也一律完备了。关于说话的记载,在故书中也更详尽,端平年间的著作有灌园耐得翁《都城纪胜》,元初的著作有吴自牧《梦粱录》及周密《武林旧事》,都更详细的有说话的分科:

《都城纪胜》	《梦粱录》(二十)
说话有四家:	说话者,谓之舌辩,虽有四家数,各有门庭:
一者小说,谓之银字儿,如烟粉灵怪传奇;说公案,皆是搏刀赶棒及发迹变态之事;说铁骑儿,谓士马金鼓之事。	且小说,名银字儿,如烟粉灵怪传奇;公案,朴刀杆棒发发踪参(案此四字当有误)之事。……谈论古今,如水之流。

说经,谓演说佛书;说参请,谓宾主参禅悟道等事。	谈经者,谓演说佛书;说参请者,谓宾主参禅悟道等事。……又有说诨经者。
讲史书,讲说前代书史文传兴废争战之事。……	讲史书者,谓讲说《通鉴》汉唐历代书史文传兴废争战之事。
合生,与起令随令相似,各占一事。	合生,与起今随今相似,各占一事也。

但周密所记者又小异,为演史,说经诨经,小说,说诨话;而无合生。唐中宗时,武平一上书言"比来妖伎胡人,街童市子,或言妃主情貌,或列王公名质,咏歌蹈舞,号曰合生。"(《新唐书》一百十九)则合生实始于唐,且用诨词戏谑,或者也就是说诨话;惟至宋当又稍有迁变,今未详。起今随今之"今",《都城纪胜》作"令",明抄本《说郛》中之《古杭梦游录》又作起令随合,何者为是,亦未详。

据耐得翁及吴自牧说,是说话之一科的小说,又因内容之不同而分为三子目:

1. 银字儿 所说者为烟粉(烟花粉黛),灵怪(神仙鬼怪),传奇(离合悲欢)等。

2. 说公案 所说者为搏刀赶棒(拳勇),发迹变态(遇合)之事。

3. 说铁骑儿 所说者为士马金鼓(战争)之事。

惟有小说,是说话中最难的一科,所以说话人"最畏小说,盖小说者,能讲一朝一代故事,顷刻间提破"(《都城纪胜》云;《梦粱录》同,惟"提破"作"捏合"),非同讲史,易于铺张;而且又须有"谈论古今,如水之流"的口辩。然而在临安也不乏讲小说的高手,吴自牧所记有谭淡子等六人,周密所记有蔡和等五十二人,其中也有女流,如陈郎娘枣儿,史蕙英。

临安的文士佛徒多有集会;瓦舍的技艺人也多有,其主意大约是在于磨炼技术的。小说专家所立的社会,名曰雄辩社。(《武林旧事》三)

元人杂剧虽然早经销歇,但尚有流传的曲本,来示人以大概的情形。宋人的小说也一样,也幸而借了"话本"偶有留遗,使现在还可以约略想见当时瓦舍中说话的模样。

其话本曰《京本通俗小说》,全书不知凡几卷,现在所见的只有残本,经江阴缪氏影刻,是卷十至十六的七卷,先曾单行,后来就收在《烟画东堂小品》之内了。还有一卷是叙金海陵王的秽行的,或者因为文笔过于碍眼了罢,缪氏没有刻,然而仍有郋园的改换名目的排印本;郋园是长沙叶德辉的园名。

刻本七卷中所收小说的篇目以及故事发生的年代如下列:

卷十	碾玉观音	"绍兴年间。"
十一	菩萨蛮	"大宋高宗绍兴年间。"
十二	西山一窟鬼	"绍兴十年间。"
十三	志诚张主管	无年代,但云东京汴州开封事。
十四	拗相公	"先朝。"
十五	错斩崔宁	"高宗时。"
十六	冯玉梅团圆	"建炎四年。"

每题俱是一全篇,自为起讫,并不相联贯。钱曾《也是园书目》(十)著录的"宋人词话"十六种中,有《错斩崔宁》与《冯玉梅团圆》两种,可知旧刻又有单篇本,而《通俗小说》即是若干单篇本的结集,并非一手所成。至于所说故事发生的时代,则多在南宋之初;北宋已少,何况汉唐。又可知小说取材,须在近时;因为演说古事,范围即属讲史,虽说小说家亦复"谈论古今,如水之流",但其谈古当是引证及装点,而非小说的本文。如《拗相公》开首虽说王莽,但主意却只

在引出王安石,即其例。

七篇中开首即入正文者只有《菩萨蛮》;其余六篇则当讲说之前,俱先引诗词或别的事实,就是"先引下一个故事来,权做个'得胜头回'。"(本书十五)"头回"当即冒头的一回之意,"得胜"是吉语,瓦舍为军民所聚,自然也不免以利市语说之,未必因为进御才如此。

"得胜头回"略有定法,可说者凡四:

　　1.以略相关涉的诗词引起本文。　如卷十用《春词》十一首引起延安郡王游春;卷十二用士人沈文述的词逐句解释,引起遇鬼的士人皆是。

　　2.以相类之事引起本文。　如卷十四以王莽引起王安石是。

　　3.以较逊之事引起本文。　如卷十五以魏生因戏言落职,引起刘贵因戏言遇大祸;卷十六以"交互姻缘"转入"双镜重圆"而"有关风化,到还胜似几倍"皆是。

　　4.以相反之事引起本文。　如卷十三以王处厚照镜见白发的词有知足之意,引起不伏老的张士廉以晚年娶妻破家是。
而这四种定法,也就牢笼了后来的许多拟作了。

在日本还传有中国旧刻的《大唐三藏取经记》三卷,共十七章,章必有诗;别一小本则题曰《大唐三藏取经诗话》。《也是园书目》将《错斩崔宁》及《冯玉梅团圆》归入"宋人词话"门,或者此类话本,有时亦称词话:就是小说的别名。《通俗小说》每篇引用诗词之多,实远过于讲史(《五代史平话》,《三国志传》,《水浒传》等),开篇引首,中间铺叙与证明,临末断结咏叹,无不征引诗词,似乎此举也就是小说的一样必要条件。引诗为证,在中国本是起源很古的,汉韩婴的《诗外传》,刘向的《列女传》,皆早经引《诗》以证杂说及故事,但未必与宋小说直接相关;只是"借古语以为重"的精神,则虽说汉之与宋,学士之与市人,时候学问,皆极相违,而实有一致的处所。唐人小说中也多半有诗,即使妖魔鬼怪,也每能互相酬和,或者做几句即兴诗,此等风雅举动,则与宋市人小说不无关涉,但因为宋小说多是市井间事,人物少有物魅及诗人,于是自不得不由吟咏而变为引证,使事状虽殊,而诗气不脱;吴自牧记讲史高手,为"讲得字真不俗,记问渊源甚广"(《梦粱录》二十),即可移来解释小说之所以多用诗词的缘故的。

由上文推断,则宋市人小说的必要条件大约有三:

1. 须讲近世事;

2. 什九须有"得胜头回";

3. 须引证诗词。

宋民间之所谓小说的话本,除《京本通俗小说》之外,今尚未见有第二种。《大唐三藏取经诗话》是极拙的拟话本,并且应属于讲史。《大宋宣和遗事》钱曾虽列入"宋人词话"中,而其实也是拟作的讲史,惟因其系钞撮十种书籍而成,所以也许含有小说分子在内。

然而在《通俗小说》未经翻刻以前,宋代的市人小说也未尝断绝;他间或改了名目,夹杂着后人拟作而流传。那些拟作,则大抵出于明朝人,似宋人话本当时留存尚多,所以拟作的精神形式虽然也有变更,而大体仍然无异。

以下是所知道的几部书:

1. 《喻世明言》。未见。

2. 《警世通言》。未见。王士禛云,"《警世通言》有《拗相公》一篇,述王安石罢相归金陵事,极快人意,乃因卢多逊谪岭南事而稍附益之。"(《香祖笔记》十)《拗相公》见《通俗小说》卷十四,是《通言》必含有宋市人小说。

3. 《醒世恒言》。四十卷,共三十九事;不题作者姓名。前有天启丁卯(1627)陇西可一居士序云,"六经国史而外,凡著述皆小说也,而尚理或病于艰深,修词或伤于藻绘,则不足以触里耳而振恒心,此《醒世恒言》所以继《明言》《通言》而作也。……"因知三言之内,最后出的是《恒言》。所说者汉二事,隋三事,唐八事,宋十一事,明十五事。其中隋唐故事,多采自唐人小说,故唐人小说在元既已侵入杂剧及传奇,至明又侵入了话本;然而悬想古事,不易了然,所以逊于叙述明朝故事的十余篇远甚了。宋事有三篇像拟作,七篇(《卖油郎独占花魁》,《灌园叟晚逢仙女》,《乔太守乱点鸳鸯谱》,《勘皮靴单证二郎神》,《闹樊楼多情周胜仙》,《吴衙内邻舟赴约》,《郑节使立功神臂弓》)疑出自宋人话本,而一篇(《十五贯戏言成巧祸》)则即是《通俗小说》卷十五的《错斩崔宁》。

松禅老人序《今古奇观》云,"墨憨斋增补《平妖》,穷工极变,不失本来。……至所纂《喻世》《醒世》《警世》三言,极摹人情世态之岐,备写悲欢离合之致。……"是纂三言与补《平妖》者为一人。明本《三遂平妖传》有张无咎序,云"兹刻回数倍前,盖吾友龙子犹所补也。"而首叶则题"冯犹龙先生增定"。可知三言亦冯犹龙作,而龙子犹乃其游戏笔墨时的隐名。

冯犹龙名梦龙,长洲人(《曲品》作吴县人),由贡生拔授寿宁知县,有《七乐斋稿》;然而朱彝尊以为"善为启颜之辞,时入打油之调,不得为诗家。"(《明诗综》七十一)盖冯犹龙所擅长的是词曲,既作《双雄记传奇》,又刻《墨憨斋传奇定本十种》,多取时人名曲,再加删订,颇为当时所称;而其中的《万事足》,《风流梦》,《新灌园》是自作。他又极有意于稗说,所以在小说则纂《喻世》《警世》《醒世》三言,在讲史则增补《三遂平妖传》。

4.《拍案惊奇》。三十六卷;每卷一事,唐六,宋六,元四,明二十。前有即空观主人序云,"龙子犹氏所辑《喻世》等书,颇存雅道,时著良规,复取古今来杂碎事,可新听睹,佐谈谐者,演而畅之,得若干卷。……"则仿佛此书也是冯犹龙作。然而叙述平板,引证贫辛,"头回"与正文"捏合"不灵,有时如两大段;冯犹龙是"文苑之滑稽",似乎不至于此。同时的松禅老人也不信,故其序《今古奇观》,于叙墨憨斋编纂三言之下,则云"即空观主人壶矢代兴,爰有《拍案惊奇》之刻,颇费搜获,足供谈麈"了。

5.《今古奇观》。四十卷;每卷一事。这是一部选本,有姑苏松禅老人序,云是抱瓮老人由《喻世》《醒世》《警世》三言及《拍案惊奇》中选刻而成。所选的出于《醒世恒言》者十一篇(第一,二,七,八,十五,十六,十七,二十五,二十六,二十七,二十八回),疑为宋人旧话本之《卖油郎》,《灌园叟》,《乔太守》在内;而《十五贯》落了选。出于《拍案惊奇》者七篇(第九,十,十八,二十九,三十七,三十九,四十回)。其余二十二篇,当然是出于《喻世明言》及《警世通言》的了,所以现在借了易得的《今古奇观》,还可以推见那希觏的《明言》《通言》的大概。其中还有比汉更古的故事,如俞伯牙,庄子休及羊角哀皆是。但所选并不定佳,大约因为两篇的题目须字字相对,所以去取之间,也就很受了束缚了。

6.《今古奇闻》。二十二卷;每卷一事。前署东壁山房主人编次,也不知是何人。书中提及"发逆",则当是清咸丰或同治初年的著作。日本有翻刻,王寅(字冶梅)到日本去卖画,又翻回中国来,有光绪十七年序,现在印行的都出于此本。这也是一部选集,其中取《醒世恒言》者四篇(卷一,二,六,十八),《十五贯》也在内,可惜删落了"得胜头回";取《西湖佳话》者一篇(卷十);余未详,篇末多有自怡轩主人评语,大约是别一种小说的话本,然而笔墨拙涩,尚且及不到《拍案惊奇》。

7.《续今古奇观》。三十卷;每卷一回。无编者名,亦无印行年月,然大约当在同治末或光绪初。同治七年,江苏巡抚丁日昌严禁淫词小说,《拍案惊奇》也在内,想来其时市上遂难得,于是《拍案惊奇》即小加删改,化为《续今古奇观》而出,依然流行世间。但除去了《今古奇观》所已采的七篇,而加上《今古奇闻》中的一篇(《康友仁轻财重义得科名》),改立题目,以足三十卷的整数。

此外,明人拟作的小说也还有,如杭人周楫的《西湖二集》三十四卷,东鲁古狂生的《醉醒石》十五卷皆是。但都与几经选刻,辗转流传的本子无关,故不复论。

一九二三年十一月。

原载 1923 年 12 月 1 日北京《晨报五周年纪念增刊》。

初收 1927 年 3 月北京未名社版《坟》。

二十日

　　日记　晴。午后访子佩于图书分馆并还书。往高师校取薪水泉十二元,即在书肆买《耳食录》一部八册,《池上草堂笔记》一部亦八册,共一元六角也。

二十一日

　　日记　昙。午后往山本医院取药。

二十二日

　　日记　晴。下午收奉泉二月分者三十一,又三月分者百。郁达夫赠《茑萝集》一册。

二十三日

　　日记　昙,大风。午后往大学讲。下午收三月分奉泉百五十。

二十四日

　　日记　晴,大风,午后风定。往山本医院取药。

二十五日

　　日记　晴。星期休息。上午击煤碎之,伤拇指。午后往留黎厂买《魏三体石经》残石拓片六枚,《比丘尼慈庆墓志》拓片一枚,共泉六元。

二十六日

日记 晴。午后往世界语校讲。下午紫佩来，不直，留笺而去。

二十七日

日记 晴。下午许钦文来。夜风。

二十八日

日记 晴。无事。

二十九日

日记 晴。午后往留黎厂。得吴月川信。

三十日

日记 晴。上午得子佩信。午后往大学讲。得三弟信，廿七日发。晚伏园来。世界语学校送来本月薪金十五元。寄常维钧信。

十二月

一日

日记　晴。上午母亲往八道湾宅,由吕二送去。齐寿山交来季市之泉四百。得寿坽之妇赴,赙一元。伏园来,示《小说史》印成草本。

二日

日记　晴。星期休息。上午寄三弟信。午在西长安街龙海轩成立买房契约,当付泉五百,收取旧契并新契讫,同用饭,坐中为伊立布,连海,吴月川,李慎斋,杨仲和及我共六人,饭毕又同吴月川至内右四区第二分驻所验新契。空三来,不值,夜复来谈。

三日

日记　晴。午后访李慎斋。往世界语校讲。晚同慎斋往警区接洽契价事。

四日

日记　昙。上午得张凤举信并泽村教授所赠自摄大同石窟诸佛影象一册。夜空三来。

五日

日记　昙。无事。

六日

日记　昙。午后得三弟信,三日发,附郦荔臣笺。晚雪。

七日

日记 晴。晨往师校讲,收四月分薪水三成五,又五月分者二成,共泉十元。午后往大学讲。下午寄三弟信。赠齐寿山,杨仲和以《桃色之云》,《呐喊》各一册。得陈蓉镜夫人赴,赙以一元。晚服阿思匹林丸一粒。

八日

日记 晴。晨往女子师校讲。往通俗图书馆查书。午后往鼎香村买茶叶二斤,二元二角。往留黎厂买《情史》一部十六本,二元;又杂小说三种,二元弱。

九日

日记 晴。星期休息。下午子佩来。

十日

日记 晴。上午母亲寄来花生一合。午后往世界语校讲。

致 许寿裳

季市兄:

前见《校刊》,知兄已递辞呈,又患失眠,此信本该不作,然实无奈,故写此以待,因闻诗荃兄言兄当以明日到京也。

此次教部裁员,他司不知,若在社会司,则办事员之凡日日真来办事者皆去矣,留者之徒,弟仅于发薪时或偶见其面,而平时则杳然,如此,则天下事可知也。复次之胡闹,当在附属机关,弟因此颇为子佩忧,现在年数劳绩皆不论,更有何可说。前闻女师校有管注册者已去,而位尚虚,殊欲切为子佩谋之,但不知兄在辞中,尚可为不? 倘可,并且无他窒碍,则专以此为托也。

附上讲稿一卷,明已完,此后仅清代七篇矣。然上卷已付排印,下卷则起草将完,拟以明年二月间出。此初稿颇有误,本可不复呈,但先已俱呈,故不中止耳。已印者日内可装成,其时寄上。

弟树人　上　十二月十日夜

十一日

日记　晴。上午往西三条派出所取警厅通知书,午后又往总厅交手续费一元九角五分。下午寄季市信并讲义一帖。孙伏园寄来《小说史略》印本二百册,即以四十五册寄女子师范校,托诗荃代付寄售处,又自持往世界语校百又五册。

十二日

日记　大雪,上午霁。收晨报社稿费十五元。陈师曾赴来,赙二元。下午伏园来部。赠螺矜,维钧,季市,俞芬小姐,丸山以《小说史》各一本,李慎斋以《呐喊》一本。夜风。

十三日

日记　晴。齐寿山将续娶,贺以泉二。

题《中国小说史略》赠川岛

请你
从"情人的拥抱里"

暂时汇出一只手来

接收这干燥无味的

中国小说史略

我所敬爱的

一撮毛哥哥呀！

鲁迅（印）

二三，十二，十三。

据手稿编入。题于赠川岛《中国小说史略》扉页。

初未收集。

十四日

日记　晴。晨往高师校讲。午后往大学讲。下午得三弟信，十一日发。

十五日

日记　晴。晨往女子师校讲。上午往通俗图书馆借书。午后往总布胡同燕寿堂观齐寿山结婚礼式，留午饭。赠企莘，吉轩以《小说史》各一册。

十六日

日记　晴，风。星期休息。午后子佩来。何君来。下午李慎斋，王仲猷来，同至四牌楼呼木匠往西三条估修屋价值。

十七日

日记　晴。上午母亲来。午后往世界语校讲。

十八日

　　日记　晴。昨夜半以两佣妪大声口角惊起失眠,颇惫,因休息一日。

十九日

　　日记　晴。无事。

二十日

　　日记　晴。午后邀王仲猷,李慎斋同往西四牌楼呼木工,令估修理西三条胡同破屋价目。夜草《中国小说史》下卷毕。风。

二十一日

　　日记　晴,风。上午往师校讲并收五月分薪水五元。午后往北京大学校讲并收六月分薪金十八元。下午得许诗荃信。寄三弟信。得孙伏园信。

二十二日

　　日记　晴。晨往女子师校讲。午后往市政公所验契。伏园至部来访。下午得季市信并《越缦堂骈文》一部。赠玄同,幼渔,矛尘,适之《小说史略》一部,吉轩《呐喊》一部。春台寄赠 Styka 作托尔斯多画象邮片二种。

二十三日

　　日记　晴。星期休息。下午李慎斋来。宋子佩来。

二十四日

　　日记　晴。休假。上午得王仲猷信。午后往世界语校讲。下午访许诗荃,不值。访季市还《越缦堂骈文》。得章矛尘信。夜风。

二十五日

日记 晴。午后寿洙邻,阮和森来。李慎斋来。下午李小峰,孙伏园及惠迪来。

二十六日

日记 晴。上午郁达夫来并持赠《创造周报》半年汇刊一册,赠以《小说史略》一册。午后往市政公所补印,因廿二日验契时一纸失印也。往通俗图书馆还书并借书。夜往徐吉轩宅小坐。往女子师校文艺会讲演,半小时毕,送《文艺会刊》四本。同诗荃往季市寓饭,十时归。

二十七日

日记 晴,风。无事。

二十八日

日记 晴,大风,严冷。上午往师校讲。午后往大学讲。得胡适之笺。还常维钧前所见借小说二种。夜风定。

致 胡 适

适之先生:

今日到大学去,收到手教。

《小说史略》竟承通读一遍(颇有误字,拟于下卷附表订正),惭愧之至。论断太少,诚如所言;玄同说亦如此。我自省太易流于感情之论,所以力避此事,其实正是一个缺点;但于明清小说,则论断似较上卷稍多,此稿已成,极想于阳历二月末印成之。百二十回本《水浒传》曾于同寮齐君家借翻一过,据云于保定书坊得之,似清翻明本,有图,而于评语似多所刊落,印亦尚佳,恐不易再得。齐君买得时,云价只四元。此书之田虎王庆诸事,实不好,窃意百回本当稍胜耳。百十五回本《水浒传》上半,实亦有再印之价值,亚东局只印下半,殊可惜。至于陈忱后书,其实倒是可印可不印。我于《小说史》印成后,又于《明诗综》见忱名,注云"忱,字遐心,乌程人"。止此而已,诗亦止一首,其事迹莫考可知。《四库书目》小说类存目有《读史随笔》六卷,提要云:"陈忱撰,忱字遐心,秀水人……"即查《嘉兴府志·秀水·文苑传》,果有陈忱,然字用亶,顺治时副榜,又尝学诗于朱竹垞,则与雁宕山樵非一人可知,《四库提要》殊误。

我以为可重印者尚有数书,一是《三侠五义》,须用原本,而以俞曲园所改首回作附。一是董说《西游补》,但不能雅俗共赏。一是《海上花列传》,惜内用苏白,北人不解,但其书则如实描写,凡述妓家情形者,无一能及他。

闻先生已看定西山某处为养息之地,不知现在何处?我现搬在"西四砖塔胡同六十一号",明年春天还要搬。

作《红楼梦索隐》之王沈二人,先生知其名(非字)否?

迅　上　十二月二十八日夜

二十九日

日记　晴。上午往女子师校讲。寄胡适之信。午后往通俗图书馆换书。

三十日

日记　晴。星期休息。下午李慎斋来。李小峰,章矛尘,许钦文,孙伏园及惠迪来,赠钦文《小说史略》一册。得宋子佩信。

三十一日

日记 晴。午买阿思匹林片二合,服二片以治要胁痛。午后往世界语校讲。收本部三月余奉及四月奉泉二成,共百三十二元,付工役节奖十二元。赙范吉六夫人之丧一元。

书　帐

月河所闻集一册　〇·二〇　一月五日

两山墨谈四册　一·三〇

类林杂说二册　〇·八〇

景元本中原音韵二册　三·二〇

张澈墓志一枚　一·五〇　一月十九日

元珽妻穆墓志并盖二枚　一·五〇

元寿安墓志一枚　一·五〇

元诲墓志一枚　二·〇〇

郭休墓志一枚　一·〇〇

龙泉井志铭一枚　〇·五〇

景印士礼居丛书三十册　八·六〇　一月廿日

排印唐诗纪事十册　四·二〇

天籁阁宋人画册一册　三·〇〇　一月廿六日

五杂组八册　三·六〇

麈余二册　一·〇〇

为孝文造九级碑并阴二枚　一·〇〇　一月三十日　　三四·九〇〇

本草衍义二册　二·八〇　二月二日

石林遗书十二册　四·五〇　二月三日

授堂遗书十六册　七·〇〇

道光十八年登科录一册　钱稻孙赠　二月五日

三馀偶笔八册　二·二〇　二月七日

巾箱小品四册　一·〇〇

世说逸一册　〇·五〇　二月十一日

元玹墓志并盖二枚　二·〇〇　二月十四日

唐土名胜图会六册　五·〇〇

长安志五册　二·五〇

汉画象三枚　一·五〇

丁柱造象一枚　二·五〇　二月二十二日

缓曹造象二枚　一·〇〇　二月二十六日

毛叉造象二枚　一·〇〇

巢氏诸病源候论十册　二·〇〇

曹全碑并阴二枚　一·五〇　二月二十八日

王稚子阙残字并题记四枚　三·〇〇

石门画象并阴二枚　六·〇〇　　　　　　　　　　　　　四六·〇〇〇

张盛墓碣一枚　一·〇〇　三月二日

读书杂释四册　一·〇〇　三月十七日

易林十六册　四·〇〇　三月二十日

藕香零拾三十二册　八·四〇　三月三十日　　　　　　　一四·四〇〇

孔子弟子象赞十五枚　〇·四〇　四月三日

王智明等造象四枚　〇·五〇　四月十三日

陈神姜十三人等造象四枚　一·五〇

严寿等修故塔记一枚　添

檀泉寺比丘法真等造象四枚　一·〇〇

汉律考四册　一·〇〇

铜人针灸图经二册　一·四〇　四月二十七日

114

石印圣谕像解十册　一·〇〇　　　　　　　　　　　　　六·八〇〇

玉篇三册　〇·九〇　五月一日

广韵五册　一·四〇

扬子法言一册　〇·三〇

毗陵集四册　一·〇〇

王右丞集笺注八册　五·〇〇　五月十五日

浩宗买地券一枚　二·〇〇　五月十八日

寇胤哲墓志并盖一枚　一·〇〇

残石拓本二种二枚　一·〇〇

朝市丛谈八册　〇·二〇　五月二十一日

草隶存二册　三·二〇　五月二十二日

黄肠石铭二枚　一·〇〇　五月二十九日

杂造象七种十枚　五·〇〇

字安宁墓志一枚　五·〇〇

孟敞墓名一枚　〇·五〇

成公志盖一枚　〇·五〇　　　　　　　　　　　　　　二八·〇〇〇

吕超静墓志一枚　一·〇〇　六月八日

六朝造象七种十二枚　二·〇〇

札朴八册　二·四〇　六月二十六日　　　　　　　　　　五·四〇〇

云议友议一册　〇·七〇　八月二十四日

山右金石录一册　〇·六〇

循园金石跋尾一册　〇·七〇

越讴一册　〇·五〇　　　　　　　　　　　　　　　　　二·五〇〇

庄子集解三册　一·八〇　九月八日

管子四册　一·二〇　九月十四日

荀子六册　一·八〇

孟子三册　一·〇〇　九月二十九日

说苑六册　一·八〇　　　　　　　　　　　　　　　　　七·六〇〇

元西域人华化考稿本二册　陈援庵赠　十一月八日

通俗忠义水浒传八十册　藤冢赠　十一月十四日

標注訓訳水滸伝十五册　同上

耳食录八册　〇·八〇　十一月二十日

池上草堂笔记八册　〇·八〇

魏三体石经残石六枚　四·〇〇　十一月二十五日

比丘尼慈庆墓志一枚　二·〇〇　　　　　　七·六〇〇

大同石窟佛象摄影一册　泽村教授赠　十二月四日

情史十六册　二·〇〇　十二月八日

　　总计一四九·二〇〇，每月平勾一二·四三三元。

本月

新镌李氏藏本《忠义水浒全书》提要

　　新镌李氏藏本《忠义水浒全书》，一百二十回，别有引首一篇。题"施耐庵集撰，罗贯中纂修"。卷首有楚人凤里杨定见序，自云事李卓吾，后游吴而得袁无涯，求卓老遗言甚力，求卓老所批阅之遗书又甚力，因付以批定《忠义水浒传》及《杨升庵集》，而先以《水浒》公诸世云云。无年月。次为发凡十则，次《宣和遗事》，次水浒忠义一百八人籍贯出身，次目录，次图，次引首及本文。偶有批语，皆简陋，盖伪托也。

　　　据手稿编入，未另发表。

　　　初未收集。

116

题寄清水安三

放下屠刀，立地成佛。

放下佛教，立地杀人。

据手稿编入。题于致日本友人清水安三的明信片上。
初未收集。

本年

明以来小说年表

一，云某年作某年成者，皆据序文言之，其脱稿当较先。

二，所据书名注于下，无注者皆据本书。

		洪武	
	戊申		元
	己酉		二
一三七〇	庚戌		三
	辛亥		四
	壬子		五
	癸丑		六
	甲寅		七
	乙卯		八
	丙辰		九
	丁巳		十
	戊午		十一
	己未		十二
一三八〇	庚申		十三
	辛酉		十四
	壬戌		十五
	癸亥		十六
	甲子		十七
	乙丑		十八

公元	干支	年号	年次
	丙寅		十九
	丁卯		二十
	戊辰		廿一
	己巳		廿二
一三九〇	庚午		廿三
	辛未		廿四
	壬申		廿五
	癸酉		廿六
	甲戌		廿七
	乙亥		廿八
	丙子		廿九
	丁丑		三十
	戊寅		三一
	己卯	建文	元
一四〇〇	庚辰		二
	辛巳		三
	壬午		四
	癸未	永乐	元
	甲申		二
	乙酉		三
	丙戌		四
	丁亥		五
	戊子		六
	己丑		七
一四一〇	庚寅		八
	辛卯		九
	壬辰		十
	癸巳		十一
	甲午		十二
	乙未		十三
	丙申		十四
	丁酉		十五

公元	干支	年号	年次
	戊戌		十六
	己亥		十七
一四二〇	庚子		十八
	辛丑		十九
	壬寅		二十
	癸卯		廿一
	甲辰		廿二
	乙巳	洪熙	元
	丙午	宣德	元
	丁未		二
	戊申		三
	己酉		四
一四三〇	庚戌		五
	辛亥		六
	壬子		七
	癸丑		八
	甲寅		九
	乙卯		十
	丙辰	正统	元
	丁巳		二
	戊午		三
	己未		四
一四四〇	庚申		五
	辛酉		六
	壬戌		七
	癸亥		八
	甲子		九
	乙丑		十
	丙寅		十一
	丁卯		十二
	戊辰		十三
	己巳		十四

一四五〇	庚午	景泰	元
	辛未		二
	壬申		三
	癸酉		四
	甲戌		五
	乙亥		六
	丙子		七
	丁丑	天顺	元
	戊寅		二
	己卯		三
一四六〇	庚辰		四
	辛巳		五
	壬午		六
	癸未		七
	甲申		八
	乙酉	成化	元
	丙戌		二
	丁亥		三
	戊子		四
	己丑		五
一四七〇	庚寅		六
	辛卯		七
	壬辰		八
	癸巳		九
	甲午		十
	乙未		十一
	丙申		十二
	丁酉		十三
	戊戌		十四
	己亥		十五
一四八〇	庚子		十六
	辛丑		十七

121

西元	干支	年號	年
	壬寅		十八
	癸卯		十九
	甲辰		二十
	乙巳		廿一
	丙午		廿二
	丁未		廿三
	戊申	宏治	元
	己酉		二
一四九〇	庚戌		三
	辛亥		四
	壬子		五
	癸丑		六
	甲寅		七
	乙卯		八
	丙辰		九
	丁巳		十
	戊午		十一
	己未		十二
一五〇〇	庚申		十三
	辛酉		十四
	壬戌		十五
	癸亥		十六
	甲子		十七
	乙丑		十八
	丙寅	正德	元
	丁卯		二
	戊辰		三
	己巳		四
一五一〇	庚午		五
	辛未		六
	壬申		七
	癸酉		八

	甲戌		九
	乙亥		十
	丙子		十一
	丁丑		十二
	戊寅		十三
	己卯		十四
一五二〇	庚辰		十五
	辛巳		十六
	壬午	嘉靖	元
	癸未		二
	甲申		三
	乙酉		四
	丙戌		五
	丁亥		六
	戊子		七
	己丑		八
一五三〇	庚寅		九
	辛卯		十
	壬辰		十一
	癸巳		十二
	甲午		十三
	乙未		十四
	丙申		十五
	丁酉		十六
	戊戌		十七
	己亥		十八
一五四〇	庚子		十九
	辛丑		二十
	壬寅		廿一
	癸卯		廿二
	甲辰		廿三

常熟杨仪作《高坡异纂》三卷。

公元	干支	年号	年
	乙巳		廿四
	丙午		廿五
	丁未		廿六
	戊申		廿七
	己酉		廿八
一五五〇	庚戌		廿九
	辛亥		三十
	壬子		三一
	癸丑		三二
	甲寅		三三
	乙卯		三四
	丙辰		三五
	丁巳		三六
	戊午		三七
	己未		三八
一五六〇	庚申		三九
	辛酉		四十
	壬戌		四一
	癸亥		四二
	甲子		四三
	乙丑		四四
	丙寅		四五
	丁卯	隆庆	元
	戊辰		二
	己巳		三
一五七〇	庚午		四
	辛未		五
	壬申		六
	癸酉	万历	元
	甲戌		二
	乙亥		三
	丙子		四

	丁丑	五	
	戊寅	六	
	己卯	七	
一五八〇	庚辰	八	
	辛巳	九	吴郡陆粲作《庚巳编》四卷。
	壬午	十	
	癸未	十一	
	甲申	十二	
	乙酉	十三	
	丙戌	十四	
	丁亥	十五	
	戊子	十六	
	己丑	十七	
一五九〇	庚寅	十八	
	辛卯	十九	吴郡陆粲作《说听》二卷。
	壬辰	二十	
	癸巳	廿一	
	甲午	廿二	
	乙未	廿三	
	丙申	廿四	
	丁酉	廿五	罗懋登作《三宝太监西洋记通俗演义》二十卷,一百回,九月自序。
	戊戌	廿六	
	己亥	廿七	
一六〇〇	庚子	廿八	
	辛丑	廿九	
	壬寅	三十	
	癸卯	三一	
	甲辰	三二	

公元	干支	年号	年数	备注
	乙巳		三三	
	丙午		三四	
	丁未		三五	
	戊申		三六	
	己酉		三七	
一六一〇	庚戌		三八	吴中始有《金瓶梅》刻本,且补原阙之五十三至五十七回(《野获编二五》)。
	辛亥		三九	
	壬子		四十	
	癸丑		四一	
	甲寅		四二	
	乙卯		四三	
	丙辰		四四	
	丁巳		四五	
	戊午		四六	
	己未		四七	
一六二〇	庚申	泰昌	元	董说生(《甲申朝事小记 一》) 吴冯梦龙补《三遂平妖传》,为十八卷,四十回,刻之。
	辛酉	天启	元	
	壬戌		二	
	癸亥		三	
	甲子		四	
	乙丑		五	
	丙寅		六	
	丁卯		七	《醒世恒言》出,四十卷。吴人冯梦龙作。
	戊辰	崇祯	元	

	己巳		二	
一六三〇	庚午		三	蒲松龄生(《聊斋文集》末张元作墓表)。
	辛未		四	
	壬申		五	
	癸酉		六	
	甲戌		七	
	乙亥		八	
	丙子		九	
	丁丑		十	
	戊寅		十一	
	己卯		十二	
一六四〇	庚辰		十三	
	辛巳		十四	
	壬午		十五	
	癸未		十六	
	甲申	顺治	元	金圣叹批《水浒传》。
	乙酉		二	
	丙戌		三	
	丁亥		四	
	戊子		五	
	己丑		六	
一六五〇	庚寅		七	
	辛卯		八	
	壬辰		九	
	癸巳		十	
	甲午		十一	
	乙未		十二	
	丙申		十三	金圣叹批《西厢记》。
	丁酉		十四	
	戊戌		十五	
	己亥		十六	

一六六〇	庚子		十七
	辛丑		十八	七月十三日未时,金圣叹以哭庙案被杀。
	壬寅	康熙	元
	癸卯		二
	甲辰		三
	乙巳		四
	丙午		五
	丁未		六
	戊申		七
	己酉		八
一六七〇	庚戌		九
	辛亥		十
	壬子		十一
	癸丑		十二
	甲寅		十三
	乙卯		十四
	丙辰		十五
	丁巳		十六
	戊午		十七
	己未		十八	淄川蒲松龄成《聊斋志异》十六卷。
一六八〇	庚申		十九
	辛酉		二十
	壬戌		廿一
	癸亥		廿二	仁和王晫丹麓作《今世说》八卷,仲春自序。
	甲子		廿三
	乙丑		廿四
	丙寅		廿五
	丁卯		廿六
	戊辰		廿七

128

	己巳	廿八	
一六九〇	庚午	廿九	
	辛未	三十	
	壬申	三一	
	癸酉	三二	
	甲戌	三三	
	乙亥	三四	彭城张竹坡评刻《金瓶梅》。长洲褚人获增补《隋唐志传》，为一百回，改名《隋唐演义》。
	丙子	三五	山阴陈士斌评《西游记》，曰《西游真诠》。
	丁丑	三六	
	戊寅	三七	
	己卯	三八	
一七〇〇	庚辰	三九	
	辛巳	四十	全椒吴敬梓生（程晋芳
	壬午	四一	
	癸未	四二	
	甲申	四三	秋逸田叟吕熊成《女仙外史》一百回（刘廷玑《在园杂志》）。
	乙酉	四四	
	丙戌	四五	
	丁亥	四六	
	戊子	四七	
	己丑	四八	
一七一〇	庚寅	四九	
	辛卯	五十	
	壬辰	五一	
	癸巳	五二	
	甲午	五三	

公元	干支	帝号	年	大事
	乙未		五四	正月二十二日，蒲松龄卒。
	丙申		五五	
	丁酉		五六	
	戊戌		五七	
	己亥		五八	曹雪芹生于南京（《努力一》）。
一七二〇	庚子		五九	
	辛丑		六〇	
	壬寅		六一	
	癸卯	雍正	元	
	甲辰		二	纪昀生。
	乙巳		三	
	丙午		四	
	丁未		五	
	戊申		六	
	己酉		七	
一七三〇	庚戌		八	
	辛亥		九	
	壬子		十	
	癸丑		十一	
	甲寅		十二	
	乙卯		十三	
	丙辰	乾隆	元	二月，闲斋老人序《儒林外史》。
	丁巳		二	
	戊午		三	
	己未		四	
一七四〇	庚申		五	
	辛酉		六	
	壬戌		七	
	癸亥		八	

年份	干支	年号	事项
	甲子	九	屠绅生(《客窗随笔一》。)
	乙丑	十	
	丙寅	十一	
	丁卯	十二	
	戊辰	十三	和邦额生(《夜谭随录》自序云)。西河张书绅评《西游记》,曰《西游正旨》。
一七五〇	己巳	十四	
	庚午	十五	
	辛未	十六	
	壬申	十七	
	癸酉	十八	十一月,姑苏水莲居士增补《南唐演义》,十卷,百回,一名《反唐演义》。
	甲戌	十九	十月十四日,吴敬梓卒于扬州
	乙亥	二十	
	丙子	廿一	
	丁丑	廿二	曹雪芹作《红楼梦》八十回(俞平伯《红楼梦辨》中)。
	戊寅	廿三	
	己卯	廿四	
一七六〇	庚辰	廿五	
	辛巳	廿六	
	壬午	廿七	
	癸未	廿八	李汝珍生(?)(胡适《〈镜花缘〉引论》)。

	甲申	廿九	曹雪芹卒于北京（《努力一》）。《绿野仙踪》成，八十回。二日，山阴家鹤序，又，卅六年定超序云百川作。
	乙酉	三十	《红楼梦》初次流行（《辨》中）。
	丙戌	三一	
	丁亥	三二	
	戊子	三三	
	己丑	三四	
一七七〇	庚寅	三五	《红楼梦》盛行（《辨》中）。
	辛卯	三六	
	壬辰	三七	
	癸巳	三八	
	甲午	三九	
	乙未	四十	二月，孝义《雪月梅传》出，五十回，镜湖逸叟陈朗晓山编辑。
	丙申	四一	
	丁酉	四二	
	戊戌	四三	
	己亥	四四	
一七八〇	庚子	四五	
	辛丑	四六	
	壬寅	四七	
	癸卯	四八	
	甲辰	四九	
	乙巳	五十	
	丙午	五一	
	丁未	五二	

	戊申	五三	
	己酉	五四	夏,纪昀成《滦阳消夏录》六卷,书肆即刻之。
一七九〇	庚戌	五五	
	辛亥	五六	乾隆辛亥冬至后五日,鹗叙云:今年春,友人程子小泉过余,以其所购全书见示云云。似补作始于是年之春也。七月,纪昀作《如是我闻》四卷。高鹗补《红楼梦》四十回。和邦额作《夜谭随录》十二卷,六月自序。吴门沈凤超作《谐铎》十卷,七月序。
	壬子	五七	六月,纪昀作《槐西杂志》四卷。赏心居士取百十五回本《水浒传》之后三十八回改名《后水浒》,一名《荡平四大寇传》,附刊于七十回本之后以行。程伟元排印本百廿回《红楼梦》出。程及高鹗引言云:壬子花朝后一日。夏,临川乐钧成《耳食录》十二卷。
	癸丑	五八	七月,纪昀作《姑妄听之》四卷。
	甲寅	五九	十二月,乐钧作《耳食录二编》八卷。

	乙卯		六十	
	丙辰	嘉庆	元	
	丁巳		二	《后红楼梦》出,三十回,续程本,有逍遥子序,托言雪芹原稿。
	戊午		三	七月,纪昀成《滦阳续录》六卷,时年七十五。九月,秦雪坞自序所作《续红楼梦》,三十卷,卷一回,续程本。
	己未		四	
一八〇〇	庚申		五	八月,北平盛时彦合刻纪昀五书为《阅微草堂笔记五种》。海昌管世灏月楣作《影谈》四卷,辛酉自序云。磊砢山房原本《蟫史》二十卷。
	辛酉		六	屠绅卒。山阴俞蛟作《梦厂杂著》十卷,四月自序。
	壬戌		七	
	癸亥		八	
	甲子		九	
	乙丑		十	二月十四日,纪昀卒。
	丙寅		十一	
	丁卯		十二	
	戊辰		十三	盐城印垣作《南峰语乘》,上元后一日,周之冕序。
	己巳		十四	

一八一〇	庚午		十五	秋，文溪荆园居士成《挑灯新录》六卷。刘一明评《西游记》，曰《西游原旨》。
	辛未		十六	青城子作《亦复如是》八卷，仲秋自序（按：作者似湖南慈利人）。秀水陈球作《燕山外史》八卷，仲冬吴展成序。
	壬申		十七	
	癸酉		十八	舒位卒
	甲戌		十九	
	乙亥		二十	
	丙子		廿一	五月，平湖伏虎道场行者汇辑《南峰语乘》残本，得三卷，易名《野语》，刻之。
	丁丑		廿二	
	戊寅		廿三	
一八二〇	己卯		廿四	归锄子作《红楼梦补》四十八回，续前八十回。
	庚辰		廿五	
	辛巳	道光	元	
	壬午		二	
	癸未		三	
	甲申		四	
	乙酉		五	
	丙戌		六	山阴俞万春始作《结水浒传》
	丁亥		七	云间许元仲作《三异笔谈》四卷，时年七十五。

	戊子	八	王韬生。李汝珍《镜花缘》出,百回。
	己丑	九	
一八三〇	庚寅	十	李汝珍卒(?)。(引论)。
	辛卯	十一	
	壬辰	十二	吴县王希廉香雪作《红楼梦评赞》,花朝日自序。
	癸巳	十三	
	甲午	十四	
	乙未	十五	
	丙申	十六	
	丁酉	十七	
	戊戌	十八	
	己亥	十九	《施公案》出,八卷九十七回,一名《百断奇观》。
一八四〇	庚子	二十	
	辛丑	二一	
	壬寅	二二	陈森书作《品花宝鉴》三十回(《梦华琐簿》)。
	癸卯	二三	慵讷居士成《恐闻录》十二卷,四月自序。
	甲辰	二四	
	乙巳	二五	俞鸿渐作《印雪轩随笔》四卷,小春月八日自序。
	丙午	廿六	十一月,海昌许秋垞作《闻见异辞》二卷。

	丁未		廿七	俞万春《结水浒传》成，一名《荡寇志》，七十回，结子一回。
	戊申		廿八	北平汤用中成《翼駧稗编》八卷，九月序。
	己酉		廿九	陈森书续成《品花宝鉴》后三十回（《琐簿》）。山阴俞万春卒。
一八五〇	庚戌		三十	邹弢生（《三借庐笔谈六》）。
	辛亥	咸丰	元	俞龙光修整其父万春之《荡寇志》，刻之。
	壬子		二	
	癸丑		三	
	甲寅		四	
	乙卯		五	
	丙辰		六	
	丁巳		七	
	戊午		八	魏子安作《花月痕》五十二回，十六卷，暮春自序。
	己未		九	
一八六〇	庚申		十	
	辛酉		十一	云槎外史作《红楼梦影》二十四回，七月西湖散人序。
	壬戌	同治	元	长洲王韬紫诠成《遁窟谰言》十二卷。
	癸亥		二	
	甲子		三	
	乙丑		四	

	丙寅		五	
	丁卯		六	李宝嘉(伯元)生(四月廿九日子时)。吴沃尧生(《新庵笔记四》)。
	戊辰		七	
	己巳		八	
一八七〇	庚午		九	
	辛未		十	
	壬申		十一	
	癸酉		十二	
	甲戌		十三	归安朱翔清成《埋忧集》十卷,续二卷,七月自序。
	乙亥	光绪	元	王韬之《遁窟谰言》始排印行世。
	丙子		二	
	丁丑		三	九月,金匮邹弢作《浇愁集》八卷。
	戊寅		四	厘峰慕真山人《青楼梦》成,六十四回(据序,俞吟香作)。四月,长白浩歌子《萤异草》出,初编、二编,编四卷。
	己卯		五	《忠烈侠义传》(书面题《三侠五义》)出,百二十回,石玉昆述。俞樾作《右台仙馆笔记》,十六卷。十月,南通州戴莲芬作《鹂砭轩质言》四卷。永嘉傅 (声谷)成《燕山外史注释》。

138

一八八〇	庚辰	六	
	辛巳	七	
	壬午	八	七月,筍溪程麟作《此山中人语》六卷。
	癸未	九	
	甲申	十	四月,俞达(吟香)卒(《三借庐笔谈四》)
	乙酉	十一	淮阴百一居士作《壶天录》三卷,花朝日序。
	丙戌	十二	
	丁亥	十三	王韬作《淞滨琐话》十二卷,中元后三日自序。四月,《萤窗异草三编》出,四卷。
	戊子	十四	
	己丑	十五	七月,俞樾别撰《三侠五义》之第一回,易名《七侠五义》。
一八九〇	庚寅	十六	石玉昆述之《小五义》出,百二十四回。十月,《续小五义》出,百二十四回。
	辛卯	十七	《永庆升平》出。郭广瑞录哈辅源《演说》,共九十七回。
	壬辰	十八	《正续小五义全传》出,十五卷,六十回。贪梦道人《彭公案》出,百回。
	癸巳	十九	《续永庆升平》成,百回。次年印行。

甲午	二十	云间花也怜侬《海上花列传》出。
乙未	廿一	天长宣鼎作《夜雨秋灯录》,四集,共十六卷。
丙申	廿二	
丁酉	廿三	
戊戌	廿四	月,上海孙漱石《海上繁华梦新书》初集出,三十回。
己亥	廿五	
一九〇〇 庚子	廿六	李伯元创《繁华报》。
辛丑	廿七	
壬寅	廿八	春,青山山农《红楼梦广义》出,上下卷。
癸卯	廿九	李宝嘉《官场现形记》出,一至五编,共六十回,中秋后五日序。吴沃尧始作章回体小说《最近怪现状》,自序云。秋,《轰天雷》出,十四回,题籀谷古香著。
甲辰	三十	
乙巳	三一	
丙午	三二	刘鹗《老残游记》出,二十章,秋白序, 月,休宁汪维甫创刊《月月小说》,以吴趼人主笔政。三月十四日巳时,李宝嘉卒。九月,吴沃尧《恨海》出,十回。十一月,《怪现状》甲至丁卷(一至五十五回)出。

	丁未		三三	八月，禺山黄小配作《廿载繁华梦》四十回。《孽海花》发表于《小说林》，曾朴作。
	戊申		三四	七月，吴沃尧《上海游骖录》出，十回。
	己酉	宣统	元	
一九一〇	庚戌		二	九月十九日，吴沃尧卒，年四十四（《新庵笔记四》）。九月，吴沃尧《最近社会龌龊史》（原名《近十年之怪现状》）初、二编出，共二十回。据《自序》云 似己酉年作。
	辛亥		三	
	壬子	民国	元	
	癸丑		二	
	甲寅		三	
	乙卯		四	十一月，山阴蔡元培作《石头记索隐》成。六月，上海孙漱石《续海上繁华梦》初集出，六卷，三十回。
	丙辰		五	四月，青浦钱静方《小说丛考》出，二卷。二月，《续海上繁华梦》二集出，六卷，三十回；八月，三集出，八卷，四十回。
	丁巳		六	九月，山阴蔡元培《石头记索隐》出。

	戊午	七	
	己未	八	
一九二〇	庚申	九	
	辛酉	十	
	壬戌	十一	
	癸亥	十二	四月,德清俞平伯《红楼梦辨》出,三卷。三月,胡适《西游记考证》出。

未另发表。据手稿编入。

初未收集。

一九
二四

一月

一日

日记 晴。休假。上午得胡适之信并文稿一篇。许钦文,孙伏园来,留午饭。下午宋子佩携舒来。晚服阿思匹林片一。

二日

日记 晴。下午李慎斋来,同至西三条胡同接收所买屋,交余款三百元讫。

三日

日记 晴。休假。无事。

四日

日记 晴。上午往高师讲,收薪水九元,五月分讫。午后往大学讲。

五日

日记 晴。上午往女子师校讲。往通俗图书馆借书。收其中堂所寄书目一本。下午寄胡适之信并文稿一篇,《西游补》两本。夜服补泻丸二粒。

答广东新会吕蓬尊君*

问:"这泪混了露水,被月光照着,可难解,夜明石似的发光。"——《狭的笼》(《爱罗先珂童话集》页二七)这句话里面插入"可难解"三字,是什么意思?

答:将"可难解"换一句别的话,可以作"这真奇怪"。因为泪和露水是不至于"夜明石似的发光"的,而竟如此,所以这现象实在奇异,令人想不出是什么道理。(鲁迅)

问:"或者充满了欢喜在花上奔腾,或者闪闪的在叶尖耽着冥想",——《狭的笼》(同上)这两句的"主词"(Subject),是泪和露水呢?还是老虎?

答:是泪和露水。(鲁迅)

问:"'奴隶的血很明亮,红玉似的。但不知什么味就想尝一尝……'"——《狭的笼》(同上,五三)"就想尝一尝"下面的┐(引号),我以为应该移置在"但不知什么味"之下;尊见以为对否?

答:原作如此,别人是不好去移改他的。但原文也说得下去,引号之下,可以包藏"看他究竟如何""看他味道可好"等等意思。(鲁迅)

原载 1924 年 1 月 5 日上海《学生杂志》第 11 卷第 1 号。
初未收集。

致 胡 适

适之先生:

前两天得到 手教并《水浒两种序》。序文极好,有益于读者不鲜。我之不赞成《水浒后传》,大约在于托古事而改变之,以浇自己块垒这一点,至于文章,固然也实有佳处, 先生序上,已给与较大的估价了。

《西游补》送上，是《说库》中的，不知道此外有无较好的刻本。

自从《海上繁华梦》出而《海上花》遂名声顿落，其实《繁华梦》之度量技术，去《海上花》远甚。此书大有重印之价值，不知亚东书局有意于此否？我前所见，是每星期出二回之原本，上有吴友如派之绘画，惜现在不可复得矣。

迅　上　一月五日

六日

日记　晴，风。星期休息。下午空三来。服补泻丸二粒。夜濯足。

七日

日记　晴，风。午后寄伏园信。往世界语校讲。夜服阿思匹林片一枚，小汗。

八日

日记　晴。下午孙伏园来部，交《呐喊》赢泉二百六十并王剑三信，即付五元豫约《山野掇拾》，《纺轮故事》各五部。往女师校以泉廿付许羡苏君，内十三元为三弟款。

九日

日记　晴。无事。夜向培良来。

十日

日记　晴。午后往市政公所取得买屋凭单并图合粘一枚，付用费一元。夜空三来。

十一日

日记 晴。上午往高等师范学校讲。午后往北京大学讲。下午得孙伏园信。晚空三及声树来。

致 孙伏园

伏园兄：

惠书已到，附上答王君笺，乞转寄，以了此一件事。

钦文兄小说已看过两遍，以写学生社会者为最好，村乡生活者次之；写工人之两篇，则近于失败。如加淘汰，可存二十六七篇，更严则可存二十三四篇。现在先存廿七篇，兄可先以交起孟，问其可收入《文艺丛书》否？而于阴历年底取回交我，我可于是后再加订正之。

总之此集决可出版，无论收入与否。但须小加整理而已。

《小白兔》一篇尚好，但所记状态及言论，过于了然（此等议论，我亦听到过），成集时易被注意，似须改得稍晦才是。又《传染病》一篇中记打针（注射）乃在屁股上，据我所知，当在大腿上，改为屁股，地位太有参差，岂现在针法已有改变乎？便中望一询为荷。

迅 上 一月十一日夜

十二日

日记 晴。晨寄孙伏园信附答王剑三笺。往女师校讲。午后同李慎斋往本司胡同税务处纳屋税，作七百五十元论，付税泉四十五元，回至龙海轩午餐。

十三日

日记　晴。星期休息。午后子佩来。下午小峰，钦文，矛尘，伏园及惠迭［迪］来，夜风。

十四日

日记　晴。午后寄孙伏园信。从齐寿山假泉二百。得丸善书店信片。

十五日

日记　晴。午后得和荪信，十二日太原发。与瓦匠李德海约定修改西三条旧房，工直计泉千廿。下午寄丸善书店泉五。晚李慎斋来。陈声树来。

十六日

日记　晴。下午寄丸善书店信。晚李慎斋来。付李瓦匠泉百。

十七日

日记　晴。午后寄三弟信。下午往师大附中校校友会讲演。往鼎香村买茶叶二斤，每斤一元。访孙伏园于晨报社，许钦文亦在，遂同往宾宴楼晚饭，买糖包子十四枚而归。得丸善明信片。

对于"笑话"的笑话 *

范仲澐先生的《整理国故》是在南开大学的讲演，但我只看见过报章上所转载的一部分，其第三节说：

"……近来有人一味狐疑，说禹不是人名，是虫名，我不知道他有什么确实证据？说句笑话罢，一个人谁是眼睁睁看明自己从母腹出来，难道也能怀疑父母么？"

第四节就有这几句：

"古人著书，多用两种方式发表：（一）假托古圣贤，（二）本人死后才付梓。第一种人，好像吕不韦将孕妇送人，实际上抢得王位……"

我也说句笑话罢，吕不韦的行为，就是使一个人"也能怀疑父母"的证据。

原载 1924 年 1 月 17 日《晨报副刊》。署名风声。

初未收集。

十八日

日记　晴。上午往师大讲。午后往北大讲。晚付李瓦匠泉二百。

十九日

日记　晴，风。上午往女师校讲。买什物五元。下午从齐寿山假泉二百。

二十日

日记　晴。星期休息。午前李慎斋来，同至西三条看瓦木料，并付李瓦匠泉百。午后子佩来，未遇。下午丸山来。晚理发。

二十一日

日记　晴。上午冯省三来。宋子佩来。下午寄胡适之信并《边雪鸿泥记》稿本一部十二册。晚付李瓦匠泉百。得小说月报社征文信，即复绝。

二十二日

日记　晴。午后往通俗图书馆还书。游小市。

二十三日

日记　昙。午后子佩来。寄孙伏园信。晚付李瓦匠泉二百。夜微雪。

奇怪的日历

我在去年买到一个日历，大洋二角五分，上印"上海魁华书局印行"，内容看不清楚，因为用薄纸包着的，我便将他挂在柱子上。

从今年一月一日起，我一天撕一张，撕到今天，可突然发见他的奇怪了，现在就抄七天在下面：

一月二十三日　土曜日　星期三　宜祭祀会亲友结婚姻

又　二十四日　金曜日　星期四　宜沐浴扫舍宇

又　二十五日　金曜日　星期五　宜祭祀

又　二十六日　火曜日　星期六

又　二十七日　火曜日　星期日　宜祭祀……

又　二十八日　水曜日　星期一　宜沐浴剃头捕捉

又　二十九日　水曜日　星期二

我又一直看到十二月三十一日，终于没有发见一个日曜日和月曜日。

虽然并不真奉行，中华民国之用阳历，总算已经十三年了，但如此奇怪的日历,先前却似乎未曾出现过,岂但"宜剃头捕捉",表现其一年一年的加增昏谬而已哉!

一三,一,二三,北京。

原载 1924 年 1 月 27 日《晨报副刊》。署名教者。
初未收集。

二十四日

日记 昙。无事。夜风。

二十五日

日记 晴,大风。午后往北大讲。下午得三弟信,二十二日发。

二十六日

日记 晴。上午往女师校讲。午后寄三弟信。寄师大补考卷一本。

二十七日

日记 晴。星期休息。上午李慎斋来,饭后同至西三条胡同看卸灰。下午昙。夜向培良来。

二十八日

日记 晴。晨得冯省三信。上午李慎斋来,同至西三条胡同看卸灰,合昨所卸共得八车,约万五千斤。王仲猷代为至警署报告建筑。午后得孙伏园信。

望勿"纠正"*

汪原放君已经成了古人了,他的标点和校正小说,虽然不免小谬误,但大体是有功于作者和读者的。谁料流弊却无穷,一班效颦的便随手拉一部书,你也标点,我也标点,你也作序,我也作序,他也校改,这也校改,又不肯好好的做,结果只是糟蹋了书。

《花月痕》本不必当作宝贝书,但有人要标点付印,自然是各随各便。这书最初是木刻的,后有排印本;最后是石印,错字很多,现在通行的多是这一种。至于新标点本,则陶乐勤君序云,"本书所取的原本,虽属佳品,可是错误尚多。余虽都加以纠正,然失检之处,势必难免。……"我只有错字很多的石印本,偶然对比了第二十五回中的三四叶,便觉得还是石印本好,因为陶君于石印本的错字多未纠正,而石印本的不错字儿却多纠歪了。

"钗黛直是个子虚乌有,算不得什么。……"

这"直是个"就是"简直是一个"之意,而纠正本却改作"真是个",便和原意很不相同了。

"秋痕头上包着绉帕……突见痴珠,便含笑低声说道,'我料得你挨不上十天,其实何苦呢?'

"……痴珠笑道,'往后再商量罢。'……"

他们俩虽然都沦落,但其时却没有什么大悲哀,所以还都笑。而纠正本却将两个"笑"字都改成"哭"字了。教他们一见就哭,看眼泪似乎太不值钱,况且"含哭"也不成话。

我因此想到一种要求,就是印书本是美事,但若自己于意义不甚了然时,不可便以为是错的,而奋然"加以纠正",不如"过而存之",或者倒是并不错。

我因此又起了一个疑问,就是有些人攻击译本小说"看不懂",但他们看中国人自作的旧小说,当真看得懂么?

一月二十八日。

原载 1924 年 1 月 28 日《晨报副刊》。署名风声。
初收 1925 年 11 月北京北新书局版《热风》。

二十九日

日记 晴。上午李秉中来,字庸倩。午后寄马幼渔信。

三十日

日记 晴。晚李慎斋来。

三十一日

日记 晴,风。上午往警区验契。

二月

一日

日记　晴。上午李慎斋来,同至西三条胡同看卸灰。下午得三弟信,一月二十九日发。

二日

日记　晴。上午得三太太信。午后得郑振铎信并板权税五十六元。赠乔大壮以《中国小说史》一册。还李慎斋代付之石灰泉十八元。晚同裴子元往李竹泉店观唐人墨书墓志。往商务印书馆买《淮南鸿烈集解》一部六册,三元。

三日

日记　晴。星期休息。上午郑振铎寄赠《灰色马》一本,顾一樵寄赠《芝兰与茉利》一本。午后李慎斋来。晚许钦文,章矛尘来。

四日

日记　晴。上午寄三弟信附致郑振铎笺。午世界语校送来去年十二月分薪水泉十五元。午后往大学取去年七月分薪水十八元,又八月分者八元。下午同裴子元游小市。收去年四月分奉泉百八十。买酒及饼饵共四元。夜世界语校送来《小说史》九十七本之值二十三元二角八分。旧历除夕也,饮酒特多。

五日

日记　昙。休假。上午晴。午李遐卿携其郎来,留之午饭。

六日

日记 雨雪。休假。下午许钦文来。夜失眠,尽酒一瓶。

七日

日记 晴。休假。午风。无事。

祝　福

旧历的年底毕竟最像年底,村镇上不必说,就在天空中也显出将到新年的气象来。灰白色的沉重的晚云中间时时发出闪光,接着一声钝响,是送灶的爆竹;近处燃放的可就更强烈了,震耳的大音还没有息,空气里已经散满了幽微的火药香。我是正在这一夜回到我的故乡鲁镇的。虽说故乡,然而已没有家,所以只得暂寓在鲁四老爷的宅子里。他是我的本家,比我长一辈,应该称之曰"四叔",是一个讲理学的老监生。他比先前并没有什么大改变,单是老了些,但也还未留胡子,一见面是寒暄,寒暄之后说我"胖了",说我"胖了"之后即大骂其新党。但我知道,这并非借题在骂我:因为他所骂的还是康有为。但是,谈话是总不投机的了,于是不多久,我便一个人剩在书房里。

第二天我起得很迟,午饭之后,出去看了几个本家和朋友;第三天也照样。他们也都没有什么大改变,单是老了些;家中却一律忙,都在准备着"祝福"。这是鲁镇年终的大典,致敬尽礼,迎接福神,拜求来年一年中的好运气的。杀鸡,宰鹅,买猪肉,用心细细的洗,女人的臂膊都在水里浸得通红,有的还带着绞丝银镯子。煮熟之后,横七竖八的插些筷子在这类东西上,可就称为"福礼"了,五更天陈列起来,并且点上香烛,恭请福神们来享用;拜的却只限于男人,拜完自然仍然是放爆竹。年年如此，家家如此，——只要买得起福礼和爆竹之类的，——今年自然也如此。天色愈阴暗了，下午竟下起雪来，雪花大的有梅花那么大，满天飞舞，夹着烟霭和忙碌的气色，将鲁镇乱成一团糟。我回到四叔的书房里时，瓦楞上已经雪白，房里也映得较光明，极分明的显出壁上挂着的朱拓的大"壽"字。陈抟老祖写的；一边的对联已经脱落，松松的卷了放在长桌上，一边的还在，道是"事理通达心气和平"。我又无聊赖的到窗下的案头去一翻，只见一堆似乎未必完全的《康熙字典》，一部《近思录集注》和一部《四书衬》。无论如何，我明天决计要走了。

况且，一想到昨天遇见祥林嫂的事，也就使我不能安住。那是下午，我到镇的东头访过一个朋友，走出来，就在河边遇见她；而且见她瞪着的眼睛的视线，就知道明明是向我走来的。我这回在鲁镇所见的人们中，改变之大，可以说无过于她的了：五年前的花白的头发，即今已经全白，全不像四十上下的人；脸上瘦削不堪，黄中带黑，而且消尽了先前悲哀的神色，仿佛是木刻似的；只有那眼珠间或一轮，还可以表示她是一个活物。她一手提着竹篮，内中一个破碗，空的；一手挂着一支比她更长的竹竿，下端开了裂：她分明已经纯乎是一个乞丐了。

我就站住，豫备她来讨钱。

"你回来了？"她先这样问。

"是的。"

"这正好。你是识字的，又是出门人，见识得多。我正要问你一件事——"她那没有精采的眼睛忽然发光了。

我万料不到她却说出这样的话来，诧异的站着。

"就是——"她走近两步，放低了声音，极秘密似的切切的说，"一个人死了之后，究竟有没有魂灵的？"

我很悚然，一见她的眼钉着我的，背上也就遭了芒刺一般，比在学校里遇到不及豫防的临时考，教师又偏是站在身旁的时候，惶急得多了。对于魂灵的有无，我自己是向来毫不介意的；但在此刻，怎样回答她好呢？我在极短期的踌蹰中，想，这里的人照例相信鬼，然而她，却疑惑了，——或者不如说希望：希望其有，又希望其无……。人何必增添末路的人的苦恼，为她起见，不如说有罢。

“也许有罢，——我想。”我于是吞吞吐吐的说。

“那么，也就有地狱了？”

“阿！地狱？”我很吃惊，只得支梧着，“地狱？——论理，就该也有。——然而也未必，……谁来管这等事……。”

“那么，死掉的一家的人，都能见面的？”

“唉唉，见面不见面呢？……”这时我已知道自己也还是完全一个愚人，什么踌蹰，什么计画，都挡不住三句问。我即刻胆怯起来了，便想全翻过先前的话来，“那是，……实在，我说不清……。其实，究竟有没有魂灵，我也说不清。”

我乘她不再紧接的问，迈开步便走，匆匆的逃回四叔的家中，心里很觉得不安逸。自己想，我这答话怕于她有些危险。她大约因为在别人的祝福时候，感到自身的寂寞了，然而会不会含有别的什么意思的呢？——或者是有了什么豫感了？倘有别的意思，又因此发生别的事，则我的答话委实该负若干的责任……。但随后也就自笑，觉得偶尔的事，本没有什么深意义，而我偏要细细推敲，正无怪教育家要说是生着神经病；而况明明说过“说不清”，已经推翻了答话的全局，即使发生什么事，于我也毫无关系了。

“说不清”是一句极有用的话。不更事的勇敢的少年，往往敢于给人解决疑问，选定医生，万一结果不佳，大抵反成了怨府，然而一用这说不清来作结束，便事事逍遥自在了。我在这时，更感到这一句话的必要，即使和讨饭的女人说话，也是万不可省的。

但是我总觉得不安，过了一夜，也仍然时时记忆起来，仿佛怀着什么不祥的豫感；在阴沉的雪天里，在无聊的书房里，这不安愈加强烈了。不如走罢，明天进城去。福兴楼的清燉鱼翅，一元一大盘，价廉物美,现在不知增价了否? 往日同游的朋友,虽然已经云散,然而鱼翅是不可不吃的,即使只有我一个……。无论如何,我明天决计要走了。

我因为常见些但愿不如所料,以为未必竟如所料的事,却每每恰如所料的起来,所以很恐怕这事也一律。果然,特别的情形开始了。傍晚,我竟听到有些人聚在内室里谈话,仿佛议论什么事似的,但不一会,说话声也就止了,只有四叔且走而且高声的说:

"不早不迟,偏偏要在这时候,——这就可见是一个谬种!"

我先是诧异,接着是很不安,似乎这话于我有关系。试望门外,谁也没有。好容易待到晚饭前他们的短工来冲茶,我才得了打听消息的机会。

"刚才,四老爷和谁生气呢?"我问。

"还不是和祥林嫂?"那短工简捷的说。

"祥林嫂? 怎么了?"我又赶紧的问。

"老了。"

"死了?"我的心突然紧缩,几乎跳起来,脸上大约也变了色。但他始终没有抬头,所以全不觉。我也就镇定了自己,接着问:

"什么时候死的?"

"什么时候? ——昨天夜里,或者就是今天罢。——我说不清。"

"怎么死的?"

"怎么死的? ——还不是穷死的?"他淡然的回答,仍然没有抬头向我看,出去了。

然而我的惊惶却不过暂时的事,随着就觉得要来的事,已经过去,并不必仰仗我自己的"说不清"和他之所谓"穷死的"的宽慰,心地已经渐渐轻松;不过偶然之间,还似乎有些负疚。晚饭摆出来了,四叔俨然的陪着。我也还想打听些关于祥林嫂的消息,但知道他虽然读过"鬼神者二气之良能也",而忌讳仍然极多,当临近祝福时候,是万不可提起死亡疾病之类的话的；倘不得已，就该用一种替代的隐语，可惜我又不知道，因此屡次想问，而终于中止了。我从他俨然的脸色上，又忽而疑他正以为我不早不迟，偏要在这时候来打搅他，也是一个谬种，便立刻告诉他明天要离开鲁镇，进城去，趁早放宽了他的心。他也不很留。这样闷闷的吃完了一餐饭。

冬季日短，又是雪天，夜色早已笼罩了全市镇。人们都在灯下匆忙，但窗外很寂静。雪花落在积得厚厚的雪褥上面，听去似乎瑟瑟有声，使人更加感得沉寂。我独坐在发出黄光的菜油灯下，想，这百无聊赖的祥林嫂，被人们弃在尘芥堆中的，看得厌倦了的陈旧的玩物，先前还将形骸露在尘芥里，从活得有趣的人们看来，恐怕要怪讶她何以还要存在，现在总算被无常打扫得干干净净了。魂灵的有无，我不知道；然而在现世，则无聊生者不生，即使厌见者不见，为人为己，也还都不错。我静听着窗外似乎瑟瑟作响的雪花声，一面想，反而渐渐的舒畅起来。

然而先前所见所闻的她的半生事迹的断片，至此也联成一片了。

她不是鲁镇人。有一年的冬初，四叔家里要换女工，做中人的卫老婆子带她进来了，头上扎着白头绳，乌裙，蓝夹袄，月白背心，年纪大约二十六七，脸色青黄，但两颊却还是红的。卫老婆子叫她祥林嫂，说是自己母家的邻舍，死了当家人，所以出来做工了。四叔皱了皱眉，四婶已经知道了他的意思，是在讨厌她是一个寡妇。但看她模样还周正，手脚都壮大，又只是顺着眼，不开一句口，很像一个安分耐劳的人，便不管四叔的皱眉，将她留下了。试工期内，她整天的做，似乎闲着就无聊，又有力，简直抵得过一个男子，所以第三天就定局，每月工钱五百文。

大家都叫她祥林嫂；没问她姓什么，但中人是卫家山人，既说是邻居，那大概也就姓卫了。她不很爱说话，别人问了才回答，答的也不多。直到十几天之后，这才陆续的知道她家里还有严厉的婆婆；一个小叔子，十多岁，能打柴了；她是春天没了丈夫的；他本来也打柴为生，比她小十岁：大家所知道的就只是这一点。

日子很快的过去了，她的做工却毫没有懈，食物不论，力气是不惜的。人们都说鲁四老爷家里雇着了女工，实在比勤快的男人还勤快。到年底，扫尘，洗地，杀鸡，宰鹅，彻夜的煮福礼，全是一人担当，竟没有添短工。然而她反满足，口角边渐渐的有了笑影，脸上也白胖了。

新年才过，她从河边淘米回来时，忽而失了色，说刚才远远地看见一个男人在对岸徘徊，很像夫家的堂伯，恐怕是正为寻她而来的。四婶很惊疑，打听底细，她又不说。四叔一知道，就皱一皱眉，道：

"这不好。恐怕她是逃出来的。"

她诚然是逃出来的，不多久，这推想就证实了。

此后大约十几天，大家正已渐渐忘却了先前的事，卫老婆子忽而带了一个三十多岁的女人进来了，说那是祥林嫂的婆婆。那女人虽是山里人模样，然而应酬很从容，说话也能干，寒暄之后，就赔罪，说她特来叫她的儿媳回家去，因为开春事务忙，而家中只有老的和小的，人手不够了。

"既是她的婆婆要她回去，那有什么话可说呢。"四叔说。

于是算清了工钱，一共一千七百五十文，她全存在主人家，一文也还没有用，便都交给她的婆婆。那女人又取了衣服，道过谢，出去了。其时已经是正午。

"阿呀，米呢？祥林嫂不是去淘米的么？……"好一会，四婶这才惊叫起来。她大约有些饿，记得午饭了。

于是大家分头寻淘箩。她先到厨下，次到堂前，后到卧房，全不见淘箩的影子。四叔踱出门外，也不见，直到河边，才见平平正正的放在岸上，旁边还有一株菜。

看见的人报告说，河里面上午就泊了一只白篷船，篷是全盖起来的,不知道什么人在里面,但事前也没有人去理会他。待到祥林嫂出来淘米,刚刚要跪下去,那船里便突然跳出两个男人来,像是山里人,一个抱住她,一个帮着,拖进船去了。祥林嫂还哭喊了几声,此后便再没有什么声息,大约给用什么堵住了罢。接着就走上两个女人来,一个不认识,一个就是卫婆子。窥探舱里,不很分明,她像是捆了躺在船板上。

"可恶! 然而……。"四叔说。

这一天是四婶自己煮午饭;他们的儿子阿牛烧火。

午饭之后,卫老婆子又来了。

"可恶!"四叔说。

"你是什么意思? 亏你还会再来见我们。"四婶洗着碗,一见面就愤愤的说,"你自己荐她来,又合伙劫她去,闹得沸反盈天的,大家看了成个什么样子? 你拿我们家里开玩笑么?"

"阿呀阿呀,我真上当。我这回,就是为此特地来说说清楚的。她来求我荐地方,我那里料得到是瞒着她的婆婆的呢。对不起,四老爷,四太太,总是我老发昏不小心,对不起主顾。幸而府上是向来宽洪大量,不肯和小人计较的。这回我一定荐一个好的来折罪……。"

"然而……。"四叔说。

于是祥林嫂事件便告终结,不久也就忘却了。

只有四婶,因为后来雇用的女工,大抵非懒即馋,或者馋而且懒,左右不如意,所以也还提起祥林嫂。每当这些时候,她往往自言自语的说,"她现在不知道怎么样了?"意思是希望她再来。但到第二年的新正,她也就绝了望。

新正将尽,卫老婆子来拜年了,已经喝得醉醺醺的,自说因为回了一趟卫家山的娘家,住下几天,所以来得迟了。她们问答之间,自然就谈到祥林嫂。

"她么?"卫老婆子高兴的说,"现在是交了好运了。她婆婆来抓她回去的时候,是早已许给了贺家墺的贺老六的,所以回家之后不几天,也就装在花轿里抬去了。"

"阿呀,这样的婆婆!……"四婶惊奇的说。

"阿呀,我的太太!你真是大户人家的太太的话。我们山里人,小户人家,这算得什么?她有小叔子,也得娶老婆。不嫁了她,那有这一注钱来做聘礼?她的婆婆倒是精明强干的女人呵,很有打算,所以就将她嫁到里山去。倘许给本村人,财礼就不多;惟独肯嫁进深山野墺里去的女人少,所以她就到手了八十千。现在第二个儿子的媳妇也娶进了,财礼只花了五十,除去办喜事的费用,还剩十多千。吓,你看,这多么好打算?……"

"祥林嫂竟肯依?……"

"这有什么依不依。——闹是谁也总要闹一闹的;只要用绳子一捆,塞在花轿里,抬到男家,捺上花冠,拜堂,关上房门,就完事了。可是祥林嫂真出格,听说那时实在闹得利害,大家还都说大约因为在念书人家做过事,所以与众不同呢。太太,我们见得多了:回头人出嫁,哭喊的也有,说要寻死觅活的也有,抬到男家闹得拜不成天地的也有,连花烛都砸了的也有。祥林嫂可是异乎寻常,他们说她一路只是嚎,骂,抬到贺家墺,喉咙已经全哑了。拉出轿来,两个男人和她的小叔子使劲的擒住她也还拜不成天地。他们一不小心。一松手,阿呀,阿弥陀佛,她就一头撞在香案角上,头上碰了一个大窟窿,鲜血直流,用了两把香灰,包上两块红布还止不住血呢。直到七手八脚的将她和男人反关在新房里,还是骂,阿呀呀,这真是……。"她摇一摇头,顺下眼睛,不说了。

"后来怎么样呢?"四婶还问。

"听说第二天也没有起来。"她抬起眼来说。

"后来呢?"

"后来?——起来了。她到年底就生了一个孩子,男的,新年就两岁了。我在娘家这几天,就有人到贺家墺去,回来说看见他们娘儿俩,母亲也胖,儿子也胖;上头又没有婆婆;男人所有的是力气,会做活;房子是自家的。——唉唉,她真是交了好运了。"

从此之后,四婶也就不再提起祥林嫂。

但有一年的秋季,大约是得到祥林嫂好运的消息之后的又过了两个新年,她竟又站在四叔家的堂前了。桌上放着一个荸荠式的圆篮,檐下一个小铺盖。她仍然头上扎着白头绳,乌裙,蓝夹袄,月白背心,脸色青黄,只是两颊上已经消失了血色,顺着眼,眼角上带些泪痕,眼光也没有先前那样精神了。而且仍然是卫老婆子领着,显出慈悲模样,絮絮的对四婶说:

"……这实在是叫作'天有不测风云',她的男人是坚实人,谁知道年纪青青,就会断送在伤寒上?本来已经好了的,吃了一碗冷饭,复发了。幸亏有儿子;她又能做,打柴摘茶养蚕都来得,本来还可以守着,谁知道那孩子又会给狼衔去的呢?春天快完了,村上倒反来了狼,谁料到?现在她只剩了一个光身了。大伯来收屋,又赶她。她真是走投无路了,只好来求老主人。好在她现在已经再没有什么牵挂,太太家里又凑巧要换人,所以我就领她来。——我想,熟门熟路,比生手实在好得多……"

"我真傻,真的,"祥林嫂抬起她没有神采的眼睛来,接着说。"我单知道下雪的时候野兽在山墺里没有食吃,会到村里来;我不知道春天也会有。我一清早起来就开了门,拿小篮盛了一篮豆,叫我们的阿毛坐在门槛上剥豆去。他是很听话的,我的话句句听;他出去了。我就在屋后劈柴,淘米,米下了锅,要蒸豆。我叫阿毛,没有应,出去一看,只见豆撒得一地,没有我们的阿毛了。他是不到别家去玩的;各处去一问,果然没有。我急了,央人出去寻。直到下半天,寻来寻去寻到山墺里,看见刺柴上挂着一只他的小鞋。大家都说,糟了,怕是遭了狼了。再进去;他果然躺在草窠里,肚里的五脏已经都给吃空了,手上还紧紧的捏着那只小篮呢。……"她接着但是呜咽,说不出成句的话来。

四婶起初还踌蹰,待到听完她自己的话,眼圈就有些红了。她想了一想,便教拿圆篮和铺盖到下房去。卫老婆子仿佛卸了一肩重担似的嘘一口气;祥林嫂比初来时候神气舒畅些,不待指引,自己驯熟的安放了铺盖。她从此又在鲁镇做女工了。

大家仍然叫她祥林嫂。

然而这一回,她的境遇却改变得非常大。上工之后的两三天,主人们就觉得她手脚已没有先前一样灵活,记性也坏得多,死尸似的脸上又整日没有笑影,四婶的口气上,已颇有些不满了。当她初到的时候,四叔虽然照例皱过眉,但鉴于向来雇用女工之难,也就并不大反对,只是暗暗地告诫四婶说,这种人虽然似乎很可怜,但是败坏风俗的,用她帮忙还可以,祭祀时候可用不着她沾手,一切饭菜,只好自己做,否则,不干不净,祖宗是不吃的。

四叔家里最重大的事件是祭祀,祥林嫂先前最忙的时候也就是祭祀,这回她却清闲了。桌子放在堂中央,系上桌帏,她还记得照旧的去分配酒杯和筷子。

"祥林嫂,你放着罢!我来摆。"四婶慌忙的说。

她讪讪的缩了手,又去取烛台。

"祥林嫂,你放着罢!我来拿。"四婶又慌忙的说。

她转了几个圆圈,终于没有事情做,只得疑惑的走开。她在这一天可做的事是不过坐在灶下烧火。

镇上的人们也仍然叫她祥林嫂,但音调和先前很不同;也还和她讲话,但笑容却冷冷的了。她全不理会那些事,只是直着眼睛,和大家讲她自己日夜不忘的故事——

"我真傻,真的,"她说。"我单知道雪天是野兽在深山里没有食吃,会到村里来;我不知道春天也会有。我一大早起来就开了门,拿小篮盛了一篮豆,叫我们的阿毛坐在门槛上剥豆去。他是很听话的孩子,我的话句句听;他就出去了。我就在屋后劈柴,淘米,米下了锅,打算蒸豆。我叫,'阿毛!'没有应。出去一看,只见豆撒得满地。没有我们的阿毛了。各处去一问,都没有。我急了,央人去寻去。直到下半天,几个人寻到山墺里,看见刺柴上挂着一只他的小鞋。大家都说,完了,怕是遭了狼了。再进去;果然,他躺在草窠里,肚里的五脏已经都给吃空了,可怜他手里还紧紧的捏着那只小篮呢。……"她于是淌下眼泪来,声音也呜咽了。

这故事倒颇有效,男人听到这里,往往敛起笑容,没趣的走了开去;女人们却不独宽恕了她似的,脸上立刻改换了鄙薄的神气,还要陪出许多眼泪来。有些老女人没有在街头听到她的话,便特意寻来,要听她这一段悲惨的故事。直到她说到呜咽,她们也就一齐流下那停在眼角上的眼泪,叹息一番,满足的去了,一面还纷纷的评论着。

她就只是反复的向人说她悲惨的故事,常常引住了三五个人来听她。但不久,大家也都听得纯熟了,便是最慈悲的念佛的老太太们,眼里也再不见有一点泪的痕迹。后来全镇的人们几乎都能背诵她的话,一听到就烦厌得头痛。

"我真傻,真的,"她开首说。

"是的,你是单知道雪天野兽在深山里没有食吃,才会到村里来的。"他们立即打断她的话,走开去了。

她张着口怔怔的站着,直着眼睛看他们,接着也就走了,似乎自己也觉得没趣。但她还妄想,希图从别的事,如小篮,豆,别人的孩子上,引出她的阿毛的故事来。倘一看见两三岁的小孩子,她就说:

"唉唉,我们的阿毛如果还在,也就有这么大了。……"

孩子看见她的眼光就吃惊,牵着母亲的衣襟催她走。于是又只剩下她一个,终于没趣的也走了。后来大家又都知道了她的脾气,只要有孩子在眼前,便似笑非笑的先问她,道:

"祥林嫂,你们的阿毛如果还在,不是也就有这么大了么?"

她未必知道她的悲哀经大家咀嚼赏鉴了许多天,早已成为渣滓,只值得烦厌和唾弃;但从人们的笑影上,也仿佛觉得这又冷又尖,自己再没有开口的必要了。她单是一瞥他们,并不回答一句话。

鲁镇永远是过新年,腊月二十以后就忙起来了。四叔家里这回须雇男短工,还是忙不过来,另叫柳妈做帮手,杀鸡,宰鹅;然而柳妈是善女人,吃素,不杀生的,只肯洗器皿。祥林嫂除烧火之外,没有别的事,却闲着了,坐着只看柳妈洗器皿。微雪点点的下来了。

"唉唉,我真傻,"祥林嫂看了天空,叹息着,独语似的说。

"祥林嫂,你又来了。"柳妈不耐烦的看着她的脸,说。"我问你:你额角上的伤疤,不就是那时撞坏的么?"

"唔唔。"她含胡的回答。

"我问你:你那时怎么后来竟依了呢?"

"我么?……"

"你呀。我想:这总是你自己愿意了,不然……。"

"阿阿,你不知道他力气多么大呀。"

"我不信。我不信你这么大的力气,真会拗他不过。你后来一定是自己肯了,倒推说他力气大。"

"阿阿,你……你倒自己试试看。"她笑了。

柳妈的打皱的脸也笑起来,使她蹙缩得像一个核桃;干枯的小眼睛一看祥林嫂的额角,又钉住她的眼。祥林嫂似乎很局促了,立刻敛了笑容,旋转眼光,自去看雪花。

"祥林嫂,你实在不合算。"柳妈诡秘的说。"再一强,或者索性撞一个死,就好了。现在呢,你和你的第二个男人过活不到两年,倒落了一件大罪名。你想,你将来到阴司去,那两个死鬼的男人还要争,你给了谁好呢?阎罗大王只好把你锯开来,分给他们。我想,这真是……。"

她脸上就显出恐怖的神色来,这是在山村里所未曾知道的。

"我想,你不如及早抵当。你到土地庙里去捐一条门槛,当作你的替身,给千人踏,万人跨,赎了这一世的罪名,免得死了去受苦。"

她当时并不回答什么话,但大约非常苦闷了,第二天早上起来的时候,两眼上便都围着大黑圈。早饭之后,她便到镇的西头的土地庙里去求捐门槛。庙祝起初执意不允许,直到她急得流泪,才勉强答应了。价目是大钱十二千。

她久已不和人们交口,因为阿毛的故事是早被大家厌弃了的;但自从和柳妈谈了天,似乎又即传扬开去,许多人都发生了新趣味,又来逗她说话了。至于题目,那自然是换了一个新样,专在她额上的伤疤。

"祥林嫂,我问你:你那时怎么竟肯了?"一个说。

"唉,可惜,白撞了这一下。"一个看着她的疤,应和道。

她大约从他们的笑容和声调上,也知道是在嘲笑她,所以总是瞪着眼睛,不说一句话,后来连头也不回了。她整日紧闭了嘴唇,头上带着大家以为耻辱的记号的那伤痕,默默的跑街,扫地,洗菜,淘米。快够一年,她才从四婶手里支取了历来积存的工钱,换算了十二元鹰洋,请假到镇的西头去。但不到一顿饭时候,她便回来,神气很舒畅,眼光也分外有神,高兴似的对四婶说,自己已经在土地庙捐了门槛了。

冬至的祭祖时节,她做得更出力,看四婶装好祭品,和阿牛将桌子抬到堂屋中央,她便坦然的去拿酒杯和筷子。

"你放着罢,祥林嫂!"四婶慌忙大声说。

她像是受了炮烙似的缩手,脸色同时变作灰黑,也不再去取烛台,只是失神的站着。直到四叔上香的时候,教她走开,她才走开。这一回她的变化非常大,第二天,不但眼睛窈陷下去,连精神也更不济了。而且很胆怯,不独怕暗夜,怕黑影,即使看见人,虽是自己的主人,也总惴惴的,有如在白天出穴游行的小鼠;否则呆坐着,直是一个木偶人。不半年,头发也花白起来了,记性尤其坏,甚而至于常常忘却了去淘米。

"祥林嫂怎么这样了？倒不如那时不留她。"四婶有时当面就这样说，似乎是警告她。

然而她总如此，全不见有怜悯起来的希望。他们于是想打发她走了，教她回到卫老婆子那里去。但当我还在鲁镇的时候，不过单是这样说；看现在的情状，可见后来终于实行了。然而她是从四叔家出去就成了乞丐的呢，还是先到卫老婆子家然后再成乞丐的呢？那我可不知道。

我给那些因为在近旁而极响的爆竹声惊醒，看见豆一般大的黄色的灯火光，接着又听得毕毕剥剥的鞭炮，是四叔家正在"祝福"了；知道已是五更将近时候。我在蒙胧中，又隐约听到远处的爆竹声联绵不断，似乎合成一天音响的浓云，夹着团团飞舞的雪花，拥抱了全市镇。我在这繁响的拥抱中，也懒散而且舒适，从白天以至初夜的疑虑，全给祝福的空气一扫而空了，只觉得天地圣众歆享了牲醴和香烟，都醉醺醺的在空中蹒跚，豫备给鲁镇的人们以无限的幸福。

一九二四年二月七日。

原载 1924 年 3 月 25 日《东方杂志》半月刊第 21 卷第 6 号。

初收 1926 年 8 月北京北新书局版"乌合丛书"之一《彷徨》。

八日

日记 昙。上午 H 君来。张国淦招午饭，同席吴雷川，柯世五，陈次方，徐吉轩，甘某等。下午商务馆寄来《妇女杂志》十年记念号一本。得丸善书店信。

九日

日记 雪。下午寄胡适之信。

致 胡 适

适之先生：

前回买到百廿回本《水浒传》的齐君告诉我，他的本家又有一部这样的《水浒传》，板比他的清楚（他的一部已颇清楚），但稍破旧，须重装，而其人知道价值，要卖五十元，问我要否。我现在不想要。不知您可要么？

听说李玄伯先生买到若干本百回的《水浒传》，但不全。先生认识他么？我不认识他，不能借看。看现在的情形，百廿回本一年中便知道三部，而百回本少听到，似乎更难得。

树人 二月九日

十日

日记 昙。星期休息。午晴。下午游厂甸，买《快心编》一部十二本，一元四角。夜雨雪。

十一日

日记 昙。午后晴，风。转寄俞芬小姐信两封。晚得胡适之信。

十二日

日记 晴。休假。下午女子师校送来九月十月分薪水共二十

170

七元。

十三日

　　日记　晴。晨母亲往八道弯宅去。午后得张凤举信,即复。转寄俞芬小姐信一。

十四日

　　日记　晴,大风。午后母亲寄来花生一合。访季市。得三弟信,九日发。

十五日

　　日记　晴,风。午王倬汉,潘企莘来。下午寄三弟信。

十六日

　　日记　晴。午后丸善书店寄来德文《东亚墨画集》一本,其直五元,已先寄之。晚寄胡适之信并百廿回本《水浒传》一部。

十七日

　　日记　晴。星期休息。上午李庸倩与其友来。李慎斋来。母亲来,午饭后去。下午宋子佩来。许钦文来。H君来。蔡察字省三者来,不晤。

十八日

　　日记　晴。上午李慎斋来,同至西三条屋巡视。往巡警分驻所取建筑执照,付手续费二元七角七分五厘。晚空三来,不晤。夜成小说一篇。

幸福的家庭

拟许钦文

　　"……做不做全由自己的便；那作品，像太阳的光一样，从无量的光源中涌出来，不像石火，用铁和石敲出来，这才是真艺术。那作者，也才是真的艺术家。——而我，……这算是什么？……"他想到这里，忽然从床上跳起来了。以先他早已想过，须得捞几文稿费维持生活了；投稿的地方，先定为幸福月报社，因为润笔似乎比较的丰。但作品就须有范围，否则，恐怕要不收的。范围就范围，……现在的青年的脑里的大问题是？……大概很不少，或者有许多是恋爱，婚姻，家庭之类罢。……是的，他们确有许多人烦闷着，正在讨论这些事。那么，就来做家庭。然而怎么做做呢？……否则，恐怕要不收的，何必说些背时的话，然而……。他跳下卧床之后，四五步就走到书桌面前，坐下去，抽出一张绿格纸，毫不迟疑，但又自暴自弃似的写下一行题目道：《幸福的家庭》。

　　他的笔立刻停滞了；他仰了头，两眼瞪着房顶，正在安排那安置这"幸福的家庭"的地方。他想："北京？不行，死气沉沉，连空气也是死的。假如在这家庭的周围筑一道高墙，难道空气也就隔断了么？简直不行！江苏浙江天天防要开仗；福建更无须说。四川，广东？都正在打。山东河南之类？——阿阿，要绑票的，倘使绑去一个，那就成为不幸的家庭了。上海天津的租界上房租贵；……假如在外国，笑话。云南贵州不知道怎样，但交通也太不便……。"他想来想去，想不出好地方，便要假定为 A 了，但又想，"现有不少的人是反对用西洋字母来代人地名的，说是要减少读者的兴味。我这回的投稿，似乎也不如不用，安全些。那么，在那里好呢？——湖南也打仗；大连仍然房租贵；察哈尔，吉林，黑龙江罢，——听说有马贼，也不行！……"他又想来想去，又想不出好地方，于是终于决心，假定这"幸福的家庭"所在的地方叫作 A。

"总之,这幸福的家庭一定须在 A,无可磋商。家庭中自然是两夫妇,就是主人和主妇,自由结婚的。他们订有四十多条条约,非常详细,所以非常平等,十分自由。而且受过高等教育,优美高尚……。东洋留学生已经不通行,——那么,假定为西洋留学生罢。主人始终穿洋服,硬领始终雪白;主妇是前头的头发始终烫得蓬蓬松松像一个麻雀窠,牙齿是始终雪白的露着,但衣服却是中国装,……"

"不行不行,那不行! 二十五斤!"

他听得窗外一个男人的声音,不由的回过头去看,窗幔垂着,日光照着,明得眩目,他的眼睛昏花了;接着是小木片撒在地上的声响。"不相干,"他又回过头来想,"什么'二十五斤'? ——他们是优美高尚,很爱文艺的。但因为都从小生长在幸福里,所以不爱俄国的小说……。俄国小说多描写下等人,实在和这样的家庭也不合。'二十五斤'? 不管他。那么,他们看看什么书呢? ——裴伦的诗? 吉支的? 不行,都不稳当。——哦,有了,他们都爱看《理想之良人》。我虽然没有见过这部书,但既然连大学教授也那么称赞他,想来他们也一定都爱看,你也看,我也看,——他们一人一本,这家庭里一共有两本,……"他觉得胃里有点空虚了,放下笔,用两只手支着头,教自己的头像地球仪似的在两个柱子间挂着。

"……他们两人正在用午餐,"他想,"桌上铺了雪白的布;厨子送上菜来,——中国菜。什么'二十五斤'? 不管他。为什么倒是中国菜? 西洋人说,中国菜最进步,最好吃,最合于卫生:所以他们采用中国菜。送来的是第一碗,但这第一碗是什么呢? ……"

"劈柴,……"

他吃惊的回过头去看,靠左肩,便立着他自己家里的主妇,两只阴凄凄的眼睛恰恰钉住他的脸。

"什么?"他以为她来搅扰了他的创作,颇有些愤怒了。

"劈柴,都用完了,今天买了些。前一回还是十斤两吊四,今天就要两吊六。我想给他两吊五,好不好?"

"好好,就是两吊五。"

"称得太吃亏了。他一定只肯算二十四斤半;我想就算他二十三斤半,好不好?"

"好好,就算他二十三斤半。"

"那么,五五二十五,三五一十五,……"

"唔唔,五五二十五,三五一十五,……"他也说不下去了,停了一会,忽而奋然的抓起笔来,就在写着一行"幸福的家庭"的绿格纸上起算草,起了好久,这才仰起头来说道:

"五吊八!"

"那是,我这里不够了,还差八九个……。"

他抽开书桌的抽屉,一把抓起所有的铜元,不下二三十,放在她摊开的手掌上,看她出了房,才又回过头来向书桌。他觉得头里面很胀满,似乎桠桠叉叉的全被木柴填满了,五五二十五,脑皮质上还印着许多散乱的亚剌伯数目字。他很深的吸一口气,又用力的呼出,仿佛要借此赶出脑里的劈柴,五五二十五和亚剌伯数字来。果然,呼气之后,心地也就轻松不少了,于是仍复恍恍忽忽的想——

"什么菜?菜倒不妨奇特点。滑溜里脊,虾子海参,实在太凡庸。我偏要说他们吃的是'龙虎斗'。但'龙虎斗'又是什么呢?有人说是蛇和猫,是广东的贵重菜,非大宴会不吃的。但我在江苏饭馆的菜单上就见过这名目,江苏人似乎不吃蛇和猫,恐怕就如谁所说,是蛙和鳝鱼了。现在假定这主人和主妇为那里人呢?——不管他。总而言之,无论那里人吃一碗蛇和猫或者蛙和鳝鱼,于幸福的家庭是决不会有损伤的。总之这第一碗一定是'龙虎斗',无可磋商。

"于是一碗'龙虎斗'摆在桌子中央了,他们两人同时捏起筷子,指着碗沿,笑迷迷的你看我,我看你……。

"'My dear,please.'

"'Please you eat first,my dear.'

"'Oh no,please you!'

"于是他们同时伸下筷子去,同时夹出一块蛇肉来,——不不,蛇肉究竟太奇怪,还不如说是鳝鱼罢。那么,这碗'龙虎斗'是蛙和鳝鱼所做的了。他们同时夹出一块鳝鱼来,一样大小,五五二十五,三五……不管他,同时放进嘴里去,……"他不能自制的只想回过头去看,因为他觉得背后很热闹,有人来来往往的走了两三回。但他还熬着,乱嘈嘈的接着想,"这似乎有点肉麻,那有这样的家庭?唉唉,我的思路怎么会这样乱,这好题目怕是做不完篇的了。——或者不必定用留学生,就在国内受了高等教育的也可以。他们都是大学毕业的,高尚优美,高尚……。男的是文学家;女的也是文学家,或者文学崇拜家。或者女的是诗人;男的是诗人崇拜者,女性尊重者。或者……"他终于忍耐不住,回过头去了。

就在他背后的书架的旁边,已经出现了一座白菜堆,下层三株,中层两株,顶上一株,向他叠成一个很大的 A 字。

"唉唉!"他吃惊的叹息,同时觉得脸上骤然发热了,脊梁上还有许多针轻轻的刺着。"吁……。"他很长的嘘一口气,先斥退了脊梁上的针,仍然想,"幸福的家庭的房子要宽绰。有一间堆积房,白菜之类都到那边去。主人的书房另一间,靠壁满排着书架,那旁边自然决没有什么白菜堆;架上满是中国书,外国书,《理想之良人》自然也在内,——一共有两部。卧室又一间;黄铜床,或者质朴点,第一监狱工场做的榆木床也就够,床底下很干净,……"他当即一瞥自己的床下,劈柴已经用完了,只有一条稻草绳,却还死蛇似的懒懒的躺着。

"二十三斤半,……"他觉得劈柴就要向床下"川流不息"的进来,头里面又有些椏椏叉叉了,便急忙起立,走向门口去想关门。但两手刚触着门,却又觉得未免太暴躁了,就歇了手,只放下那积着许多灰尘的门幕。他一面想,这既无闭关自守之操切,也没有开放门户之不安:是很合于"中庸之道"的。

"……所以主人的书房门永远是关起来的。"他走回来,坐下,想,"有事要商量先敲门,得了许可才能进来,这办法实在对。现在假如主人坐在自己的书房里,主妇来谈文艺了,也就先敲门。——这可以放心,她必不至于捧着白菜的。

"'Come in,please. my dear.'

"然而主人没有工夫谈文艺的时候怎么办呢?那么,不理她,听她站在外面老是剥剥的敲?这大约不行罢。或者《理想之良人》里面都写着,——那恐怕确是一部好小说,我如果有了稿费,也得去买他一部来看看……。"

拍!

他腰骨笔直了,因为他根据经验,知道这一声"拍"是主妇的手掌打在他们的三岁的女儿的头上的声音。

"幸福的家庭,……"他听到孩子的呜咽了,但还是腰骨笔直的想,"孩子是生得迟的,生得迟。或者不如没有,两个人干干净净。——或者不如住在客店里,什么都包给他们,一个人干干……"他听得呜咽声高了起来,也就站了起来,钻过门幕,想着,"马克思在儿女的啼哭声中还会做《资本论》,所以他是伟人,……"走出外间,开了风门,闻得一阵煤油气。孩子就躺倒在门的右边,脸向着地,一见他,便"哇"的哭出来了。

"阿阿,好好,莫哭莫哭,我的好孩子。"他弯下腰去抱她。他抱了她回转身,看见门左边还站着主妇,也是腰骨笔直,然而两手插腰,怒气冲冲的似乎象备开始练体操。

"连你也来欺侮我!不会帮忙,只会捣乱,——连油灯也要翻了他。晚上点什么?……"

"阿阿,好好,莫哭莫哭,"他把那些发抖的声音放在脑后,抱她进房,摩着她的头,说,"我的好孩子。"于是放下她,拖开椅子,坐下去,使她站在两膝的中间,擎起手来道,"莫哭了呵,好孩子。爹爹做

'猫洗脸'给你看。"他同时伸长颈子,伸出舌头,远远的对着手掌舔了两舔,就用这手掌向了自己的脸上画圆圈。

"呵呵呵,花儿。"她就笑起来了。

"是的是的,花儿。"他又连画上几个圆圈,这才歇了手,只见她还是笑迷迷的挂着眼泪对他看。他忽而觉得,她那可爱的天真的脸,正像五年前的她的母亲,通红的嘴唇尤其像,不过缩小了轮廓。那时也是晴朗的冬天,她听得他说决计反抗一切阻碍,为她牺牲的时候,也就这样笑迷迷的挂着眼泪对他看。他惘然的坐着,仿佛有些醉了。

"阿阿,可爱的嘴唇……"他想。

门幕忽然挂起。劈柴运进来了。

他也忽然惊醒,一定睛,只见孩子还是挂着眼泪,而且张开了通红的嘴唇对他看。"嘴唇……"他向旁边一瞥,劈柴正在进来,"……恐怕将来也就是五五二十五,九九八十一!……而且两只眼睛阴凄凄的……"他想着,随即粗暴的抓起那写着一行题目和一堆算草的绿格纸来,揉了几揉,又展开来给她拭去了眼泪和鼻涕。"好孩子,自己玩去罢。"他一面推开她,说;一面就将纸团用力的掷在纸篓里。

但他又立刻觉得对于孩子有些抱歉了,重复回头,目送着她独自莺莺的出去;耳朵里听得木片声。他想要定一定神,便又回转头,闭了眼睛,息了杂念,平心静气的坐着。他看见眼前浮出一朵扁圆的乌花,橙黄心,从左眼的左角漂到右,消失了;接着一朵明绿花,墨绿色的心;接着一座六株的白菜堆,屹然的向他叠成一个很大的A字。

一九二四年二月一八日。

附记:

　　我于去年在《晨报副刊》上看见许钦文君的《理想的伴侣》的时候,就忽而想到这一篇的大意,且以为倘用了他的笔法来写，倒是很合式的；然而也不过单是这样想。到昨天，又忽而想起来，又适值没有别的事，于是就这样的写下来了。只是到末后，又似乎渐渐的出了轨，因为过于沉闷些。我觉得他的作品的收束，大抵是不至于如此沉闷的。但就大体而言，也仍然不能说不是"拟"。二月十八日灯下，在北京记。

原载 1924 年 3 月 1 日《妇女杂志》月刊第 10 卷第 3 号。

初收 1926 年 8 月北京北新书局版"乌合丛书"之一《彷徨》。

附记未收集。

十九日

日记 昙。午后晴。晚寄母亲汤圆十枚。夜风。

二十日

日记 晴。午后寄女师校附属中学信。下午俞芬小姐自上海来，赠薄荷酒两瓶，水果两种。晚空三来。夜月食，风。

二十一日

日记 晴，风。晚付李瓦匠泉百。

二十二日

日记 晴，大风。上午往高师校讲并收六月分薪水泉十八元。午后往大学讲。往本司胡同税务处取官契纸。晚买糖两合，食之。

二十三日

日记 晴，风。上午往女师校讲。买茗一斤，一元。下午得三弟信,二十日发。

二十四日

　　日记　晴。星期休息。下午许钦文来。

二十五日

　　日记　晴。午后往世界语校讲。由校医邓梦仙种痘三点,又乞其诊胁痛处,云是轻症肋膜炎,即处方一。下午寄三弟信并小说稿一篇。夜 H 君来。

二十六日

　　日记　晴。晚往世界语校取药,不得。得李秉中信,即复。寄胡适之信。夜风。

致 李秉中

秉中兄:

　　我的时间如下,但星期一五六不在内。

　　午后一至二时　　在寓

　　　　三至六时　　在教育部(亦可见客)

　　　　六时后　　在寓

　　星期日大抵在寓中。

树人　上　二月二十六日

二十七日

　　日记　昙。夜李庸倩与其友人来。

二十八日

日记 晴。上午母亲来，下午往八道弯。往山本医院诊，云是神经痛而非肋膜炎也，付诊费及药泉四元六角。夜空三及邓梦仙来，赠以《桃色之云》一册。

二十九日

日记 晴。上午往师大讲。午后往北大讲。同常维钧往北河沿国学专门研究所小憩。下午得秦锡铭君之父赴，赙以一元。

三月

一日

日记 晴。晨往女子师校讲。赠夏浮筠《小说史》一本。午后往山本医院诊。下午得三弟信并书籍提单一纸,二月二十七日发。

二日

日记 晴。星期休息。下午罗冀阶,李慎斋来。王有德字叔邻来。

三日

日记 晴。午后往世界语校讲。下午得季市信,晚往访之。

《中国小说史略》后记

　　右中国小说史略二十八篇,其第一至第十五篇以去年十月中印讫。已而于朱彝尊《明诗综》卷八十知雁宕山樵陈忱字遐心,胡适为《后水浒传序》考得其事尤众;于谢无量《平民文学之两大文豪》第一编知《说唐传》旧本题庐陵罗本撰,《粉妆楼》相传亦罗贯中作,惜得见在后,不及增修。其第十六篇以下草稿,则久置案头,时有更定,然识力俭隘,观览又不周洽,不特于明清小说阙略尚多,即近时作者如魏子安,韩子云辈之名亦缘他事相牵,未遑博访。况小说初刻,多有序跋,可借知成书年代及其撰人,而旧本希觏,仅获新书,贾人草率,于本文之外大率刊落。用以编录,亦复依据寡薄,时虑讹谬,惟更历岁月,或能小小妥帖耳。而时会交迫,当复印行,乃任其不备,辄付排印。顾畴昔所怀将以助听者之聆察,释写生之烦劳之志愿,则于是乎毕矣。一千九百二十四年三月三日校竟记。

未另发表。

初收 1924 年 6 月北京新潮社版《中国小说史料》下卷。

四日

日记 微雪。上午 H 君来。午后往山本医院诊。夜校《小说史》下卷讫。

五日

日记 昙。无事。夜风。

六日

日记 昙。下午往山本医院诊。得三弟信,三日发。夜校定师大附中讲稿一篇讫。

七日

日记 晴。上午往师校讲。以讲稿交徐名鸿君。午后往北大讲。下午孙伏园来部,示以春台所作之《大西洋之滨》。夜世界语校送来一月上半及二月下半之薪水泉共十五元。读春台所作《大西洋之滨》讫。

八日

日记 晴。晨往女师校讲。上午往山本医院。三太太携马理子来。下午往山本医院诊。夜 H 君来。寄孙伏园《大西洋之滨》及《中国小说史》下卷稿。

九日

　　日记　晴,风。星期休息。下午伏园来。子佩来。钦文来。夜得朱可铭信,东阳发。

十日

　　日记　晴。上午母亲来,午后去。往世界语校讲。得丸善明信片。夜濯足。

十一日

　　日记　晴。午后往山本医院诊。下午寄丸善信并泉一元六角。寄三弟信。夜李庸倩来。微风。

十二日

　　日记　晴,风。无事。

十三日

　　日记　晴,风。午后往山本医院诊。

十四日

　　日记　晴。上午往高师校讲。午后往北京大学讲。下午得张梓生信。晚伏园来并交前新潮社所借泉百。夜向培良来。

十五日

　　日记　晴。晨往女子师校讲。上午往山本医院诊。旧存张梓生家之书籍运来,计一箱,检之无一佳本。下午寄常维钧《歌谣》周刊封面图案二枚。

十六日

　　日记　晴。星期休息。下午空三来。晚李慎斋来,付李瓦匠泉百。

十七日

　　日记　晴。上午李慎斋来。午后往世界语校讲。寄三弟信,附小说稿及复张梓生信。

十八日

　　日记　晴。午后郁达夫赠《创造》一本。往山本医院诊。下午得许诗荀结婚通知,贺以二元。寄师大注册部信。

十九日

　　日记　晴。晚得孙伏园信。

二十日

　　日记　昙。午后往山本医院诊。得三弟信,十七日发。夜 H 君来。

二十一日

　　日记　昙。上午往师大讲。午后往北大讲。下午雨一陈。

二十二日

　　日记　晴。晨母亲来。往女子师范校讲。下午寄三弟信。往山本医院诊。夜风。

肥　皂

　　四铭太太正在斜日光中背着北窗和她八岁的女儿秀儿糊纸锭,

忽听得又重又缓的布鞋底声响,知道四铭进来了,并不去看他,只是糊纸锭。但那布鞋底声却愈响愈逼近,觉得终于停在她的身边了,于是不免转过眼去看,只见四铭就在她面前耸肩曲背的狠命掏着布马挂底下的袍子的大襟后面的口袋。

他好容易曲曲折折的汇出手来,手里就有一个小小的长方包,葵绿色的,一径递给四太太。她刚接到手,就闻到一阵似橄榄非橄榄的说不清的香味,还看见葵绿色的纸包上有一个金光灿烂的印子和许多细簇簇的花纹。秀儿即刻跳过来要抢着看,四太太赶忙推开她。

“上了街?……”她一面看,一面问。

“唔唔。”他看着她手里的纸包,说。

于是这葵绿色的纸包被打开了,里面还有一层很薄的纸,也是葵绿色,揭开薄纸,才露出那东西的本身来,光滑坚致,也是葵绿色,上面还有细簇簇的花纹,而薄纸原来却是米色的,似橄榄非橄榄的说不清的香味也来得更浓了。

“唉唉,这实在是好肥皂。”她捧孩子似的将那葵绿色的东西送到鼻子下面去,嗅着说。

“唔唔,你以后就用这个……。”

她看见他嘴里这么说,眼光却射在她的脖子上,便觉得颧骨以下的脸上似乎有些热。她有时自己偶然摸到脖子上,尤其是耳朵后,指面上总感着些粗糙,本来早就知道是积年的老泥,但向来倒也并不很介意。现在在他的注视之下,对着这葵绿异香的洋肥皂,可不禁脸上有些发热了,而且这热又不绝的蔓延开去,即刻一径到耳根。她于是就决定晚饭后要用这肥皂来拼命的洗一洗。

“有些地方,本来单用皂荚子是洗不干净的。”她自对自的说。

“妈,这给我!”秀儿伸手来抢葵绿纸;在外面玩耍的小女儿招儿也跑到了。四太太赶忙推开她们,裹好薄纸,又照旧包上葵绿纸,欠过身去搁在洗脸台上最高的一层格子上,看一看,翻身仍然糊纸锭。

"学程!"四铭记起了一件事似的,忽而拖长了声音叫,就在她对面的一把高背椅子上坐下了。

"学程!"她也帮着叫。

她停下糊纸锭,侧耳一听,什么响应也没有,又见他仰着头焦急的等着,不禁很有些抱歉了,便尽力提高了喉咙,尖利的叫:

"绖儿呀!"

这一叫确乎有效,就听到皮鞋声橐橐的近来,不一会,绖儿已站在她面前了,只穿短衣,肥胖的圆脸上亮晶晶的流着油汗。

"你在做什么? 怎么爹叫也不听见?"她谴责的说。

"我刚在练八卦拳……。"他立即转身向了四铭,笔挺的站着,看着他,意思是问他什么事。

"学程,我就要问你:'恶毒妇'是什么?"

"'恶毒妇'? ……那是,'很凶的女人'罢? ……"

"胡说! 胡闹!"四铭忽而怒得可观。"我是'女人'么!?"

学程吓得倒退了两步,站得更挺了。他虽然有时觉得他走路很像上台的老生,却从没有将他当作女人看待,他知道自己答的很错了。

"'恶毒妇'是'很凶的女人',我倒不懂,得来请教你? ——这不是中国话,是鬼子话,我对你说。这是什么意思,你懂么?"

"我,……我不懂。"学程更加局促起来。

"吓,我白化钱送你进学堂,连这一点也不懂。亏煞你的学堂还夸什么'口耳并重',倒教得什么也没有。说这鬼话的人至多不过十四五岁,比你还小些呢,已经叽叽咕咕的能说了,你却连意思也说不出,还有这脸说'我不懂'! ——现在就给我去查出来!"

学程在喉咙底里答应了一声"是",恭恭敬敬的退出去了。

"这真叫作不成样子,"过了一会,四铭又慷慨的说,"现在的学生是。其实,在光绪年间,我就是最提倡开学堂的,可万料不到学堂的流弊竟至于如此之大:什么解放咧,自由咧,没有实学,只会胡闹。

学程呢,为他化了的钱也不少了,都白化。好容易给他进了中西折中的学堂,英文又专是'口耳并重'的,你以为这该好了罢,哼,可是读了一年,连'恶毒妇'也不懂,大约仍然是念死书。吓,什么学堂,造就了些什么? 我简直说:应该统统关掉!"

"对咧,真不如统统关掉的好。"四太太糊着纸锭,同情的说。

"秀儿她们也不必进什么学堂了。'女孩子,念什么书?'九公公先前这样说,反对女学的时候,我还攻击他呢;可是现在看起来,究竟是老年人的话对。你想,女人一阵一阵的在街上走,已经很不雅观的了,她们却还要剪头发。我最恨的就是那些剪了头发的女学生,我简直说,军人土匪倒还情有可原,搅乱天下的就是她们,应该很严的办一办……。"

"对咧,男人都像了和尚还不够,女人又来学尼姑了。"

"学程!"

学程正捧着一本小而且厚的金边书快步进来,便呈给四铭,指着一处说:

"这倒有点像。这个……。"

四铭接来看时,知道是字典,但文字非常小,又是横行的。他眉头一皱,擎向窗口,细着眼睛,就学程所指的一行念过去:

"'第十八世纪创立之共济讲社之称'。——唔,不对。——这声音是怎么念的?"他指着前面的"鬼子"字,问。

"恶特拂罗斯(Oddfellows)。"

"不对,不对,不是这个。"四铭又忽而愤怒起来了。"我对你说:那是一句坏话,骂人的话,骂我这样的人的。懂了么? 查去!"

学程看了他几眼,没有动。

"这是什么阿胡卢,没头没脑的? 你也先得说说清,教他好用心的查去。"她看见学程为难,觉得可怜,便排解而且不满似的说。

"就是我在大街上广润祥买肥皂的时候,"四铭呼出了一口气,向她转过脸去,说。"店里又有三个学生在那里买东西。我呢,从他们看起来,自然也怕太噜苏一点了罢。我一气看了五六样,都要四角多,没有买;看一角一块的,又太坏,没有什么香。我想,不如中通的好,便挑定了那绿的一块,两角四分。伙计本来是势利鬼,眼睛生在额角上的,早就撅着狗嘴的了;可恨那学生这坏小子又都挤眉弄眼的说着鬼话笑。后来,我要打开来看一看才付钱:洋纸包着,怎么断得定货色的好坏呢。谁知道那势利鬼不但不依,还蛮不讲理,说了许多可恶的废话;坏小子们又附和着说笑。那一句是顶小的一个说的,而且眼睛看着我,他们就都笑起来了:可见一定是一句坏话。"他于是转脸对着学程道,"你只要在'坏话类'里去查去!"

学程在喉咙底里答应了一声"是",恭恭敬敬的退去了。

"他们还嚷什么'新文化新文化','化'到这样了,还不够?"他两眼钉着屋梁,尽自说下去。"学生也没有道德,社会上也没有道德,再不想点法子来挽救,中国这才真个要亡了。——你想,那多么可叹?……"

"什么?"她随口的问,并不惊奇。

"孝女。"他转眼对着她,郑重的说。"就在大街上,有两个讨饭的。一个是姑娘,看去该有十八九岁了。——其实这样的年纪,讨饭是很不相宜的了,可是她还讨饭。——和一个六七十岁的老的,白头发,眼睛是瞎的,坐在布店的檐下求乞。大家多说她是孝女,那老的是祖母。她只要讨得一点什么,便都献给祖母吃,自己情愿饿肚皮。可是这样的孝女,有人肯布施么?"他射出眼光来钉住她,似乎要试验她的识见。

她不答话,也只将眼光钉住他,似乎倒是专等他来说明。

"哼,没有。"他终于自己回答说。"我看了好半天,只见一个人给了一文小钱;其余的围了一大圈,倒反去打趣。还有两个光棍,竟肆无忌惮的说:'阿发,你不要看得这货色脏。你只要去买两块肥皂来,咯支咯支遍身洗一洗,好得很哩!'哪,你想,这成什么话?"

"哼,"她低下头去了,久之,才又懒懒的问,"你给了钱么?"

"我么？——没有。一两个钱，是不好意思拿出去的。她不是平常的讨饭，总得……。"

"嚄。"她不等说完话，便慢慢地站起来，走到厨下去。昏黄只显得浓密，已经是晚饭时候了。

四铭也站起身，走出院子去。天色比屋子里还明亮，学程就在墙角落上练习八卦拳：这是他的"庭训"，利用昼夜之交的时间的经济法，学程奉行了将近大半年了。他赞许似的微微点一点头，便反背着两手在空院子里来回的踱方步。不多久，那惟一的盆景万年青的阔叶又已消失在昏暗中，破絮一般的白云间闪出星点，黑夜就从此开头。四铭当这时候，便也不由的感奋起来，仿佛就要大有所为，与周围的坏学生以及恶社会宣战。他意气渐渐勇猛，脚步愈跨愈大，布鞋底声也愈走愈响，吓得早已睡在笼子里的母鸡和小鸡也都唧唧足足的叫起来了。

堂前有了灯光，就是号召晚餐的烽火，合家的人们便都齐集在中央的桌子周围。灯在下横；上首是四铭一人居中，也是学程一般肥胖的圆脸，但多两撇细胡子，在菜汤的热气里，独据一面，很像庙里的财神。左横是四太太带着招儿；右横是学程和秀儿一列。碗筷声雨点似的响，虽然大家不言语，也就是很热闹的晚餐。

招儿带翻了饭碗了，菜汤流得小半桌。四铭尽量的睁大了细眼睛瞪着看得她要哭，这才收回眼光，伸筷自去夹那早先看中了的一个菜心去。可是菜心已经不见了，他左右一瞥，就发见学程刚刚夹着塞进他张得很大的嘴里去，他于是只好无聊的吃了一筷黄菜叶。

"学程，"他看着他的脸说，"那一句查出了没有？"

"那一句？——那还没有。"

"哼，你看，也没有学问，也不懂道理，单知道吃！学学那个孝女罢，做了乞丐，还是一味孝顺祖母，自己情愿饿肚子。但是你们这些学生那里知道这些，肆无忌惮，将来只好像那光棍……。"

"想倒想着了一个，但不知可是。——我想，他们说的也许是

'阿尔特肤尔'。"

"哦哦,是的! 就是这个! 他们说的就是这样一个声音:'恶毒夫咧。'这是什么意思? 你也就是他们这一党:你知道的。"

"意思,——意思我不很明白。"

"胡说! 瞒我。你们都是坏种!"

"'天不打吃饭人',你今天怎么尽闹脾气,连吃饭时候也是打鸡骂狗的。他们小孩子们知道什么。"四太太忽而说。

"什么?"四铭正想发话,但一回头,看见她陷下的两颊已经鼓起,而且很变了颜色,三角形的眼里也发着可怕的光,便赶紧改口说,"我也没有闹什么脾气,我不过教学程应该懂事些。"

"他那里懂得你心里的事呢。"她可是更气忿了。"他如果能懂事,早就点了灯笼火把,寻了那孝女来了。好在你已经给她买好了一块肥皂在这里,只要再去买一块……"

"胡说! 那话是那光棍说的。"

"不见得。只要再去买一块,给她咯支咯支的遍身洗一洗,供起来,天下也就太平了。"

"什么话? 那有什么相干? 我因为记起了你没有肥皂……"

"怎么不相干? 你是特诚买给孝女的,你咯支咯支的去洗去。我不配,我不要,我也不要沾孝女的光。"

"这真是什么话? 你们女人……"四铭支吾着,脸上也像学程练了八卦拳之后似的流出油汗来,但大约大半也因为吃了太热的饭。

"我们女人怎么样? 我们女人,比你们男人好得多。你们男人不是骂十八九岁的女学生,就是称赞十八九岁的女讨饭:都不是什么好心思,'咯支咯支',简直是不要脸!"

"我不是已经说过了? 那是一个光棍……"

"四翁!"外面的暗中忽然起了极响的叫喊。

"道翁么? 我就来!"四铭知道那是高声有名的何道统,便遇赦似的,也高兴的大声说。"学程,你快点灯照何老伯到书房去!"

学程点了烛,引着道统走进西边的厢房里,后面还跟着卜薇园。

"失迎失迎,对不起。"四铭还嚼着饭,出来拱一拱手,说。"就在舍间用便饭,何如?……"

"已经偏过了。"薇园迎上去,也拱一拱手,说。"我们连夜赶来,就为了那移风文社的第十八届征文题目,明天不是'逢七'么?"

"哦!今天十六?"四铭恍然的说。

"你看,多么胡涂!"道统大嚷道。

"那么,就得连夜送到报馆去,要他明天一准登出来。"

"文题我已经拟下了。你看怎样,用得用不得?"道统说着,就从手巾包里挖出一张纸条来交给他。

四铭踱到烛台面前,展开纸条,一字一字的读下去:

"'恭拟全国人民合词吁请贵大总统特颁明令专重圣经崇祀孟母以挽颓风而存国粹文'。——好极好极。可是字数太多了罢?"

"不要紧的!"道统大声说。"我算过了,还无须乎多加广告费。但是诗题呢?"

"诗题么?"四铭忽而恭敬之状可掬了。"我倒有一个在这里:孝女行。那是实事,应该表彰表彰她。我今天在大街上……"

"哦哦,那不行。"薇园连忙摇手,打断他的话。"那是我也看见的。她大概是'外路人',我不懂她的话,她也不懂我的话,不知道她究竟是那里人。大家倒都说她是孝女;然而我问她可能做诗,她摇摇头。要是能做诗,那就好了。"

"然而忠孝是大节,不会做诗也可以将就……。"

"那倒不然,而孰知不然!"薇园摊开手掌,向四铭连摇带推的奔过去,力争说。"要会做诗,然后有趣。"

"我们,"四铭推开他,"就用这个题目,加上说明,登报去。一来可以表彰表彰她;二来可以借此针砭社会。现在的社会还成个什么样子,我从旁考察了好半天,竟不见有什么人给一个钱,这岂不是全无心肝……"

"阿呀,四翁!"薇园又奔过来,"你简直是在'对着和尚骂贼秃'了。我就没有给钱,我那时恰恰身边没有带着。"

"不要多心,薇翁。"四铭又推开他,"你自然在外,又作别论。你听我讲下去:她们面前围了一大群人,毫无敬意,只是打趣。还有两个光棍,那是更其肆无忌惮了,有一个简直说,'阿发,你去买两块肥皂来,咯支咯支遍身洗一洗,好得很哩。'你想,这……"

"哈哈哈! 两块肥皂!"道统的响亮的笑声突然发作了,震得人耳朵喤喤的叫。"你买,哈哈,哈哈!"

"道翁,道翁,你不要这么嚷。"四铭吃了一惊,慌张的说。

"咯支咯支,哈哈!"

"道翁!"四铭沉下脸来了,"我们讲正经事,你怎么只胡闹,闹得人头昏。你听,我们就用这两个题目,即刻送到报馆去,要他明天一准登出来。这事只好偏劳你们两位了。"

"可以可以,那自然。"薇园极口应承说。

"呵呵,洗一洗,咯支……唏唏……"

"道翁!!!"四铭愤愤的叫。

道统给这一喝,不笑了。他们拟好了说明,薇园誊在信笺上,就和道统跑往报馆去。四铭拿着烛台,送出门口,回到堂屋的外面,心里就有些不安逸,但略一踌蹰,也终于跨进门槛去了。他一进门,迎头就看见中央的方桌中间放着那肥皂的葵绿色的小小的长方包,包中央的金印子在灯光下明晃晃的发闪,周围还有细小的花纹。

秀儿和招儿都蹲在桌子下横的地上玩;学程坐在右横查字典。最后在离灯最远的阴影里的高背椅子上发见了四太太,灯光照处,见她死板板的脸上并不显出什么喜怒,眼睛也并不看着什么东西。

"咯支咯支,不要脸不要脸……"

四铭微微的听得秀儿在他背后说,回头看时,什么动作也没有了,只有招儿还用了她两只小手的指头在自己脸上抓。

他觉得存身不住,便熄了烛,踱出院子去。他来回的踱,一不小心,母鸡和小鸡又唧唧足足的叫了起来,他立即放轻脚步,并且走远些。经过许多时,堂屋里的灯移到卧室里去了。他看见一地月光,仿佛满铺了无缝的白纱,玉盘似的月亮现在白云间,看不出一点缺。

他很有些悲伤,似乎也像孝女一样,成了"无告之民",孤苦零丁了。他这一夜睡得非常晚。

但到第二天的早晨,肥皂就被录用了。这日他比平日起得迟,看见她已经伏在洗脸台上擦脖子,肥皂的泡沫就如大螃蟹嘴上的水泡一般,高高的堆在两个耳朵后,比起先前用皂荚时候的只有一层极薄的白沫来,那高低真有霄壤之别了。从此之后,四太太的身上便总带着些似橄榄非橄榄的说不清的香味;几乎小半年,这才忽而换了样,凡有闻到的都说那可似乎是檀香。

一九二四年三月二二日。

原载 1924 年 3 月 27 日、28 日《晨报副刊》。

初收 1926 年 8 月北京北新书局版"乌合丛书"之一《彷徨》。

二十三日

日记 晴,风。星期休息。下午钦文来。晚伏园来。夜甚惫,似疲劳,早卧。

二十四日

日记 晴,下午昙。得三弟信,廿一日发。寄伏园小说稿一篇。夜风。身热不快。断烟。

二十五日

日记 晴。午后往山本医院诊,云是感冒。夜 H 君来。得师大信,极谬。

二十六日

日记　晴。终日偃息。

二十七日

日记　晴。晨寄师大信辞讲师。寄北大,女师信请假。午后往山本病院诊。下午许钦文来。晚李慎斋来。

二十八日

日记　昙。下午伏园来并赠小菜四包。钦文来。

二十九日

日记　晴,风。午后往山本医院诊。下午子佩来。寄三弟信。顾世明,汪震,卢自然,傅岩四君来,皆师大生。夜得三弟信,二十六日发。得玄同信。自二十五日至此日皆休假,闲居养病,虽间欲作文,亦不就。

三十日

日记　晴。星期休息。上午杨遇夫来。午后理发。李庸倩及其友来。吕生等来,皆世界语校生。晚因观白塔寺集,遂［往］西三条宅一视。夜李慎斋来。

致 钱玄同

玄同兄:

不佞之所以与师大注册部捣乱者,因其一信措辞颇怪,可以疑为由某公之嗾使，而有此不敬之行为。故即取东大国学院御定之"成仁主义"，提出"不教而诛"之手续，其意在惩罚某公，而非与注册部有斤斤较量之意者也。

然昨有学生来，言此种呆信，确出注册部呆鸟所作，其中并无受某公嗾使或藉以迎合之意云云也。然则我昨之所推度者，乃不中的焉矣。故又即取东大国学院又御定之"乐天主义"，而有打消辞意之行为者也。诸承关照，感荷者焉。杨公则今晨于寓见之者哉。

弟树 三月卅日夜

三十一日

日记 晴。午后寄钱玄同信。往山本医院诊。下午从李慎斋假泉五十，付李瓦匠泉百。寄孙伏园信。

四月

一日

日记 昙,晚小雨。买茗一斤,一元。夜校《小说史》三十叶。

二日

日记 昙,风。下午寄伏园《小说史》稿校本。钱稻孙嫁女,送泉一元。

三日

日记 昙;大风。午后省三来。

四日

日记 晴。上午往高师校讲并支薪水十八元。午后往大学讲。常维钧赠《歌谣》周刊纪念刊二本。下午商务印书馆寄来《东方杂志》纪念刊上下二册。丸善书店寄来《比亚兹来传》一本。晚孙伏园来并交泉百,乃前借与新潮社者,于是清讫。买饼饵一元五角。

五日

日记 晴。清明,休假。午后视三条胡同屋。晚省三来假去泉二元。夜风。

六日

日记 晴,风。星期休息。午后许钦文来。下午李宗武携其侄来。

七日

日记　晴。午后往世界语校讲而无课,遂至顺城街访陈空三。下午收奉泉百零二,去年四月分之三成一也。还李慎斋泉五十。

八日

日记　晴。休假。午后大风。往北大取薪水十元,八月分讫。往崇文门内信义药房买杂药品。往东亚公司买『文学原論』,『苦悶の象徴』,『真実はかく佯る』各一部,共五元五角。往中央公园小步,买火腿包子卅枚而归。

九日

日记　晴。午后李生来。大学赠《歌谣》增刊五本,即赠季市二本,寿山一本。

十日

日记　晴。上午得李庸倩信。

十一日

日记　晴。上午往师大讲。午后往北大讲。夜校《小说史略》。

十二日

日记　昙。晨往女子师校讲。午后往北大取九月分薪水泉十二。往一五一公司买木工用小器一副,二元。往平安电影公司看《萨罗美》。世界语校学生来,未遇,留函而去。得胡适之信并书泉四十五元。晚许钦文来,交以《小说史》校稿,托其转交伏园也。夜得三弟信并商务馆稿费四十元。至夜半钞小说一篇讫。

在酒楼上

我从北地向东南旅行，绕道访了我的家乡，就到 S 城。这城离我的故乡不过三十里，坐了小船，小半天可到，我曾在这里的学校里当过一年的教员。深冬雪后，风景凄清，懒散和怀旧的心绪联结起来，我竟暂寓在 S 城的洛思旅馆里了；这旅馆是先前所没有的。城圈本不大，寻访了几个以为可以会见的旧同事，一个也不在，早不知散到那里去了；经过学校的门口，也改换了名称和模样，于我很生疏。不到两个时辰，我的意兴早已索然，颇悔此来为多事了。

我所住的旅馆是租房不卖饭的，饭菜必须另外叫来，但又无味，入口如嚼泥土。窗外只有渍痕斑驳的墙壁，帖着枯死的莓苔；上面是铅色的天，白皑皑的绝无精采，而且微雪又飞舞起来了。我午餐本没有饱，又没有可以消遣的事情，便很自然的想到先前有一家很熟识的小酒楼，叫一石居的，算来离旅馆并不远。我于是立即锁了房门，出街向那酒楼去。其实也无非想姑且逃避客中的无聊，并不专为买醉。一石居是在的，狭小阴湿的店面和破旧的招牌都依旧；但从掌柜以至堂倌却已没有一个熟人，我在这一石居中也完全成了生客。然而我终于跨上那走熟的屋角的扶梯去了，由此径到小楼上。上面也依然是五张小板桌；独有原是木棂的后窗却换嵌了玻璃。

"一斤绍酒。——菜？十个油豆腐，辣酱要多！"

我一面说给跟我上来的堂倌听，一面向后窗走，就在靠窗的一张桌旁坐下了。楼上"空空如也"，任我拣得最好的坐位：可以眺望楼下的废园。这园大概是不属于酒家的，我先前也曾眺望过许多回，有时也在雪天里。但现在从惯于北方的眼睛看来，却很值得惊异了：几株老梅竟斗雪开着满树的繁花，仿佛毫不以深冬为意；倒塌的亭子边还有一株山茶树，从暗绿的密叶里显出十几朵红花来，赫赫的在雪中明得如火,愤怒而且傲慢,如蔑视游人的甘心于远行。我这时又忽地想到这里积雪的滋润,著物不去,晶莹有光,不比朔雪的粉一般干,大风一吹,便飞得满空如烟雾。……

"客人,酒。……"

堂倌懒懒的说着,放下杯,筷,酒壶和碗碟,酒到了。我转脸向了板桌,排好器具,斟出酒来。觉得北方固不是我的旧乡,但南来又只能算一个客子,无论那边的干雪怎样纷飞,这里的柔雪又怎样的依恋,于我都没有什么关系了。我略带些哀愁,然而很舒服的呷一口酒。酒味很纯正;油豆腐也煮得十分好;可惜辣酱太淡薄,本来 S 城人是不懂得吃辣的。

大概是因为正在下午的缘故罢,这虽说是酒楼,却毫无酒楼气,我已经喝下三杯酒去了,而我以外还是四张空板桌。我看着废园,渐渐的感到孤独,但又不愿有别的酒客上来。偶然听得楼梯上脚步响,便不由的有些懊恼,待到看见是堂倌,才又安心了,这样的又喝了两杯酒。

我想,这回定是酒客了,因为听得那脚步声比堂倌的要缓得多。约略料他走完了楼梯的时候,我便害怕似的抬头去看这无干的同伴,同时也就吃惊的站起来。我竟不料在这里意外的遇见朋友了,——假如他现在还许我称他为朋友。那上来的分明是我的旧同窗,也是做教员时代的旧同事,面貌虽然颇有些改变,但一见也就认识,独有行动却变得格外迂缓,很不像当年敏捷精悍的吕纬甫了。

"阿,——纬甫,是你么?我万想不到会在这里遇见你。"

"阿阿,是你?我也万想不到……"

我就邀他同坐,但他似乎略略踌蹰之后,方才坐下来。我起先很以为奇,接着便有些悲伤,而且不快了。细看他相貌,也还是乱蓬蓬的须发;苍白的长方脸,然而衰瘦了。精神很沉静,或者却是颓唐;又浓又黑的眉毛底下的眼睛也失了精采,但当他缓缓的四顾的时候,却对废园忽地闪出我在学校时代常常看见的射人的光来。

"我们，"我高兴的，然而颇不自然的说，"我们这一别，怕有十年了罢。我早知道你在济南，可是实在懒得太难，终于没有写一封信。……"

"彼此都一样。可是现在我在太原了，已经两年多，和我的母亲。我回来接她的时候，知道你早搬走了，搬得很干净。"

"你在太原做什么呢?"我问。

"教书，在一个同乡的家里。"

"这以前呢?"

"这以前么?"他从衣袋里掏出一支烟卷来，点了火衔在嘴里，看着喷出的烟雾，沉思似的说，"无非做了些无聊的事情，等于什么也没有做。"

他也问我别后的景况；我一面告诉他一个大概，一面叫堂倌先取杯筷来，使他先喝着我的酒，然后再去添二斤。其间还点菜，我们先前原是毫不客气的，但此刻却推让起来了，终于说不清那一样是谁点的，就从堂倌的口头报告上指定了四样菜：茴香豆，冻肉，油豆腐，青鱼干。

"我一回来，就想到我可笑。"他一手擎着烟卷，一只手扶着酒杯，似笑非笑的向我说。"我在少年时，看见蜂子或蝇子停在一个地方，给什么来一吓，即刻飞去了，但是飞了一个小圈子，便又回来停在原地点，便以为这实在很可笑，也可怜。可不料现在我自己也飞回来了，不过绕了一点小圈子。又不料你也回来了。你不能飞得更远些么?"

"这难说，大约也不外乎绕点小圈子罢。"我也似笑非笑的说。"但是你为什么飞回来的呢?"

"也还是为了无聊的事。"他一口喝干了一杯酒，吸几口烟，眼睛略为张大了。"无聊的。——但是我们就谈谈罢。"

堂倌搬上新添的酒菜来，排满了一桌，楼上又添了烟气和油豆腐的热气，仿佛热闹起来了；楼外的雪也越加纷纷的下。

"你也许本来知道，"他接着说，"我曾经有一个小兄弟，是三岁上死掉的，就葬在这乡下。我连他的模样都记不清楚了，但听母亲说，是一个很可爱念的孩子，和我也很相投，至今她提起来还似乎要下泪。今年春天，一个堂兄就来了一封信，说他的坟边已经渐渐的浸了水，不久怕要陷入河里去了，须得赶紧去设法。母亲一知道就很着急，几乎几夜睡不着，——她又自己能看信的。然而我能有什么法子呢？没有钱，没有工夫：当时什么法也没有。

　　"一直挨到现在，趁着年假的闲空，我才得回南给他来迁葬。"他又喝干一杯酒，看着窗外，说，"这在那边那里能如此呢？积雪里会有花，雪地下会不冻。就在前天，我在城里买了一口小棺材，——因为我豫料那地下的应该早已朽烂了，——带着棉絮和被褥，雇了四个土工，下乡迁葬去。我当时忽而很高兴，愿意掘一回坟，愿意一见我那曾经和我很亲睦的小兄弟的骨殖：这些事我生平都没有经历过。到得坟地，果然，河水只是咬进来，离坟已不到二尺远。可怜的坟，两年没有培土，也平下去了。我站在雪中，决然的指着他对土工说，'掘开来！'我实在是一个庸人，我这时觉得我的声音有些希奇，这命令也是一个在我一生中最为伟大的命令。但土工们却毫不骇怪，就动手掘下去了。待到掘着圹穴，我便过去看，果然，棺木已经快要烂尽了，只剩下一堆木丝和小木片。我的心颤动着，自去拨开这些，很小心的，要看一看我的小兄弟。然而出乎意外！被褥，衣服，骨骼，什么也没有。我想，这些都消尽了，向来听说最难烂的是头发，也许还有罢。我便伏下去，在该是枕头所在的泥土里仔仔细细的看，也没有。踪影全无！"

　　我忽而看见他眼圈微红了，但立即知道是有了酒意。他总不很吃菜，单是把酒不停的喝，早喝了一斤多，神情和举动都活泼起来，渐近于先前所见的吕纬甫了。我叫堂倌再添二斤酒，然后回转身，也拿着酒杯，正对面默默的听着。

　　"其实，这本已可以不必再迁，只要平了土，卖掉棺材，就此完事了的。我去卖棺材虽然有些离奇，但只要价钱极便宜，原铺子就许要，至少总可以捞回几文酒钱来。但我不这样，我仍然铺好被褥，用棉花裹了些他先前身体所在的地方的泥土，包起来，装在新棺材里，运到我父亲埋着的坟地上，在他坟旁埋掉了。因为外面用砖墩，昨天又忙了我大半天：监工。但这样总算完结了一件事，足够去骗骗我的母亲，使她安心些。——阿阿，你这样的看我，你怪我何以和先前太不相同了么？是的，我也还记得我们同到城隍庙里去拔掉神像的胡子的时候，连日议论些改革中国的方法以至于打起来的时候。但我现在就是这样了，敷敷衍衍，模模胡胡。我有时自己也想到，倘若先前的朋友看见我，怕会不认我做朋友了。——然而我现在就是这样。"

他又掏出一支烟卷来，衔在嘴里，点了火。

"看你的神情，你似乎还有些期望我，——我现在自然麻木得多了，但是有些事也还看得出。这使我很感激，然而也使我很不安：怕我终于辜负了至今还对我怀着好意的老朋友。……"他忽而停住了，吸几口烟，才又慢慢的说，"正在今天，刚在我到这一石居来之前，也就做了一件无聊事，然而也是我自己愿意做的。我先前的东边的邻居叫长富，是一个船户。他有一个女儿叫阿顺，你那时到我家里来，也许见过的，但你一定没有留心，因为那时她还小。后来她也长得并不好看，不过是平常的瘦瘦的瓜子脸，黄脸皮；独有眼睛非常大，睫毛也很长，眼白又青得如夜的晴天，而且是北方的无风的晴天，这里的就没有那么明净了。她很能干，十多岁没了母亲，招呼两个小弟妹都靠她；又得服侍父亲，事事都周到；也经济，家计倒渐渐的稳当起来了。邻居几乎没有一个不夸奖她，连长富也时常说些感激的话。这一次我动身回来的时候，我的母亲又记得她了，老年人记性真长久。她说她曾经知道顺姑因为看见谁的头上戴着红的剪绒花，自己也想有一朵，弄不到，哭了，哭了小半夜，就挨了她父亲的一顿打，后来眼眶还红肿了两三天。这种剪绒花是外省的东西，S城里尚且买不出，她那里想得到手呢？趁我这一次回南的便，便叫我买两朵去送她。

　　"我对于这差使倒并不以为烦厌，反而很喜欢；为阿顺，我实在还有些愿意出力的意思的。前年，我回来接我母亲的时候，有一天，长富正在家，不知怎的我和他闲谈起来了。他便要请我吃点心，荞麦粉，并且告诉我所加的是白糖。你想，家里能有白糖的船户，可见决不是一个穷船户了，所以他也吃得很阔绰。我被劝不过，答应了，但要求只要用小碗。他也很识世故，便嘱咐阿顺说，'他们文人，是不会吃东西的。你就用小碗，多加糖！'然而等到调好端来的时候，仍然使我吃一吓，是一大碗，足够我吃一天。但是和长富吃的一碗比起来，我的也确乎算小碗。我生平没有吃过荞麦粉，这回一尝，实在不可口，却是非常甜。我漫然的吃了几口，就想不吃了，然而无意中，忽然间看见阿顺远远的站在屋角里，就使我立刻消失了放下碗筷的勇气。我看她的神情，是害怕而且希望，大约怕自己调得不好，愿我们吃得有味。我知道如果剩下大半碗来，一定要使她很失望，而且很抱歉。我于是同时决心，放开喉咙灌下去了，几乎吃得和长富一样快。我由此才知道硬吃的苦痛，我只记得还做孩子时候的吃尽一碗拌着驱除蛔虫药粉的沙糖才有这样难。然而我毫不抱怨，因为她过来收拾空碗时候的忍着的得意的笑容，已尽够赔偿我的苦痛而有余了。所以我这一夜虽然饱胀得睡不稳，又做了一大串恶梦，也还是祝赞她一生幸福，愿世界为她变好。然而这些意思也不过是我的那些旧日的梦的痕迹，即刻就自笑，接着也就忘却了。

　　"我先前并不知道她曾经为了一朵剪绒花挨打，但因为母亲一说起，便也记得了荞麦粉的事，意外的勤快起来了。我先在太原城里搜求了一遍，都没有；一直到济南……"

　　窗外沙沙的一阵声响，许多积雪从被他压弯了的一枝山茶树上滑下去了，树枝笔挺的伸直，更显出乌油油的肥叶和血红的花来。天空的铅色来得更浓；小鸟雀啾唧的叫着，大概黄昏将近，地面又全罩了雪,寻不出什么食粮,都赶早回巢来休息了。

"一直到了济南,"他向窗外看了一回,转身喝干一杯酒,又吸几口烟,接着说。"我才买到剪绒花。我也不知道使她挨打的是不是这一种,总之是绒做的罢了。我也不知道她喜欢深色还是浅色,就买了一朵大红的,一朵粉红的,都带到这里来。

"就是今天午后,我一吃完饭,便去看长富,我为此特地耽搁了一天。他的家倒还在,只是看去很有些晦气色了,但这恐怕不过是我自己的感觉。他的儿子和第二个女儿——阿昭,都站在门口,大了。阿昭长得全不像她姊姊,简直像一个鬼,但是看见我走向她家,便飞奔的逃进屋里去。我就问那小子,知道长富不在家。'你的大姊呢?'他立刻瞪起眼睛,连声问我寻她什么事,而且恶狠狠的似乎就要扑过来,咬我。我支吾着退走了,我现在是敷敷衍衍……

"你不知道,我可是比先前更怕去访人了。因为我已经深知道自己之讨厌,连自己也讨厌,又何必明知故犯的去使人暗暗地不快呢?然而这回的差使是不能不办妥的,所以想了一想,终于回到就在斜对门的柴店里。店主的母亲,老发奶奶,倒也还在,而且也还认识我,居然将我邀进店里坐去了。我们寒暄几句之后,我就说明了回到 S 城和寻长富的缘故。不料她叹息说:

"'可惜顺姑没有福气戴这剪绒花了。'

"她于是详细的告诉我,说是'大约从去年春天以来,她就见得黄瘦,后来忽而常常下泪了,问她缘故又不说;有时还整夜的哭,哭得长富也忍不住生气,骂她年纪大了,发了疯。可是一到秋初,起先不过小伤风,终于躺倒了,从此就起不来。直到咽气的前几天,才肯对长富说,她早就像她母亲一样,不时的吐红和流夜汗。但是瞒着,怕他因此要担心。有一夜,她的伯伯长庚又来硬借钱,——这是常有的事,——她不给,长庚就冷笑着说:你不要骄气,你的男人比我还不如! 她从此就发了愁,又怕羞,不好问,只好哭。长富赶紧将她的男人怎样的挣气的话说给她听,那里还来得及?况且她也不信,

反而说：好在我已经这样，什么也不要紧了。'

"她还说，'如果她的男人真比长庚不如，那就真可怕呵！比不上一个偷鸡贼，那是什么东西呢？然而他来送殓的时候，我是亲眼看见他的，衣服很干净，人也体面；还眼泪汪汪的说，自己撑了半世小船，苦熬苦省的积起钱来聘了一个女人，偏偏又死掉了。可见他实在是一个好人，长庚说的全是诳。只可惜顺姑竟会相信那样的贼骨头的诳话，白送了性命。——但这也不能去怪谁，只能怪顺姑自己没有这一份好福气。'

"那倒也罢，我的事情又完了。但是带在身边的两朵剪绒花怎么办呢？好，我就托她送了阿昭。这阿昭一见我就飞跑，大约将我当作一只狼或是什么，我实在不愿意去送她。——但是我也就送她了，对母亲只要说阿顺见了喜欢的了不得就是。这些无聊的事算什么？只要模模胡胡。模模胡胡的过了新年，仍旧教我的'子曰诗云'去。"

"你教的是'子曰诗云'么？"我觉得奇异，便问。

"自然。你还以为教的是 ABCD 么？我先是两个学生，一个读《诗经》，一个读《孟子》。新近又添了一个，女的，读《女儿经》。连算学也不教，不是我不教，他们不要教。"

"我实在料不到你倒去教这类的书，……"

"他们的老子要他们读这些；我是别人，无乎不可的。这些无聊的事算什么？只要随随便便，……"

他满脸已经通红，似乎很有些醉，但眼光却又消沉下去了。我微微的叹息，一时没有话可说。楼梯上一阵乱响，拥上几个酒客来：当头的是矮子，拥肿的圆脸；第二个是长的，在脸上很惹眼的显出一个红鼻子；此后还有人，一叠连的走得小楼都发抖。我转眼去看吕纬甫，他也正转眼来看我，我就叫堂倌算酒账。

"你借此还可以支持生活么？"我一面准备走，一面问。

"是的。——我每月有二十元，也不大能够敷衍。"

"那么,你以后豫备怎么办呢?"

"以后?——我不知道。你看我们那时豫想的事可有一件如意?我现在什么也不知道,连明天怎样也不知道,连后一分……"

堂倌送上账来,交给我;他也不像初到时候的谦虚了,只向我看了一眼,便吸烟,听凭我付了账。

我们一同走出店门,他所住的旅馆和我的方向正相反,就在门口分别了。我独自向着自己的旅馆走,寒风和雪片扑在脸上,倒觉得很爽快。见天色已是黄昏,和屋宇和街道都织在密雪的纯白而不定的罗网里。

一九二四年二月一六日。

原载 1924 年 5 月 10 日《小说月报》第 15 卷第 5 号。

初收 1926 年 8 月北京北新书局版"乌合丛书"之一《彷徨》。

十三日

日记 晴。星期休息。上午至中央公园四宜轩。遇玄同,遂茗谈至晚归。

十四日

日记 晴。上午声树来。午后往世界语校讲。下午以书钱四十五元交齐寿山,托转付。

十五日

日记 昙。上午钱稻孙来,见借『中央美術』四本。下午得和森信,十二日并州发。寄三弟信并小说稿一篇,又许钦文者二篇。晚H君来。

十六日

日记　晴。晚往女师校文艺研究会,遇顾竹侯,沈尹默。

十七日

日记　晴,下午风。往西三条宅。付李瓦匠泉卅。

十八日

日记　晴。上午往高师校讲,并支薪水泉廿六。午后往北大讲。下午大风。

十九日

日记　晴。晨往女师校讲。午后往开明戏园观非洲探险影片。寄季市以《小说史略》讲义印本一束,全分俱毕。北大寄来《国学季刊》第三期一本。夜空三来。得李庸倩信。

二十日

日记　晴,大风。星期休息。下午杨遇夫来。许钦文来。

二十一日

日记　晴。午后往世界语校讲。寄李仲侃信。寄和森信。

二十二日

日记　昙,风。下午往西三条胡同宅。得伏园信并校稿,即复。

二十三日

日记　晴。午后往世界语校听小坂狷二君演说。

二十四日

　　日记　晴。上午李仲侃来,未见。午后昙,大风。下午得三弟信,二十一日发。

二十五日

　　日记　晴。上午往师大讲。午后在月中桂买上海竞马采票一张,十一元。往北大讲。下午从齐寿山借泉百。收去年四月分奉泉卅。收孙〔伏〕园寄校稿。

二十六日

　　日记　晴。晨往女师校讲。上午往留黎厂买什物。午后往视西三条胡同宅。下午寄三弟信并竞马券一枚。寄还伏园校稿。

二十七日

　　日记　晴。星期休息。午后昙,风。无事。

二十八日

　　日记　昙。午后往世界语校讲。下午小雨。晨报社送来稿费十五元。

二十九日

　　日记　晴。午后母亲往八道弯宅去。下午寄三弟信。夜濯足。

三十日

　　日记　晴。午后郁达夫来。往西三条胡同视所修葺之屋。付李瓦匠泉廿。还齐寿山泉五十。夜风。

五月

一日

日记 晴。上午李慎斋来,同至四牌楼买玻黎十四片,十八元五角.又同至西三条胡同宅。下午夏穗卿先生讣来,赙二元。得谢仁冰母夫人讣,赙一元。晚李庸倩来。

二日

日记 晴。上午往师大讲。午后往北大讲。下午往中央公园饮茗,并观中日绘画展览会。

致 胡 适

适之先生:

多天不见了。我现在有两件事情要烦扰你:

一,《西游补》已用过否? 如已看过,请掷还,只要放在国文教员什么室就是。

二,向商务馆去卖之小说稿,有无消息? 如无,可否请作信一催。

以上,劳驾之至!

树人 上 五月二日

三日

日记 晴。晨寄胡适之信。寄张永善信。寄张目寒信。往女师校讲。上午往留黎厂买《师曾遗墨》第一第二集各一册,共泉三元二角。午后李慎斋来。

四日

日记　晴。星期休息。下午孙伏园来并交春台寄赠之印画四枚。

五日

日记　晴。上午 H 君来,付以泉十二。午后往世界语校讲。得三弟信,二日发,即寄以《全国中学所在地名表》一本。夜得李庸倩信。

六日

日记　晴。晨母亲来,午后往八道弯宅。下午寄三弟信。高阆仙赠《论衡举正》一部二本。收三弟所寄回许钦文稿一篇。晚买茗一斤,一元;酒酿一盆,一角。李小峰,章矛尘,孙伏园来。季市欲雇车夫,令张三往见。

七日

日记　昙。下午清水安三君来,不值。

八日

日记　昙。午后往集成国际语言学校讲。下午往吊夏穗卿先生丧。晚孙伏园来部,即同至中央公园饮茗,逮夕八时往协和学校礼堂观新月社祝泰戈尔氏六十四岁生日演《契忒罗》剧本二幕,归已夜半也。

九日

日记 晴,大风。上午往师大讲。午后往北大讲。往公园饮食。晚得春台信。

十日

日记 晴。晨往女师校讲。上午往李慎斋寓。午后李慎斋来,同至西三条胡同宅,并呼漆匠,表糊匠估工。下午收去年四月分俸泉卅。寄孙伏园信并校正稿。

十一日

日记 昙。星期休息。午后往广慧寺吊谢仁冰母夫人丧。往晨报馆访孙伏园,坐至下午,同往公园啜茗,遇邓以蛰,李宗武诸君,谈良久,逮夜乃归。

十二日

日记 晴。李瓦匠完工,付泉卅九元五角讫。午后往世界语校讲。

十三日

日记 昙。上午子佩来并见借泉二百。下午得三弟信,十日发。往西三条胡同看屋加油饰。托俞小姐乞画于袁甸盦先生,得绢地山水四帧。夜孙伏园持《纺轮故事》五本至,即赠俞,袁两公各一本。风。

十四日

日记 晴,大风。午后往商务印书馆买《邓析子》,《申鉴》,《中论》,《大唐西域记》,《文心雕龙》各一部,共二元八角;又棉连纸印

《太平乐府》一部二本,四元。得三弟所寄荔丞画一帧。下午寄三弟信。

十五日

日记 晴,午后风。往集成学校讲。下午访常维钧,以其将于十八日结婚,致《太平乐府》一部为贺。得郑振铎信并版税泉五十五元。晚寄伏园信。

十六日

日记 晴。上午往师大讲,并取薪水泉二十三元,为九月分之六成三。午后往北大讲并取薪水泉十一元,为九月分之余及十月分之少许。往中央公园饮茗,食馒首。下午寄郑振铎信。

十七日

日记 晴。晨往女师校讲。午后风。

十八日

日记 晴。星期休息。午后大风。许钦文来。下午孙伏园来。

十九日

日记 昙,风。午后往世界语校讲。以《纺轮故事》一册赠季市。

二十日

日记 晴。晨母亲来,午后仍往八道弯宅。访李慎斋,邀之同出买铺板三床,泉九元。收奉泉六十六元,去年四月分之余及五月分之少许。还齐寿山泉五十。寄孙伏园校稿并信。得三弟信,十六日发,属以泉十交芳子太太。晚往山本医院视芳子疾,并致泉十,又自致十。夜风。

二十一日

    日记   晴。午后寄三弟信。往三条胡同宅视,付漆匠泉廿一,表糊匠泉十二。晚以女师校风潮学生柬邀调解,与罗膺中,潘企莘同往,而续至者仅郑介石一人耳。H君来。夜雷电而雨。

二十二日

    日记   昙。午后往集成学校讲。下午骤雨一陈。寄孙伏园校稿。

二十三日

    日记   晴,风。晨诗荃来。上午往师大讲。午后往北大讲。买《中古文学史》,《词馀讲义》,《文字学形义篇》及《音篇》各一本,共泉一元。往中央公园饮茗并食馒首。晚孙伏园来。得吴家镇母夫人讣,赙泉一。夜诗荃来。

二十四日

    日记   晴。晨往女师校讲。上午往图书分馆访子佩不值,下午复访之,还以泉百。付漆工泉廿。夜收拾行李。

二十五日

    日记   星期。晴。晨移居西三条胡同新屋。下午钦文来,赠以《纺轮故事》一本。风。

二十六日

    日记   晴。上午季市见访并赠花瓶一事,茶具一副六事。午后往世界语校讲。下午往山本医院看三太太。晚得李庸倩信。

致 李秉中

庸倩兄：

今天得来信，俱悉。

《边雪鸿泥记》事件，我早经写信问过，无复，当初疑其忙于招待"太翁"，所以无暇；近又托孙伏园面问，未遇，乃写信问，仍无复，则不知其何故也。或者已上秘魔厓修道，抑仍在北京著书，皆不可知。来信令我作书再催并介绍，今写则写矣，附上，但即令见面，恐其不得要领，仍与未见无异，"既见君子，云胡不喜"，非此之谓也。况我又不善简牍，不能作宛转动听之言哉。

至于款项，倘其借之他人，则函牍往反，而且往反再三，而终于不得要领，必与卖稿无异，昔所经验，大概如斯。不如就自己言，较为可靠，我现在手头所有，可以奉借二十元，余须待端午再看，颇疑其时当有官俸少许可发，则再借三十元无难，但此等俸钱，照例必于端午前一日之半夜才能决定有无，故此时不能断言。

但如　贵债主能延至阳历六月底，则即令俸泉不发，亦尚有他法可想。

前所言之二十元如不甚急，当于星期五持至北大面交。

　　　　　　　　　　　　树人　五月二十六日之夜

二十七日

日记　晴，风。下午寄李庸倩信附与胡适之函。晚赴撷英居，应诗荃之邀。

致 胡 适

适之先生：

自从在协和礼堂恭聆 大论之后，遂未再见，颇疑已上秘魔厓，但或者尚在北京忙碌罢，我也想不定。

《边雪鸿泥记》一去未有消息，明知 先生事忙，但尚希为一催促，意在速售，得钱用之而已。

友人李庸倩君为彼书出主，亦久慕 先生伟烈，并渴欲一瞻丰采。所以不揣冒昧，为之介绍，倘能破著作工夫，略赐教言，诚不胜其欣幸惶恐屏营之至！

树人 上 五月二十七日

二十八日

日记 晴。上午母亲来。午后子佩来。下午随母亲往山本医院诊病。

二十九日

日记 晴。午后往集成校讲。下午得和森信，廿七日发。得三弟信，廿六日发。收去年五月分奉泉五十。晚伏园来，并与钦文合馈火腿一只。夜往山本医院。

三十日

日记 晴，热。上午往师大讲并取去年九月分薪水泉七元。午后往北大讲。假李庸倩以泉五十。遇许钦文，邀之至中央公园饮茗。夜风。

三十一日

日记 昙。晨往女子师范校讲。上午买旧卓倚共五件,泉七元。午访孙伏园于晨报社,在社午饭。下午往鼎香村买茗二斤,二元。往商务印书馆买《新语》,《新书》,《嵇中散集》,《谢宣城诗集》,《元次山集》各一部,共七本,泉二元二角。以粗本《雅雨堂丛书》卖与高阆仙,得泉四元。夜濯足。

六月

一日

日记　晴。星期休息。下午子佩来。晚往山本医院。夜校《嵇康集》一卷。

二日

日记　晴。午后往世界校讲。下午寄三弟信。得伏园信。夜得胡适之信并赠《五十年来之世界哲学》及《中国文学》各一本,还《说库》二本。有雨点。

三日

日记　昙。上午李慎斋来。午后理发。下午大雨一陈。夜校《嵇康集》一卷。

四日

日记　晴。上午小金阮宅寄来干菜一篓。下午寄孙伏园校稿。报建筑工竣。

五日

日记　晴。午后往集成校讲。访胡适之不见。下午收去年五月分奉泉百,六月分者六十九。买威士忌酒,蒲陶干。夜 H 君来。往山本医院。

六日

日记　晴。旧历端午,休假。终日校《嵇康集》。晚李人灿君来并示小说稿二本。

致 胡 适

适之先生：

前四天收到来信和来还的书；还有两本送给我的书，谢谢。

昨天经过钟鼓寺，就到尊寓奉访，可惜会不着，实在不侥幸。

那一部小说的出主在上礼拜极想见一见先生，嘱我写一封绍介信，我也就冒昧地写给他了。但他似乎到现在没有去罢。

至于那一部小说，本来当属于古董之部，我因为见商务馆还出《秦汉演义》，出《小说世界》，与古董还可以说有缘，所以想仰托洪福，塞给他，去印了卖给嗜古的读者，而替该书的出主捞几文钱用。若要大张旗鼓，颂为二十世纪的新作品，则小子不敏，实不敢也。

总之，该书如可当古董卖，则价不妨廉，真姓名亦大可由该馆随意改去；而其中多少媒语，我以为亦可删，这宗明人积习，此刻已无须毕备。而其宗旨，则在以无所不可之方法买［卖］得钱来。——但除了我做序。

况且我没有做过序，做起来一定很坏，有《水浒》《红楼》等新序在前，也将使我永远不敢献丑。

但如用无所不可法而仍无卖处，则请还我，但屡次搅扰，实在抱歉之至也！

鲁迅　六月六日

七日

日记　昙。上午往女子师校讲。午访孙伏园。寄胡适之信。

下午得三弟信,三日发。夜风。校《嵇康集》至第九卷之半。雨。

八日

日记 昙。星期休息。晨母亲来。上午得三弟信,五日发。下午矛尘,钦文,伏园来。王,许,三俞小姐等五人来。夜校《嵇康集》了。

九日

日记 晴。午后往世界语校讲。往山本医院。下午巡警来丈量。李人灿君来。

十日

日记 晴。上午寄三弟信。午后往右四区分署验契。下午风。夜撰校正《嵇康集》序。

《嵇康集》序

魏中散大夫《嵇康集》,在梁有十五卷,《录》一卷。至隋佚二卷。唐世复出,而失其《录》。宋以来,乃仅存十卷。郑樵《通志》所载卷数,与唐不异者,盖转录旧记,非由目见。王楙已尝辨之矣。至于椠刻,宋元者未尝闻,明则有嘉靖乙酉黄省曾本,汪士贤《二十一名家集》本,皆十卷。在张溥《汉魏六朝百三名家集》中者,合为一卷,张燮所刻者又改为六卷,盖皆从黄本出,而略正其误,并增逸文。张燮本更变乱次第,弥失其旧。惟程荣刻十卷本,较多异文,所据似别一本,然大略仍与他本不甚远。清诸家藏书簿所记,又有明吴宽丛书堂钞本,谓源出宋椠,又经匏庵手校,故虽迻录,校文者亦为珍秘。

予幸其书今在京师图书馆，乃亟写得之，更取黄本雠对，知二本根源实同，而互有讹夺。惟此所阙失，得由彼书补正，兼具二长，乃成较胜。旧校亦不知是否真出匏庵手？要之盖不止一人。先为墨校，增删最多，且常灭尽原文，至不可辨。所据又仅刻本，并取彼之讹夺，以改旧钞。后又有朱校二次，亦据刻本，凡先所幸免之字，辄复涂改，使悉从同。盖经朱墨三校，而旧钞之长，且泯绝矣。今此校定，则排摈旧校，力存原文。其为浓墨所灭，不得已而从改本者，则曰"字从旧校"，以著可疑。义得两通，而旧校辄改从刻本者，则曰"各本作某"，以存其异。既以黄省曾、汪士贤、程荣、张溥、张燮五家刻本比勘讫，复取《三国志》注、《晋书》、《世说新语》注、《野客丛书》、胡克家翻宋尤袤本《文选》李善注，及所著《考异》，宋本《文选》六臣注，相传唐钞《文选集注》残本、《乐府诗集》、《古诗纪》，及陈禹谟刻本《北堂书钞》，胡缵宗本《艺文类聚》，锡山安国刻本《初学记》，鲍崇城刻本《太平御览》等所引，著其同异。姚莹所编《乾坤正气集》中，亦有中散文九卷，无所正定，亦不复道。而严可均《全三国文》，孙星衍《续古文苑》所收，则间有勘正之字，因并录存，以备省览。若其集作如此，而刻本已改者，如"愍"为"愁"，"窹"为"悟"；或刻本较此为长，如"遊"为"游"，"泰"为"太"，"慾"为"欲"，"樽"为"尊"，"殉"为"徇"，"饬"为"饰"，"闲"为"闲"，"蹔"为"暂"，"脩"为"修"，"壹"为"一"，"途"为"塗"，"返"为"反"，"捨"为"舍"，"弦"为"弦"；或此较刻本为长，如"饑"为"飢"，"陵"为"淩"，"熟"为"孰"，"玩"为"翫"，"灾"为"灾"；或虽异文而俱得通，如"迺"与"乃"，"峇"与"吝"，"强"与"彊"，"于"与"於"，"无""毋"与"無"。其数甚众，皆不复著，以省烦累。又审旧钞，原亦不足十卷。其第一卷有阙叶。第二卷佚前，有人以《琴赋》足之。第三卷佚后，有人以《养生论》足之。第九卷当为《难宅无吉凶摄生论》下，而全佚，则分第六卷中之《自然好学论》等二篇为第七卷，改第七第八卷为八九两卷，以为完书。黄、汪、程三家本皆如此，今亦不改。盖较王楙所见之缮写十卷本，卷数无异，而实佚其一

220

卷及两半卷矣。原又有目录在前，然是校后续加，与黄本者相似。今据本文，别造一卷代之，并作《逸文考》《著录考》各一卷，附于末。恨学识荒陋，疏失盖多，亦第欲存留旧文，得稍流布焉尔。

中华民国十有三年六月十一日会稽。

最初辑入鲁迅校本《嵇康集》。后刊于 1938 年 4 月 23 日《华美周报》第 1 卷第 1 期。

初未收集。

《嵇康集》逸文考

嵇康《游仙诗》云：翩翩凤辖，逢此网罗。（《太平广记》四百引《续齐谐记》。）

嵇康有《白首赋》。（《文选》二十三谢惠连《秋怀诗》李善注。）

嵇康《怀香赋序》曰：余以太簇之月，登于历山之阳，仰眺崇冈，俯察幽坂。乃睹怀香，生蒙楚之间。曾见斯草，植于广厦之庭，或被帝王之囿。怪其遐弃，遂迁而树于中唐。华丽则殊采阿那，芳实则可以藏书。又感其弃本高崖，委身阶庭，似傅说显殷，四叟归汉，故因事义赋之。（《艺文类聚》八十一。案《太平御览》九百八十三引嵇含《槐香赋》，文与此同，《类聚》以为康作，非也。严可均辑《全三国文》据《类聚》录之，张溥本亦存其目，并误。）

嵇康《酒赋》云：重酎至清，渊凝冰洁，滋液兼备，芬芳□□。（《北堂书钞》一百四十八。案同卷又引嵇含《酒赋》云："浮螘萍连，醪华鳞设。"疑此四句亦嵇含之文。）

嵇康《蚕赋》曰：食桑而吐丝，前乱而后治。（《太平御览》八百十四。）

嵇康《琴赞》云：懿吾雅器，载璞灵山。体具德真，清和自然。澡以春雪，澹若洞泉。温乎其仁，玉润外鲜。昔在黄农，神物以臻。穆穆重华，託心五弦。（"託心"《书钞》作"記以"，据《初学记》十六引改。）闲邪纳正，矗矗其仙。宣和养气（《初学记》十六两引，一作"素"），介乃遐年。（《北堂书钞》一百九。）

嵇康《太师箴》曰：若会酒坐，见人争语，其形势似欲转盛，便当舍去，此斗之兆也。（《太平御览》四百九十六。严可均曰："此疑是序，未敢定之。"今案：此《家诫》也，见本集第十卷，《御览》误题尔。）

嵇康《灯铭》：肃肃宵征，造我友庐，光灯吐耀，华缦长舒。（见《全三国文》，不著所出。今案：《杂诗》也，见本集第一卷，亦见《文选》。）

《嵇康集目录》（《世说》注，《御览》引作《嵇康集序》）曰：孙登者，字公和，不知何许人。无家属，于汲县北山土窟中得之。夏则编草为裳，冬则被发自覆。好读《易》，鼓一弦琴，见者皆亲乐之。每所止家，辄给其衣食服饮，食得，无辞让。（《魏志》《王粲传》注，《世说新语》《栖逸》篇注；《御览》二十七，又九百九十九。）

《嵇康文集录》注曰：河内山嵚，守颍川，山公族父。（《文选》嵇叔夜《与山巨源绝交书》李善注。）

《嵇康文集录》注曰：阿都，吕仲悌，东平人也。（同上。）

最初辑入鲁迅校本《嵇康集》。据手稿编入。

初未收集。

《嵇康集》著录考

《隋书》《经籍志》：魏中散大夫《嵇康集》十三卷。（梁十五卷，录一卷。）

《唐书》《经籍志》:《嵇康集》十五卷。

《新唐书》《艺文志》:《嵇康集》十五卷。

《宋史》《艺文志》:《嵇康集》十卷。

《崇文总目》:《嵇康集》十卷。

郑樵《通志》《艺文略》:魏中散大夫《嵇康集》十五卷。

晁公武《郡斋读书志》:《嵇康集》十卷。右魏嵇康叔夜也,谯国人。康美词气,有丰仪,不事藻饰。学不师受,博览该通。长好老庄,属文玄远。以魏宗室婚,拜中散大夫。景元初,钟会谮于晋文帝,遇害。

尤袤《遂初堂书目》:《嵇康集》。

陈振孙《直斋书录解题》:《嵇中散集》十卷。魏中散大夫谯嵇康叔夜撰。本姓奚,自会稽徙谯之铚县嵇山,家其侧,遂氏焉,取稽字之上,志其本也。所著文论六七万言,今存于世者仅如此。《唐志》犹有十五卷。

马端临《文献通考》《经籍考》:《嵇康集》十卷。(案下全引晁氏《读书志》,陈氏《解题》,并已见。)

杨士奇《文渊阁书目》:《嵇康文集》。(一部,一册。阙。)

叶盛《菉竹堂书目》:《嵇康文集》一册。

焦竑《国史》《经籍志》:《嵇康集》十五卷。

钱谦益《绛云楼书目》:《嵇中散集》二册。(陈景云注云:"十卷,黄刻,佳。")

钱曾《述古堂藏书目》:《嵇中散集》十卷。

《四库全书总目》:《嵇中散集》十卷(两江总督采进本)。旧本题晋嵇康撰。案康为司马昭所害,时当涂之祚未终,则康当为魏人,不当为晋人,《晋书》立传,实房乔等之舛误。本集因而题之,非也。《隋书》《经籍志》载康文集十五卷。新旧《唐书》并同。郑樵《通志略》所载卷数尚合。至陈振孙《书录解题》,则已作十卷,且称康"所作文论六七万言,其存于世者仅如此。"则宋时已无全本矣。疑郑樵所载,亦因仍旧史之文,未必真见十五卷之本也。王楙《野客丛书》(见卷八)云:"《嵇康传》曰,康喜谈名理,能属文,撰《高士传赞》,作《太师箴》,《声无哀乐论》。余(明刻本《野客丛书》作'仆')得毘陵贺方回家所藏缮写《嵇康集》十卷,有诗六十八首,今《文选》所载(有'康诗'二字)才三数首。《选》惟载康《与山巨源绝交书》一首,不知又有《与吕长悌绝交》一书。《选》惟载《养生论》一篇,不知又有《与向子期论养生难答》一篇,四千余言,辩论甚悉。集又有《宅无吉凶摄生论难》上中下三篇,《难张辽('辽'下尚有一字,已泐)自然好学论》一首,《管蔡论》,《释私论》,《明胆论》等文。(其词旨玄远,率根于理,读之可想见当时之风致。——'文'下有此十九字。)《崇文总目》谓《嵇康集》十卷,正此本尔。唐《艺文志》谓《嵇康集》十五卷,不知五卷谓何?"观楙所言,则樵之妄载确矣。此本凡诗四十七篇,赋一篇,书二篇,杂著二篇,论九篇,箴一篇,家诫一篇,而杂著中《嵇荀录》一篇,有录无书,实共诗文六十二篇。又非宋本之旧,盖明嘉靖乙酉吴县黄省曾所重辑也。杨慎《丹铅总录》尝辨阮籍卒于康后,而世传籍碑为康作。此本不载此碑,则其考核犹为精审矣。

《四库简明目录》:《嵇中散集》十卷,魏嵇康撰。《晋书》为康立传,旧本因题曰晋者,缪也。其集散佚,至宋仅存十卷。此本为明黄省曾所编,虽卷数与宋本同,然王楙《野客丛书》称康诗六十八首,此本仅诗四十二首,合杂文仅六十二首,则又多所散佚矣。

朱学勤《结一庐书目》:《嵇中散集》十卷。(计一本。魏嵇康撰。明嘉靖四年黄氏仿宋刊本。)

洪颐煊《读书丛录》:《嵇中散集》十卷。每卷目录在前。前有嘉靖乙酉黄省曾序。《三国志》《邴原传》裴松之注:"张貔父邈,字叔辽,《自然好学论》在《嵇康集》。"今本亦有此篇。又诗六十六首,与王楙《野客丛书》本同,是从宋本翻雕。每叶廿二行,行廿字。

钱泰吉《曝书杂记》:平湖家梦庐翁天树,笃嗜古籍,尝于张氏爱日精庐藏书眉间记其所见,犹随斋批注《书录解题》也。余曾手钞。

翁下世已有年，平生所见，当不止此，录之以见梗概。《嵇中散集》，余昔有明初钞本，即《解题》所载本，多诗文数首，此或即明黄省曾所集之本欤？

莫友芝《郘亭知见传本书目》：《嵇中散集》十卷，魏嵇康撰。明嘉靖乙酉黄省曾仿宋本，每叶二十二行，行二十字，板心有"南星精舍"四字。　程荣校刻本。　汪士贤本。　《百三名家集》本一卷。　《乾坤正气集》本。　静持室有顾沅以吴匏庵钞本校于汪本上。

江标《丰顺丁氏持静斋书目》：《嵇中散集》十卷，明汪士贤刊本。康熙间，前辈以吴匏庵手抄本详校，后经藏汪伯子，张燕昌，鲍渌饮，黄荛圃，顾湘舟诸家。

缪荃孙《清学部图书馆善本书目》：《嵇康集》十卷，魏嵇康撰。明吴匏庵丛书堂钞本。格心有"丛书堂"三字，有"陈贞莲书画记"朱方格界格方印。

陆心源《皕宋楼藏书志》：《嵇康集》十卷（旧钞本），晋嵇康撰。（案此下原本全录顾氏记及荛翁三跋，并已见。）余向年知王雨楼表兄家藏《嵇中散集》，乃丛书堂校宋抄本，为藏书家所珍秘。从士礼居转归雨楼。今乙未冬，向雨楼索观，并出副录本见示。互校，稍有讹脱，悉为更正。朱改原字上者，抄人所误。标于上方者，己意所随正也。还书之日，附志于此。道光十五年十一月初九日，妙道人书。

案魏中散大夫《嵇康集》，《隋志》十三卷，注云：梁有十五卷，《录》一卷。新旧《唐志》并作十五卷，疑非其实。《宋志》及晁陈两家并十卷，则所佚又多矣。今世所通行者，惟明刻二本，一为黄省曾校刊本，一为张溥《百三家集》本。张本增多《怀香赋》一首，及原宪等赞六首，而不附赠答论难诸原作。其余大略相同。然脱误并甚，几不可读。昔年曾互勘一过，而稍以《文选》《类聚》诸书参校之，终未尽善。此本从明吴匏庵丛书堂抄宋本过录。其传钞之误，吴君志忠已据钞宋原本校正。今朱笔改者，是也。余以明刊本校之，知明本脱落甚多。《答难养生论》"不殊于榆柳也"下，脱"然松柏之生，各以良殖遂性，若养松于灰壤"三句。《声无哀乐论》"人情以躁静"下，脱"专散为应。譬犹游观于都肆，则目滥而情放。留察于曲度，则思静"二十五字。《明胆论》"夫惟至"下，脱"明能无所惑至胆"七字。《答释难宅无吉凶摄生论》"为卜无所益也"下，脱"若得无恙，为相败于卜，何云成相邪"二句。"未若所不知"下，脱"者众，此较通世之常滞。然智所不知"十四字，及"不可以妄求也"脱"以"字，误"求"为"论"，遂至不成文义。其余单辞只句，足以校补误字缺文者，不可条举。书贵旧抄，良有以也。

祁承㸁《澹生堂书目》:《嵇中散集》三册。（十卷，嵇康。）《嵇中散集略》一册。（一卷。）

孙星衍《平津馆鉴藏记》:《嵇中散集》十卷。每卷目录在前。前有嘉靖乙酉黄省曾序，称"校次瑶编，汇为十卷"，疑此本为黄氏所定。然考王楙《野客丛书》，已称得毘陵贺方回家所藏缮写十卷本，又诗六十六首。与王楙所见本同。此本即从宋本翻雕。黄氏序文，特夸言之耳。每叶廿二行，行廿字，板心下方有"南星精舍"四字。收藏有"世业堂印"白文方印，"绣翰斋"朱文长方印。

赵琦美《脉望馆书目》:《嵇中散集》二本。

高儒《百川书志》:《嵇中散集》十卷。魏中散大夫谯人嵇康叔夜撰。诗四十七，赋十三，文十五，附四。

最初辑入鲁迅校本《嵇康集》。据手稿编入。
初未收集。

十一日

日记 晴，风。晨得杨[陈]翔鹤君信。上午寄郑振铎信。寄阮和森信。往山本医院为母亲取药。寄伏园校稿。下午往八道湾宅取书及什器,比进西厢,启孟及其妻突出骂詈殴打,又以电话招重久及张凤举,徐耀辰来,其妻向之述我罪状,多秽语,凡捏造未圆处,则启孟救正之,然终取书器而出。夜得姚梦生信并小说稿一篇。

十二日

日记 晴。午后至集成校讲。晚伏园来。李庸倩来。

十三日

日记 晴。上午往师范大学考。在商务馆买《潜夫论》,《蔡中郎集》,《陶渊明集》,《六臣注文注[选]》各一部,共三十六本,泉十元四角。收师大九月分俸泉陆元,十月分者十九元。

十四日

日记 晴。上午往女子师校讲。午访孙伏园交校稿。下午昙。晚大风一陈。

十五日

日记 晴。星期休息。上午郁达夫来。晚雷雨一陈。

十六日

日记 小雨。上午复陈翔鹤信。复姚梦生信。午暴雨,遂不赴世界语校讲。下午霁。整顿书籍至夜。月极佳。

十七日

日记 晴。下午孙伏园持校稿来,即校讫,并作正误表一叶。晚李庸倩来。

十八日

　　日记　晴。午往山本医院。下午李仲侃来。得伏园信。晚声树来。

十九日

　　日记　小雨。上午寄集成学校信请假。午往山本医院取药。夜 H 君来,假泉十。

二十日

　　日记　晴。下午得久孙信,十二日发。晚孙伏园来并持到《中国小说史略》下卷一百本,即以一本赠之,又赠矛尘,钦文各一托转交,又付女师校五十本亦托携去。

二十一日

　　日记　晴。上午往女师校讲。赠夏浮云,戴螺舲,潘企莘,郑介石,李仲侃,宗武,徐吉轩,向培良,许季市以《中国小说史》下卷各一本。下午得陈翔鹤信。晚张[李]人灿来。出访季市不值,以携赠之干菜一包,《小说史略》下卷一本交诗英。至滨来香食冰酪并买蒲陶干,又购饼六枚持至山本医院赠孩子食之。

二十二日

　　日记　晴。星期休息。下午许钦文来。晚伏园来。李小峰,章矛尘来。

二十三日

　　日记　昙。上午同母亲往山本医院诊。午后小雨即止。晚俞小姐来,赠以《中国小说史略》下卷一本,又以一本托转赠袁小姐。

夜雨。阅女子师范试卷讫。

二十四日

日记 晴。上午得集成学校信,即复。寄久巽信。寄女师校试卷四十三本,分数单两张。赠齐寿山《小说史略》上下各一本。裘子元赠永元十一年断砖拓片一枚,花砖拓片十枚,河南信阳州出,历史博物馆藏。下午子佩来。晚李庸倩来。

二十五日

日记 晴。午往山本医院取药。夜阅师校试卷。

二十六日

日记 晴。上午得子佩信并北大招生广告,即以广告转寄俞小姐。午后往国际语言学校讲。赠胡适之《小说史略》下一本。下午得李仲侃信。收久巽所寄干菜一篓。夜阅师校试卷讫。

二十七日

日记 晴,热。上午寄师校试卷二十本。寄钱玄同《小说史》下卷一本。晚李仲侃招饮于颐乡斋,赴之,同席为王云衢,潘企莘,宋子佩及其子舒,仲侃及其子。

二十八日

日记 晴。午后赴北京大学监考。下午访李庸倩。至晨报社访孙伏园,而王聘卿亦在,遂至先农[坛]赴西北大学办事人之宴,约往陕作夏期讲演也,同席可八九人。大风,旋止。买四尺竹床一,泉十二元。子佩送榆木几二。

二十九日

日记 晴。星期休息。下午伏园来。晚向培良来。空三来。

三十日

日记 晴。午访孙伏园,遇玄同,遂同至广和居午餐。下午同伏园至门匡胡同衣店,定做大衫二件,一夏布一羽纱,价十五元八角,又至劝业场一游。得傅佩青信,王品青转来。夜风。

七月

一日

日记 昙。上午访季市。午伏园来部,同至西吉庆午餐,又同至女师附中校观游艺会一小时许。晚许钦文来。

二日

日记 昙,午雨。得向培良信。晚晴。

三日

日记 昙。休假。午后访郁达夫,赠以《小说史》下卷一本。访孙伏园,下午同至劝业场买行旅用杂物。寄三弟信,寄幼渔信附向培良笺。晚雨一陈旋止。夜郁达夫偕陈翔鹤,陈厶君来谈。

四日

日记 昙,午雨。往季市寓午餐。午后往市政公所验契。晚伏园,小峰,矛尘来,从伏园假泉八十六元。王捷三来约赴陕之期。

五日

日记 晴。上午从季市假泉廿。寿山赠阿思匹林三筒。寄北大考卷十九本。寄马幼渔,常维钧《小说史》下卷各一册。午后三弟来。下午李庸倩来。子佩来谈。夜往西庆堂理发并浴。李仲侃来,不值。

六日

日记 昙。星期休息。上午三弟来。李庸倩偕常君来,假旅费十元,又赠以《小说史略》各一部。午后幼渔来。下午小雨即止。晚伏园来。夜小雨,旋即大雨。

七日

日记　昙。上午三弟来并交西谛所赠《俄国文学史略》一本。寄女子师校考卷一本。寄向培良信。雨。午往山本医院,以黄油饼十枚赠小土步。晚晴。赴西车站晚餐,餐毕登汽车向西安,同行十余人,王捷三招待。

八日

日记　忽晴忽雨。下午抵郑州,寓大金台旅馆。晚与四五同伴者游城内。

九日

日记　晴。上午登汽车发郑州。夜抵陕州,张星南来迎,宿耀武大旅馆。

十日

日记　晴。晨登舟发陕州,沿河向陕西。下午雨。夜泊灵宝。

十一日

日记　昙。晨发灵宝。上午遇大雨,逆风,舟不易进,夜仍泊灵宝附近。

十二日

日记　晴。晨发舟,仍逆风,雇四人牵船以进。夜泊阌乡。腹写。

十三日

日记 星期。晴。晨发阌乡。下午抵潼关,夜宿自动车站。腹写,服 Help 两次十四粒。

十四日

日记 晴。晨发潼关,用自动车。午后抵临潼,游华清宫故址,并就温泉浴。营长赵清海招午饭。下午抵西安,寓西北大学教员宿舍。寄母亲信。晚同王峄山,孙伏园至附近街市散步,买栟榈扇二柄而归。

十五日

日记 昙。午后游碑林。在博古堂买耀州出土之石刻拓片二种,为《吴[蔡]氏造老君象》四枚,《张僧妙碑》一枚,共泉乙元。下午赴招待会。晚同张勉之,孙伏园阅市,历三四古董肆,买得乐妓土寓人二枚,四元;四喜镜一枚,二元;魁头二枚,一元。

十六日

日记 晴。午后同李济之,蒋廷辅,孙伏园阅市。晚易俗社邀观剧,演《双锦衣》前本。

十七日

日记 昙。午同李,蒋,孙三君游荐福及大慈恩寺。夜观《双锦衣》后本。

十八日

日记 昙。午后小雨即霁。同李济之,夏浮筠,孙伏园阅市一周,又往公园饮茗。夜往易俗社观演《大孝传》全本。月甚朗。

十九日

　　日记　晴。午后往南院门阁甘园家看画。晚往张辛南寓饭。

二十日

　　日记　晴。上午买杂造象拓片四种十枚,泉二元。赴夏期学校开学式并摄景。夜小雨。赠李济之《小说史略》上下二本。

二十一日

　　日记　雨。上午讲演一小时。晚讲演一小时。夜赴酒会。

二十二日

　　日记　雨。午前及晚各讲演一小时。

二十三日

　　日记　昙。上午小雨。讲演二小时。午后晴。王焕猷字儒卿来。晚与五六同人出校游步,践破砌,失足仆地,伤右膝,遂中止,购饼饵少许而回,于伤处涂碘酒。

二十四日

　　日记　晴。上午寄母亲信。寄季市信。午前讲演一小时。晚赴省长公署饮。

二十五日

　　日记　晴。上午讲演一小时。午后盛热,饮苦南酒而睡。

二十六日

　　日记　晴,热。午前讲演一小时。晚王捷三邀赴易俗社观演

《人月圆》。

二十七日

日记 晴,热。星期休息。午后大风。

二十八日

日记 晴。上午讲演一小时。午后收暑期学校薪水泉百。下午讲演一小时。

二十九日

日记 晴。午前讲演一小时,全讲俱讫。午后雷雨一陈即霁。下午同孙伏园游南院门市,买弩机一具,小土枭一枚,共泉四元。晚得李庸倩信,二十一日发。夜风。

三十日

日记 晴。上午托孙伏园往邮局寄泉八十六元还新潮社。下午往讲武堂讲演约半小时。夜风。

三十一日

日记 晴,热。上午尊古堂帖贾来,买《苍公碑》并阴二枚,《大智禅师碑侧画象》二枚,《卧龙寺观音象》一枚,共泉一元。下午雷雨一陈即霁。

八月

一日

日记 晴。上午同孙伏园阅古物肆,买小土偶人二枚,磁鸠二枚,磁猿首一枚,彩画鱼龙陶瓶一枚,共泉三元,以猿首赠李济之。买弩机大者二具,小者二具,其一有字,共泉十四元。晚储材馆招宴不赴。大雷雨。

娜拉走后怎样 *

一九二三年十二月二十六日在
北京女子高等师范学校文艺会讲

我今天要讲的是"娜拉走后怎样?"

伊孛生是十九世纪后半的瑙威的一个文人。他的著作,除了几十首诗之外,其余都是剧本。这些剧本里面,有一时期是大抵含有社会问题的,世间也称作"社会剧",其中有一篇就是《娜拉》。

《娜拉》一名 *Ein Puppenheim*,中国译作《傀儡家庭》。但 Puppe 不单是牵线的傀儡,孩子抱着玩的人形也是;引申开去,别人怎么指挥,他便怎么做的人也是。娜拉当初是满足地生活在所谓幸福的家庭里的,但是她竟觉悟了:自己是丈夫的傀儡,孩子们又是她的傀儡。她于是走了,只听得关门声,接着就是闭幕。这想来大家都知道,不必细说了。

娜拉要怎样才不走呢? 或者说伊孛生自己有解答,就是 *Die Frau vom Meer*,《海的女人》,中国有人译作《海上夫人》的。这女人是已经结婚的了,然而先前有一个爱人在海的彼岸,一日突然寻来,叫她一同去。她便告知她的丈夫,要和那外来人会面。临末,她的丈夫说,"现在放你完全自由。(走与不走)你能够自己选择,并且还要自己负责任。"于是什么事全都改变,她就不走了。这样看来,娜拉倘也得到这样的自由,或者也便可以安住。

但娜拉毕竟是走了的。走了以后怎样?伊孛生并无解答;而且他已经死了。即使不死,他也不负解答的责任。因为伊孛生是在做诗,不是为社会提出问题来而且代为解答。就如黄莺一样,因为他自己要歌唱,所以他歌唱,不是要唱给人们听得有趣,有益。伊孛生是很不通世故的,相传在许多妇女们一同招待他的筵宴上,代表者起来致谢他作了《傀儡家庭》,将女性的自觉,解放这些事,给人心以新的启示的时候,他却答道,"我写那篇却并不是这意思,我不过是做诗。"

娜拉走后怎样?——别人可是也发表过意见的。一个英国人曾作一篇戏剧,说一个新式的女子走出家庭,再也没有路走,终于堕落,进了妓院了。还有一个中国人,——我称他什么呢?上海的文学家罢,——说他所见的《娜拉》是和现译本不同,娜拉终于回来了。这样的本子可惜没有第二人看见,除非是伊孛生自己寄给他的。但从事理上推想起来,娜拉或者也实在只有两条路:不是堕落,就是回来。因为如果是一匹小鸟,则笼子里固然不自由,而一出笼门,外面便又有鹰,有猫,以及别的什么东西之类;倘使已经关得麻痹了翅子,忘却了飞翔,也诚然是无路可以走。还有一条,就是饿死了,但饿死已经离开了生活,更无所谓问题,所以也不是什么路。

人生最苦痛的是梦醒了无路可以走。做梦的人是幸福的;倘没有看出可走的路,最要紧的是不要去惊醒他。你看,唐朝的诗人李贺,不是困顿了一世的么?而他临死的时候,却对他的母亲说,"阿妈,上帝造成了白玉楼,叫我做文章落成去了。"这岂非明明是一个谎,一个梦?然而一个小的和一个老的,一个死的和一个活的,死的高兴地死去，活的放心地活着。说谎和做梦，在这些时候便见得伟大。所以我想，假使寻不出路，我们所要的倒是梦。

但是，万不可做将来的梦。阿尔志跋绥夫曾经借了他所做的小说，质问过梦想将来的黄金世界的理想家，因为要造那世界，先唤起许多人们来受苦。他说，"你们将黄金世界预约给他们的子孙了，可是有什么给他们自己呢？"有是有的，就是将来的希望。但代价也太大了，为了这希望，要使人练敏了感觉来更深切地感到自己的苦痛，叫起灵魂来目睹他自己的腐烂的尸骸。惟有说谎和做梦，这些时候便见得伟大。所以我想，假使寻不出路，我们所要的就是梦；但不要将来的梦，只要目前的梦。

然而娜拉既然醒了，是很不容易回到梦境的，因此只得走；可是走了以后，有时却也免不掉堕落或回来。否则，就得问：她除了觉醒的心以外，还带了什么去？倘只有一条像诸君一样的紫红的绒绳的围巾，那可是无论宽到二尺或三尺，也完全是不中用。她还须更富有，提包里有准备，直白地说，就是要有钱。

梦是好的；否则，钱是要紧的。

钱这个字很难听，或者要被高尚的君子们所非笑，但我总觉得人们的议论是不但昨天和今天，即使饭前和饭后，也往往有些差别。凡承认饭需钱买，而以说钱为卑鄙者，倘能按一按他的胃，那里面怕总还有鱼肉没有消化完，须得饿他一天之后，再来听他发议论。

所以为娜拉计，钱，——高雅的说罢，就是经济，是最要紧的了。自由固不是钱所能买到的，但能够为钱而卖掉。人类有一个大缺点，就是常常要饥饿。为补救这缺点起见，为准备不做傀儡起见，在目下的社会里，经济权就见得最要紧了。第一，在家应该先获得男女平均的分配；第二，在社会应该获得男女相等的势力。可惜我不知道这权柄如何取得，单知道仍然要战斗；或者也许比要求参政权更要用剧烈的战斗。

要求经济权固然是很平凡的事，然而也许比要求高尚的参政权以及博大的女子解放之类更烦难。天下事尽有小作为比大作为更烦难的。譬如现在似的冬天，我们只有这一件棉袄，然而必须救助一个将要冻死的苦人，否则便须坐在菩提树下冥想普度一切人类的方法去。普度一切人类和救活一人，大小实在相去太远了，然而倘叫我挑选，我就立刻到菩提树下去坐着，因为免得脱下唯一的棉袄来冻杀自己。所以在家里说要参政权，是不至于大遭反对的，一说到经济的平匀分配，或不免面前就遇见敌人，这就当然要有剧烈的战斗。

战斗不算好事情，我们也不能责成人人都是战士，那么，平和的方法也就可贵了，这就是将来利用了亲权来解放自己的子女。中国的亲权是无上的，那时候，就可以将财产平匀地分配子女们，使他们平和而没有冲突地都得到相等的经济权，此后或者去读书，或者去生发，或者为自己去享用，或者为社会去做事，或者去花完，都请便，自己负责任。这虽然也是颇远的梦，可是比黄金世界的梦近得不少了。但第一需要记性。记性不佳，是有益于己而有害于子孙的。人们因为能忘却，所以自己能渐渐地脱离了受过的苦痛，也因为能忘却，所以往往照样地再犯前人的错误。被虐待的儿媳做了婆婆，仍然虐待儿媳；嫌恶学生的官吏，每是先前痛骂官吏的学生；现在压迫子女的，有时也就是十年前的家庭革命者。这也许与年龄和地位都有关系罢，但记性不佳也是一个很大的原因。救济法就是各人去买一本 note-book 来，将自己现在的思想举动都记上，作为将来年龄和地位都改变了之后的参考。假如憎恶孩子要到公园去的时候，取来一翻，看见上面有一条道，"我想到中央公园去"，那就即刻心平气和了。别的事也一样。

世间有一种无赖精神，那要义就是韧性。听说拳匪乱后，天津的青皮，就是所谓无赖者很跋扈，譬如给人搬一件行李，他就要两元，对他说这行李小，他说要两元，对他说道路近，他说要两元，对他说不要搬了，他说也仍然要两元。青皮固然是不足为法的，而那韧性却大可以佩服。要求经济权也一样，有人说这事情太陈腐了，就答道要经济权;说是太卑鄙了,就答道要经济权;说是经济制度就要改变了,用不着再操心,也仍然答道要经济权。

其实,在现在,一个娜拉的出走,或者也许不至于感到困难的,因为这人物很特别,举动也新鲜,能得到若干人们的同情,帮助着生活。生活在人们的同情之下,已经是不自由了,然而倘有一百个娜拉出走,便连同情也减少,有一千一万个出走,就得到厌恶了,断不如自己握着经济权之为可靠。

在经济方面得到自由,就不是傀儡了么?也还是傀儡。无非被人所牵的事可以减少,而自己能牵的傀儡可以增多罢了。因为在现在的社会里,不但女人常作男人的傀儡,就是男人和男人,女人和女人,也相互地作傀儡,男人也常作女人的傀儡,这决不是几个女人取得经济权所能救的。但人不能饿着静候理想世界的到来,至少也得留一点残喘,正如涸辙之鲋,急谋升斗之水一样,就要这较为切近的经济权,一面再想别的法。

如果经济制度竟改革了,那上文当然完全是废话。

然而上文,是又将娜拉当作一个普通的人物而说的,假使她很特别,自己情愿闯出去做牺牲,那就又另是一回事。我们无权去劝诱人做牺牲,也无权去阻止人做牺牲。况且世上也尽有乐于牺牲,乐于受苦的人物。欧洲有一个传说,耶稣去钉十字架时,休息在Ahasvar 的檐下,Ahasvar 不准他,于是被了咒诅,使他永世不得休息,直到末日裁判的时候。Ahasvar 从此就歇不下,只是走,现在还在走。走是苦的,安息是乐的,他何以不安息呢?虽说背着咒诅,可是大约总该是觉得走比安息还适意,所以始终狂走的罢。

只是这牺牲的适意是属于自己的,与志士们之所谓为社会者无涉。群众,——尤其是中国的,——永远是戏剧的看客。牺牲上场,如果显得慷慨,他们就看了悲壮剧;如果显得觳觫,他们就看了滑稽剧。北京的羊肉铺前常有几个人张着嘴看剥羊,仿佛颇愉快,人的牺牲能给与他们的益处,也不过如此。而况事后走不几步,他们并这一点愉快也就忘却了。

对于这样的群众没有法，只好使他们无戏可看倒是疗救，正无需乎震骇一时的牺牲，不如深沉的韧性的战斗。

可惜中国太难改变了，即使搬动一张桌子，改装一个火炉，几乎也要血；而且即使有了血，也未必一定能搬动，能改装。不是很大的鞭子打在背上，中国自己是不肯动弹的。我想这鞭子总要来，好坏是别一问题，然而总要打到的。但是从那里来，怎么地来，我也是不能确切地知道。

我这讲演也就此完结了。

原载 1924 年北京女子高等师范学校《文艺会刊》第 6 期（陆学仁、何肇葆记录）。经作者重新订正后，又载同年 8 月 1 日《妇女杂志》第 10 卷第 8 号。

初收 1927 年 3 月北京未名社版《坟》。

二日

日记　昙，上午晴。下午寄母亲信。

三日

日记　晴。星期。上午同夏浮筠，孙伏园往各处辞行。午后收暑期学校薪水并川资泉二百，即托陈定谟君寄北京五十，又捐易俗社亦五十。下午往青年会浴。晚刘省长在易俗社设宴演剧饯行，至夜又送来《颜勤礼碑》十分，《李二曲集》一部，杞果，蒲陶，蒺藜，花生各二合。风。

四日

日记　晴。晨乘骡车出东门上船，由渭水东行，遇逆风，进约廿里即泊。

五日

　　日记　晴，小逆风。晚泊渭南。

六日

　　日记　晴，逆风。夜泊华州。

七日

　　日记　晴，逆风，向晚更烈，遂泊，离三河口尚十余里。

八日

　　日记　昙。午抵潼关，买酱莴苣十斤，泉一元。午后复进，夜泊阌乡。

九日

　　日记　晴，逆风。午抵函谷关略泊，与伏园登眺，归途在水滩拾石子二枚作记念。下午抵陕州，寓耀武大旅馆，颇有蜜虫，彻夜不睡。

十日

　　日记　星期。晴。晨寄刘雪亚信。寄李济之信。乘陇海铁路车启行，午后抵洛阳，寓洛阳大旅馆。下午与伏园略游城市，买汴绸一匹，泉十八元；土寓人二枚，八角。晚在景阳饭庄饭。雨一陈即霁。

十一日

　　日记　晴。晨乘火车发洛阳。上午抵郑州，寓大金台旅馆。午后同伏园往机关枪营访刘冀述君。阅古物店四五家，所列大抵赝品。晚发郑州。

十二日

日记 晴。黎明车至内丘，其被水之轨尚未修复，遂步行二里许，至冯村复登车发。夜半抵北京前门，税关见所携小古物数事，视为奇货，甚刁难，良久始已，乃雇自动车回家。理积存信件，中有胡适之信，七月十三日发；三弟信，八月一日发；商务印书馆所寄稿费十六元；女子师范学校所寄去年十一月分薪水十三元五角，又聘书一纸。余不具记。

十三日

日记 晴。下午寄胡适之信。寄还女师范校聘书。访李慎斋，赠以长生果，枸杞子各一合，汴绸一匹，《颜勤礼碑》一分。往山本医院视三太太疾，赠以零用泉廿。赠重君蒲陶干一合。夜雨。浴。

十四日

日记 昙。晨寄三弟信。寄伏园信。上午晴。下午 H 君来。晚李慎斋来，交所代领六月分奉泉百六十五元，又已代为付新屋税泉四十二元，即还之。得朱可铭信，七月十九日东阳发。感冒，服药。

十五日

日记 昙。晨访季市，还以泉十，赠以鱼龙陶瓶一，四喜镜一，《颜勤礼碑》一分，酱莴苣二包。下午品青，矛尘，小峰，伏园，惠迭〔迪〕来。

十六日

日记 昙。上午寄三弟信。往师范大学取去年十月及十一月薪水泉各十七元。买《师曾遗墨》第三集一本，一元六角。赠徐思贻以《颜勤礼碑》一分，徐吉轩，齐寿山各二分。晚李庸倩来并赠南口所出桃十一枚。

十七日

日记 雨。星期休息。上午得三弟信,十四日发。下午钦文来。空三来。晚晴。

十八日

日记 昙。上午寄三弟信。寄李约之《中国小说史略》二本。寄李级仁《桃色之云》一本。戴螺舲赠自画山水一帧,赠以《颜勤礼碑》一分。下午向培良来。晚伏园来。夜雨。

十九日

日记 雨,午晴。寄紫佩信并酱莴苣一包。赠吉轩以枸杞子一合。晚夏浮筠同伏园来,邀至宣南春夜饭。

二十日

日记 晴。下午李庸倩持来尚献生所赠照象一枚。

二十一日

日记 晴。下午伏园来。晚 H 君来。

二十二日

日记 晴。午后往松云阁,置持畚偶人一枚,泉二。至德古斋买《吕超静墓志》一枚,亦泉二。下午李庸倩来。宋子佩来。新潮社送来再板《呐喊》二十本。

二十三日

日记 晴。晨得三弟信,二十日发。上午以《中国小说史略》及《呐喊》各五部寄长安,分赠蔡江澄,段绍岩,王翰芳,昝健行,薛效宽。以《吕超静墓志》交吴雷川,托转送邵伯絅。午得商务分馆信,是收据两纸。下午寄许钦文信并收据一纸。寄昝健行信。晚大风雨,雷电,继以小雨。

二十四日

日记 晴。星期休息。上午寄三弟信。寄伏园信。下午伏园来并赠毕栗一枚,长安出。夜录碑。雷电无雨。

二十五日

日记 昙,午小雨。以《呐喊》一本赠季市。午晴。晚工缮墙垣讫,用泉十一元。

二十六日

日记 昙,午晴。下午得伏园信二,即复。李庸倩来。三弟寄来衣一件。

二十七日

日记 晴。午往商务印书馆取稿费六元。往番禺新馆买《晨风阁丛书》一部十六本,八元。

二十八日

日记 昙。上午得李庸倩信。寄三弟信。下午常惟钧来。

致 李秉中

庸倩兄:

来信已到。款须略停数日。教育部有明日领取支票之谣,倘真,则下月初可有,否则当别设法,使无碍于往曹州度孔家生活耳。

树人　八月廿八日夜

二十九日

　　日记　昙。上午复李庸倩信。午小雨即晴。得昝健行,薛效宽信。下午李济之,孙伏园来。向培良来。夜田君等来。H君来,假去泉廿五。

三十日

　　日记　晴。下午张目寒来。不快,似发热,夜腹写,服药三粒。

三十一日

　　日记　晴。星期休息。午李人灿来,因疲未见,见赠《比干墓题字》及《观世音象》各一枚。服阿思匹林片四。

九月

一日

日记 晴。下午寄孙伏园信。李庸倩来，假以泉廿。晚钦文，矛尘来，矛尘见赠《月夜》一册。夜小峰，伏园来。

二日

日记 晴。上午得三弟信，八月三十日发。寄朱可民信并泉五十。夜得胡适之信。

三日

日记 晴。上午得李庸倩信并吴吾诗。午后往孔庙演礼。夜收西大所寄讲稿一卷。

四日

日记 晴。上午得孙伏园信并《边雪鸿泥记》稿子两本。以《观世音象》赠徐吉轩。下午寄三弟信。夜得李庸倩信。夜半往孔庙，为丁祭执事。

五日

日记 昙。下午姚梦生来，字曰裸人。夜订阅西北大学讲稿。小雨。

六日

日记 雨。上午以补考题目寄北大注册部。午后改订讲稿，至夜半讫。

中国小说的历史的变迁

　　我所讲的是中国小说的历史的变迁。许多历史家说，人类的历史是进化的，那么，中国当然不会在例外。但看中国进化的情形，却有两种很特别的现象：一种是新的来了好久之后而旧的又回复过来，即是反复；一种是新的来了好久之后而旧的并不废去，即是羼杂。然而就并不进化么？那也不然，只是比较的慢，使我们性急的人，有一日三秋之感罢了。文艺，文艺之一的小说，自然也如此。例如虽至今日，而许多作品里面，唐宋的，甚而至于原始人民的思想手段的糟粕都还在。今天所讲，就想不理会这些糟粕——虽然它还很受社会欢迎——而从倒行的杂乱的作品里寻出一条进行的线索来，一共分为六讲。

第一讲　从神话到神仙传

　　考小说之名，最古是见于庄子所说的"饰小说以干县令"。"县"是高，言高名；"令"是美，言美誉。但这是指他所谓琐屑之言，不关道术的而说，和后来所谓的小说并不同。因为如孔子，杨子，墨子各家的学说，从庄子看来，都可以谓之小说；反之，别家对庄子，也可称他的著作为小说。至于《汉书》《艺文志》上说："小说者，街谈巷语之说也。"这才近似现在的所谓小说了，但也不过古时稗官采集一般小民所谈的小话，借以考察国之民情，风俗而已，并无现在所谓小说之价值。

　　小说是如何起源的呢？据《汉书》《艺文志》上说："小说家者流，

盖出于稗官。"稗官采集小说的有无,是另一问题;即使真有,也不过是小说书之起源,不是小说之起源。至于现在一班研究文学史者,却多认小说起源于神话。因为原始民族,穴居野处,见天地万物,变化不常——如风,雨,地震等——有非人力所可捉摸抵抗,很为惊怪,以为必有个主宰万物者在,因之拟名为神;并想像神的生活,动作,如中国有盘古氏开天辟地之说,这便成功了"神话"。从神话演进,故事渐近于人性,出现的大抵是"半神",如说古来建大功的英雄,其才能在凡人以上,由于天授的就是。例如简狄吞燕卵而生商,尧时"十日并出",尧使羿射之的话,都是和凡人不同的。这些口传,今人谓之"传说"。由此再演进,则正事归为史;逸史即变为小说了。

我想,在文艺作品发生的次序中,恐怕是诗歌在先,小说在后的。诗歌起于劳动和宗教。其一,因劳动时,一面工作,一面唱歌,可以忘却劳苦,所以从单纯的呼叫发展开去,直到发挥自己的心意和感情,并偕有自然的韵调;其二,是因为原始民族对于神明,渐因畏惧而生敬仰,于是歌颂其威灵,赞叹其功烈,也就成了诗歌的起源。至于小说,我以为倒是起于休息的。人在劳动时,既用歌吟以自娱,借它忘却劳苦了,则到休息时,亦必要寻一种事情以消遣闲暇。这种事情,就是彼此谈论故事,而这谈论故事,正就是小说的起源。——所以诗歌是韵文,从劳动时发生的;小说是散文,从休息时发生的。

但在古代,不问小说或诗歌,其要素总离不开神话。印度,埃及,希腊都如此,中国亦然。只是中国并无含有神话的大著作;其零星的神话,现在也还没有集录为专书的。我们要寻求,只可从古书上得到一点,而这种古书最重要的,便推《山海经》。不过这书也是无系统的,其中最要的,和后来有关系的记述,有西王母的故事,现在举一条出来:

> "玉山,是西王母所居也。西王母其状如人,豹尾虎齿而善啸,蓬发戴胜,是司天之厉及五残。"

如此之类还不少。这个古典，一直流行到唐朝，才被骊山老母夺了位置去。此外还有一种《穆天子传》，讲的是周穆王驾八骏西征的故事，是汲郡古冢中杂书之一篇。——总之中国古代的神话材料很少，所有者，只是些断片的，没有长篇的，而且似乎也并非后来散亡，是本来的少有。我们在此要推求其原因，我以为最要的有两种：

一、太劳苦　因为中华民族先居在黄河流域，自然界底情形并不佳，为谋生起见，生活非常勤苦，因之重实际，轻玄想，故神话就不能发达以及流传下来。劳动虽说是发生文艺的一个源头，但也有条件：就是要不过度。劳逸均适，或者小觉劳苦，才能发生种种的诗歌，略有余暇，就讲小说。假使劳动太多，休息时少，没有恢复疲劳的余裕，则眠食尚且不暇，更不必提什么文艺了。

二、易于忘却　因为中国古时天神，地祇，人，鬼，往往殽杂，则原始的信仰存于传说者，日出不穷，于是旧者僵死，后人无从而知。如神荼，郁垒，为古之大神，传说上是手执一种苇索，以缚虎，且御凶魅的，所以古代将他们当作门神。但到后来又将门神改为秦琼，尉迟敬德，并引说种种事实，以为佐证，于是后人单知道秦琼和尉迟敬德为门神，而不复知神荼，郁垒，更不消说造作他们的故事了。此外这样的还很不少。

中国的神话既没有什么长篇的，现在我们就再来看《汉书》《艺文志》上所载的小说：《汉书》《艺文志》上所载的许多小说目录，现在一样都没有了，但只有些遗文，还可以看见。如《大戴礼》《保傅篇》中所引《青史子》说：

> "古者年八岁而出就外舍，学小艺焉，履小节焉；束发而就大学，学大艺焉，履大节焉。居则习礼文，行则鸣佩玉，升车则闻和鸾之声，是以非僻之心无自入也。……"

《青史子》这种话，就是古代的小说；但就我们看去，同《礼记》所说是一样的，不知何以当作小说？或者因其中还有许多思想和儒家的不同之故吧。至于现在所有的所谓汉代小说，却有称东方朔所做的两种：一、《神异经》；二、《十洲记》。班固做的，也有两种：一、《汉武故事》；二、《汉武帝内传》。此外还有郭宪做的《洞冥记》，刘歆做的《西京杂记》。《神异经》的文章，是仿《山海经》的，其中所说的多怪诞之事。现在举一条出来：

> "西南荒山中出讹兽，其状若菟，人面能言，常欺人，言东而西，言恶而善。其肉美，食之，言不真矣。"（《西南荒经》）

《十洲记》是记汉武帝闻十洲于西王母之事，也仿《山海经》的，不过比较《神异经》稍微庄重些。《汉武故事》和《汉武帝内传》，都是记武帝初生以至崩葬的事情。《洞冥记》是说神仙道术及远方怪异的事情。《西京杂记》则杂记人间琐事。然而《神异经》，《十洲记》，为《汉书》《艺文志》上所不载，可知不是东方朔做的，乃是后人假造的。《汉武故事》，《汉武帝内传》则与班固别的文章，笔调不类，且中间夹杂佛家语，——彼时佛教尚不盛行，且汉人从来不喜说佛语——可知也是假的。至于《洞冥记》，《西京杂记》又已经为人考出是六朝人做的。——所以上举的六种小说，全是假的。惟此外有刘向的《列仙传》是真的。晋的葛洪又作《神仙传》，唐宋更多，于后来的思想及小说，很有影响。但刘向的《列仙传》，在当时并非有意作小说，乃是当作真实事情做的，不过我们以现在的眼光看去，只可作小说观而已。《列仙传》，《神仙传》中片断的神话，到现在还多拿它做儿童读物的材料。现在常有一问题发生：即此种神话，可否拿它做儿童的读物？我们顺便也说一说。在反对一方面的人说：以这种神话教儿童，只能养成迷信，是非常有害的；而赞成一方面的人说：以这种神话教儿童，正合儿童的天性，很感趣味，没有什么害处的。在我以为这要看社会上教育的状况怎样，如果儿童能继续更受良好的教育，则将来一学科学，自然会明白，不至迷信，所以当然没有害的；但如果儿童不能继续受稍深的教育，学识不再进步，则在幼小时所教的神话，将永信以为真，所以也许是有害的。

第二讲 六朝时之志怪与志人

上次讲过:一、神话是文艺的萌芽。二、中国的神话很少。三、所有的神话,没有长篇的。四、《汉书》《艺文志》上载的小说都不存在了。五、现存汉人的小说,多是假的。现在我们再看六朝时的小说怎样? 中国本来信鬼神的,而鬼神与人乃是隔离的,因欲人与鬼神交通,于是乎就有巫出来。巫到后来分为两派:一为方士;一仍为巫。巫多说鬼,方士多谈炼金及求仙,秦汉以来,其风日盛,到六朝并没有息,所以志怪之书特多,像《博物志》上说:

> "燕太子丹质于秦,……欲归,请于秦王。王不听,谬言曰,'令乌头白,马生角,乃可。'丹仰而叹,乌即头白,俯而嗟,马生角。秦王不得已而遣之……"(卷八《史补》)

这全是怪诞之说,是受了方士思想的影响。再如刘敬叔的《异苑》上说:

> "义熙中,东海徐氏婢兰忽患赢黄,而拂拭异常,共伺察之,见扫帚从壁角来趋婢床,乃取而焚之,婢即平复。"(卷八)

这可见六朝人视一切东西,都可成妖怪,这正就是巫底思想,即所谓"万有神教"。此种思想,到了现在,依然留存,像:常见在树上挂着"有求必应"的匾,便足以证明社会上还将树木当神,正如六朝人一样的迷信。其实这种思想,本来是无论何国,古时候都有的,不过后来渐渐地没有罢了,但中国还很盛。

六朝志怪的小说,除上举《博物志》,《异苑》而外,还有干宝的《搜神记》,陶潜的《搜神后记》。但《搜神记》多已佚失,现在所存的,乃是明人辑各书引用的话,再加别的志怪书而成,是一部半真半假的书籍。至于《搜神后记》,亦记灵异变化之事,但陶潜旷达,未必作此,大约也是别人的托名。

此外还有一种助六朝人志怪思想发达的,便是印度思想之输入。因为晋,宋,齐,梁四朝,佛教大行,当时所译的佛经很多,而同时鬼神奇异之谈也杂出,所以当时合中,印两国底鬼怪到小说里,使它更加发达起来,如阳羡鹅笼的故事,就是:

> "阳羡许彦于绥安山行,遇一书生,……卧路侧,云脚痛,求寄鹅笼中。彦以为戏言,书生便入笼,……宛然与双鹅并坐,鹅亦不惊。彦负笼而去,都不觉重。前行息树下,书生乃出笼谓彦曰:'欲为君薄设。'彦曰:'善。'乃口中吐出一铜奁子,中具肴馔。……酒数行,谓彦曰:'向将一妇人自随,今欲暂邀之。'……又于口中吐一女子,……共坐宴。俄而书生醉卧,此女谓彦曰:'……向亦窃得一男子同行,……暂唤之……'……女子于口中吐出一男子……"

此种思想,不是中国所故有的,乃完全受了印度思想的影响。就此也可知六朝的志怪小说,和印度怎样相关的大概了。但须知六朝人之志怪,却大抵一如今日之记新闻,在当时并非有意做小说。

六朝时志怪的小说,既如上述,现在我们再讲志人的小说。六朝志人的小说,也非常简单,同志怪的差不多,这有宋刘义庆做的《世说新语》,可以做代表。现在待我举出一两条来看:

> "阮光禄在剡,曾有好车,借者无不皆给。有人葬母,意欲借而不敢言。阮后闻之,叹曰:'吾有车而使人不敢借,何以车为?'遂焚之。"(卷上《德行篇》)

> "刘伶恒纵酒放达,或脱衣裸形在屋中。人见讥之,伶曰:'我以天地为栋宇,屋室为裈衣,诸君何为入我裈中?'"(卷下《任诞篇》)

这就是所谓晋人底风度。以我们现在的眼光看去,阮光禄之烧车,刘伶之放达,是觉得有些奇怪的,但在晋人却并不以为奇怪,因为那时所贵的是奇特的举动和玄妙的清谈。这种清谈,本从汉之清议而来。汉末政治黑暗,一般名士议论政事,其初在社会上很有势力,后来遭执政者之嫉视,渐渐被害,如孔融,祢衡等都被曹操设法害死,所以到了晋代底名士，就不敢再议论政事，而一变为专谈玄理；清议而不谈政事，这就成了所谓清谈了。但这种清谈的名士，当时在社会上却仍旧很有势力，若不能玄谈的，好似不够名士底资格；而《世说》这部书，差不多就可以看做一部名士底教科书。

前乎《世说》尚有《语林》，《郭子》，不过现在都没有了。而《世说》乃是纂辑自后汉至东晋底旧文而成的。后来有刘孝标给《世说》作注，注中所引的古书多至四百余种，而今又不多存在了；所以后人对于《世说》看得更贵重，到现在还很通行。

此外还有一种魏邯郸淳做的《笑林》，也比《世说》早。它的文章，较《世说》质朴些，现在也没有了，不过在唐宋人的类书上所引的遗文，还可以看见一点，我现在把它也举一条出来：

"甲父母在，出学三年而归，舅氏问其学何所得，并序别父久。乃答曰：'渭阳之思，过于秦康。'（秦康父母已死）既而父数之，'尔学奚益。'答曰：'少失过庭之训，故学无益。'"（《广记》二百六十二）

就此可知《笑林》中所说，大概不外俳谐之谈。

上举《笑林》，《世说》两种书，到后来都没有什么发达，因为只有模仿，没有发展。如社会上最通行的《笑林广记》，当然是《笑林》的支派，但是《笑林》所说的多是知识上的滑稽；而到了《笑林广记》，则落于形体上的滑稽，专以鄙言就形体上谑人，涉于轻薄，所以滑稽的趣味，就降低多了。至于《世说》，后来模仿的更多，从刘孝标的《续世说》——见《唐志》——一直到清之王晫所做的《今世说》，现在易宗夔所做的《新世说》等，都是仿《世说》的书。但是晋朝和现代社会底情状，完全不同，到今日还模仿那时底小说，是很可笑的。因为我们知道从汉末到六朝为篡夺时代，四海骚然，人多抱厌世主义；加以佛道二教盛行一时，皆讲超脱现世，晋人先受其影响，于是有一派人去修仙，想飞升，所以喜服药；有一派人欲永游醉乡，不问世事，所以好饮酒。服药者——晋人所服之药，我们知道的有五石散，是用五种石料做的，其性燥烈——身上常发炎，适于穿旧衣——因新衣容易擦坏皮肤——又常不洗，虱子生得极多，所以说："扪虱而谈。"饮酒者，放浪形骸之外，醉生梦死。——这就是晋时社会底情状。而生在现代底人，生活情形完全不同了，却要去模仿那时社会背景所产生的小说，岂非笑话？

我在上面说过：六朝人并非有意作小说，因为他们看鬼事和人事，是一样的，统当作事实；所以《旧唐书》《艺文志》，把那种志怪的书，并不放在小说里，而归入历史的传记一类，一直到了宋欧阳修才把它归到小说里。可是志人底一部，在六朝时看得比志怪底一部更重要，因为这和成名很有关系；像当时乡间学者想要成名，他们必须去找名士，这在晋朝，就得去拜访王导，谢安一流人物，正所谓"一登龙门，则身价十倍"。但要和这流名士谈话，必须要能够合他们的脾胃，而要合他们的脾胃，则非看《世说》，《语林》这一类的书不可。例如：当时阮宣子见太尉王夷甫，夷甫问老庄之异同，宣子答说："将毋同。"夷甫就非常佩服他，给他官做，即世所谓"三语掾"。但"将毋同"三字，究竟怎样讲？有人说是"殆不同"的意思；有人说是"岂不同"的意思——总之是一种两可、飘渺恍惚之谈罢了。要学这一种飘渺之谈，就非看《世说》不可。

第三讲　唐之传奇文

小说到了唐时，却起了一个大变迁。我前次说过：六朝时之志怪与志人底文章，都很简短，而且当作记事实；及到唐时，则为有意识的作小说，这在小说史上可算是一大进步。而且文章很长，并能描写得曲折，和前之简古的文体，大不相同了，这在文体上也算是一大进步。但那时作古文底人，见了很不满意，叫它做"传奇体"。"传奇"二字，当时实是訾贬的意思，并非现代人意中的所谓"传奇"。可是这种传奇小说，现在多没有了，只有宋初底《太平广记》——这书可算是小说的大类书,是搜集六朝以至宋初底小说而成的——我们于其中还可以看见唐时传奇小说底大概:唐之初年,有王度做的《古镜记》,是自述得一神镜底异事,文章虽很长,但仅缀许多异事而成,还不脱六朝志怪底流风。此外又有无名氏做的《白猿传》,说的是梁将欧阳纥至长乐,深入溪洞,其妻为白猿掠去,后来得救回去,生一子,"厥状肖焉"。纥后为陈武帝所杀,他的儿子欧阳询,在唐初很有名望,而貌像猕猴,忌者因作此传;后来假小说以攻击人的风气,可见那时也就流行了。

到了武则天时,有张鷟做的《游仙窟》,是自叙他从长安走河湟去,在路上天晚,投宿一家,这家有两个女人,叫十娘,五嫂,和他饮酒作乐等情。事实不很繁复,而是用骈体文做的。这种以骈体做小说,是从前所没有的,所以也可以算一种特别的作品。到后来清之陈球所做的《燕山外史》,是骈体的,而作者自以为用骈体做小说是由他别开生面,殊不知实已开端于张鷟了。但《游仙窟》中国久已佚失;惟在日本,现尚留存,因为张鷟在当时很有文名,外国人到中国来,每以重金买他的文章,这或者还是那时带去的一种。其实他的文章很是佻巧,也不见得好,不过笔调活泼些罢了。

唐至开元,天宝以后,作者蔚起,和以前大不同了。从前看不起小说的,此时也来做小说了,这是和当时底环境有关系的,因为唐时考试的时候,甚重所谓"行卷";就是举子初到京,先把自己得意的诗钞成卷子,拿去拜谒当时的名人,若得称赞,则"声价十倍",后来便有及第的希望,所以行卷在当时看得很重要。到开元,天宝以后,渐渐对于诗,有些厌气了,于是就有人把小说也放在行卷里去,而且竟也可以得名。所以从前不满意小说的,到此时也多做起小说来,因之传奇小说,就盛极一时了。大历中,先有沈既济做的《枕中记》——这书在社会上很普通,差不多没有人不知道的——内容大略说:有个卢生,行邯郸道中,自叹失意,乃遇吕翁,给他一个枕头,生睡去,就梦娶清河崔氏;——清河崔属大姓,所以得娶清河崔氏,也是极荣耀的。——并由举进士,一直升官到尚书兼御史大夫。后为时宰所忌,害他贬到端州。过数年,又追他为中书令,封燕国公。后来衰老有病,呻吟床次,至气断而死。梦中死去,他便醒来,却尚不到煮熟一锅饭的时候。——这是劝人不要躁进,把功名富贵,看淡些的意思。到后来明人汤显祖做的《邯郸记》,清人蒲松龄所做《聊斋》中的《续黄粱》,都是本这《枕中记》的。

此外还有一个名人叫陈鸿的,他和他的朋友白居易经过安史之乱以后,杨贵妃死了,美人已入黄土,凭吊古事,不胜伤情,于是白居易作了《长恨歌》;而他便做了《长恨歌传》。此传影响到后来,有清人洪昇所做的《长生殿》传奇,是根据它的。当时还有一个著名的,是白居易之弟白行简,做了一篇《李娃传》,说的是:荥阳巨族之子,到长安来,溺于声色,贫病困顿,竟流落为挽郎。——挽郎是人家出殡时,挽棺材者,并须唱挽歌。——后为李娃所救,并勉他读书,遂得擢第,官至参军。行简的文章本好,叙李娃的情节,又很是缠绵可观。此篇对于后来的小说,也很有影响,如元人的《曲江池》,明人薛近衮的《绣襦记》,都是以它为本的。

再唐人底小说,不甚讲鬼怪,间或有之,也不过点缀点缀而已。但也有一部分短篇集,仍多讲鬼怪的事情,这还是受了六朝人底影响,如牛僧孺的《玄怪录》,段成式的《酉阳杂俎》,李复言的《续玄怪录》,张读的《宣室志》,苏鹗的《杜阳杂编》,裴铏的《传奇》等,都是的。然而毕竟是唐人做的,所以较六朝人做的曲折美妙得多了。

唐之传奇作者,除上述以外,于后来影响最大而特可注意者,又有二人:其一著作不多,而影响很大,又很著名者,便是元微之;其一著作多,影响也很大,而后来不甚著名者,便是李公佐。现在我把他两人分开来说一说:

一、元微之的著作 元微之名稹,是诗人,与白居易齐名。他做的小说,只有一篇《莺莺传》,是讲张生与莺莺之事,这大概大家都是知道的,我可不必细说。微之的诗文,本是非常有名的,但这篇传奇,却并不怎样杰出,况且其篇末叙张生之弃绝莺莺,又说什么"……德不足以胜妖,是用忍情"。文过饰非,差不多是一篇辩解文字。可是后来许多曲子,却都由此而出,如金人董解元的《弦索西厢》,——现在的《西厢》,是扮演;而此则弹唱——元人王实甫的《西厢记》,关汉卿的《续西厢记》,明人李日华的《南西厢记》,陆采的《南西厢记》,……等等,非常之多,全导源于这一篇《莺莺传》。但和《莺莺传》原本所叙的事情,又略有不同,就是:叙张生和莺莺到后来终于团圆了。这因为中国人底心理,是很喜欢团圆的,所以必至于如此,大概人生现实底缺陷,中国人也很知道,但不愿意说出来;因为一说出来,就要发生"怎样补救这缺点"的问题,或者免不了要烦闷,要改良,事情就麻烦了。而中国人不大喜欢麻烦和烦闷,现在倘在小说里叙了人生底缺陷,便要使读者感着不快。所以凡是历史上不团圆的,在小说里往往给他团圆;没有报应的,给他报应,互相骗骗。——这实在是关于国民性底问题。

二、李公佐的著作 李公佐向来很少人知道,他做的小说很多,现在只存有四种:(一)《南柯太守传》:此传最有名,是叙东平淳于棼的宅南,有一棵大槐树,有一天梦因醉卧东庑下,梦见两个穿紫色衣服的人,来请他到了大槐安国,招了驸马,出为南柯太守;因有政绩,又累升大官。后领兵与檀萝国战争,被打败,而公主又死了,于是仍送他回来。及醒来则刹那之梦,如度一世;而去看大槐树,则有一蚂蚁洞,蚂蚁正出入乱走着,所谓大槐安国,南柯郡,就在此地。这篇立意,和《枕中记》差不多,但其结穴,余韵悠然,非《枕中记》所能及。后来明人汤显祖作《南柯记》,也就是从这传演出来的。(二)《谢小娥传》:此篇叙谢小娥的父亲,和她的丈夫,皆往来江湖间,做买卖,为盗所杀。小娥梦父告以仇人为"車中猴東門草";又梦夫告以仇人为"禾中走一日夫";人多不能解,后来李公佐乃为之解说:"車中猴,東門草"是"申蘭"二字;"禾中走,一日夫"是"申春"二字。后果然因之得盗。这虽是解谜获贼,无大理致,但其思想影响于后来之小说

258

者甚大：如李复言演其文入《续玄怪录》，题曰《妙寂尼》，明人则本之作平话。他若《包公案》中所叙，亦多有类此者。（三）《李汤》：此篇叙的是楚州刺史李汤，闻渔人见龟山下，水中有大铁锁，以人，牛之力拉出，则风涛大作；并有一像猿猴之怪兽，雪牙金爪，闯上岸来，观者奔走，怪兽仍拉铁锁入水，不再出来。李公佐为之解说：怪兽是淮涡水神无支祁。"力逾九象，搏击腾踔疾奔，轻利倏忽。"大禹使庚辰制之，颈锁大索，徙到淮阴的龟山下，使淮水得以安流。这篇影响也很大，我以为《西游记》中的孙悟空正类无支祁。但北大教授胡适之先生则以为是由印度传来的；俄国人钢和泰教授也曾说印度也有这样的故事。可是由我看去：1. 作《西游记》的人，并未看过佛经；2. 中国所译的印度经论中，没有和这相类的话；3. 作者——吴承恩——熟于唐人小说，《西游记》中受唐人小说的影响的地方不少。所以我还以为孙悟空是袭取无支祁的。但胡适之先生仿佛并以为李公佐就受了印度传说的影响，这是我现在还不能说然否的话。（四）《庐江冯媪》：此篇叙事很简单，文章也不大好，我们现在可以不讲它。

唐人小说中的事情，后来都移到曲子里。如"红线"，"红拂"，"虬髯"……等，皆出于唐之传奇，因此间接传遍了社会，现在的人还知道。至于传奇本身，则到唐亡就随之而绝了。

第四讲　宋人之"说话"及其影响

上次讲过：传奇小说，到唐亡时就绝了。至宋朝，虽然也有作传奇的，但就大不相同。因为唐人大抵描写时事；而宋人则极多讲古事。唐人小说少教训；而宋则多教训。大概唐时讲话自由些，虽写时事，不至于得祸；而宋时则讳忌渐多，所以文人便设法回避，去讲古事。加以宋时理学极盛一时，因之把小说也多理学化了，以为小说非含有教训，便不足道。但文艺之所以为文艺，并不贵在教训，若把小说变成修身教科书，还说什么文艺。宋人虽然还作传奇，而我说传奇是绝了，也就是这意思。然宋之士大夫，对于小说之功劳，乃在编《太平广记》一书。此书是搜集自汉至宋初的琐语小说，共五百卷，亦可谓集小说之大成。不过这也并非他们自动的，乃是政府召集他们做的。因为在宋初，天下统一，国内太平，因招海内名士，厚其廪饩，使他们修书，当时成就了《文苑英华》，《太平御览》和《太平广记》。此在政府的目的，不过利用这事业，收养名人，以图减其对于政治上之反动而已，固未尝有意于文艺；但在无意中，却替我们留下了古小说的林薮来。至于创作一方面，则宋之士大夫实在并没有什么贡献。但其时社会上却另有一种平民底小说，代之而兴了。这类作品，不但体裁不同，文章上也起了改革，用的是白话，所以实在是小说史上的一大变迁。因为当时一般士大夫，虽然都讲理学，鄙视小说，而一般人民，是仍要娱乐的；平民的小说之起来，正是无足怪讶的事。

宋建都于汴，民物康阜，游乐之事，因之很多，市井间有种杂剧，这种杂剧中包有所谓“说话”。“说话”分四科：一、讲史；二、说经诨经；三、小说；四、合生。“讲史”是讲历史上底事情，及名人传记等；就是后来历史小说之起源。“说经诨经”，是以俗话演说佛经的。“小说”是简短的说话。“合生”，是先念含混的两句诗，随后再念几句，才能懂得意思，大概是讽刺时人的。这四科后来于小说有关系的，只是“讲史”和“小说”。那时操这种职业的人，叫做“说话人”；而且他们也有组织的团体，叫做“雄辩社”。他们也编有一种书，以作说话时之凭依，发挥，这书名叫“话本”。南宋初年，这种话本还流行，到宋亡，而元人入中国时，则杂剧消歇，话本也不通行了。至明朝，虽也还有说话人，——如柳敬亭就是当时很有名的说话人——但已不是宋人底面目；而且他们已不属于杂剧，也没有什么组织了。到现在，我们几乎已经不能知道宋时的话本究竟怎样。——幸而现在翻刻了几种书，可以当作标本看。

一种是《五代史平话》，是可以作讲史看的。讲史的体例，大概是从开天辟地讲起,一直到了要讲的朝代。《五代史平话》也是如此;它的文章,是各以诗起,次入正文,又以诗结,总是一段一段的有诗为证。但其病在于虚事铺排多,而于史事发挥少。至于诗,我以为大约是受了唐人底影响:因为唐时很重诗,能诗者就是清品;而说话人想仰攀他们,所以话本中每多诗词,而且一直到现在许多人所做的小说中也还没有改。再若后来历史小说中每回的结尾上,总有"不知后事如何? 且听下回分解"的话,我以为大概也起于说话人,因为说话必希望人们下次再来听,所以必得用一个惊心动魄的未了事拉住他们。至于现在的章回小说还来模仿它,那可只是一个遗迹罢了,正如我们腹中的盲肠一样,毫无用处。一种是《京本通俗小说》,已经不全了,还存十多篇。在"说话"中之所谓小说,并不像现在所谓的广义的小说,乃是讲的很短,而且多用时事的。起首先说一个冒头,或用诗词,或仍用故事,名叫"得胜头回"——"头回"是前回之意;"得胜"是吉利语。——以后才入本文,但也并不冗长,长短和冒头差不多,在短时间内就完结。可见宋代说话中的所谓小说,即是"短篇小说"的意思,《京本通俗小说》虽不全,却足够可以看见那类小说底大概了。

除上述两种之外,还有一种《大宋宣和遗事》,首尾皆有诗,中间杂些俚句,近于"讲史"而非口谈;好似"小说"而不简洁;惟其中已叙及梁山泊的事情,就是《水浒》之先声,是大可注意的事。还有现在新发现的一部书,叫《大唐三藏法师取经诗话》,——此书中国早没有了,是从日本拿回来的——这所谓"诗话",又不是现在人所说的诗话,乃是有诗,有话;换句话说:也是注重"有诗为证"的一类小说的别名。这《大唐三藏法师取经诗话》,虽然是《西游记》的先声,但又颇不同:例如"盗人参果"一事,在《西游记》上是孙悟空要盗,而唐僧不许;在《取经诗话》里是仙桃,孙悟空不盗,而唐僧使命去盗。——这与其说时代,倒不如说是作者思想之不同处。因为《西游记》之作者是士大夫,而《取经诗话》之作者是市人。士大夫论人极严,以为唐僧岂应盗人参果,所以必须将这事推到猴子身上去;而市人评论人则较为宽恕,以为唐僧盗几个区区仙桃有何要紧,便不再经心作意地替他隐瞒,竟放笔写上去了。

总之,宋人之"说话"的影响是非常之大,后来的小说,十分之九是本于话本的。如一、后之小说如《今古奇观》等片段的叙述,即仿宋之"小说"。二、后之章回小说如《三国志演义》等长篇的叙述,皆本于"讲史"。其中讲史之影响更大,并且从明清到现在,"二十四史"都演完了。作家之中,又出了一个著名人物,就是罗贯中。

罗贯中名本,钱唐人,大约生活在元末明初。他做的小说很多,可惜现在只剩了四种。而此四种又多经后人乱改,已非本来面目了。——因为中国人向来以小说为无足轻重,不似经书,所以多喜欢随便改动它——至于贯中生平之事迹,我们现在也无从而知;有的说他因为做了水浒,他的子孙三代都是哑巴,那可也是一种谣言。贯中的四种小说,就是:一、《三国演义》;二、《水浒传》;三、《隋唐志传》;四、《北宋三遂平妖传》。《北宋三遂平妖传》,是记贝州王则借妖术作乱的事情,平他的有三个人,其名字皆有一"遂"字,所以称"三遂平妖"。《隋唐志传》,是叙自隋禅位,以至唐明皇的事情。——这两种书的构造和文章都不甚好,在社会上也不盛行;最盛行,而且最有势力的,是《三国演义》和《水浒传》。

一、《三国演义》讲三国底事情的,也并不自罗贯中起始,宋时里巷中说古话者,有"说三分",就讲的是三国故事。苏东坡也说:"王彭尝云:'途巷中小儿,……坐听说古话,至说三国事,闻刘玄德败,频蹙眉,有出涕者;闻曹操败,即喜唱快。以是知君子小人之泽,百世不斩。'"可见在罗贯中以前,就有《三国演义》这一类的书了。因为三国底事情,不像五代那样纷乱;又不像楚汉那样简单;恰是不简不繁,适于作小说。而且三国时底英雄,智术武勇,非常动人,所以人都喜欢取来做小说底材料。再有裴松之注《三国志》,甚为详细,也足以引起人之注意三国的事情。至罗贯中之《三国演义》是否出于创作，还是继承，现在固不敢草草断定；但明嘉靖时本题有"晋平阳侯陈寿史传，明罗本编次"之说，则可见是直接以陈寿的《三国志》为蓝本的。但是现在的《三国演义》却已多经后人改易，不是本来面目了。若论其书之优劣，则论者以为其缺点有三：（一）容易招人误会。因为中间所叙的事情，有七分是实的，三分是虚的；惟其实多虚少，所以人们或不免并信虚者为真。如王渔洋是有名的诗人，也是学者，而他有一个诗的题目叫"落凤坡吊庞士元"，这"落凤坡"只有《三国演义》上有，别无根据，王渔洋却被它闹昏了。（二）描写过实。写好的人，简直一点坏处都没有；而写不好的人，又是一点好处都没有。其实这在事实上是不对的，因为一个人不能事事全好，也不能事事全坏。譬如曹操他在政治上也有他的好处；而刘备，关羽等，也不能说毫无可议，但是作者并不管它，只是任主观方面写去，往往成为出乎情理之外的人。（三）文章和主意不能符合——这就是说作者所表现的和作者所想像的，不能一致。如他要写曹操的奸，而结果倒好像是豪爽多智；要写孔明之智，而结果倒像狡猾。——然而究竟它有很好的地方，像写关云长斩华雄一节，真是有声有色；写华容道上放曹操一节，则义勇之气可掬，如见其人。后来做历史小说的很多，如《开辟演义》，《东西汉演义》，《东西晋演义》，《前后唐演义》，《南北宋演义》，《清史演义》……都没有一种跟得住《三国演义》。所以人都喜欢看它；将来也仍旧能保持其相当价值的。

二，《水浒传》《水浒传》是叙宋江等的事情，也不自罗贯中起始；因为宋江是实有其人的，为盗亦是事实，关于他的事情，从南宋以来就成社会上的传说。宋元间有高如，李嵩等，即以水浒故事作小说；宋遗民龚圣与又作《宋江三十六人赞》；又《宣和遗事》上也有讲"宋江擒方腊有功，封节度使"等说话，可见这种故事，早已传播人口，或早有种种简略的书本，也未可知。到后来，罗贯中荟萃诸说或小本《水浒》故事，而取舍之，便成了大部的《水浒传》。但原本之《水浒传》，现在已不可得，所通行的《水浒传》有两类：一类是七十回的；

一类是多于七十回的。多于七十回的一类是先叙洪太尉误走妖魔，而次以百八人渐聚梁山泊，打家劫舍，后来受招安，用以破辽，平田虎，王庆，擒方腊，立了大功。最后朝廷疑忌，宋江服毒而死，终成神明。其中招安之说，乃是宋末到元初的思想，因为当时社会扰乱，官兵压制平民，民之和平者忍受之，不和平者便分离而为盗。盗一面与官兵抗，官兵不胜，一面则掳掠人民，民间自然亦时受其骚扰；但一到外寇进来，官兵又不能抵抗的时候，人民因为仇视外族，便想用较胜于官兵的盗来抵抗他，所以盗又为当时所称道了。至于宋江服毒的一层，乃明初加入的，明太祖统一天下之后，疑忌功臣，横行杀戮，善终的很不多，人民为对于被害之功臣表同情起见，就加上宋江服毒成神之事去。——这也就是事实上缺陷者，小说使他团圆的老例。

《水浒传》有许多人以为是施耐庵做的。因为多于七十回的《水浒传》就有繁的和简的两类，其中一类繁本的作者，题着施耐庵。然而这施耐庵恐怕倒是后来演为繁本者的托名，其实生在罗贯中之后。后人看见繁本题耐庵作，以为简本倒是节本，便将耐庵看作更古的人，排在贯中以前去了。到清初，金圣叹又说《水浒传》到"招安"为止是好的，以后便很坏；又自称得着古本，定"招安"为止是耐庵作，以后是罗贯中所续，加以痛骂。于是他把"招安"以后都删了去，只存下前七十回——这便是现在的通行本。他大概并没有什么古本，只是凭了自己的意见删去的，古本云云，无非是一种"托古"的手段罢了。但文章之前后有些参差，却确如圣叹所说，然而我在前边说过：《水浒传》是集合许多口传，或小本《水浒》故事而成的，所以当然有不能一律处。况且描写事业成功以后的文章，要比描写正做强盗时难些，一大部书，结末不振，是多有的事，也不能就此便断定是罗贯中所续作。至于金圣叹为什么要删"招安"以后的文章呢？这大概也就是受了当时社会环境底影响。胡适之先生说："圣叹生于流贼遍天下的时代，眼见张献忠，李自成一般强盗流毒全国，故他觉强盗是不应该提倡的,是应该口诛笔伐的。"这话很是。就是圣叹以为用强盗来平外寇,是靠不住的,所以他不愿听宋江立功的谣言。

但到明亡之后,外族势力全盛了,几个遗民抱亡国之痛,便把流寇之痛苦忘却,又与强盗表起同情来。如明遗民陈忱,就托名雁宕山樵作了一部《后水浒传》。他说:宋江死了以后,余下的同志,尚为宋御金,后无功,李俊率众浮海到暹罗做了国王。——这就是因为国家为外族所据,转而与强盗又表同情的意思。可是到后来事过情迁,连种族之感都又忘掉了,于是道光年间就有俞万春作《结水浒传》,说山寇宋江等,一个个皆为官兵所杀。他的文章,是漂亮的,描写也不坏,但思想实在未免煞风景。

第五讲　明小说之两大主潮

上次已将宋之小说,讲了个大概。元呢,它的词曲很发达,而小说方面,却没有什么可说。现在我们就讲到明朝的小说去。明之中叶,即嘉靖前后,小说出现的很多,其中有两大主潮:一、讲神魔之争的;二、讲世情的。现在再将它分开来讲:

一、讲神魔之争的　此思潮之起来,也受了当时宗教,方士之影响的。宋宣和时,即非常崇奉道流;元则佛道并奉,方士的势力也不小;至明,本来是衰下去的了,但到成化时,又抬起头来,其时有方士李孜,释家继晓,正德时又有色目人于永,都以方技杂流拜官,因之妖妄之说日盛,而影响及于文章。况且历来三教之争,都无解决,大抵是互相调和,互相容受,终于名为"同源"而后已。凡有新派进来,虽然彼此目为外道,生些纷争,但一到认为同源,即无歧视之意,须俟后来另有别派,它们三家才又自称正道,再来攻击这非同源的异端。当时的思想,是极模糊的,在小说中所写的邪正,并非儒和佛,或道和佛,或儒道释和白莲教,单不过是含胡的彼此之争,我就总括起来给他们一个名目,叫做神魔小说。此种主潮,可作代表者,有三部小说:(一)《西游记》;(二)《封神传》;(三)《三宝太监西洋记》。

　　(一)《西游记》　《西游记》世人多以为是元朝的道士邱长春做的,其实不然。邱长春自己另有《西游记》三卷,是纪行,今尚存《道藏》中:惟因书名一样,人们遂误以为是一种。加以清初刻《西游记》小说者,又取虞集所作的《长春真人西游记序》冠其首,人更信这《西游记》是邱长春所做的了。——实则做这《西游记》者,乃是江苏山阳人吴承恩。此见于明时所修的《淮安府志》;但到清代修志却又把这记载删去了。《西游记》现在所见的,是一百回,先叙孙悟空成道,次叙唐僧取经的由来,后经八十一难,终于回到东土。这部小说,也不是吴承恩所创作,因为《大唐三藏法师取经诗话》——在前边已经提及过——已说过猴行者,深河神,及诸异境。元朝的杂剧也有用唐三藏西天取经做材料的著作。此外明时也别有一种简短的《西游记传》——由此可知玄奘西天取经一事,自唐末以至宋元已渐渐演成神异故事,且多作成简单的小说,而至明吴承恩,便将它们汇集起来,以成大部的《西游记》。承恩本善于滑稽,他讲妖怪的喜,怒,哀,乐,都近于人情,所以人都喜欢看! 这是他的本领。而且叫人看了,无所容心,不像《三国演义》,见刘胜则喜,见曹胜则恨;因为《西游记》上所讲的都是妖怪,我们看了,但觉好玩,所谓忘怀得失,独存赏鉴了——这也是他的本领。至于说到这书的宗旨,则有人说是劝学;有人说是谈禅;有人说是讲道;议论很纷纷。但据我看来,实不过出于作者之游戏,只因为他受了三教同源的影响,所以释迦,老君,观音,真性,元神之类,无所不有,使无论什么教徒,皆可随宜附会而已。如果我们一定要问它的大旨,则我觉得明人谢肇淛所说的"《西游记》……以猿为心之神,以猪为意之驰,其始之放纵,上天下地,莫能禁制,而归于紧箍一咒,能使心猿驯伏,至死靡他,盖亦求放心之喻。"这几句话,已经很足以说尽了。后来有《后西游记》及《续西游记》等,都脱不了前书窠臼。至董说的《西游补》,则成了讽刺小说,与这类没有大关系了。

266

（二）《封神传》 《封神传》在社会上也很盛行，至为何人所作，我们无从而知。有人说：作者是一穷人，他把这书做成卖了，给他女儿作嫁资，但这不过是没有凭据的传说。它的思想，也就是受了三教同源的模糊的影响；所叙的是受辛进香女娲宫，题诗黩神，神因命三妖惑纣以助周。上边多说战争，神佛杂出，助周者为阐教；助殷者为截教。我以为这"阐"是明的意思，"阐教"就是正教；"截"是断的意思，"截教"或者就是佛教中所谓断见外道。——总之是受了三教同源的影响，以三教为神，以别教为魔罢了。

（三）《三宝太监西洋记》 《三宝太监西洋记》，是明万历间的书，现在少见；此书所叙的是永乐中太监郑和服外夷三十九国，使之朝贡的事情。书中说郑和到西洋去，是碧峰长老助他的，用法术降服外夷，收了全功。在这书中，虽然所说的是国与国之战，但中国近于神，而外夷却居于魔的地位，所以仍然是神魔小说之流。不过此书之作，则也与当时的环境有关系，因为郑和之在明代，名声赫然，为世人所乐道；而嘉靖以后，东南方面，倭寇猖獗，民间伤今之弱，于是便感昔之盛，做了这一部书。但不思将帅，而思太监，不恃兵力，而恃法术者，乃是一则为传统思想所囿；一则明朝的太监的确常做监军，权力非常之大。这种用法术打外国的思想，流传下来一直到清朝，信以为真，就有义和团实验了一次。

二、讲世情的 当神魔小说盛行的时候，讲世情的小说，也就起来了，其原因，当然也离不开那时的社会状态，而且有一类，还与神魔小说一样，和方士是有很大的关系的。这种小说，大概都叙述些风流放纵的事情，间于悲欢离合之中，写炎凉的世态。其最著名的，是《金瓶梅》，书中所叙，是借《水浒传》中之西门庆做主人，写他一家的事迹。西门庆原有一妻三妾，后复爱潘金莲，酖其夫武大，纳她为妾；又通金莲婢春梅；复私了李瓶儿，也纳为妾了。后来李瓶儿，西门庆皆先死，潘金莲又为武松所杀，春梅也因淫纵暴亡。至金兵到清河时，庆妻携其遗腹子孝哥，欲到济南去，路上遇着普净和尚，引至永福寺,以佛法感化孝哥,终于使他出了家,改名明悟。因为这书中的潘金莲,李瓶儿,春梅,都是重要人物,所以书名就叫《金瓶梅》。明人小说之讲秽行者,人物每有所指,是借文字来报夙仇的,像这部《金瓶梅》中所说的西门庆,是一个绅士,大约也不外作者的仇家,但究属何人,现在无可考了。至于作者是谁,我们现在也还未知道。有人说:这是王世贞为父报仇而做的,因为他的父亲王忬为严嵩所害,而严嵩之子世蕃又势盛一时,凡有不利于严嵩的奏章,无不受其压抑,不使上闻。王世贞探得世蕃爱看小说,便作了这部书,使他得沉湎其中,无暇他顾,而参严嵩的奏章,得以上去了。所以清初的翻刻本上,就有《苦孝说》冠其首。但这不过是一种推测之辞,不足信据。《金瓶梅》的文章做得尚好,而王世贞在当时最有文名,所以世人遂把作者之名嫁给他了。后人之主张此说,并且以《苦孝说》冠其首,也无非是想减轻社会上的攻击的手段,并不是确有什么王世贞所作的凭据。

此外叙放纵之事,更甚于《金瓶梅》者,为《玉娇李》。但此书到清朝已经佚失,偶有见者,也不是原本了。还有一种山东诸城人丁耀亢所做的《续金瓶梅》,和前书颇不同,乃是对于《金瓶梅》的因果报应之说,就是武大后世变成淫夫,潘金莲也变为河间妇,终受极刑;西门庆则变成一个骏憨男子,只坐视着妻妾外遇。——以见轮回是不爽的。从此以后世情小说,就明明白白的,一变而为说报应之书——成为劝善的书了。这样的讲到后世的事情的小说,如果推演开去,三世四世,可以永远做不完工,实在是一种奇怪而有趣的做法。但这在古代的印度却是曾经有过的,如《鸯堀摩罗经》就是一例。

如上所讲,世情小说在一方面既有这样的大讲因果的变迁,在他方面也起了别一种反动。那是讲所谓"温柔敦厚"的,可以用《平山冷燕》,《好逑传》,《玉娇梨》来做代表。不过这类的书名字,仍多袭用《金瓶梅》式,往往摘取书中人物的姓名来做书名;但内容却不是淫夫荡妇,而变了才子佳人了。所谓才子者,大抵能作些诗,才子和佳人之遇合,就每每以题诗为媒介。这似乎是很有悖于"父母之命,媒妁之言"的婚姻,对于旧习惯是有些反对的意思的,但到团圆的时节,又常是奉旨成婚,我们就知道作者是寻到了更大的帽子了。那些书的文章也没有一部好,而在外国却很有名。一则因为《玉娇梨》,《平山冷燕》,有法文译本;《好逑传》有德,法文译本,所以研究中国文学的人们都知道,给中国做文学史就大概提起它;二则因为若在一夫一妻制的国度里,一个以上的佳人共爱一个才子便要发生极大的纠纷,而在这些小说里却毫无问题,一下子便都结了婚了,从他们看起来,实在有些新奇而且有趣。

第六讲　清小说之四派及其末流

清代底小说之种类及其变化,比明朝比较的多,但因为时间关系,我现在只可分作四派来说一个大概。这四派便是:一、拟古派;二、讽刺派;三、人情派;四、侠义派。

一、拟古派　所谓拟古者,是指拟六朝之志怪,或拟唐朝之传奇者而言。唐人底小说单本,到明时什九散亡了,偶有看见模仿的,世间就觉得新异。元末明初,先有钱唐瞿佑仿了唐人传奇,作《剪灯新话》,文章虽没有力,而用些艳语来描画闺情,所以特为时流所喜,仿效者很多,直到被朝廷禁止,这风气才渐渐的衰歇。但到了嘉靖间,唐人底传奇小说盛行起来了,从此模仿者又在在皆是,文人大抵喜欢做几篇传奇体的文章;其专做小说,合为一集的,则《聊斋志异》最有名。《聊斋志异》是山东淄川人蒲松龄做的。有人说他作书以前,天天在门口设备茗烟,请过路底人讲说故事,作为著作的材料;但是多由他的朋友那里听来的,有许多是从古书尤其是从唐人传奇变化而来的——如《凤阳士人》,《续黄粱》等就是——所以列他于拟古。书中所叙,多是神仙,狐鬼,精魅等故事,和当时所出同类的书差不多，但其优点在：（一）描写详细而委曲，用笔变幻而熟达。（二）说妖鬼多具人情，通世故，使人觉得可亲，并不觉得很可怕。不过用古典太多，使一般人不容易看下去。

《聊斋志异》出来之后，风行约一百年，这其间模仿和赞颂它的非常之多。但到了乾隆末年，有直隶献县人纪昀出来和他反对了，纪昀说《聊斋志异》之缺点有二：（一）体例太杂。就是说一个人的一个作品中，不当有两代的文章的体例，这是因为《聊斋志异》中有长的文章是仿唐人传奇的，而又有些短的文章却像六朝的志怪。（二）描写太详。这是说他的作品是述他人的事迹的，而每每过于曲尽细微，非自己不能知道，其中有许多事，本人未必肯说，作者何从知之？纪昀为避此两缺点起见，所以他所做的《阅微草堂笔记》就完全模仿六朝，尚质黜华，叙述简古，力避唐人的做法。其材料大抵自造，多借狐鬼的话，以攻击社会。据我看来，他自己是不信狐鬼的，不过他以为对于一般愚民，却不得不以神道设教。但他很有可以佩服的地方：他生在乾隆间法纪最严的时代，竟敢借文章以攻击社会上不通的礼法，荒谬的习俗，以当时的眼光看去，真算得很有魄力的一个人。可是到了末流，不能了解他攻击社会的精神，而只是学他的以神道设教一面的意思，于是这派小说差不多又变成劝善书了。

拟古派的作品，自从以上二书出来以后，大家都学它们；一直到了现在，即如上海就还有一群所谓文人在那里模仿它。可是并没有什么好成绩，学到的大抵是糟粕，所以拟古派也已经被踏死在它的信徒的脚下了。

二、讽刺派　小说中寓讥讽者，晋唐已有，而在明之人情小说为尤多。在清朝，讽刺小说反少有，有名而几乎是唯一的作品，就是《儒林外史》。《儒林外史》是安徽全椒人吴敬梓做的。敬梓多所见闻，又工于表现，故凡所有叙述，皆能在纸上见其声态；而写儒者之奇形怪状，为独多而独详。当时距明亡没有百年，明季底遗风，尚留存于士流中，八股而外，一无所知，也一无所事。敬梓身为士人，熟悉其中情形,故其暴露丑态,就能格外详细。其书虽是断片的叙述,没有线索,但其变化多而趣味浓,在中国历来作讽刺小说者,再没有比他更好的了。一直到了清末,外交失败,社会上的人们觉得自己的国势不振了,极想知其所以然,小说家也想寻出原因的所在;于是就有李宝嘉归罪于官场,用了南亭亭长的假名字,做了一部《官场现形记》。这部书在清末很盛行,但文章比《儒林外史》差得多了;而且作者对于官场的情形也并不很透彻,所以往往有失实的地方。嗣后又有广东南海人吴沃尧归罪于社会上旧道德的消灭,也用了我佛山人的假名字,做了一部《二十年目睹之怪现状》。这部书也很盛行,但他描写社会的黑暗面,常常张大其词,又不能穿入隐微,但照例的慷慨激昂,正和南亭亭长有同样的缺点。这两种书都用断片凑成,没有什么线索和主角,是同《儒林外史》差不多的,但艺术的手段,却差得远了;最容易看出来的就是《儒林外史》是讽刺,而那两种都近于漫骂。

讽刺小说是贵在旨微而语婉的,假如过甚其辞,就失了文艺上底价值,而它的末流都没有顾到这一点,所以讽刺小说从《儒林外史》而后,就可以谓之绝响。

三、人情派　此派小说,即可以著名的《红楼梦》做代表。《红楼梦》其初名《石头记》,共有八十回,在乾隆中年忽出现于北京。最初皆抄本,至乾隆五十七年,才有程伟元刻本,加多四十回,共一百二十回,改名叫《红楼梦》。据伟元说:乃是从旧家及鼓担上收集而成全部的。至其原本,则现在已少见,惟现有一石印本,也不知究是原本与否。《红楼梦》所叙为石头城中——未必是今之南京——贾府的事情。其主要者为荣国府的贾政生子宝玉,聪明过人,而绝爱异性;贾府中实亦多好女子,主从之外,亲戚也多,如黛玉,宝钗等,皆来寄寓,史湘云亦常来。而宝玉与黛玉爱最深;后来政为宝玉娶妇,却迎了宝钗,黛玉知道以后,吐血死了。宝玉亦郁郁不乐,悲叹成病。其后宁国府的贾赦革职查抄,累及荣府,于是家庭衰落,宝玉竟发了疯，后又忽而改行，中了举人。但不多时，忽又不知所往了。后贾政因葬母路过毗陵，见一人光头赤脚，向他下拜，细看就是宝玉；正欲问话，忽来一僧一道，拉之而去。追之无有，但见白茫茫一片荒野而已。

《红楼梦》的作者，大家都知道是曹雪芹，因为这是书上写着的。至于曹雪芹是何等样人，却少有人提起过；现经胡适之先生的考证，我们可以知道大概了。雪芹名霑，一字芹圃，是汉军旗人。他的祖父名寅，康熙中为江宁织造。清世祖南巡时，即以织造局为行宫。其父頫，亦为江宁织造。我们由此就知道作者在幼时实在是一个大世家的公子。他生在南京。十岁时，随父到了北京。此后中间不知因何变故，家道忽落。雪芹中年，竟至穷居北京之西郊，有时还不得饱食。可是他还纵酒赋诗，而《红楼梦》的创作，也就在这时候。可惜后来他因为儿子夭殇，悲恸过度，也竟死掉了——年四十余——《红楼梦》也未得做完，只有八十回。后来程伟元所刻的，增至一百二十回，虽说是从各处搜集的，但实则其友高鹗所续成，并不是原本。

对于书中所叙的意思，推测之说也很多。举其较为重要者而言：（一）是说记纳兰性德的家事，所谓金钗十二，就是性德所奉为上客的人们。这是因为性德是词人，是少年中举，他家后来也被查抄，和宝玉的情形相仿佛，所以猜想出来的。但是查抄一事，宝玉在生前，而性德则在死后，其他不同之点也很多，所以其实并不很相像。（二）是说记顺治与董鄂妃的故事，而又以鄂妃为秦淮旧妓董小宛。清兵南下时，掠小宛到北京，因此有宠于清世祖，封为贵妃；后来小宛夭逝，清世祖非常哀痛，就出家到五台山做了和尚。《红楼梦》中宝玉也做和尚，就是分明影射这一段故事。但是董鄂妃是满洲人，并非就是董小宛，清兵下江南的时候，小宛已经二十八岁了；而顺治方十四岁，决不会有把小宛做妃的道理。所以这一说也不通的。（三）是说叙康熙朝政治底状态的；就是以为石头记是政治小说，书中本事，在吊明之亡，而揭清之失。如以"红"影"朱"字，以"石头"指

"金陵",以"贾"斥伪朝——即斥"清",以金陵十二钗讥降清之名士。然此说未免近于穿凿,况且现在既知道作者既是汉军旗人,似乎不至于代汉人来抱亡国之痛的。(四)是说自叙;此说出来最早,而信者最少,现在可是多起来了。因为我们已知道雪芹自己的境遇,很和书中所叙相合。雪芹的祖父,父亲,都做过江宁织造,其家庭之豪华,实和贾府略同;雪芹幼时又是一个佳公子,有似于宝玉;而其后突然穷困,假定是被抄家或近于这一类事故所致,情理也可通——由此可知《红楼梦》一书,说是大部分为作者自叙,实是最为可信的一说。

至于说到《红楼梦》的价值,可是在中国底小说中实在是不可多得的。其要点在敢于如实描写,并无讳饰,和从前的小说叙好人完全是好,坏人完全是坏的,大不相同,所以其中所叙的人物,都是真的人物。总之自有《红楼梦》出来以后,传统的思想和写法都打破了。——它那文章的旖旎和缠绵,倒是还在其次的事。但是反对者却很多,以为将给青年以不好的影响。这就因为中国人看小说,不能用赏鉴的态度去欣赏它,却自己钻入书中,硬去充一个其中的脚色。所以青年看《红楼梦》,便以宝玉,黛玉自居;而年老人看去,又多占据了贾政管束宝玉的身分,满心是利害的打算,别的什么也看不见了。

《红楼梦》而后,续作极多:有《后红楼梦》,《续红楼梦》,《红楼后梦》,《红楼复梦》,《红楼补梦》,《红楼重梦》,《红楼幻梦》,《红楼圆梦》……大概是补其缺陷,结以团圆。直到道光年中,《红楼梦》才谈厌了。但要叙常人之家,则佳人又少,事故不多,于是便用了《红楼梦》的笔调,去写优伶和妓女之事情,场面又为之一变。这有《品花宝鉴》,《青楼梦》可作代表。《品花宝鉴》是专叙乾隆以来北京底优伶的。其中人物虽与《红楼梦》不同,而仍以缠绵为主;所描写的伶人与狎客,也和佳人与才子差不多。《青楼梦》全书都讲妓女,但情形并非写实的,而是作者的理想。他以为只有妓女是才子的知己,经过若干周折,便即团圆,也仍脱不了明末的佳人才子一派。到光绪中年，又有《海上花列传》出现，虽然也写妓女，但不像《青楼梦》那样的理想，却以为妓女有好，有坏，较近于写实了。一到光绪末年，《九尾龟》之类出，则所写的妓女都是坏人，狎客也像了无赖，与《海上花列传》又不同。这样，作者对于妓家的写法凡三变，先是溢美，中是近真，临末又溢恶，并且故意夸张，谩骂起来；有几种还是诬蔑，讹诈的器具。人情小说底末流至于如此，实在是很可以诧异的。

四、侠义派　侠义派底小说，可以用《三侠五义》做代表。这书的起源，本是茶馆中的说书，后来能文的人，把它写出来，就通行于社会了。当时底小说，有《红楼梦》等专讲柔情，《西游记》一派，又专讲妖怪，人们大概也很觉得厌气了，而《三侠五义》则别开生面，很是新奇，所以流行也就特别快，特别盛。当潘祖荫由北京回吴的时候，以此书示俞曲园，曲园很赞许，但嫌其太背于历史，乃为之改正第一回；又因书中的北侠，南侠，双侠，实已四人，三不能包，遂加上艾虎和沈仲元；索性改名为《七侠五义》。这一种改本，现在盛行于江浙方面。但《三侠五义》，也并非一时创作的书，宋包拯立朝刚正，《宋史》有传；而民间传说，则行事多怪异；元朝就传为故事，明代又渐演为小说，就是《龙图公案》。后来这书的组织再加密些，又成为大部的《龙图公案》，也就是《三侠五义》的蓝本了。因为社会上很欢迎，所以又有《小五义》，《续小五义》，《英雄大八义》，《英雄小八义》，《七剑十三侠》，《七剑十八义》等等都跟着出现。——这等小说，大概是叙侠义之士，除盗平叛的事情，而中间每以名臣大官，总领一切。其先又有《施公案》，同时则有《彭公案》一类的小说，也盛行一时。其中所叙的侠客，大半粗豪，很像《水浒》中底人物，故其事实虽然来自《龙图公案》，而源流则仍出于《水浒》。不过《水浒》中人物在反抗政府；而这一类书中底人物，则帮助政府，这是作者思想的大不同处，大概也因为社会背景不同之故罢。这些书大抵出于光绪初年，其先曾经有过几回国内的战争，如平长毛，平捻匪，平教匪等，许多市井中人，粗人无赖之流，因为从军立功，多得顶戴，人民非常羡慕，愿听

"为王前驱"的故事,所以茶馆中发生的小说,自然也受了影响了。现在《七侠五义》已出到二十四集,《施公案》出到十集,《彭公案》十七集,而大抵千篇一律,语多不通,我们对此,无多批评,只是很觉得作者和看者,都能够如此之不惮烦,也算是一件奇迹罢了。

上边所讲的四派小说,到现在还很通行。此外零碎小派的作品也还有,只好都略去了它们。至于民国以来所发生的新派的小说,还很年幼——正在发达创造之中,没有很大的著作,所以也姑且不提起它们了。

我讲的《中国小说的历史的变迁》在今天此刻就算终结了。在此两星期中,匆匆地只讲了一个大概,挂一漏万,固然在所不免,加以我的知识如此之少,讲话如此之拙,而天气又如此之热,而诸位有许多还始终来听完我的讲,这是我所非常之抱歉而且感谢的。

原载 1925 年 3 月 29 日西北大学出版部《国立西北大学、陕西教育厅合办暑期学校讲演集(二)》。由咎健行、薛声震记录,经作者改订。

初未收集。

七日

日记　晴。星期休息。夜 H 君来。

八日

日记　晴。上午以改定之讲稿寄西北大学出版部。自集《离骚》句为联,托乔大壮写之。下午孙伏园,李晓峰来并交《桃色之云》板权费七十。晚李庸倩来。

大涤馀人百回本《忠义水浒传》
回目校记

十三年九月八日见百回本，不著撰人，其目与此同者以"、"识之。其书前有大涤馀人序，不著年月日。一百回前九十回与百廿回本同，但改"遇故"为"射雁"。其九十一至百回，则百廿回本之末十回也。

未另发表。据手稿编入。

初未收集。

九日

日记　晴。上午寄昝健行、薛效宽信。取增修房屋补税契来，其税为四十二元。午往山本医院交泉五十。下午收《小说月报》第七期一本。

十日

日记　晴。齐寿山为从肃宁人家觅得"君子"专一块，阙角不损字，未定直，姑持归，于下午打数本。俞芳，俞藻小姐来延为入学保证人，即为书保证书讫。夜雨而雷电且风。校杂书。

十一日

日记　晴。上午得三弟信，六日发。下午许钦文来。修蠹书。

十二日

日记　晴。午后得西北大学出版部信。往北京大学取去年十月薪水余款十三元,又十一月及十二月全分各十八元。访李庸倩,不值。略游公园。晚孙伏园,李小峰来并交《桃色之云》板税四十七元。夜补蠹书。

十三日

日记　昙。旧历中秋,休假。上午得朱可民信,八日发。李若云为送李慎斋所代领奉泉百十五元来,若云名维庆,慎斋子。午后晴,夜小雨。

十四日

日记　昙。星期休息。上午杨荫榆,胡人哲来。午后罗膺阶,李若云来,罗君赠屏四幅,自撰自书。下午潘企莘来并赠板鸭一只,梨一篓,返鸭受梨。三弟寄来《妇女问题十讲》一本,章锡箴赠,八日付邮。晚李庸倩来,属为其友郭尔泰,朱曜冬作入南方大学保证,即书证书讫。

十五日

日记　昙。得赵鹤年夫人赴,赙一元。晚声树来。夜风。

秋　夜

在我的后园,可以看见墙外有两株树,一株是枣树,还有一株也是枣树。

这上面的夜的天空,奇怪而高,我生平没有见过这样的奇怪而高的天空。他仿佛要离开人间而去,使人们仰面不再看见。然而现在却非常之蓝,闪闪地睒着几十个星星的眼,冷眼。他的口角上现出微笑,似乎自以为大有深意,而将繁霜洒在我的园里的野花草上。

我不知道那些花草真叫什么名字,人们叫他们什么名字。我记得有一种开过极细小的粉红花,现在还开着,但是更极细小了,她在冷的夜气中,瑟缩地做梦,梦见春的到来,梦见秋的到来,梦见瘦的诗人将眼泪擦在她最末的花瓣上,告诉她秋虽然来,冬虽然来,而此后接着还是春,胡蝶乱飞,蜜蜂都唱起春词来了。她于是一笑,虽然颜色冻得红惨惨地,仍然瑟缩着。

枣树,他们简直落尽了叶子。先前,还有一两个孩子来打他们别人打剩的枣子,现在是一个也不剩了,连叶子也落尽了。他知道小粉红花的梦,秋后要有春;他也知道落叶的梦,春后还是秋。他简直落尽叶子,单剩干子,然而脱了当初满树是果实和叶子时候的弧形,欠伸得很舒服。但是,有几枝还低亚着.护定他从打枣的竿梢所得的皮伤,而最直最长的几枝,却已默默地铁似的直刺着奇怪而高的天空,使天空闪闪地鬼䁑眼;直刺着天空中圆满的月亮,使月亮窘得发白。

鬼䁑眼的天空越加非常之蓝,不安了,仿佛想离去人间,避开枣树,只将月亮剩下。然而月亮也暗暗地躲到东边去了。而一无所有的干子,却仍然默默地铁似的直刺着奇怪而高的天空,一意要制他的死命,不管他各式各样地䁑着许多蛊惑的眼睛。

哇的一声,夜游的恶鸟飞过了。

我忽而听到夜半的笑声,吃吃地,似乎不愿意惊动睡着的人,然而四围的空气都应和着笑。夜半,没有别的人,我即刻听出这声音就在我嘴里,我也即刻被这笑声所驱逐,回进自己的房。灯火的带子也即刻被我旋高了。

后窗的玻璃上丁丁地响,还有许多小飞虫乱撞。不多久,几个进来了,许是从窗纸的破孔进来的。他们一进来,又在玻璃的灯罩上撞得丁丁地响。一个从上面撞进去了,他于是遇到火,而且我以为这火是真的。两三个却休息在灯的纸罩上喘气。那罩是昨晚新换的罩,雪白的纸,折出波浪纹的叠痕,一角还画出一枝猩红色的栀子。

猩红的栀子开花时,枣树又要做小粉红花的梦,青葱地弯成弧形了……。我又听到夜半的笑声;我赶紧砍断我的心绪,看那老在白纸罩上的小青虫,头大尾小,向日葵子似的,只有半粒小麦那么大,遍身的颜色苍翠得可爱,可怜。

我打一个呵欠,点起一支纸烟,喷出烟来,对着灯默默地敬奠这些苍翠精致的英雄们。

一九二四年九月十五日。

原载 1924 年 12 月 1 日《语丝》周刊第 3 期,题作《野草·一,秋夜》。

初收 1927 年 7 月北京北新书局版"乌合丛书"之一《野草》。

十六日

日记 雨。上午得世界语校信,即复。午后以《月夜》寄还张目寒。下午得邵伯絅信。晚矛尘,伏园来。

十七日

日记 晴。晚往图书分馆访子佩,还以泉五十。

十八日

日记 晴。上午得胡人哲信并稿二篇。午后寄三弟信。下午往师范大学取去年十一月分薪水十九元,又十二月分者十四元。在德古斋买杂造象十九种二十四枚,共泉五元。在李竹庵家买玉狁大小二枚,二元。在商务馆买杂书三种四本,一元六角。夜略整理砖拓片。

十九日

　　日记　昙。夜 H 君来。夜半小雨。

二十日

　　日记　晴。上午张目寒来并持示《往星中》译本全部。午后昙，风。

二十一日

　　日记　晴。星期休息。上午幼渔来，赠以"君子"专杠本一分。许钦文来。下午孙伏园来。夜整理专拓片。看《往星中》。

《俟堂专文杂集》题记

　　曩尝欲著《越中专录》，颇锐意蒐集乡邦专甓及拓本，而资力薄劣，俱不易致。以十馀年之勤，所得仅古专二十馀及杠本少许而已。迁徙以后，忽遭寇劫，孑身逭遁，止携大同十一年者一枚出，馀悉委盗窟中。日月除矣，意兴亦尽，纂述之事，渺焉何期？聊集燹馀，以为永念哉！甲子八月廿三日，宴之敖者手记。

　　　　最初辑入鲁迅编定稿《俟堂专文杂集》。

　　　　初未收集。

二十二日

　　日记　晴。午后复胡人哲信。夜译《苦闷的象征》开手。

二十三日

日记 晴。午后理发。得朱孝荃赴,赙泉二元。夜 H 君来。

二十四日

日记 晴。上午陆秀贞,吕云章来。晚往山本医院交泉十二。得李庸倩信。

影的告别

人睡到不知道时候的时候,就会有影来告别,说出那些话——

有我所不乐意的在天堂里,我不愿去;有我所不乐意的在地狱里,我不愿去;有我所不乐意的在你们将来的黄金世界里,我不愿去。

然而你就是我所不乐意的。

朋友,我不想跟随你了,我不愿住。

我不愿意!

呜乎呜乎,我不愿意,我不如彷徨于无地。

我不过一个影,要别你而沉没在黑暗里了。然而黑暗又会吞并我,然而光明又会使我消失。

然而我不愿彷徨于明暗之间,我不如在黑暗里沉没。

然而我终于彷徨于明暗之间,我不知道是黄昏还是黎明。我姑且举灰黑的手装作喝干一杯酒,我将在不知道时候的时候独自远行。

呜乎呜乎,倘若黄昏,黑夜自然会来沉没我,否则我要被白天消失,如果现是黎明。

朋友,时候近了。

我将向黑暗里彷徨于无地。

你还想我的赠品。我能献你甚么呢?无已,则仍是黑暗和虚空而已。但是,我愿意只是黑暗,或者会消失于你的白天;我愿意只是虚空,决不占你的心地。

我愿意这样,朋友——

我独自远行,不但没有你,并且再没有别的影在黑暗里。只有我被黑暗沉没,那世界全属于我自己。

一九二四年九月二十四日。

原载 1924 年 12 月 8 日《语丝》周刊第 4 期,副题作《野草二~四》。

初收 1927 年 7 月北京北新书局版"乌合丛书"之一《野草》。

求 乞 者

我顺着剥落的高墙走路,踏着松的灰土。另外有几个人,各自走路。微风起来,露在墙头的高树的枝条带着还未干枯的叶子在我头上摇动。

微风起来,四面都是灰土。

一个孩子向我求乞,也穿着夹衣,也不见得悲戚,而拦着磕头,追着哀呼。

我厌恶他的声调,态度。我憎恶他并不悲哀,近于儿戏;我烦厌他这追着哀呼。

我走路。另外有几个人各自走路。微风起来,四面都是灰土。

一个孩子向我求乞,也穿着夹衣,也不见得悲戚,但是哑的,摊开手,装着手势。

我就憎恶他这手势。而且,他或者并不哑,这不过是一种求乞的法子。

我不布施,我无布施心,我但居布施者之上,给与烦腻,疑心,憎恶。

我顺着倒败的泥墙走路,断砖叠在墙缺口,墙里面没有什么。微风起来,送秋寒穿透我的夹衣;四面都是灰土。

我想着我将用什么方法求乞:发声,用怎样声调?装哑,用怎样手势?……

另外有几个人各自走路。

我将得不到布施,得不到布施心;我将得到自居于布施之上者的烦腻,疑心,憎恶。

我将用无所为和沉默求乞……

我至少将得到虚无。

微风起来,四面都是灰土。另外有几个人各自走路。

灰土,灰土,……

……………

灰土……

一九二四年九月二十四日。

原载 1924 年 12 月 8 日《语丝》周刊第 4 期,副题作《野草二～四》。

初收 1927 年 7 月北京北新书局版"乌合丛书"之一《野草》。

致 李秉中

庸倩兄：

回家后看见来信。给幼渔先生的信，已经写出了，我现在也难料结果如何，但好在这并非生死问题的事，何妨随随便便，暂且听其自然。

关于我这一方面的推测，并不算对。我诚然总算帮过几回忙，但若是一个有力者，这些便都是些微的小事，或者简直不算是小事，现在之所以看去很像帮忙者，其原因即在我之无力，所以还是无效的回数多。即使有效，也算什么，都可以毫不放在心里。

我恐怕是以不好见客出名的。但也不尽然，我所怕见的是谈不来的生客，熟识的不在内，因为我可以不必装出陪客的态度。我这里的客并不多，我喜欢寂寞，又憎恶寂寞，所以有青年肯来访问我，很使我喜欢。但我说一句真话罢，这大约你未曾觉得的，就是这人如果以我为是，我便发生一种悲哀，怕他要陷入我一类的命运；倘若一见之后，觉得我非其族类，不复再来，我便知道他较我更有希望，十分放心了。

其实我何尝坦白？我已经能够细嚼黄连而不皱眉了。我很憎恶我自己，因为有若干人，或则愿我有钱，有名，有势，或则愿我陨灭，死亡，而我偏偏无钱无名无势，又不灭不亡，对于各方面，都无以报答盛意，年纪已经如此，恐将遂以如此终。我也常常想到自杀，也常想杀人，然而都不实行，我大约不是一个勇士。现在仍然只好对于愿我得意的便拉几个钱来给他看，对于愿我灭亡的避开些，以免他再费机谋。我不大愿意使人失望，所以对于爱人和仇人，都愿意有以骗之，亦即所以慰之，然而仍然各处都弄不好。

我自己总觉得我的灵魂里有毒气和鬼气,我极憎恶他,想除去他,而不能。我虽然竭力遮蔽着,总还恐怕传染给别人,我之所以对于和我往来较多的人有时不免觉到悲哀者以此。

然而这些话并非要拒绝你来访问我,不过忽然想到这里,写到这里,随便说说而已。你如果觉得并不如此,或者虽如此而甘心传染,或不怕传染,或自信不至于被传染,那可以只管来,而且敲门也不必如此小心。

树人 廿四日夜

二十五日

日记 昙。休假。上午寄马幼渔信。寄李庸[倩]信。午幼渔来。钦文来并持示小说三篇。晚得胡人哲信并文二篇。

二十六日

日记 小雨即止。下午得幼渔信。晚小峰,伏园,惠迭[迪]来。

译《苦闷的象征》后三日序

这书的著者厨川白村氏,在日本大地震时不幸被难了,这是从他镰仓别邸的废墟中掘出来的一包未定稿。因为是未定稿,所以编者——山本修二氏——也深虑公表出来,或者不是著者的本望。但终于付印了,本来没有书名,由编者定名为《苦闷的象征》。其实是文学论。

这共分四部:第一创作论,第二鉴赏论,第三关于文艺的根本问题的考察,第四文学的起源。其主旨,著者自己在第一部第四章中说得很分明:生命力受压抑而生的苦闷懊恼乃是文艺的根柢,而其表现法乃是广义的象征主义。

因为这于我有翻译的必要,我便于前天开手了,本以为易,译起来却也难。但我仍只得译下去,并且陆续发表;又因为别一必要,此后怕于引例之类要略有省略的地方。

省略了的例,将来倘有再印的机会,立誓一定添进去,使他成一完书。至于译文之坏,则无法可想,拼着挨骂而已。

一九二四年九月二十六日,鲁迅。

原载 1924 年 10 月 1 日《晨报副刊》。

初未收集。

二十七日

日记　晴。上午寄张目寒信。寄李庸倩信。寄孙伏园信。寄许羡苏,俞芬小姐信。得阮久巽信,二十日绍兴发。午后得伏园信并草稿纸一束。晚得李庸倩信。夜 H 君来。

二十八日

日记　晴。星期休息,午后吴冕藻,章洪熙,孙伏园来。

又是"古已有之"*

太炎先生忽然在教育改进社年会的讲坛上"劝治史学"以"保存国性",真是慨乎言之。但他漏举了一条益处,就是一治史学,就可以知道许多"古已有之"的事。

衣萍先生大概是不甚治史学的,所以将多用惊叹符号应该治罪的话,当作一个"幽默"。其意盖若曰,如此责罚,当为世间之所无有者也。而不知"古已有之"矣。

我是毫不治史学的。所以于史事很生疏。但记得宋朝大闹党人的时候,也许是禁止元祐学术的时候罢,因为党人中很有几个是有名的诗人,便迁怒到诗上面去,政府出了一条命令,不准大家做诗,违者笞二百!

而且我们应该注意,这是连内容的悲观和乐观都不问的,即使乐观,也仍然笞一百!

那时大约确乎因为胡适之先生还没有出世的缘故罢,所以诗上都没有用惊叹符号,如果用上,那可就怕要笞一千了,如果用上而又在"唉""呵呀"的下面,那一定就要笞一万了,加上"缩小像细菌放大像炮弹"的罪名,至少也得笞十万。衣萍先生所拟的区区打几百关几年,未免过于从轻发落,有姑容之嫌,但我知道他如果去做官,一定是一个很宽大的"民之父母",只是想学心理学是不很相宜的。

然而做诗又怎么开了禁呢? 听说是因为皇帝先做了一首,于是大家便又动手做起来了。

可惜中国已没有皇帝了,只有并不缩小的炮弹在天空里飞,那有谁来用这还未放大的炮弹呢?

呵呀! 还有皇帝的诸大帝国皇帝陛下呀,你做几首诗,用些惊叹符号,使敝国的诗人不至于受罪罢! 唉!!!

这是奴隶的声音,我防爱国者要这样说。

诚然,这是对的,我在十三年之前,确乎是一个他族的奴隶,国性还保存着,所以"今尚有之",而且因为我是不甚相信历史的进化的,所以还怕未免"后仍有之"。旧性是总要流露的,现在有几位上海的青年批评家,不是已经在那里主张"取缔文人",不许用"花呀""吾爱呀"了么? 但还没有定出"笞令"来。

倘说这不定"笞令",比宋朝就进化;那么,我也就可以算从他族的奴隶进化到同族的奴隶,臣不胜屏营欣忭之至!

原载 1924 年 9 月 28 日《晨报副刊》。署名某生者。
初收拟编书稿《集外集拾遗》。

致 李秉中

庸倩兄:

看了我的信而一夜不睡,即是又中我之毒,谓不被传染者,强辩而已。

我下午五点半以后总在家,随时可来,即未回,可略候。

鲁迅　九月廿八夜

二十九日

日记 晴。午后寄李庸倩信。寄伏园信二。以六元买"君子"专成。夜雨。得李级仁信。夜半星见。

答二百系答一百之误

记者先生:

我在《又是古已有之》里,说宋朝禁止做诗,"违者笞一百",今天看见副刊,却是"笞二百",不知是我之笔误,抑记者先生校者先生手民先生嫌其轻而改之欤?

但当时确乎只打一百,即将两手之指数,以十乘之。现在若加到二百,则既违大宋宽厚之心,又给诗人加倍之痛,所关实非浅鲜,——虽然已经是宋朝的事,但尚希立予更正为幸。

某生者鞠躬。九月二十九日。

原载 1924 年 10 月 2 日《晨报副刊》。署名某生者。初未收集。

三十日

日记 晴。晚往山本医院。李庸倩来。

十月

一日

日记 昙。午后得三弟信,九月二十七日发。寄伏园信。夜雨。

《自己发见的欢喜》译者附记

波特莱尔的散文诗,在原书上本有日文译;但我用 Max Bruno 的德文译一比较,却颇有几处不同。现在姑且参酌两本,译成中文。倘有那一位据原文给我痛加订正的,是极希望,极感激的事。否则,我将来还想去寻一个懂法文的朋友来修改他;但现在暂且这样的敷衍着。

十月一日,译者附记。

本篇连同《自己发见的欢喜》(《苦闷的象征》第二章"鉴赏论"之第二节)原载 1924 年 10 月 26 日《晨报副刊》。

初收 1925 年 3 月鲁迅自印本(新潮社代售)"未名丛刊"之一《苦闷的象征》。

初未收集。

二日

日记 雨。上午得和森信。得胡人哲信并文二篇。午后晴。

寄吴［胡］人哲信并文三篇。寄伏园信并译稿二章。协和之弟达和续娶，简来，送礼二元。晚得张目寒信。夜章洪熙，孙伏园来。新潮社送来《徐文长故事》二册。

文学救国法 *

我似乎实在愚陋，直到现在，才知道中国之弱，是新诗人叹弱的。为救国的热忱所驱策，于是连夜揣摩，作文学救国策。可惜终于愚陋，缺略之处很多，尚希博士学者，进而教之，幸甚。

一，取所有印刷局的感叹符号的铅粒和铜模，全数销毁；并禁再行制造。案此实为长吁短叹的发源地，一经正本清源，即虽欲"缩小为细菌放大为炮弹"而不可得矣。

二，禁止扬雄《方言》，并将《春秋公羊传》《谷梁传》订正。案扬雄作《方言》而王莽篡汉，公谷解《春秋》间杂土话而嬴秦亡周，方言之有害于国，明验彰彰哉。扬雄叛臣，著作应即禁止，公谷传拟仍准通行，但当用雅言，代去其中胡说八道之土话。

三，应仿元朝前例，禁用衰飒字样三十字，仍请学者用心理测验及统计法，加添应禁之字，如"哩""哪"等等；连用之字，亦须明定禁例，如"糟"字准与"粕"字连用，不准与"糕"字连用；"阿"字可用于"房"字之上或"东"字之下，而不准用于"呀"字之上等等；至于"糟鱼糟蟹"，则在雅俗之间，用否听便，但用者仍不得称为上等强国诗人。案言为心声，岂可衰飒而俗气乎？

四，凡太长，太矮，太肥，太瘦，废疾，老弱者均不准做诗。案健全之精神，宿于健全之身体，身体不强，诗文必弱，诗文既弱，国运随之，故即使善于欢呼，为防微杜渐计，亦应禁止妄作。但如头痛发热，伤风咳嗽等，则只须暂时禁止之。

五,有多用感叹符号之诗文,虽不出版,亦以巧避检疫或私藏军火论。案即防其缩小而传病,或放大而打仗也。

原载 1924 年 10 月 2 日《晨报副刊》。署名风声。

初未收集。

三日

日记 晴。上午得三太太信。午后寄常维钧信。寄三弟信。往世界语校讲。下午以《徐文长故事》一册赠季市。往女师校讲并收去年十二月分薪水十叁元五角。晚往山本医院并交泉二十。得伏园信二函并排印讲稿一卷。夜风。

我的失恋

拟古的新打油诗

我的所爱在山腰;
想去寻她山太高,
低头无法泪沾袍。
爱人赠我百蝶巾;
回她什么:猫头鹰。
从此翻脸不理我,
不知何故兮使我心惊。

我的所爱在闹市;
想去寻她人拥挤,

292

仰头无法泪沾耳。
爱人赠我双燕图;
回她什么:冰糖壶卢。
从此翻脸不理我,
不知何故兮使我胡涂。

　我的所爱在河滨;
想去寻她河水深,
歪头无法泪沾襟。
爱人赠我金表索;
回她什么:发汗药。
从此翻脸不理我,
不知何故兮使我神经衰弱。

　我的所爱在豪家;
想去寻她兮没有汽车,
摇头无法泪如麻。
爱人赠我玫瑰花;
回她什么:赤练蛇。
从此翻脸不理我,
不知何故兮——由她去罢。

　　　　　　一九二四年十月三日。

　原载 1924 年 12 月 8 日《语丝》周刊第 4 期,副题作《野草二～四》。
　初收 1927 年 7 月北京北新书局版"乌合丛书"之一《野草》。

四日

日记 晴。晚空三来。夜重装《隶释》八本讫。

《文艺鉴赏的四阶段》译者附记

先前我想省略的,是这一节中的几处,现在却仍然完全译出,所以序文上说过的"别一必要",并未实行,因为译到这里时,那必要已经不成为必要了。十月四日,译者附记。

本篇连同《文艺鉴赏的四阶段》(《苦闷的象征》第二章"鉴赏论"之第五节)原载 1924 年 10 月 30 日《晨报副刊》。

初收 1925 年 3 月鲁迅自印本(新潮社代售)"未名丛刊"之一《苦闷的象征》。

初未收集。

五日

日记 晴。星期休息。晚伏园来。三太太来。

六日

日记 昙。下午俞小姐来并送手衣一副。夜风。

七日

日记 昙。上午得伏园信。

八日

日记 晴。下午寄伏园信并译文一章。

九日

日记 晴。午后往历史博物馆。夜濯足。

十日

日记 晴。休假。午后张目寒来。下午伏园,惠迭[迪]来。寄女师注册课信。寄陈声树信。夜译《苦闷的象征》讫。

苦闷的象征

[日本]厨川白村

第一 创作论

一 两 种 力

有如铁和石相击的地方就迸出火花,奔流给磐石挡住了的地方那飞沫就现出虹采一样,两种的力一冲突,于是美丽的绚烂的人生的万花镜,生活的种种相就展开来了。"No struggle, no drama"者,固然是勃廉谛尔(F. Brunetière)为解释戏曲而说的话,然而这其实也不但是戏曲。倘没有两种力相触相击的纠葛,则我们的生活,我们的存在,在根本上就失掉意义了。正因为有生的苦闷,也因为有战的苦痛,所以人生才有生的功效。凡是服从于权威,束缚于因袭,羊一样听话的醉生梦死之徒,以及忙杀在利害的打算上,专受物欲的指使,而忘却了自己之为人的全底存在的那些庸流所不会觉得,不会尝到的心境——人生的深的兴趣,要而言之,无非是因为强大的两种力的冲突而生的苦闷懊恼的所产罢了。我就想将文艺的基础放在这一点上,解释起来看。所谓两种的力的冲突者——

二　创造生活的欲求

将那闪电似的,奔流似的,蓦地,而且几乎是胡乱地突进不息的生命的力,看为人间生活的根本者,是许多近代的思想家所一致的。那以为变化流动即是现实,而说"创造的进化"的伯格森(H. Bergson)的哲学不待言,就在勖本华尔(A. Schopenhauer)的意志说里,尼采(F. Nietzsche)的本能论超人说里,表现在培那特萧(Bernard Shaw)的戏曲《人与超人》(*Man and Superman*)里的"生力"里,嘉本特(E. Carpenter)的承认了人间生命的永远不灭的创造性的"宇宙底自我"说里,在近来,则如罗素(B. Russell)在《社会改造的根本义》(*Principles of Social Reconstruction*)上所说的冲动说里,岂不是统可以窥见"生命的力"的意义么?

永是不愿意凝固和停滞,避去妥协和降伏,只寻求着自由和解放的生命的力,是无论有意识地或无意识地,总是不住地从里面热着我们人类的心胸,就在那深奥处,烈火似的焚烧着,将这炎炎的火焰,从外面八九层地遮蔽起来,巧妙地使全体运转着的一副安排,便是我们的外底生活,经济生活,也是在称为"社会"这一个有机体里,作为一分子的机制(mechanism)的生活。用比喻来说:生命的力者,就像在机关车上的锅炉里,有着猛烈的爆发性,危险性,破坏性,突进性的蒸汽力似的东西。机械的各部分从外面将这力压制束缚着,而同时又靠这力使一切车轮运行。于是机关车就以所需的速度,在一定的轨道上前进了。这蒸汽力的本质,就不外乎是全然绝去了利害的关系,离开了道德和法则的轨道,几乎胡乱地只是突进,只想跳跃的生命力。换句话说,就是这时从内部发出来的蒸汽力的本质底要求,和机械的别部分的本质底要求,是分明取着正反对的方向的。机关车的内部生命的蒸汽力有着要爆发,要突进,要自由和解放的不断的倾向,而反之,机械的外底的部分却巧妙地利用了这力量,靠着将他压制,拘束的事,反使那本来因为重力而要停止的车轮,也因了这力,而在轨道上走动了。

我们的生命,本是在天地万象间的普遍的生命。但如这生命的力含在或一个人中,经了其"人"而显现的时候,这就成为个性而活跃了。在里面烧着的生命的力成为个性而发挥出来的时候,就是人们为内底要求所催促,想要表现自己的个性的时候,其间就有着真的创造创作的生活。所以也就可以说,自己生命的表现,也就是个性的表现,个性的表现,便是创造的生活了罢。人类的在真的意义上的所谓"活着"的事,换一句话,即所谓"生的欢喜"(joy of life)的事,就在这个性的表现,创造创作的生活里可以寻到。假使个人都全然否定了各各的个性,将这放弃了,压抑了,那就像排列着造成一式的泥人似的,一模一样的东西,是没有使他活着这许多的必要的。从社会全体看,也是个人若不各自十分地发挥他自己的个性,真的文化生活便不成立,这已经是许多人们说旧了的话了。

在这样意义上的生命力的发动,即个性表现的内底欲求,在我们的灵和肉的两方面,就显现为各种各样的生活现象。就是有时为本能生活,有时为游戏冲动,或为强烈的信念,或为高远的理想,为学子的知识欲,也为英雄的征服欲望。这如果成为哲人的思想活动,诗人的情热,感激,企慕而出现的时候,便最强最深地感动人。而这样的生命力的显现,是超绝了利害的念头,离了善恶邪正的估价,脱却道德的批评和因袭的束缚而带着一意只要飞跃和突进的倾向:这些地方就是特征。

三 强制压抑之力

然而我们人类的生活,又不能只是单纯的一条路的。要使那想要自由不羁的生命力尽量地飞跃,以及如心如意地使个性发挥出来,则我们的社会生活太复杂,而人就在本性上,内部也含着太多的矛盾了。

　　我们为要在称为"社会"的这一个大的有机体中,作为一分子而生活着,便只好必然地服从那强大的机制。使我们在从自己的内面迫来的个性的要求,即创造创作的欲望之上,总不能不甘受一些什么迫压和强制。尤其是近代社会似的,制度法律军备警察之类的压制机关都完备了,别一面,又有着所谓"生活难"的恐吓,我们就有意识地或无意识地,总难以脱离这压抑。在减削个人自由的国家至上主义面前低头,在抹杀创造创作生活的资本万能主义膝下下跪,倘不将这些看作寻常茶饭的事,就实情而论,是一天也活不下去的。

　　在内有想要动弹的个性表现的欲望,而和这正相对,在外却有社会生活的束缚和强制不绝地迫压着。在两种的力之间,苦恼挣扎着的状态,就是人类生活。这只要就今日的劳动——不但是筋肉劳动,连口舌劳动,精神劳动,无论什么,一切劳动的状态一想就了然。说劳动是快乐,那已经是一直从前的话了。可以不为规则和法规所束缚,也不被"生活难"所催促,也不受资本主义和机械万能主义的压迫,而各人可以各做自由的发挥个性的创造生活的劳动,那若不是过去的上世,就是一部分的社会主义论者所梦想的乌托邦的话。要知道无论做一个花瓶,造一把短刀,也可以注上自己的心血,献出自己的生命的力,用了伺候神明似的虔敬的心意来工作的社会状态,在今日的实际上,是绝对地不可能的事了。

　　从今日的实际生活说来,则劳动就是苦患。从个人夺去了自由的创造创作的欲望,使他在压迫强制之下,过那不能转动的生活的就是劳动。现在已经成了人们若不在那用了生活难的威胁当作武器的机械和法则和因袭的强力之前,先舍掉像人样的个性生活,多少总变一些法则和机械的奴隶,甚而至于自己若不变成机械的妖精,便即栖息不成的状态了。既有留着八字须的所谓教育家之流的教育机器,在银行和公司里,风采装得颇为时髦的计算机器也不少。放眼一看,以劳动为享乐的人们几乎全没有,就是今日的情形。这模样,又怎能寻出"生的欢喜"来?

人们若成了单为从外面逼来的力所动的机器的妖精,就是为人的最大苦痛了;反之,倘苦因了自己的个性的内底要求所催促的劳动,那可常常是快乐,是愉悦。一样是搬石头种树木之类的造花园的劳动,在受着雇主的命令,或者迫于生活难的威胁,为了工钱而做事的花儿匠,是苦痛的。然而同是这件事,倘使有钱的封翁为了自己内心的要求,自己去做的时候,那就明明是快乐,是消遣了。这样子,在劳动和快乐之间,本没有工作的本质底差异。换了话说,就是并非劳动这一件事有苦患,给与苦患的毕竟不外乎从外面逼来的要求,即强制和压抑。

生活在现代的人们的生活,和在街头拉着货车走的马匹是一样的。从外面想,那确乎是马拉着车罢。马这一面,也许有自以为自己拉着车走的意思。但其实是不然的。那并非马拉着车,却是车推着马使它走。因为倘没有车和轭的压制,马就没有那么地流着大汗,气喘吁吁地奔走的必要的。在现世上,从早到晚飞着人力车,自以为出色的活动家的那些能手之流,其实是度着和那可怜的马匹相差一步的生活,只有自己不觉得,得意着罢了。

据希勒垒尔(Fr. von Schiller)在那有名的《美底教育论》(*Briefe über die Aesthetische Erziehung des Menschen*)上所讲的话,则游戏者,是劳作者的意向(Neigung)和义务(Pflicht)适宜地一致调和了的时候的活动。我说"人惟在游玩的时候才是完全的人"[①]的意思,就是将人们专由自己内心的要求而动,不受着外底强制的自由的创造生活,指为游戏而言。世俗的那些贵劳动而贱游戏的话,若不是被永远甘受着强制的奴隶生活所麻痹了的人们的谬见,便是专制主义者和资本家的专为自己设想的任意的胡言。想一想罢,在人间,能有比自己表现的创造生活还要高贵的生活么?

---

① 拙著《出了象牙之塔》一七四页《游戏论》参照。

没有创造的地方就没有进化。凡是只被动于外底要求,反复着妥协和降伏的生活,而忘却了个性表现的高贵的,便是几千年几万年之间,虽在现在,也还反复着往古的生活的禽兽之属。所以那些全不想发挥自己本身的生命力,单给因袭束缚着,给传统拘囚着,模拟些先人做过的事,而坦然生活着的人们,在这一个意义上,就和畜生同列,即使将这样的东西聚集了几千万,文化生活也不会成立的。

然而以上的话,也不过单就我们和外界的关系说。但这两种的力的冲突,也不能说仅在自己的生命力和从外部而至的强制和压抑之间才能起来。人类是在自己这本身中,就已经有着两个矛盾的要求的。譬如我们一面有着要彻底地以个人而生活的欲望,而同时又有着人类既然是社会底存在物(social being)了,那就也就和什么家族呀,社会呀,国家呀等等调和一些的欲望。一面既有自由地使自己的本能得到满足这一种欲求,而人类的本性既然是道德底存在物(moral being),则别一面就该又有一种欲求,要将这样的本能压抑下去。即使不被外来的法则和因袭所束缚,然而却想用自己的道德,来抑制管束自己的要求的是人类。我们有兽性和恶魔性。但一起也有着神性;有利己主义的欲求,但一起也有着爱他主义的欲求。如果称那一种为生命力,则这一种也确乎是生命力的发现。这样子,精神和物质,灵和肉,理想和现实之间,有着不绝的不调和,不断的冲突和纠葛。所以生命力愈旺盛,这冲突这纠葛就该愈激烈。一面要积极底地前进,别一面又消极底地要将这阻住,压下。并且要知道,这想要前进的力,和想要阻止的力,就是同一的东西。尤其是倘若压抑强,则爆发性突进性即与强度为比例,也更加强烈,加添了炽热的度数。将两者作几乎成正比例看,也可以的。稍为极端地说起来,也就不妨说,无压抑,即无生命的飞跃。

这样的两种力的冲突和纠葛,无论在内底生活上,在外底生活上,是古往今来所有的人们都曾经验的苦痛。纵使因了时代的大势,社会的组织,以及个人的性情,境遇的差异等,要有些大小强弱之差，然而从原始时代以至现在，几乎没有一个不为这苦痛所恼的人们。古人曾将这称为"人生不如意"而叹息了，也说"不从心的是人间世"。用现在的话来说，这便是人间苦，是社会苦，是劳动苦。德国的厌世诗人来瑙（N. Lenau）虽曾经将这称为世界苦恼（Weltschmerz），但都是名目虽异，而包含意义的内容，总不外是想要飞跃突进的生命力，因为被和这正反对的力压抑了而生的苦闷和懊恼。

除了不耐这苦闷，或者绝望之极，否定了人生，至于自杀的之外，人们总无不想设些什么法，脱离这苦境，通过这障碍而突进的。于是我们的生命力，便宛如给磐石挡着的奔流一般，不得不成渊，成溪，取一种迂迴曲折的行路。或则不能不尝那立马阵头，一面杀退几百几千的敌手，一面勇往猛进的战士一样的酸辛。在这里，即有着要活的努力，而一起也就生出人生的兴味来。要创造较好，较高，较自由的生活的人，是继续着不断的努力的。

所以单是"活着"这事，也就是在或一意义上的创造，创作。无论在工厂里做工，在帐房里算帐，在田里耕种，在市里买卖，既然无非是自己的生活力的发现，说这是或一程度的创造生活，那自然是不能否定的。然而要将这些作为纯粹的创造生活，却还受着太多的压抑和制驭。因为为利害关系所烦扰，为法则所左右，有时竟看见显出不能挣扎的惨状来。但是，在人类的种种生活活动之中，这里却独有一个绝对无条件地专营纯一不杂的创造生活的世界。这就是文艺的创作。

文艺是纯然的生命的表现；是能够全然离了外界的压抑和强制，站在绝对自由的心境上，表现出个性来的唯一的世界。忘却名利，除去奴隶根性，从一切羁绊束缚解放下来，这才能成文艺上的创作。必须进到那与留心着报章上的批评，算计着稿费之类的全然两样的心境，这才能成真的文艺作品，因为能做到仅被在自己的心里烧着的感激和情热所动，像天地创造的曙神所做的一样程度的自己表现的世界,是只有文艺而已。我们在政治生活,劳动生活,社会生活之类里所到底寻不见的生命力的无条件的发现,只有在这里,却完全存在。换句话说,就是人类得以抛弃了一切虚伪和敷衍,认真地诚实地活下去的唯一的生活。文艺的所以能占人类的文化生活的最高位,那缘故也就在此。和这一比较,便也不妨说,此外的一切人类活动,全是将我们的个性表现的作为加以减削,破坏,蹂躏的了。

那么,我在先前所说过那样的从压抑而来的苦闷和懊恼,和这绝对创造的文艺,究竟有着怎样的关系呢?并且不但从创作家那一面,还从鉴赏那些作品的读者这一面说起来,人间苦和文艺,应该怎样看法呢?我对于这些问题,当陈述自己的管见之前,想要作为准备,先在这里引用的,是在最近的思想界上得了很大的势力的一个心理学说。

四 精神分析学

在觉察了单靠试验管和显微镜的研究并不一定是达到真理的唯一的路,从实验科学万能的梦中,将要醒来的近来学界上,那些带着神秘底,思索底(speculative),以及罗曼底(romantic)的色采的种种的学说,就很得了势力了。即如我在这里将要引用的精神分析学(Psychoanalysis),以科学家的所说而论,也是非常异样的东西。

奥地利的维也纳大学的精神病学教授弗罗特(S. Freud),和一个医生叫作勃洛耶尔(J. Breuer)的,在一千八百九十五年发表了一本《歇斯迭里的研究》(*Studien über Hysterie*),一千九百年又出了有名的《梦的解释》(*Die Traumdeutung*),从此这精神分析的学说,就日见其多地提起学术界思想界的注意来。甚至于还有人说,这一派的学说在新的心理学上,其地位等于达尔文(Ch. Darwin)的进化论之在生物学。——弗罗特自己夸这学说似乎是歌白尼(N. Copernicus)地动说以来的大发见,这可是使人有些惶恐。——但姑且不论这些,这精神分析论着想之极为奇拔的地方,以及有着丰富的暗示的地方,对于变态心理,儿童心理,性欲学等的研究,却实在开拓了一个新境界。尤其是最近几年来,这学说不但在精神病学上,即在教育学和社会问题的研究者,也发生了影响;又因为弗罗特对于机智,梦,传说,文艺创作的心理之类,都加了一种的解释,所以在今日,便是文艺批评家之间,也很有应用这种学说的人们了。而且连 Freudian Romanticism 这样的奇拔的新名词,也听到了。

　　新的学说也难于无条件地就接受。精神分析学要成为学界的定说,大约总得经过许多的修正,此后还须不少的年月罢。就实际而言,便是从我这样的门外汉的眼睛看来,这学说也还有许多不备和缺陷,有难于立刻首肯的地方。尤其是应用在文艺作品的说明解释的时候,更显出最甚的牵强附会的痕迹来。

　　弗罗特的所说,是从歇斯迭里病人的治疗法出发的。他发见了从希腊的息波克拉第斯(Hippokrates)以来直到现在,使医家束手的这莫名其妙的疾病歇斯迭里的病源,是在病人的阅历中的精神底伤害(Psychische Trauma)里。就是,具有强烈的兴奋性的欲望,即性欲——他称这为 Libido——,曾经因了病人自己的道德性,或者周围的事情,受过压抑和阻止,因此病人的内底生活上,便受了酷烈的创伤。然而病人自己,却无论在过去,在现在,都丝毫没有觉到。这样的过去的苦闷和重伤,现在是已经逸出了他的意识的圈外,自己也毫不觉得这样的苦痛了。虽然如此,而病人的"无意识"或"潜在意识"中,却仍有从压抑得来的酷烈的伤害正在内攻,宛如液体里的沉滓似的剩着。这沉滓现在来打动病人的意识状态,使他成为病底,还很搅乱他的时候,便是歇斯迭里的症状,这是弗罗特所觉察出来的。

　　对于这病的治疗的方法,就是应该根据了精神分析法,寻出那是病源也是祸根的伤害究在病人的过去阅历中的那边,然后将他除去,绝灭。也就是使他将被压抑的欲望极自由地发露表现出来,即由此取去他剩在无意识界的底里的沉滓。这或者用催眠术,使病人说出在过去的阅历经验中的自以为就是这一件的事实来;或者用了巧妙的问答法,使他极自由极开放地说完苦闷的原因,总之是因为直到现在还加着压抑的便是病源,所以要去掉这压抑,使他将欲望搬到现在的意识的世界来。这样的除去了压抑的时候,那病也就一起医好了。

我在这里要引用一条弗罗特教授所发表的事例:

有一个生着很重的歇斯迭里的年青的女人。探查这女人的过去的阅历,就有过下面所说的事。她和非常爱她的父亲死别之后不多久,她的姊姊就结了婚。但不知怎样,她对于她的姊夫却怀着莫名其妙的好意,互相亲近起来,然而说这就是恋爱之类,那自然原是毫不觉到的。这其间,她的姊姊得病死去了。正和母亲一同旅行着,没有知道这事的她,待到回了家,刚站在亡姊的枕边的时候,忽而这样想:姊姊既然已经死掉,我就可以和他结婚了。

弟妹和嫂嫂姊夫结婚,在日本不算希罕,然而在西洋,是看作不伦的事的。弗罗特教授的国度里不知怎样;若在英吉利,则近来还用法律禁止着的事,在戏曲小说上就有。对于姊夫怀着亲密的意思的这女人,当"结婚"这一个观念突然浮上心头的时候,便跪在社会底因袭的面前,将这欲望自己压抑阻止了。会浮上"结婚"这一个观念,她对于姊夫也许本非无意的罢。——这一派的学者并将亲子之爱也看作性的欲望的变形,所以这女人许是失了异性的父亲的爱之后,便将这移到姊夫那边去。——然而这分明是恋爱,却连自己也没有想到过。而且和时光的经过一同,那女人已将这事完全忘掉;后来成了剧烈的歇斯迭里病人,来受弗罗特教授的诊察的时候,连曾经有过这样的欲望的事情也想不起来了。在受着教授的精神分析治疗之间,这才被叫回到显在意识上来,用了非常的情热和兴奋来表现之后,这病人的病,据说即刻也全愈了。这一派的学说,是将"忘却"也归在压抑作用里的。

弗罗特教授的研究发表了以来,这学说不但在欧洲,而在美洲尤其引起许多学子的注目。法兰西泊尔陀大学的精神病学教授莱琪(Régis)氏有《精神分析论》之作,瑞士图列息大学的永格(C. J. Jung)教授则出了《无意识的心理。性欲的变形和象征的研究,对于思想发达史的贡献》。前加拿大托隆德大学的教授琼斯(A. Jones)氏又将关于梦和临床医学和教育心理之类的研究汇聚在《精神分析论集》里。而且由了以青年心理学的研究在我国很出名的美国克拉克大学总长荷耳(G. Stanley Hall)教授,或是也如弗罗特一样的维也纳的医士亚特贲(A. Adler)氏这些人之手,这学说又经了不少的补足和修正。

但是,从精神病学以及心理学看来,这学说的当否如何,是我这样 layman 所不知道的。至于精细的研究,则我国也已有了久保博士的《精神分析法》和九州大学的榊教授的《性欲和精神分析学》这些好书,所以我在这里不想多说话。惟有作为文艺的研究者,看了最近出版的摩兑勒氏的新著《在文学里的色情的动机》[1]以及哈佛氏从这学说的见地,来批评美国近代文学上写实派的翘楚,而现在已经成了故人的荷惠勒士的书[2];又在去年,给学生讲沙士比亚(W. Shakespeare) 的戏曲《玛克培斯》(*Macbeth*)时,则读珂略德的新论[3];此外,又读些用了同样的方法,来研究斯忒林培克(A. Strindberg),威尔士(H. G. Wells)等近代文豪的诸家的论文[4]。我就对

---

[1] *The Erotie Motive in Literature*. By Albert Mordell. New York, Boni and Liveright. 1919.

[2] *William Dean Howells*: *A Study of the Achievement of a Literary Artist*. By Alexander Harvey. New York, B. W. Huebsch. 1917.

[3] *The Hysteria of Lady Macbeth*. By I. H. Coriat, New York, Moffat, Yard and Co. 1912.

[4] *August Strindberg*, *a Psychoanalytic Study*. By Axel Johan Uppvall. *Poet Lore*, Vol. XXXI, No 1, Spring Number, 1920. *H. G. Wells and His Mental Hinterland*. By wilfrid Lay. *The Bookman*(New York), for July 1917.

于那些书的多属非常偏僻之谈,或则还没有丝毫触着文艺上的根本问题等,很以为可惜了。我想试将平日所想的文艺观——即生命力受了压抑而生的苦闷懊恼乃是文艺的根柢,而其表现法乃是广义的象征主义这一节,现在就借了这新的学说,发表出来。这心理学说和普通的文艺家的所论不同,具有照例的科学者一流的组织底体制这一点,就是我所看中的。

五 人间苦与文艺

从这一学派的学说,则在向来心理学家所说的意识和无意识(即潜在意识)之外,别有位于两者的中间的"前意识"(Preconscious, Vorbewusste)。即使这人现在不记得,也并不意识到,但既然曾在自己的体验之内,那就随时可以自发底地想到,或者由联想法之类,能够很容易地拿到意识界来:这就是前意识。将意识比作戏台,则无意识就恰如在里面的后台。有如原在后台的戏子,走出戏台来做戏一样,无意识里面的内容,是支使着意识作用的,只是我们没有觉察着罢了。其所以没有觉察者,即因中间有着称为"前意识"的隔扇,将两者截然区分了的缘故。不使"无意识"的内容到"意识"的世界去,是有执掌监视作用的监督(censor, Zensur)俨然地站在境界线上,看守着的。从那些道德,因袭,利害之类所生的压抑作用,须有了这监督才会有;由两种的力的冲突纠葛而来的苦闷和懊恼,就成了精神底伤害,很深地被埋葬在无意识界里的尽里面。在我们的体验的世界,生活内容之中,隐藏着许多精神底伤害或至于可惨,但意识地却并不觉着的。

然而出于意外的是无意识心理却以可骇的力量支使着我们。为个人,则幼年时代的心理,直到成了大人的时候也还在有意无意之间作用着;为民族,则原始底神话时代的心理,到现在也还于这民族有影响。——思想和文艺这一面的传统主义,也可以从这心理来研究的罢,永格教授的所谓"集合底无意识"(the collective unconscious）以及荷耳教授的称为"民族心"（folk-soul）者，皆即此。据弗罗特说，则性欲决不是到春机发动期才显现，婴儿的钉着母亲的乳房，女孩的缠住异性的父亲，都已经有性欲在那里作用着，这一受压抑，并不记得的那精神底伤害，在成了大人之后，便变化为各样的形式而出现。弗罗特引来作例的是莱阿那陀达文希①。他的大作，被看作艺术界中千古之谜的《穆那里沙》（Mona Lisa）的女人的微笑，经了考证，已指为就是这画家莱阿那陀五岁时候就死别了的母亲的记忆了。在俄国梅垒什珂夫斯奇（D. S. Merezhkovski）的小说《先驱者》（英译 The Forerunner）中，所描写的这文艺复兴期的大天才莱阿那陀的人格，现经精神病学者解剖的结果，也归在这无意识心理上，他那后年的科学研究热，飞机制造，同性爱，艺术创作等，全都归结到由幼年的性欲的压抑而来的"无意识"的潜势底作用里去了。

不但将莱阿那陀，这派的学者也用了这研究法，试来解释过沙士比亚的《哈谟列德》（Hamlet）剧，跋格纳尔（R. Wagner）的歌剧，以及托尔斯泰（L. N. Tolstoi）和来瑙。听说弗罗特又已立了计画，并将瞿提（W. von Goethe）也要动手加以精神解剖了。如我在前面说过的乌普伐勒氏在克拉克大学所提出的学位论文《斯忒林培克研究》，也就是最近的一例。

说是因了尽要满足欲望的力和正相反的压抑力的纠葛冲突而生的精神底伤害，伏藏在无意识界里这一点，我即使单从文艺上的见地看来，对于弗罗特说也以为并无可加异议的余地。但我所最觉得不满意的是他那将一切都归在"性底渴望"里的偏见，部分底地单从一面来看事物的科学家癖。自然，对于这一点，即在同派的许多学子之间，似乎也有了各样的异论了。或者以为不如用"兴味"（interest）这字来代"性底渴望"；亚特赉则主张是"自我冲动"（Ich-

---

① Sigmund Freud, *Eine Kindheitserinnerung des Leonardo da Vinci*. Leipzig und Wien, Deuticke. 1910.

trieb)，英吉利派的学者又想用哈弥耳敦(W. Hamilton)仿了康德(I. Kant)所造的"意欲"(conation)这字来替换他。但在我自己，则有如这文章的冒头上就说过一般，以为将这看作在最广的意义上的生命力的突进跳跃，是妥当的。

着重于永是求自由解放而不息的生命力，个性表现的渴望，人类的创造性，这倾向，是最近思想界的大势，在先也已说过了。人认为这是对于前世纪以来的唯物观决定论的反动。以为人类为自然的大法所左右，但支使于机械底法则，不能动弹的，那是自然科学万能时代的思想。到了二十世纪，这就很失了势力，一面又有反抗因袭和权威，贵重自我和个性的近代底精神步步的占了优势，于是人的自由创造的力就被承认了。

既然肯定了这生命力，这创造性，则我们即不能不将这力和方向正相反的机械底法则，因袭道德，法律底拘束，社会底生活难，此外各样的力之间所生的冲突，看为人间苦的根柢。

于是就成了这样的事，即倘不是恭喜之至的人们，或脉搏减少了的老人，我们就不得不朝朝暮暮，经验这由两种力的冲突而生的苦闷和懊恼。换句话说，即无非说是"活着"这事，就是反复着这战斗的苦恼。我们的生活愈不肤浅，愈深，便比照着这深，生命力愈盛，便比照着这盛，这苦恼也不得不愈加其烈。在伏在心的深处的内底生活，即无意识心理的底里，是蓄积着极痛烈而且深刻的许多伤害的。一面经验着这样的苦闷，一面参与着悲惨的战斗，向人生的道路进行的时候，我们就或呻，或叫，或怨嗟，或号泣，而同时也常有自己陶醉在奏凯的欢乐和赞美里的事。这发出来的声音，就是文艺。对于人生，有着极强的爱慕和执著，至于虽然负了重伤，流着血，苦闷着，悲哀着，然而放不下，忘不掉的时候，在这时候，人类所发出来的诅咒，愤激，赞叹，企慕，欢呼的声音，不就是文艺么？在这样的意义上，文艺就是朝着真善美的理想，追赶向上的一路的生命的进行曲，也是进军的喇叭。响亮的闳远的那声音，有着贯天地动百世的伟力的所以就在此。

生是战斗。在地上受生的第一日，——不，从那最先的第一瞬，我们已经经验着战斗的苦恼了。婴儿的肉体生活本身，不就是和饥饿霉菌冷热的不断的战斗么？能够安稳平和地睡在母亲的胎内的十个月姑且不论，然而一离母胎，作为一个"个体底存在物"（individual being）的"生"才要开始，这战斗的苦痛就已成为难免的事了。和出世同时呱的啼泣的那声音，不正是人间苦的叫唤的第一声么？出了母胎这安稳的床，才遇到外界的刺激的那瞬时发出的啼声，是才始立马在"生"的阵头者的雄声呢，是苦闷的第一声呢，或者还是恭喜地在地上享受人生者的欢呼之声呢？这些姑且不论，总之那呱呱之声，在这样的意义上，是和文艺可以看作那本质全然一样的。于是为要免掉饥饿，婴儿便寻母亲的乳房，烦躁着，哺乳之后，则天使似的睡着的脸上，竟可以看出美的微笑来。这烦躁和这微笑，这就是人类的诗歌，人类的艺术。生力旺盛的婴儿，呱呱之声也闳大。在没有这声音，没有这艺术的，惟有"死"。

用了什么美的快感呀，趣味呀等类非常消极底的宽缓的想头可以解释文艺，已经是过去的事了。文艺倘不过是文酒之宴，或者是花鸟风月之乐，或者是给小姐们散闷的韵事，那就不知道，如果是站在文化生活的最高位的人间活动，那么，我以为除了还将那根柢放在生命力的跃进上来作解释之外，没有别的路。读但丁（A. Dante），弥耳敦（J. Milton），裴伦（G. G. Byron），或者对勃朗宁（R. Browning），托尔斯泰，伊孛生（H. Ibsen），左拉（E. Zola），波特来尔（C. Baudelaire），陀思妥夫斯奇（F. M. Dostojevski）等的作品的时候，谁还有能容那样呆风流的迂缓万分的消闲心的余地呢？我对于说什么文艺上只有美呀，有趣呀之类的快乐主义底艺术观，要竭力地排斥他。而于在人生的苦恼正甚的近代所出现的文学，尤其深切地感到这件事。情话式的游荡记录，不良少年的胡闹日记，文士生活的票友化，如果全是那样的东西在我们文坛上横行，那毫不容疑，是我们的文化生活的灾祸。因为文艺决不是俗众的玩弄物，乃是该严肃而且沉痛的人间苦的象征。

六　苦闷的象征

据和伯格森一样，确认了精神生活的创造性的意大利的克洛契（B. Croce）的艺术论说，则表现乃是艺术的一切。就是表现云者，并非我们单将从外界来的感觉和印象他动底地收纳，乃是将收纳在内底生活里的那些印象和经验作为材料，来做新的创造创作。在这样的意义上，我就要说，上文所说似的绝对创造的生活即艺术者，就是苦闷的表现。

到这里，我在方便上，要回到弗罗特一派的学说去，并且引用他。这就是他的梦的说。

说到梦，我的心头就浮出一句勃朗宁咏画圣安特来亚的诗来：

　　——Dream? strive to do, and agonize to do, and fail in doing.

　　　　　　　　　　　　　　　　　——*Andrea del Sarto.*

"梦么？抢着去做，拼着去做，而做不成。"这句子正合于弗罗特的欲望说。

据弗罗特说，则性底渴望在平生觉醒状态时，因为受着那监督的压抑作用，所以并不自由地现到意识的表面。然而这监督的看守松放时，即压抑作用减少时，那就是睡眠的时候。性底渴望便趁着这睡眠的时候，跑到意识的世界来。但还因为要瞒过监督的眼睛，又不得不做出各样的胡乱的改装。梦的真的内容——即常是躲在无意识的底里的欲望，便将就近的顺便的人物事件用作改装的家伙，以不称身的服饰的打扮而出来了。这改装便是梦的显在内容（manifeste Trauminhalt），而潜伏着的无意识心理的那欲望，则是梦的潜在内容（latente Trauminhalt），也即是梦的思想（Traumgedanken）。改装是象征化。

听说出去探查南极的人们，缺少了食物的时候，那些人们的多数所梦见的东西是山海的珍味；又听说旅行亚非利加的荒远的沙漠的人夜夜走过的梦境，是美丽的故国的山河。不得满足的性欲冲动在梦中得了满足，成为或一种病底状态，这是不待性欲学者的所说，世人大抵知道的罢。这些都是最适合于用弗罗特说的事，以梦而论，却是甚为单纯的。柏拉图的《共和国》(Platon's *Republica*)摩耳的《乌托邦》(Th. More's *Utopia*)，以至现代所做的关于社会问题的各种乌托邦文学之类，都与将思想家的欲求，借了梦幻故事，照样表现出来的东西没有什么不同。这就是潜在内容的那思想，用了极简单极明显的显在内容——即外形——而出现的时候。

抢着去做，拼着去做，而做不成的那企慕，那欲求，若正是我们伟大的生命力的显现的那精神底欲求时，那便是以绝对的自由而表现出来的梦。这还不能看作艺术么？伯格森也有梦的论，以为精神底活力(Energie spirituel)具了感觉底的各样形状而出现的就是梦。这一点，虽然和欲望说全然异趣，但两者之间，我以为也有着相通的处所的。

然而文艺怎么成为人类的苦闷的象征呢？为要使我对于这一端的见解更为分明，还有稍为借用精神分析学家的梦的解说的必要。

作为梦的根源的那思想即潜在内容，是很复杂而多方面的，从未识人情世故的幼年时代以来的经验，成为许多精神底伤害，积蓄埋藏在“无意识”的圈里。其中的几个，即成了梦而出现，但显在内容这一面，却被缩小为比这简单得多的东西了。倘将现于一场的梦的戏台上的背景，人物，事件分析起来，再将各个头绪作为线索，向潜在内容那一面寻进去，在那里便能够看见非常复杂的根本。据说梦中之所以有万料不到的人物和事件的配搭，出奇的 anachronism（时代错误）的凑合者，就因为有这压缩作用(Verdichtungsarbeit)的缘故。就像在演戏，将绵延三四十年的事象，仅用三四时间的扮演便已表现了的一般；又如罗舍谛(D. G. Rossetti)的诗《白船》(*White Ship*)中所说，人在将要淹死的一刹那，就于瞬间梦见自己的久远的

过去的经验,也就是这作用。花山院的御制有云:

在未辨长夜的起讫之间,

梦里已见过几世的事了。

(《后拾遗集》十八)

即合于这梦的表现法的。

梦的世界又如艺术的境地一样,是尼采之所谓价值颠倒的世界。在那里有着转移作用(Verschiebungsarbeit),即使在梦的外形即显在内容上,出现的事件不过一点无聊的情由,但那根本,却由于非常重大的大思想。正如虽然是只使报纸的社会栏热闹些的市井的琐事,邻近的夫妇的拌嘴,但经沙士比亚和伊孛生的笔一描写,在戏台上开演的时候,就暗示出那根柢中的人生一大事实一大思想来。梦又如艺术一样,是一个超越了利害,道德等一切的估价的世界。寻常茶饭的小事件,在梦中就如天下国家的大事似的办,或者正相反,便是惊天动地的大事件,也可以当作平平常常的小事办。

这样子,在梦里,也有和戏曲小说一样的表现的技巧。事件展开,人物的性格显现。或写境地,或描动作。弗罗特称这作用为描写(Darstellung)[1]。

所以梦的思想和外形的关系,用了弗罗特自己的话来说,则为"有如将同一的内容,用了两种各别的国语来说出一样。换了话说,就是梦的显在内容者,即不外乎将梦的思想,移到别的表现法去的东西。那记号和联络,则我们可由原文和译文的比较而知道。"[2]这岂非明明是一般文艺的表现法的那象征主义(symbolism)么?

或一抽象底的思想和观念,决不成为艺术。艺术的最大要件,是在具象性。即或一思想内容,经了具象底的人物,事件,风景之类的活的东西而被表现的时候;换了话说,就是和梦的潜在内容改装

---

① 关于以上的作用,详见 Sigm. Freud, *Die Traumdeutung*, S. 222—273。

② *op. cit.* S. 222.

打扮了而出现时,走着同一的径路的东西,才是艺术。而赋与这具象性者,就称为象征(symbol)。所谓象征主义者,决非单是前世纪末法兰西诗坛的一派所曾经标榜的主义,凡有一切文艺,古往今来,是无不在这样的意义上,用着象征主义的表现法的。

在象征,内容和外形之间,总常有价值之差。即象征本身和仗了象征而表现的内容之间,有轻重之差,这是和上文说过的梦的转移作用完全同一的。用色采来说,就和白表纯洁清净,黑表死和悲哀,黄金色表权力和荣耀似的;又如在宗教上最多的象征,十字架,莲花,火焰之类所取义的内容等,各各含有大神秘的潜在内容正一样。就近世的文学而言,也有将伊孛生的《建筑师》(英译 *The Master Builder*)的主人公所要揭在高塔上的旗子解释作象征化了的理想,他那《游魂》(英译 *Ghosts*)里的太阳则是表象那个人主义的自由和美的。即全是借了简单的具象底的外形(显在内容),而在中心,却表显着复杂的精神底的东西,理想底的东西,或思想,感情等。这思想,感情,就和梦的时候的潜在内容相当。

象征的外形稍为复杂的东西,便是讽喻(allegory),寓言(fable),比喻(parable)之类,这些都是将真理或教训,照样极浅显地嵌在动物谭或人物故事上而表现的。但是,如果那外形成为更加复杂的事象,而备了强的情绪底效果,带着刺激底性质的时候,那便成为很出色的文艺上的作品。但丁的《神曲》(*Divina Commedia*)表示中世的宗教思想,弥耳敦的《失掉的乐园》(*Paradise Lost*)以文艺复兴以后的新教思想为内容,待到沙士比亚的《哈谟列德》来暗示而且表象了怀疑的烦闷,而真的艺术品于是成功。[①]

---

① 我的旧作《近代文学十讲》(小板)五五〇页以下参照。

Silberer, *Problems of Mysticism and its Symbolism*. New York, Moffat, Yard and Co. 1917. 这一部书也是从精神分析学的见地写成的,关于象征和寓言和梦的关系,可以参照同书的 Part I. Sections I, II; Part II, Section I.

照这样子,弗罗特教授一派的学者又来解释希腊梭孚克里斯(Sophokles)的大作,悲剧《阿迭普斯》,立了有名的 OEDIPUS COMPLEX(阿迭普斯错综)说;又从民族心理这方面看,使古代神话传说的一切,都归到民族的美的梦这一个结论了。

在内心燃烧着似的欲望,被压抑作用这一个监督所阻止,由此发生的冲突和纠葛,就成为人间苦。但是,如果说这欲望的力免去了监督的压抑,以绝对的自由而表现的唯一的时候就是梦,则在我们的生活的一切别的活动上,即社会生活,政治生活,经济生活,家族生活上,我们能从常常受着的内底和外底的强制压抑解放,以绝对的自由,作纯粹创造的唯一的生活就是艺术。使从生命的根柢里发动出来的个性的力,能如间歇泉(geyser)的喷出一般地发挥者,在人生惟有艺术活动而已。正如新春一到,草木萌动似的,禽鸟嘤鸣似的,被不可抑止的内底生命(inner life)的力所逼迫,作自由的自己表现者,是艺术家的创作。在惯于单是科学底地来看事物的心理学家的眼里,至于看成"无意识"的那么大而且深的这有意识的苦闷和懊恼,其实是潜伏在心灵的深奥的圣殿里的。只有在自由的绝对创造的生活里,这受了象征化,而文艺作品才成就。

人生的大苦患大苦恼,正如在梦中,欲望便打扮改装着出来似的,在文艺作品上,则身上裹了自然和人生的各种事象而出现。以为这不过是外底事象的忠实的描写和再现,那是谬误的皮相之谈。所以极端的写实主义和平面描写论,如作为空理空论则弗论,在实际的文艺作品上,乃是无意义的事。便是左拉那样主张极端的唯物主义的描写论的人,在他的著作《工作》(*Travail*),《蕃茂》(*La Fécondite*)之类里所显示的理想主义,不就内溃了他自己的议论么?他不是将自己的欲望的归着点这一个理想,就在那作品里暗示着么?如近时在德国所唱道的称为表现主义(Expressionismus)的那主义,要之就在以文艺作品为不仅是从外界受来的印象的再现,乃是将蓄在作家的内心的东西,向外面表现出去。他那反抗从来的客观底态度的印象主义（Impressionismus）而置重于作家主观的表现（Expression）的事，和晚近思想界的确认了生命的创造性的大势，该可以看作一致的罢。艺术到底是表现，是创造，不是自然的再现，也不是模写。

倘不是将伏藏在潜在意识的海的底里的苦闷即精神底伤害，象征化了的东西，即非大艺术。浅薄的浮面的描写，纵使巧妙的技俩怎样秀出，也不能如真的生命的艺术似的动人。所谓深入的描写者，并非将败坏风俗的事象之类，详细地，单是外面底地细细写出之谓；乃是作家将自己的心底的深处，深深地而且更深深地穿掘下去，到了自己的内容的底的底里，从那里生出艺术来的意思。探检自己愈深，便比照着这深，那作品也愈高，愈大，愈强。人觉得深入了所描写的客观底事象的底里者，岂知这其实是作家就将这自己的心底极深地抉剔着，探检着呢。克洛契之所以承认了精神活动的创造性者，我以为也就是出于这样的意思。

不要误解。所谓显现于作品上的个性者，决不是作家的小我，也不是小主观。也不得是执笔之初，意识地想要表现的观念或概念。倘是这样做成的东西，那作品便成了浅薄的做作物，里面就有牵强，有不自然，因此即不带着真的生命力的普遍性，于是也就欠缺足以打动读者的生命的伟力。在日常生活上，放肆和自由该有区别，在艺术也一样，小主观和个性也不可不有截然的区别。惟其创作家有了竭力忠实地将客现的事象照样地再现出来的态度，这才从作家的无意识心理的底里，毫不勉强地，浑然地，不失本来地表现出他那自我和个性来。换句话，就是惟独如此，这才发生了生的苦闷，而自然而然地象征化了的"心"，乃成为"形"而出现。所描写的客观的事象这东西中，就包藏着作家的真生命。到这里，客观主义的极致，即与主观主义一致，理想主义的极致，也与现实主义合一，而真的生命的表现的创作于是成功。严厉地区别着什么主观，客观，理想，现实之间，就是还没有达于透彻到和神的创造一样程度的创造的缘故。大自然大生命的真髓,我以为用了那样的态度是捉不到的。

即使是怎样地空想底的不可捉摸的梦,然而那一定是那人的经验的内容中的事物,各式各样地凑合了而再现的。那幻想,那梦幻,总而言之,就是描写着藏在自己的胸中的心象。并非单是模写,也不是模仿。创造创作的根本义,即在这一点。

在文艺上设立起什么乐天观,厌生观,或什么现实主义,理想主义等类的分别者,要之就是还没有触到生命的艺术的根柢的,表面底皮相底的议论。岂不是正因为有现实的苦恼,所以我们做乐的梦,而一起也做苦的梦么?岂不是正因为有不满于现在的那不断的欲求,所以既能为梦见天国那样具足圆满的境地的理想家,也能梦想地狱那样大苦患大懊恼的世界的么?才子无所往而不可,在政治科学文艺一切上都发挥出超凡的才能,在别人的眼里,见得是十分幸福的生涯的瞿提的阅历中,苦闷也没有歇。他自己说,"世人说我是幸福的人,但我却送了苦恼的一生。我的生涯,都献给一块一块迭起永久的基础来这件事了。"从这苦闷,他的大作《孚司德》(Faust),《威绥的烦恼》(Werthers Leiden),《威廉玛思台尔》(Wilhelm Meister),便都成为梦而出现。投身于政争的混乱里,别妻者几回,自己又苦闷于盲目的悲运的弥耳敦,做了《失掉的乐园》,也做了《复得的乐园》(Paradise Regained)。失了和毕阿德里契(Beatrice)的恋,又为流放之身的但丁,则在《神曲》中,梦见地狱界,净罪界和天堂界的幻想。谁能说失恋丧妻的勃朗宁的刚健的乐天诗观,并不是他那苦闷的变形转换呢?若在大陆近代文学中,则如左拉和陀思妥夫斯奇的小说,斯忒林培克和伊孛生的戏曲,不就可以听作被世界苦恼的恶梦所魔的人的呻吟声么?不是梦魔使他叫唤出来的可怕的诅咒声么?

法兰西的拉玛尔丁(A. M. L. de Lamartine)说明弥耳敦的大著作,以为《失掉的乐园》是清教徒睡在《圣书》(Bible)上面时候所做的梦,这实在不应该单作形容的话看。《失掉的乐园》这篇大叙事诗虽然以《圣书》开头的天地创造的传说为梦的显在内容,但在根柢里,作为潜在内容者,则是苦闷的人弥耳敦的清教思想(Puritanism)。并不是撒但和神的战争以及伊甸的乐园的叙述之类,动了我们的心;打动我们的是经了这样的外形,传到读者的心胸里来的诗人的痛烈的苦闷。

在这一点上,无论是《万叶集》,是《古今集》,是芜村,芭蕉的俳句,是西洋的近代文学,在发生的根本上是没有本质底的差异的。只有在古时候的和歌俳句的诗人——戴着樱花,今天又过去了的词臣,那无意识心理的苦闷没有像在现代似的痛烈,因而精神底伤害也就较浅之差罢了。既经生而为人,那就无论在词臣,在北欧的思想家,或者在漫游的俳人,人间苦便都一样地在无意识界里潜伏着,而由此生出文艺的创作来。

我们的生活力,和侵进体内来的细菌战。这战争成为病而发现的时候,体温就异常之升腾而发热。正像这一样,动弹不止的生命力受了压抑和强制的状态,是苦闷,而于此也生热。热是对于压抑的反应作用;是对于 action 的 reaction。所以生命力愈强,便比照着那强,愈盛,便比照着那盛,这热度也愈高。从古以来,许多人都曾给文艺的根本加上各种的名色了。沛得(Walter Pater)称这为"有情热的观照"(impassioned contemplation),梅垒什珂夫斯奇叫他"情想"(passionate thought),也有借了雪莱(P. B. Shelley)《云雀歌》(Skylark)的末节的句子,名之曰"谐和的疯狂"(harmonious madness)的批评家。古代罗马人用以说出这事的是"诗底奋激"(furor poeticus)。只有话是不同的,那含义的内容,总之不外乎是指这热。沙士比亚却更进一步,有如下面那样地作歌。这是当作将创作心理的过程最是诗底地说了出来的句子,向来脍炙人口的:

> The poet's eye, in a fine frenzy rolling,
>
> Doth glance from heaven to earth, from earth to heaven;

And, as imagination bodies forth

The forms of things unknown, the poet's pen

Turns them to shapes, and gives to airy nothing

A local habitation and a name.

　　　　　——*Midsummer Night's Dream*, Act v. Sc. i.

诗人的眼,在微妙的发狂的回旋,

瞥闪着,从天到地,从地到天;

而且提出未知的事物的形象来,作为想象的物体,

诗人的笔即赋与这些以定形,

并且对于空中的乌有,

则给以居处与名。

　　　　　——《夏夜的梦》,第五场,第一段。

在这节的第一行的 fine frenzy, 就是指我所说的那样意思的"热"。

　　然而热这东西,是藏在无意识心理的底里的潜热。这要成为艺术品,还得受了象征化,取或一种具象底的表现。上面的沙士比亚的诗的第三行以下,即可以当作指这象征化具象化看的。详细地说,就是这经了目能见耳能闻的感觉的事象即自然人生的现象,而放射到客观界去。对于常人的眼睛所没有看见的人生的或一状态"提出未知的事物的形象来,作为想象的物体";抓住了空漠不可捉摸的自然人生的真实,给与"居处与名"的是创作家。于是便成就了有极强的确凿的实在性的梦。现在的 poet 这字,语源是从希腊语的 poiein＝to make 来的。所谓"造"即创作者,也就不外乎沙士比亚之所谓"提出未知的事物的形象来,作为想象的物体,即赋与以定形"的事。

　　最初,是这经了具象化的心象(image),存在作家的胸中。正如怀孕一样,最初,是胎儿似的心象,不过为 conceived image。是西洋美学家之所谓"不成形的胎生物"(alortive conception)。既已孕了的

东西,就不能不产出于外。于是作家遂被自己表现(self-expression or self-externalization)这一个不得已的内底要求所逼迫,生出一切母亲都曾经验过一般的"生育的苦痛"来。作家的生育的苦痛,就是为了怎样将存在自己胸里的东西,炼成自然人生的感觉底事象,而放射到外界去;或者怎样造成理趣情景兼备的一个新的完全的统一的小天地,人物事象,而表现出去的苦痛。这又如母亲们所做的一样,是作家分给自己的血,割了灵和肉,作为一个新的创造物而产生。

又如经了"生育的苦痛"之后,产毕的母亲就有欢喜一样,在成全了自己生命的自由表现的创作家,也有离了压抑作用而得到创造底胜利的欢喜。从什么稿费名声那些实际底外底的满足所得的不过是快感(pleasure),但别有在更大更高的地位的欢喜(joy),是一定和创造创作在一处的。

第二　鉴 赏 论

一　生命的共感

以上为止,我已经从创作家这一面,论过文艺了。那么,倘从鉴赏者即读者看客这一面看,又怎样说明那很深地伏在无意识心理的深处的苦闷的梦或象征,乃是文艺呢?

我为要解释这一点,须得先说明艺术的鉴赏者也是一种创作家,以明创作和鉴赏的关系。

凡文艺的创作,在那根本上,是和上文说过那样的"梦"同一的东西,但那或一种,却不可不有比梦更多的现实性和合理性,不像梦一般支离灭裂而散漫,而是俨然统一了的事象,也是现实的再现。正如梦是本于潜伏在无意识心理的底里的精神底伤害一般,文艺作品则是本于潜伏在作家的生活内容的深处的人间苦。所以经了描写在作品上的感觉底具象底的事实而表现出来的东西,即更是本在内面的作家的个性生命,心,思想,情调,心气。换了话说,就是那些茫然不可捕捉的无形无色无臭无声的东西,用了有形有色有臭有声的具象底的人物事件风景以及此外各样的事物,作为材料,而被表出。那具象底感觉底的东西,即被称为象征。

所以象征云者,是暗示,是刺激;也无非是将沉在作家的内部生命的底里的或种东西,传给鉴赏者的媒介物。

生命者,是遍在于宇宙人生的大生命。因为这是经由个人,成为艺术的个性而被表现的,所以那个性的别半面,也总得有大的普遍性。就是既为横目竖鼻的人,则不问时的古今,地的东西,无论谁那里都有着共通的人性;或者既生在同时代,同过着苦恼的现代的生活,即无论为西洋人,为日本人,便都被焦劳于社会政治上的同样的问题;或者既然以同国度同时代同民族而生活着,即无论谁的心中,便都有共通的思想。在那样的生命的内容之中,即有人的普遍性共通性在。换句话说,就是人和人之间,是具有足以呼起生命的共感的共通内容存在的。那心理学家所称为"无意识""前意识""意识"那些东西的总量,用我的话来说,便是生命的内容。因为作家和读者的生命内容有共通性共感性,所以这就因了称为象征这一种具有刺激性暗示性的媒介物的作用而起共鸣作用。于是艺术的鉴赏就成立了。

将生命的内容用别的话来说,就是体验的世界。这里所谓体验(Erlebnis),是指这人所曾经深切的感到过,想过,或者见过,听过,做过的事的一切;就是连同外底和内底,这人的曾经经验的事的总量。所以所谓艺术的鉴赏,是以作家和读者间的体验的共通性共感性,作为基础而成立的。即在作家和读者的"无意识""前意识""意识"中,两边都有能够共通共感者存在。作家只要用了称为象征这一种媒介物的强的刺激力,将暗示给与读者,便立刻应之而共鸣,在读者的胸中,也炎起一样的生命的火。只要单受了那刺激,读者也就自行燃烧起来。这就因为很深的沉在作家心中的深处的苦闷,也即是读者心中本已有了的经验的缘故。用比喻说,就如因为木材有可燃性,所以只要一用那等于象征的火柴,便可以从别的东西在这里点火。也如在毫无可燃性的石头上,不能放火一样,对于和作家并无可以共通共感的生命的那些俗恶无趣味无理解的低级读者,则纵有怎样的大著杰作,也不能给与什么铭感,纵使怎样的大天才大作家,对于这样的俗汉也就无法可施。要而言之,从艺术上说,这种俗汉乃是无缘的众生,难于超度之辈。这样的时候,鉴赏即全不成立。

这是很在以前的旧话了:曾有一个身当文教的要路的人儿,头脑很旧,脉搏减少了的罢,他看了风靡那时文坛的新文艺的作品之后,说的话可是很胡涂。"冗长地写出那样没有什么有趣的话来,到了结末的地方,是仿佛骗人似的无聊的东西而已。"听说他还怪青年们有什么有趣,竟来读那样的小说哩。这样的老人——即使年纪青,这样的老人世上多得很——和青年,即使生在同时代同社会中,但因为体验的内容全两样,其间就毫无可以共通共感的生活内容。这是欠缺着鉴赏的所以得能成立的根本的。

这不消说,体验的世界是因人而异的。所以文艺的鉴赏,其成立,以读者和作家两边的体验相近似,又在深,广,大,高,两边都相类似为唯一最大的要件。换了话说,就是两者的生活内容,在质底和量底都愈近似,那作品便完全被领会,在相反的时候,鉴赏即全不成立。

大艺术家所有的生活内容,包含着的东西非常大,也非常广泛。科尔律支(S. T. Coleridge)的评沙士比亚,说是"our myriad-minded Shakespeare"的缘故就在此。以时代言,是三百年前的伊利沙伯朝的作家,以地方言,是辽远的英吉利这一个外国人的著作,然而他的作品里,却包含着超越了时间处所的区别,风动百世之人声闻千里之外的东西。譬如即以他所描写的女性而论,如籍里德(Juliet),如乌斐理亚(Ophelia),如波尔谛亚(Portia),如罗赛林特(Rosalind),如克来阿派忒拉(Cleopatra)这些女人,比起勖里檀(R. B. Sheridan)所写的十八世纪式的女人,或者见于迭更斯(Ch. Dickens),萨凯来(W. M. Thackeray)的小说里的女人来,远是近代式的"新派"。般琼生(Ben Jonson)赞美他说,"He was not of an age but for all time."真的,如果能如沙士比亚似的营那自由的大的创造创作的生活,那可以说,这竟已到了和天地自然之创造者的神相近的境地了。这一句话,在或一程度上,瞿提和但丁那里也安得上。

但在非常超轶的特异的天才,则其人的生活内容,往往竟和同时代的人们全然离绝,进向遥远的前面去。生在十八世纪的勃来克(W. Blake)的神秘思想,从那诗集出来以后,几乎隔了一世纪,待到前世纪末欧洲的思想界出现了神秘象征主义的潮流,这才在人心上唤起反响。初期的勃朗宁或斯温班(A. Ch. Swinburne)绝不为世间所知,当时的声望且不及众小诗人者,就因为已经进步到和那同时代的人们的生活内容,早没有可以共通共感的什么了的缘故。就因为超过那所谓时代意识者已至十年,二十年;不,如勃来克似的,且至一百年模样而前进了的缘故。就因为早被那当时的人们还未在内底生活上感到的"生的苦痛"所烦恼,早已做着来世的梦了的缘故。

只要有共同的体验,则虽是很远的瑙威国的伊孛生的著作,因为同是从近代生活的经验而来的出产,所以在我们的心底里也有反响。几千年前的希腊人荷马(Homeros)所写的托罗亚的战争和海伦(Hellen),亚契来斯(Achilles)的故事,因为其中有着共通的人情,所以虽是二十世纪的日本人读了,也仍然为他所动。但倘要鉴赏那时代和处所太不同了的艺术品,则须有若干准备,如靠着旅行和学问等类的力,调查作者的环境阅历,那时代的风俗习惯等,以补读者自己的体验的不足的部分;或者仗着自己的努力,即使只有几分,也须能够生在那一时代的氛围气中才好。所以在并不这样特别努力,例如向来不做研究这类的事的人们,较之读荷马,但丁,即使比那些更不如,也还是近代作家的作品有趣;而且,即在近代,较之读外国的,也还是本国作家的作品有兴味者,那理由就在此。又在比较多数的人们,凡描写些共通的肤浅平凡的经验的作家,却比能够表出高远复杂的冥想底的深的经验来的作家,更能打动多数的读者,也即原于这理由。朗斐罗(H. W. Longfellow)和朋士(R. Burns)的诗歌,比起勃朗宁和勃来克的来,读的人更其多,被称为浅俗的白乐天的作品,较之气韵高迈的高青邱等的尤为 appeal 于多数者的原因,也在这一点。

所谓弥耳敦为男性所读,但丁为女性所好;所谓青年而读裴伦,中年而读渥特渥思(W. Wordsworth);又所谓童话,武勇谭,冒险小说之类,多只为幼年少年所爱好,不惹大人的感兴等,这就全都由于内生活的体验之差。这也因年龄,因性而异;也因国土,因人种而异。在毫没有见过日本的樱花的经验的西洋人,即使读了咏樱花的日本诗人的名歌,较之我们从歌咏上得来的诗兴,怕连十分之一也得不到罢。在未尝见雪的热带国的人,雪歌怕不过是感兴很少的索然的文字罢。体验的内容既然不同,在那里所写的或樱或雪这一种象征,即全失了足以唤起那潜伏在鉴赏者的内生命圈的深处的感情和思想和情调的刺激底暗示性,或则成了甚为微弱的东西。沙士比亚确是一个大作家。然而并无沙士比亚似的罗曼底的生活内容的十八世纪以前的英国批评家,却绝不顾及他的作品。即在近代也一样,托尔斯泰和萧因为毫无罗曼底的体验的世界,所以攻击沙士比亚;而正相反,如罗曼底的默退林克(M. Maeterlinck),则虽然时代和国土都远不相同,却很动心于沙士比亚的戏曲。

二 自己发见的欢喜

到这里,我还得稍稍补订自己的用语。我在先使用了"体验""生活内容""经验"这些名词,但在生命既然有普遍性,则广义上的生命这东西,当然能够立地构成读者和作者之间的共通共感性。譬如生命的最显著的特征之一的律动（rhythm），无论怎样，总有从一人传到别人的性质。一面弹钢琴，只要不是聋子，听的人们也就在不知不识之间，听了那音而手舞足蹈起来。即使不现于动作，也在心里舞蹈。即因为叩击钢琴的键盘的音，有着刺激底暗示性，能打动听者的生命的中心，在那里唤起新的振动的缘故。就是生命这东西的共鸣，的共感。

这样子，读者和作家的心境帖然无间的地方，有着生命的共鸣共感的时候，于是艺术的鉴赏即成立。所以读者看客听众从作家所得的东西，和对于别的科学以及历史家哲学家等的所说之处不同，乃是并非得到知识。是由了象征，即现于作品上的事象的刺激力，发见他自己的生活内容。艺术鉴赏的三昧境和法悦，即不外乎这自己发见的欢喜。就是读者也在自己的心的深处，发见了和作者借了称为象征这一种刺激性暗示性的媒介物所表现出来的自己的内生活相共鸣的东西了的欢喜。正如睡魔袭来的时候，我用我这手拧自己的膝，发见自己是活着一般，人和文艺作品相接，而感到自己是在活着。详细地说，就是读者自己发现了自己的无意识心理——在精神分析学派的人们所说的意义上——的蕴藏；是在诗人和艺术家所挂的镜中，看见了自己的魂灵的姿态。因为有这镜，人们才能够看见自己的生活内容的各式各样；同时也得了最好的机会，使自己的生活内容更深，更大，更丰。

所描写的事象，不过是象征，是梦的外形。因了这象征的刺激，读者和作家两边的无意识心理的内容——即梦的潜在内容——这才相共鸣相共感。从文艺作品里渗出来的实感味就在这里。梦的潜在内容，不是上文也曾说过，即是人生的苦闷，即是世界苦恼么？

所以文艺作品所给与者，不是知识（information）而是唤起作用（evocation）。刺激了读者，使他自己唤起自己体验的内容来，读者的受了这刺激而自行燃烧，即无非也是一种创作。倘说作家用象征来表现了自己的生命，则读者就凭了这象征，也在自己的胸中创作着。

倘说作家这一面做着产出底创作（productive creation），则读者就将这收纳，而自己又做共鸣底创伤（responsive creation）。有了这二重的创作，才成文艺的鉴赏。

因为这样，所以能够享受那免去压抑的绝对自由的创造生活者，不但是作家。单是为"人"而活着的别的几千万几亿万的常人，也可以由作品的鉴赏，完全地尝到和作家一样的创造生活的境地。从这一点上说，则作家和读者之差，不过是自行将这象征化而表现出来和并不如是这一个分别。换了话说，就是文艺家做那凭着表现的创作，而读者则做凭着唤起的创作。我们读者正在鉴赏大诗篇大戏曲时候的心状，和旁观着别人的舞蹈唱歌时候，我们自己虽然不歌舞，但心中却也舞着，也唱着，是全然一样的。这时候，已经不是别人的舞和歌，是我们自己的舞和歌了。赏味诗歌的时候，我们自己也就已经是诗人，是歌人了。因为是度着和作家一样的创造创作的生活，而被拉进在脱却了压抑作用的那梦幻幻觉的境地里。做了拉进这一点暗示作用的东西就是象征。

就鉴赏也是一种创作而言，则其中又以个性的作用为根柢的事，那自然是不消说。就是从同一的作品得来的铭感和印象，又因各人而不同。换了话说，也就是经了一个象征，从这所得的思想感情心气等，都因鉴赏者自己的个性和体验和生活内容，而在各人之间，有着差别。将批评当作一种创作，当作创造底解释（creative interpretation）的印象批评，就站在这见地上。对于这一点，法国的勃廉谛尔的客观批评说和法兰斯（A. France）的印象批评说之间所生的争论，是在近代的艺术批评史上划出一个新时期的。勃廉谛尔原是同泰纳（H. A. Taine）和圣蒲孚（Ch. A. Sainte-Beuve）一样，站在科学底批评的见地上，抱着传统主义的思想的人，所以就将批评的标准放在客观底法则上，毫不顾及个性的尊严。法兰斯却正相反，和卢美戍尔（M. J. Lemaitre）以及沛得等，都说批评是经了作品而看见自己的事，偏着重于批评家的主观的印象。尽量地承认了鉴赏者的个性和创造性,还至于说出批评是"在杰作中的自己的精神的冒险"的话来。至于卢美忒尔,则更其极端地排斥批评的客观底标准,单置重于鉴赏的主观,将自我(Moi)作为批评的根柢;沛得也在他的论集《文艺复兴》(Renaissance)的序文上,说批评是自己从作品得来的印象的解剖。勃廉谛尔一派的客观批评说,在今日已是科学万能思想时代的遗物,陈旧了。从无论什么都着重于个性和创造性的现在的思想倾向而言,我们至少在文艺上,也不得不和法兰斯、卢美忒尔等的主观说一致。我以为淮尔特(Oscar Wilde)说"最高的批评比创作更其创作底"(The highest criticism is more creative than creation)①的意思,也就在这里。

说话不觉进了歧路了;要之因为作家所描写的事象是象征,所以凭了从这象征所得的铭感,读者就点火在自己的内底生命上,自行燃烧起来。换句话,就是借此发见了自己的体验的内容,得以深味到和创作家一样的心境。至于作这体验的内容者,则也必和作家相同,是人间苦,是社会苦。因为这苦闷,这精神底伤害,在鉴赏者的无意识心理中,也作为沉滓而伏藏着,所以完全的鉴赏即生命的共鸣共感即于是成立。

到这里,我就想起我曾经读过的波特来尔的《散文诗》(Petites Poèmes en Prose)里,有着将我所要说的事,譬喻得很巧的题作《窗户》(Les fenetres)的一篇来:

> 从一个开着的窗户外面看进去的人,决不如那看一个关着的窗户的见得事情多。再没有东西更深邃,更神秘,更丰富,更阴晦,更眩感,胜于一支蜡烛所照的窗户了。日光底下所能看见的总是比玻璃窗户后面所映出的趣味少。在这黑暗或光明的隙孔里,生命活着,生命梦着,生命苦着。

> 在波浪似的房顶那边,我望见一个已有皱纹的,穷苦的,中

---

① 参照 Wilde 的论集《意向》(Intentions)中的《为艺术家的批评家》。

年的妇人,常常低头做些什么,并且永不出门。从她的面貌,从她的服装,从她的动作,从几乎无一,我纂出这个妇人的历史,或者说是她的故事,还有时我哭着给我自己述说它。

倘若这是个穷苦的老头子,我也能一样容易地纂出他的故事来。

于是我躺下,满足于我自己已经在旁人的生命里活过了,苦过了。

恐怕你要对我说:"你确信这故事是真的么?"在我以外的事实,无论如何又有什么关系呢,只要它帮助了我生活,感到我存在和我是怎样?

烛光照着的关闭的窗是作品。瞥见了在那里面的女人的模样,读者就在自己的心里做出创作来。其实是由了那窗,那女人而发见了自己;在自己以外的别人里,自己生活着,烦恼着,并且对于自己的存在和生活,得以感得,深味。所谓鉴赏者,就是在他之中发见我,我之中看见他。

三 悲剧的净化作用

我讲一讲悲剧的快感,作为以上诸说的最适切的例证罢。人们的哭,是苦痛。但是特意出了钱,去看悲哀的戏剧,流些眼泪,何以又得到快感呢? 关于这问题,古来就有不少的学说,我相信将亚里士多德(Aristoteles)在《诗学》(*Peri Poietikes*)里所说的那有名的净化作用(catharsis)之说,下文似的来解释,是最为妥当的。

据亚里士多德的《诗学》上的话,则所谓悲剧者,乃是催起"怜"(pity)和"怕"(fear)这两种感情的东西,看客凭了戏剧这一个媒介物而哭泣,因此洗净他郁积纠结在自己心里的悲痛的感情,这就是悲剧所给与的快感的基础。先前紧张着的精神的状态,因流泪而和缓下来的时候,就生出悲剧的快感来。使潜伏在自己的内生活的深处的那精神底伤害即生的苦闷,凭着戏台上的悲剧这一个媒介物,发露到意识的表面去。正与上文所说，医治歇斯迭里病人的时候，寻出那沉在无意识心理的底里的精神底伤害来，使他尽量地表现，讲说，将在无意识界的东西，移到意识界去的这一个疗法，是全然一样的。精神分析学者称这为谈话治疗法，但由我看来，毕竟就是净化作用，和悲剧的快感的时候完全相同。平日受着压抑作用，纠结在心里的苦闷的感情，到了能度绝对自由的创造生活的瞬间，即艺术鉴赏的瞬间，便被解放而出于意识的表面。古来就说，艺术给人生以慰安，固然不过是一种俗说，但要而言之，即可以当作就指这从压抑得了解放的心境看的。

假如一个冷酷无情的重利盘剥的老人一流的东西，在剧场看见母子生离的一段，暗暗地淌下眼泪来。我们在旁边见了就纳罕，以为搜寻了那冷血东西的腔子里的什么所在，会有了那样的眼泪了？然而那是，平日算计着利息，成为财迷的时候，那感情是始终受着压抑作用的，待到因了戏剧这一个象征的刺激性，这才被从无意识心理的底里唤出；那淌下的就无非是这感情的一滴泪。虽说是重利盘剥者，然而也是人。既然是人，就有人类的普遍的生活内容，不过平日为那贪心，受着压抑罢了。他流下泪来得了快感的刹那的心境，就是入了艺术鉴赏的三昧境，而在戏台中看见自己，在自己中看见戏台的欢喜。

文艺又因了象征的暗示性刺激性，将读者巧妙地引到一种催眠状态，使进幻想幻觉的境地；诱到梦的世界，纯粹创造的绝对境里，由此使读者看客自己意识到自己的生活内容。倘读者的心的底里并无苦闷，这梦，这幻觉即不成立。

倘说，既说苦闷，则说苦闷潜藏在无意识中即不合理，那可不过是讼师或是论理底游戏者的口吻罢了。永格等之所谓无意识者，其实却是绝大的意识，也是宇宙人生的大生命。譬如我们拘守着小我的时候，才有"我"这一个意识，但如达了和宇宙天地浑融冥合的大我之域，也即入了无我的境界。无意识和这正相同。我们真是生活在大生命的洪流中时，即不意识到这生命，也正如我们在空气中而并不意识到空气一样。又像因了给空气以一些什么刺激动摇，我们才感到空气一般，我们也须受了艺术作品的象征的刺激，这才深深地意识到自己的内生命。由此使自己的生命感更其强，生活内容更丰富。这也就触着无限的大生命，达于自然和人类的真实，而接触其核仁。

四　有限中的无限

如上文也曾说过，作为个性的根柢的那生命，即是遍在于全实在全宇宙的永远的大生命的洪流。所以在个性的别一半面，总该有普遍性，有共通性。用譬喻说，则正如一株树的花和实和叶等，每一朵每一粒每一片，都各各尽量地保有个性，带着存在的意义。每朵花每片叶，各各经过独自的存在，这一完，就凋落了。但因为这都是根本的那一株树的生命，成为个性而出现的东西，所以在每一片叶，或每一朵花，每一粒实，无不各有共通普遍的生命。一切的艺术底鉴赏即共鸣共感，就以这普遍性共通性永久性作为基础而成立的。比利时的诗人望莱培格（Charles Van Lerberghe）的诗歌中，曾有下面似的咏叹这事的句子：

Ne Suis-Je Vous······

Ne suis-je vous, n'êtes-vous moi,

O choses que de mes deigts

Je touche, et de la lumière

De mes yeux éblouis?

Fleurs ou je respire soleil ou je luis,

Ame qui penses

Qui peut me dire où je finis,

Où je commence?

Ah! que mon coeur infiniment

329

Partout se retrouve! Que votre sève

C'est mon sang!

Comme un beau fleuve,

En toutes choses la même vie coule,

Et nous rêvons le même rêve.

(*La Chanson d'Éve.*)

　　我不是你们么……

阿,我的晶莹的眼的光辉

和我的指尖所触的东西呵,

我不是你们么?

你们不是我么?

我所觑的花呵,照我的太阳呵,

沉思的灵魂呵,

谁能告诉我,我在那里完,

我从那里起呢?

唉! 我的心觉出到处

是怎样的无尽呵!

觉得你们的浆液就是我的血!

同一的生命在所有一切里,

像一条美的河流似的流着,

我们都是做着一样的梦。(《夏娃之歌》)

　　因为在个性的半面里,又有生命的普遍性,所以能“我们都是做着一样的梦”。圣弗兰希斯(St. Francis)的对动物说教,佛家以为狗子有佛性,都就因为认得了生命的普遍性的缘故罢。所以不但是在读者和作品之间的生命的共感,即对于一切万象,也处以这样的享乐底鉴赏底态度的事,就是我们的艺术生活。待到进了从日常生活上的道理,法则,利害,道德等等的压抑完全解放出来了的“梦”的境地,以自由的纯粹创造的生活态度,和一切万象相对的时候,我们这才能够真切地深味到自己的生命,而同时又倾耳于宇宙的大生命的鼓动。这并非如湖上的溜冰似的,毫不触着内部的深的水,却只在表面外面滑过去的俗物生活。待到在自我的根柢中的真生命和宇宙的大生命相交感,真的艺术鉴赏乃于是成立。这就是不单是认识事象,乃是将一切收纳在自己的体验中而深味之。这时所得的东西,则非 knowledge 而是 wisdom,非 fact 而是 truth,而又在有限(finite)中见无限(infinite),在"物"中见"心"。这就是自己活在对象之中,也就是在对象中发见自己。列普斯(Th. Lipps)一派的美学者们以为美感的根柢的那感情移入(Einfuehlung)的学说,也无非即指这心境。这就是读者和作家都一样地所度的创造生活的境地。我曾经将这事广泛地当作人类生活的问题,在别一小著里说过了。①

五 文艺鉴赏的四阶段

现在约略地立了秩序,将文艺鉴赏者的心理过程分解起来,我以为可以分作下面那样的四阶段:

第一 理知的作用

有如懂得文句的意义,或者追随内容的事迹,有着兴会之类,都是第一阶段。这时候为作用之主的,是理知(intellect)的作用。然而单是这一点,还不成为真为艺术的这文艺。此外历史和科学底的叙述,无论甚么,凡是一切用言语来表见的东西,先得用理知的力来索解,是不消说得的。但是在称为文学作品的之中,专以,或者概以仅诉于理知的兴味为事的种类的东西也很多。许多的通俗的浅薄的,而且总不能触着我们内生命这一类的低级文学,大抵仅诉于读者的理知的作用。例如单以追随事迹的兴味为目的而作的侦探小说,冒险谭,讲谈,下等的电影剧,报纸上的通俗小说之类,大概只要给满足了理知底好奇

---

① 拙著《出了象牙之塔》中《观照享乐的生活》参照。

心(intellectual curiosity)就算完事。用了所谓"不知后事如何且听下回分解"这好奇心,将读者绊住。还有以对于所描写的事象的兴味为主的东西,也属于这一类。德国的学子称为"材料兴味"(Stoffinteresse)者,就是这个。或者描写读者所见所闻的人物案件,或者揭穿黑幕;还有例如中村吉藏氏的剧本《井伊大老之死》,因为水户浪士的事件,报纸的社会栏上很热闹,于是许多人从这事的兴味,便去读这书,看这戏:这就是感着和著作中的事象有关系的兴味的。

　　对于真是艺术品的文学作品,低级的读者也动辄不再向这第一阶段以上前进。无论读了什么小说,看了什么戏,单在事迹上有兴味,或者专注于穿凿文句的意义的人们非常多。《井伊大老之死》的作者,自然是作为艺术品而写了这戏曲的,但世间一般的俗众,却单在内容的事件上牵了注意去了。所以即使是怎样出色的作品,也常常因读者的种类如何,而被抹杀其艺术底价值。

第二　感觉的作用

　　在五感之中,文学上尤其多的是诉于音乐色采之类的听觉和视觉。也有像那称为英诗中最是官能底(sensuous)的吉兹(John Keats)的作品一样,想要刺激味觉和嗅觉的。又如神经的感性异常锐敏了的近代的颓唐(decadence)的诗人,即和波特来尔等属于同一系的诸诗人,则尚以单是视觉听觉——色和音——为不足,至有想要诉于不快的嗅觉的作品。然而这不如说是异常的例。在古今东西的文学中,最主要的感觉底要素,那不待言,是诉于耳的音乐底要素。

　　在诗歌上的律脚(meter),平仄,押韵之类,固然是最为重要的东西,然而诗人的声调,大抵占着作为艺术品的非常紧要的地位。大约凡抒情诗,即多置重于这音乐底要素,例如亚伦坡(Edgar Allan Poe)的《钟》(Bells),科尔律支说是梦中成咏,自己且不知道什么时候写出的《忽必烈可汗》(Kubla Khan)等，都是诗句的意义——即上文所说的诉于理知的分子——几乎全没有，而以纯一的言语的音乐，为作品的生命。又如法兰西近代的象征派诗人，则于此更加意，其中竟有单将美人的名字列举至五十多行，即以此做成诗的音乐的。[①]

也如日本的三弦和琴，极为简单一样，因为日本人的对于乐声的耳的感觉，没有发达的缘故罢，日本的诗歌，是欠缺着在严密的意义上的押韵的，——即使也有若干的例外。然而无论是韵文，是散文，如果这是艺术品，即无不以声调之美为要素。例如：

> ほとゝきす東雲どきの亂聲に
>
> 湖水は白き波たつらちしも（與謝野夫人）
>
> Hototogis Shinonome Doki no Ranjyo ni,
>
> Kosui wa, hiroki Nami tatsu rashi mo.
>
> 杜鵑黎明時候的亂聲里，
>
> 湖水是生了素波似的呀。

的一首，耳中所受的感得，已经有着得了音乐底调和的声调之美，这就是作为叙景诗而成功了的原因。

第三　感觉的心象

这并非立即诉于感觉本身，乃是诉于想象底作用，或者唤起感觉底心象来。就是经过了第一的理知，第二的感觉等作用，到这里才使姿态，景况，音响等，都在心中活跃，在眼前仿佛。现在为便宜起见，即以俳句为例，则如：

鱼鳞满地的鱼市之后呵，夏天时候。　　子规

白天的鱼市散了之后，市场完全静寂。而在往来的人影也显得萧闲的路上，处处散着银似的白色的鳞片，留下白昼的余痕。

---

① Catulle Mendès, *Récapitulation*. 1892.

当这银鳞闪烁地被日光映着的夏天向晚,缓缓地散策时候的情景,都浮在读者的眼前了。单是这一点,这十七字诗之为艺术品,就俨然地成功着。又如:

五月雨里,遮不住的呀,濑田的桥。　　芭蕉

近江八景之一,濑田的唐桥,当梅雨时节,在烟雾模胡中,漆黑地分明看见。是暗示着墨画山水似的趣致的。尤其使第一第二两句的调子都恍忽,到第三句“濑田的桥”才见斤两的这一句的声调,就巧妙地帮衬着这暗示力。就是第二的感觉的作用,对于这俳句的鉴赏有着重大的帮助,心象和声调完全和谐,是常为必要条件之一的。

然而以上的理知作用,感觉作用和感觉底心象,大概从作品的技巧底方面得来,但是这些,不过能动意识的世界的比较底表面底的部分。换了话说,就是以上还属于象征的外形,只能造成在读者心中所架起的幻想梦幻的显在内容即梦的外形;并没有超出道理和物质和感觉的世界去。必须超出了那些,更加深邃地肉薄突进到读者心中深处的无意识心理,那刺激底暗示力触着了生命的内容的时候,在那里唤起共鸣共感来,而文艺的鉴赏这才成立。这就是说打动读者的情绪,思想,精神,心气的意思,这是作品鉴赏的最后的过程。

第四　情绪,思想,精神,心气

到这里,作者的无意识心理的内容,这才传到读者那边,在心的深处的琴弦上唤起反响来,于是暗示遂达了最后的目的。经作品而显现的作家的人生观,社会观,自然观,或者宗教信念,进了这第四阶段,乃触着读者的体验的世界。

因为这第四者的内容,包含着在人类有意义的一切东西,所以正如人类生命的内容的复杂似的也复杂而且各样。要并无余蕴地来说完他,是我们所不能企及的。那美学家所说的美底感情——即视鉴赏者心中的琴弦上所被唤起的震动的强弱

大小之差，将这分为崇高（sublime）和优美（beautiful），或者从质的变化上着眼，将这分为悲壮（tragic）和诙谐（humour），并加以议论，就不过是想将这第四的阶段分解而说明之的一种尝试。

凡在为艺术的文学作品的鉴赏，我相信必有以上似的四阶段。但这四阶段，也因作品的性质，而生轻重之差。例如在散文小说，尤其是客观底描写的自然派小说，或者纯粹的叙景诗——即如上面引过的和歌俳句似的——等，则第三为止的阶段很着重。在抒情诗，尤其是在近代象征派的作品，则第一和第三很轻，而第二的感觉底作用立即唤起第四的情绪主观的震动（vibration）。在伊孛生一流的社会剧问题剧思想剧之类，则第二的作用却轻。英吉利的萧，法兰西的勃里欧（E. Brieux）的戏曲，则并不十足地在读者看客的心里，唤起第三的感觉底心象来，而就想极刻露极直截地单将第四的思想传达，所以以纯艺术品而论，有时竟成了不很完全的一种宣传（propaganda）。又如罗曼派的作品，诉于第一的理知作用者最少；反之，如古典派，如自然派，则打动读者理知的事最大。

便是对于同一的作品，也因了各个读者，这四阶段间生出轻重之差。既有如上文说过那样的低级的读者和看客对于戏曲小说似的，专注于第一的理知作用，单想看些事迹者；也有只使第二第三来作用，竟不很留意于藏在作品背后思想和人生观的。凡这些人，都不能说是完全地鉴赏了作品。

六　共鸣底创作

我到这里，有将先前说过的创作家的心理过程和读者的来比较一回的必要。就是诗人和作家的产出底表现底创作，和读者那边的共鸣底创作——鉴赏，那心理状态的经过，是取着正相反的次序的，从作家心里的无意识心理的底里涌出来的东西，再凭了想象作用，成为或一个心象，这又经感觉和理知的构成作用，具了象征的外形而表现出来的，就是文艺作品。但在鉴赏者这一面，却先凭了理知和感觉的作用,将作品中的人物事象等,收纳在读者的心中,作为一个心象。这心象的刺激底暗示性又深邃地钻入读者的无意识心理的底里,就在上文说过的第四的思想情绪心气等无意识心理的底里所藏的生命之火上,点起火来。所以前者是发源于根本即生命的核仁,而成了花成了实的东西;后者这一面,则从为花为实的作品,以理知感觉的作用,先在自己的脑里浮出一个心象来,又由这达到在根本处的无意识心理即自己生命的内容去。将这用图来显示则如下:

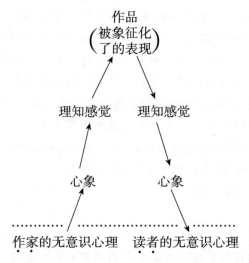

作家的心底径路,所以是综合底,也是能动底,读者的是分解底,也是受动底。将上面所说的鉴赏心理的四阶段颠倒转来,看作从第四起,向着第一那方面进行,这就成了创作家的心理过程。换了话说,就是从生命的内容突出,向意识心理的表面出去的是作家的产出底创作;从意识心理的表面进去,向生命的内容突入的是共鸣底创作即鉴赏。所以作家和读者两方面,只要帖然无间地反复了这一点同一的心底过程,作品的全鉴赏就成立。

托尔斯泰在《艺术论》(英译 *What is Art ?*)里,排斥那单以美和快感之类来说明艺术本质的古来的诸说,定下这样的断案:

一个人先在他自身里，唤起曾经经验过的感情来，在他自身里既然唤起，便用诸动作，诸线，诸色，诸声音，或诸以言语表出的形象，这样的来传这感情，使别人可以经验这同一的感情——这是艺术的活动。

艺术是人类活动，其中所包括的是一个人用了或一种外底记号，将他曾经体验过的种种感情，意识底地传给别人，而且别人被这些感情所动，也来经验他们。

托尔斯泰的这一说，固然是就艺术全体立言的。但倘若单就文学着想，而且更深更细地分析起来，则在结论上，和我上来所说的大概一致。

到这里，上文说过的印象批评的意义，也就自然明白了罢。即文艺既然到底是个性的表现，则单用客观底的理知底法则来批判，是没有意味的。批评的根柢，也如创作的一样，在读者的无意识心理的内容，已不消说。即须经过了理知和感觉的作用，更其深邃地到达了自己的无意识心理，将在这无意识界里的东西唤起，到了意识界，而作品的批评这才成立。即作家那一面，因为原从无意识心理那边出来，所以对于自己的心底径路，并不分明地意识着。而批评家这一面却相反，是因了作品，将自己的无意识界里所有的东西——例如看悲剧时的泪——重新唤起，移到意识界的，所以能将那意识——即印象——尽量地分解，解剖。亚诺德（Matthew Arnold）曾经说，以文艺为"人生的批评"（a criticism of life）。但是文艺批评者，总须是批评家由了或一种作品，又说出批评家自己的"人生的批评"的东西。

第三　关于文艺的根本问题的考察

一　为像言者的诗人

我相信将以上的所论作为基础，实际地应用起来，便可以解决一般文艺上的根本问题。现在要避去在这里一一列举许多问题之烦，单取了文学研究者至今还以为疑问的几个问题，来显示我那所说的应用的实例，其余的便任凭读者自己的考察和批判去。本章所说的事，可以当作全是从以上说过的我那《创作论》和《批评论》当然引申出来的系论（corollary）看，也可以当作注疏看的。

文艺者，是生命力以绝对的自由而被表现的唯一的时候。因为要跳进更高更大更深的生活去的那创造的欲求，不受什么压抑拘束地而被表现着，所以总暗示着伟大的未来。因为自过去以至现在继续不断的生命之流，惟独在文艺作品上，能施展在别处所得不到的自由的飞跃，所以能够比人类的别样活动——这都从周围受着各种的压抑——更其突出向前，至十步，至二十步，而行所谓"精神底冒险"（spiritual adventure）。超越了常识和物质，法则，因袭，形式的拘束，在这里常有新的世界被发现，被创造。在政治上经济上社会上还未出现的事，文艺上的作品里却早经暗示着，启示着的缘由，即全在于此。

嘉勒尔（Th. Carlyle）在那《英雄崇拜论》（*On Heroes, Hero-Worship and the Heroic in History*）和《朋士论》（*An Essay on Burns*）中，曾指出腊丁语的 Vates 这字，最初是豫言者的意思，后来转变，也用到诗人这一个意义上去了。诗人云者，是先接了灵感，豫言者似的唱歌的人；也就是传达神托，将常人所还未感得的事，先行感得，而宣示于一代的民众的人。是和将神意传给以色列百姓的古代的豫言者是一样人物的意思。罗马人又将这字转用，也当作教师的意义用了的例子，则尤有很深的兴味。诗人——豫言者——教师，这三样人物，都用 Vates 这一字说出来，于此就可以看见文艺家的伟大的使命了。

文艺上的天才，是飞跃突进的"精神底冒险者"。然而正如一个英雄的事业的后面，有着许多无名英雄的努力一样，在大艺术家的背后，也不能否认其有"时代"有"社会"，有"思潮"。既然文艺是尽量地个性的表现,而其个性的别的半面,又有带着普遍性的普遍的生命,这生命即遍在于同时代或同社会或同民族的一切的人们,则诗人自己来作为先驱者而表现出来的东西,可以见一代民心的归趣,暗示时代精神的所在,也正是当然的结果。在这暗示着更高更大的生活的可能这一点上,则文艺家就该如沛得所说似的,是"文化的先驱者"。

凡在一个时代一个社会,总有这一时代的生命,这一社会的生命继续着不断的流动和变化。这也就是思潮的流,是时代精神的变迁。这是为时运的大势所促,随处发动出来的力。当初几乎并没有甚么整然的形,也不具体系,只是茫漠地不可捉摸的生命力。艺术家之所表现者,就是这生命力,决不是固定了凝结了的思想,也不是概念;自然更不是可称为什么主义之类的性质的东西。即使怎样地加上压抑作用,也禁压抑制不住,不到那要到的处所,便不中止的生命力的具象底表现,是文艺作品。虽然潜伏在一代民众的心胸的深处,隐藏在那无意识心理的阴影里,尚只为不安焦躁之心所催促,而谁也不能将这捕捉住,表现出,艺术家却仗了特异的天才的力,给以表现,加以象征化而为"梦"的形状。赶早地将这把握得,表现出,反映出来的东西,是文艺作品。如果这已经编成一个有体系的思想或观念,便成为哲学,为学说;又如这思想和学说被实现于实行的世界上的时候,则为政治运动,为社会运动,轶出艺术的圈外去了。这样的现象,是过去的文艺史屡次证明的事实,在法兰西革命前,卢梭(J. J. Rousseau)这些人们的罗曼主义的文学是其先驱;更近的事,则在维多利亚朝的保守底贵族底英国转化为现在的民主底社会主义底英国之前,自前世纪末,已有萧和威尔士的打破因袭的文学起来,比这更早,法兰西颓唐派的文学也已输入顽固的英国,近代英国的激变,早经明明白白地现于诗文上面了。看日本的例也如此,赖山阳的纯文艺作品《日本外史》这叙事诗,是明治维新的先驱,日俄战后所兴起的自然主义文学的运动,早就是最近的民治运动和因袭打破社会改造运动的先驱,都是一无可疑的文明史底事实。又就文艺作品而论,则最为原始底而且简单的童谣和流行呗之类,是民众的自然流露的声音,其能洞达时势,暗示大势的潜移默化的事,实不但外国的古代为然,即在日本的历史上,也是屡见的现象。古时,则见于《日本纪》的谣歌(Wazauta),就是纯粹的民谣,豫言国民的吉凶祸福的就不少。到了一直近代,则从德川末年至明治初年之间民族生活摇时代的流行呗(Hayariuta)之类,是怎样地痛切的时代生活的批评,豫言,警告,便是现在,不也还在我们的记忆上么?

美国的一个诗人的句子有云:

First from the people's heart must spring

The passions which he learns to sing;

They are the wind, the harp is he,

To voice their fitful melody.

——B. Taylor, *Amran's Wooing*.

先得从民众的心里

跳出他要来唱歌的情热;

那(情热)是风,箜篌是他,

响出他们(情热)的繁变的好音。

——泰洛尔,《安兰的求婚》。

情热,这先萌发于民众的心的深处,给以表现者,是文艺家。有如将不知所从来的风捕在弦索上,以经线发出殊胜的妙音的 Aeolian lyre (风籁琴)一样,诗人也捉住了一代民心的动作的机微,而给以艺术底表现。是天才的锐敏的感性(sensibility),赶早地抓住了没有"在眼里分明看见"的民众的无意识心理的内容,将这表现出来。在这样的意义上,则在十九世纪初期的罗曼底时代,见于雪莱和裴伦的革命思想,乃是一切的近代史的豫言;自此更以后的嘉勒尔,托尔斯泰,伊孛生,默退林克,勃朗宁,也都是新时代的豫言者。

从因袭道德,法则,常识之类的立脚地看来,所以文艺作品也就有见得很横暴不合宜的时候罢。但正在这超越了一切的纯一不杂的创造生活的所产这一点上，有着文艺的本质。是从天马（Pegasus）似的天才的飞跃处，被看出伟大的意义来。

也如像豫言者每不为故国所容一样，因为诗人大概是那时代的先驱者，所以被迫害，被冷遇的例非常多。勃来克直到百年以后，才为世间所识的例，是最显著的一个；但如雪莱，如斯温班，如勃朗宁，又如伊孛生，那些革命底反抗底态度的诗人底豫言者，大抵在他们的前半生，或则将全身世，都送在辗轲不遇之中的例，可更其是不遑枚举了。如便是孚罗培尔（G. Flaubert），生前也全然不被欢迎的事实，或如乐圣跋格纳尔，到得了巴伦王路特惠锡（Ludwig）的知遇为止，早经过很久的飘零落魄的生涯之类，在今日想起来，几乎是莫名其妙的事。

古人曾说，"民声，神声也。"（Vox populi, vox Dei.）传神声者，代神叫喊者，这是豫言者，是诗人。然而所谓神，所谓 inspiration（灵应）这些东西，人类以外是不存在的。其实，这无非就是民众的内部生命的欲求；是潜伏在无意识心理的阴影里的"生"的要求。是当在经济生活，劳动生活，社会生活，政治生活等的时候，受着物质主义，利害关系，常识主义，道德主义，因袭法则等类的压抑束缚的那内部生命的要求——换句话，就是那无意识心理的欲望，发挥出绝对自由的创造性，成为取了美的梦之形的"诗"，的艺术，而被表现。

因为称道无神论而逐出大学，因为矫激的革命论而失了恋爱，终于淹在司沛企亚的海里，完结了可怜的三十年短生涯的抒情诗人雪莱，曾有托了怒吹垂歇的西风，披陈遐想的有名的大作，现在试看他那激调罢：

> Drive my dead thought over the universe
> Like withered leaves to quicken a new birth!
> And, by the incantation of this verse,

Scatter as from an unextinguished hearth

    Ashes and sparks, my words among mankind!

Be through my lips to unawakened earth

The trumpet of a prophecy! O Wind,

    If winter comes, can spring be far behind?

        ——Sheley, *Ode to the West Wind.*

在宇宙上驰出我的死的思想去，

如干枯的树叶，来鼓舞新的诞生！

而且，仗这诗的咒文，

从不灭的火炉中，（撒出）灰和火星似的，

向人间撒出我的许多言语！

经过了我的口唇，向不醒的世界

去作豫言的喇叭罢！阿，风呵，

如果冬天到了，春天还会远么？

        ——雪莱，《寄西风之歌》。

　　在自从革命诗人雪莱叫着"向不醒的世界去作豫言的喇叭罢"的这歌出来之后，经了约一百余年的今日，波尔雪维主义已使世界战栗，叫改造求自由的音声，连地球的两隅也遍及了。是世界的最大的抒情诗人的他，同时也是大的豫言者的一个。

二　理想主义与现实主义

　　或人说，文艺的社会底使命有两方面。其一是那时代和社会的诚实的反映，别一面是对于那未来的豫言底使命。前者大抵是现实主义（realism）的作品，后者是理想主义（idealism）或罗曼主义（romanticism）的作品。但是从我的《创作论》的立脚地说，则这样的区别几乎不足以成问题。文艺只要能够对于那时代那社会尽量地极深地穿掘进去，描写出来，连潜伏在时代意识社会意识的底的底里的无意识心理都把握住,则这里自然会暗示着对于未来的要求和欲望。离了现在,未来是不存在的。如果能够描写现在,深深的彻到核仁,达了常人凡俗的目所不及的深处,这同时也就是对于未来的大的启示,的豫言。从弗罗特一派的学子为梦的解释而设的欲望说象征说说起来,那想从梦以知未来的梦占(详梦),也不能以为一定不过是痴人的迷妄。正一样,经了过去现在而梦未来的是文艺。倘真是突进了现在的生命的中心,在生命本身既有着永久性普遍性,则就该经了过去现在而未来即被暗示出。用譬喻来说,就如名医诊察了人体,真确地看破了病源,知道了病苦的所在,则对于病的疗法和病人的要求,也就自然明白了。说是不知道为病人的未来计的疗法者,毕竟也还是对于病人现在的病状,错了诊断的庸医的缘故。这是从我的在先论那创作,提起左拉的著作那一段[①],也就明了的罢。我想,倘说单写现实,然而不尽他对于未来的豫言底使命的作品,毕竟是证明这作为艺术品是并不伟大的,也未必是过分的话。

三 短篇《项链》

摩泊桑(Guy de Maupassant)的短篇,而且有了杰作之一的定评的东西之中,有一篇《项链》(*La Parure*)。事情是极简单的——

> 一个小官的夫人,为着要赴夜会,从熟人借了钻石的项链,出去了。当夜,在回家的途中,却将这东西失去。于是不得已,和丈夫商议,借了几千金,买一个照样的项链去赔偿。从此至于十年之久,为了还债,拚命地节俭,劳作着,所过的全是没有生趣的长久的时光。待到旧债渐得还清了的时候,详细查考起来,才知道先前所借的是假钻石,不过值得百数元钱罢了。

假使单看梦的外形的这事象,像这小说,实在不过是极无聊的一篇闲话罢。统诗歌戏曲小说一切,所以有着艺术底创作的价值的

---

① 本书《创作论》第六章后半参照。

东西,并不在乎所描写的事象是怎样。无论这是虚造,是事实,是作家的直接经验,或间接经验,是复杂,是简单,是现实底,是梦幻底,从文艺的本质说,都不是问题。可以成为问题的,是在这作为象征,有着多少刺激底暗示力这一点。作者取这事象做材料,怎样使用,以创造了那梦。作者的无意识心理的底里,究竟潜藏着怎样的东西?这几点,才正是我们应当首先着眼的处所。这项链的故事,摩泊桑是从别人听来,或由想象造出,或采了直接经验,这些都且作为第二的问题;这作家的给与这描写以可惊的现实性,巧妙地将读者引进幻觉的境地,暗示出那刹那生命现象之"真"的这伎俩,就先使我们敬服。将人生的极冷嘲底(ironical)的悲剧底的状态,毫不堕入概念底哲理,暗示我们,使我们直感底地,正是地,活现地受纳进去,和生命现象之"真"相触,给我们写得可以达到上文说过的鉴赏的第四阶段的那出色的本领,就足以惊人了。这个闲话,毕竟不过是当作暗示的家伙用的象征。沙士比亚在那三十七篇戏曲里,是将胡说八道的历史谈,古话,妇女子的胡诌,报纸上社会栏的记事似的丛谈作为材料,而纵横无尽地营了他的创造创作的生活的。

但摩泊桑倘若在最先,就想将那可以称为"人生的冷嘲(irony)"这一个抽象底概念,意识地表现出,于是写了这《项链》,则以艺术品而论,这便简单得多,而且堕入低级的讽喻(allegory)式一类里,更不能显出那么强有力的实现性,实感味来,因此在作为"生命的表现"这一点上,一定是失败的了。怕未必能够使那可怜的官吏的夫妇两个,活现地,各式各样地在我们的眼前活跃了罢。正因为在摩泊桑无意识心理中的苦闷,梦似的受了象征化,这一篇《项链》才能成为出色的活的艺术品,而将生命的震动,传到读者的心中,并且引诱读者,使他也做一样的悲痛的梦。

有些小说家,似乎竟以为倘不是自己的直接经验,便不能作为艺术品的材料。胡涂之至的谬见而已。设使如此,则为要描写窃贼,作家便该自己去做贼,为要描写害命,作家便该亲手去杀人了。

像沙士比亚那样，从王侯到细民，从弑逆，从恋爱，从见鬼，从战争，从重利盘剥者，从什么到什么，都曾描写了的人，如果一一都用自己的直接经验来做去，则人生五十年不消说，即使活到一百年一千年，也不是做得到的事。倘有描写了奸情的作家，能说那小说家是一定自己犯了奸的么？只要描出的事象，俨然成功了一个象征，只要虽是间接经验，却也如直接经验一般描写着，只要虽是向壁虚造的杜撰，却也并不像向壁虚造的杜撰一般描写着，则这作品就有伟大的艺术底价值。因为文艺者，和梦一样，是取象征底表现法的。

关于直接经验的事，想起一些话来了。一向道心坚固地修行下来，度着极端的禁欲生活的一个和尚，却咏着俨然的恋的歌。见了这个，疑心于这和尚的私行的人们很不少。虽然和尚，也是人的儿。即使直接经验上没有恋爱过，但在他的体验的世界里，也会有美人，有恋爱；尤其是在性欲上加了压抑作用的精神底伤害，自然有着的罢。我想，我们将这看作托于称为"歌"的一个梦之形而出现，是并非无理的。

再一想和尚的恋歌的事，就带起心理学者所说的二重人格（double personality）和人格分裂这些话来了。就如那司提芬生（R. L. Stevenson）的杰作，有名的小说 Dr. Jekyll and Mr. Hyde 里面似的，同一人格，而可以看见善人的 Jekyll 和恶人的 Hyde 这两个精神状态。这就可以看作我首先说过的两种力的冲突，受了具象化的。我以为所谓人的性格上有矛盾，究竟就可以用这人格的分裂，二重人格的方法来解释。就是一面虽然有着罪恶性，而平日总被压抑作用禁在无意识中，不现于意识的表面。然而一旦入了催眠状态，或者吟咏诗歌这些自由创造的境地的时候，这罪恶性和性底渴望便突然跳到意识的表面，做出和那善人那高僧平日的意识状态不类的事，或吟出不类的歌来。如佛教上所谓"降魔"，如孚罗培尔的小说《圣安敦的诱惑》（La Tentation de Saint Antoine）那样的时候，大约也就是精神底伤害的苦闷，从无意识跳上意识来的精神状态的具象化。还有，平素极为沉闷的僧人底（misanthropic）的人们里，滑稽作家却多，例如夏目漱石氏那样正经的阴郁的人，却是做《哥儿》和《咱们是猫》的 humorist，如斯惠夫德（J. Swift）那样的人，却做《桶的故事》（*Tale of a Tub*），又如据最近的研究，谐谈作者十返舍一九，是一个极其沉闷的人物。凡这些，我相信也都可以用这人格分裂说来解释。这岂不是因为平素受着压抑，潜伏在无意识的圈内的东西，只在纯粹创造那文艺创作的时候，跳到表面，和自己意识联结了的缘故么？精神分析学派的人们中间，也有并用这来解释 cynicism（嘲弄）之类的学者。

将艺术创作的时候，用比喻来说，就和酒醉时相同。血气方刚的店员在公司或银行的办公室里，对着买办和分行长总是低头。这是因为连那利害攸关的年底的花红也会有影响，所以自己加着压抑作用的。然而在宴席上，往往向老买办或课长有所放肆者，是酩酊的结果，利害关系和善恶批判的压抑作用都已除去，所以现出那真生命猛然跃出的状态来。至于到了明天，去到买办那里，从边门向太太告罪，拜托成全的时候，那是压抑作用又来加了盖子，塞了塞子，所以变成和前夜似像非像的别一人了。罗马人曾说，"酒中有真"（In vino veritas）。正如酩酊时候一样，艺术家当创作之际，则表现着纯真，最不虚假的自我。和供奉政府的报馆主笔做着论说时候的心理状态，是正相反对的。

四　白日的梦

自古以来，屡屡说过诗人和艺术家等的 inspiration 的事。译起来，可以说是"神来的灵兴"罢，并非这样的东西会从天外飞下，这毕竟还是对于从作家自身的无意识心理的底里涌出来的生命的跳跃，所以的一个别名。是真的自我，真的个性。只因为这是无意识心理的所产，所以独为可贵。倘是从显在意识那样上层的表面的精神作用而来的东西，则那作品便成为虚物，虚事，更不能真将强有力的振

动,传到读者那边的中心生命去。我相信那所谓制作感兴
(Schaffensstimmung),也就是从深的无意识心理的底里出来的
东西。

作品倘真是作家的创造生活的所产,则作为对象而描写在作品
里的事象,毕竟就是作家这人的生活内容。描写了"我"以外的人物
事件,其实却正是描出"我"来。——鉴赏者也因了深味这作品,而
发见鉴赏者自己的"我"。所以为研究或一种作品计,即有知道那作
家的阅历和体验的必要,而凭了作品,也能够知道作家的人。哈里
斯(Frank Harris)曾经试过,不据古书旧记之类,但凭沙士比亚的戏
曲,来论断为"人"的沙士比亚。这虽然是足以惊倒历来专主考据的
学究们的大胆的态度,但我相信这样的研究法也有着十分的意义。
和瞿提的《威绥的烦恼》一起,并翻那可以当作他的自传的《诗与真》
(*Dichtung und Wahrheit*),和卢梭的《新爱罗斯》(*Julie, ou La Nou-*
velle Héloïse)这恋爱谭一起,并读他的《自白》(*Confessions*)第九卷
的时候,在实际生活上败于恋爱的这些天才的心底的苦闷,怎样地
作为"梦"而象征化于那些作品里,大概就能够明白地知道了。

见了我以上所说,将文艺创作的心境,解释作一种的梦之后,读
者试去一查古来许多诗人和作家对于梦的经验如何着想,大概就有
"思过半矣"的东西了。我从最近读过的与谢野夫人随笔集《爱和理
性及勇气》这一本里,引用了下面的一节,以供参考之便罢:

> 古人似的在梦中感得好的诗歌那样的经验虽然并没有,然
> 而将小说和童话的构想在梦里捉住的事,却是常有的。这些里
> 面,自然也有空想底的东西,但大约因为在梦里,意识便集中在
> 一处,辉煌起来了的缘故罢,不但是微妙的心理和复杂的生活
> 状态,比醒着时可以更其写实底地观察,有时竟会适当地配好
> 了明暗度,分明地构成了一个艺术品,立体底地浮了出来。我
> 想,在这样的时候,和所谓人在做梦,并不是睡着,乃是正做着
> 为艺术家的最纯粹的活动这些话,是相合的。

还有，平生惘然地想着的事，或者不知这怎么解释才好，没法对付的问题之类，有时也在梦中明明白白地有了判断。在这样的时候，似乎觉得梦和现实之间，并没有什么界线。虽这样说，我是丝毫也不相信梦的，但以为小野小町爱梦的心绪，在我仿佛也能够想象罢了。

　　不独创作，即鉴赏也须被引进了和我们日常的实际生活离开的"梦"的境地，这才始成为可能。向来说，文艺的快感中，无关心（dis-interestedness）是要素，也就是指这一点。即惟其离了实际生活的利害，这才能对于现实来凝视，静观，观照，并且批评，味识。譬如见了动物园里狮子的雄姿，直想到咆哮山野时的生活的时候，假使没有铁栅这一个间隔，我们便为了猛兽的危险就要临头这一种恐怖之故，想凝视静观狮子的真相，也到底不可能了。因为这里有着铁栅，隔开彼我，置我们于无关心的状态，所以这艺术底观照遂成立。假如一个穿着时髦的惹厌的服饰的男人，绊在石头上跌倒了，这确乎是一场滑稽的场面。然而，倘使那人是自己的亲弟兄或是什么，和自己之间有着利害关系或有实际上的 interest，则我们岂不是不能将这当作一场痛快的滑稽味么？惟其和自己的实际生活之间，存着或一余裕和距离，才能够对于作为现实的这场面，深深地感受，赏味。用了引用在前的与谢野夫人的话来说，就是在"梦"中，即更能够写实底地观察，更能够做出为艺术家的活动来。有人说过，五感之中，为艺术的根本的，只有视觉和听觉。就是这两种感觉，不像别的味觉嗅觉触觉那样，为直接底实际底，而其间却有距离存在；也就是视觉和听觉，是隔着距离而触的。纵使是怎样滑软的天鹅绒，可口的肴馔，决不是完全的诗，也决不是什么艺术品。厨子未必能称为艺术家罢。在触觉味觉之间，没有这"间隔"，所以是不能自己走进文艺的领地的感觉。因为这要作为艺术底，则还过于肉感底，过于实际底的缘故；因为和狮子的槛上没有铁栅时候一样的缘故。——以上的所谓"梦"，是说离开着"实际底"（practical）的生活的意思。更加适当的说,即无非是"已觉者的白日的梦",诗人之所谓"waking dream"。

这"非实际底"的事,能使我们脱离利己底情欲及其他各样杂念之烦,因而营那绝对自由不被拘囚的创造生活。即凡有一切除去压抑而受了净化的艺术生活,批评生活,思想生活等,必以这"非实际底""非实利底"为最大条件之一而成立。见美人欲取为妻,见黄金想自己富,那是吾人的实际生活上的心境,假使仅以此终始,则是动物生活,不是有着灵底精神底方面的真的人类生活了。我们的生活,是从"实利""实际"经了净化,经了醇化,进到能够"离开着看"的"梦"的境地,而我们的生活这才被增高,被加深,被增强,被扩大的。将浑沌地无秩序无统一似的这世界能被观照为整然的有秩序有统一的世界者,只有在"梦的生活"中。拂去了从"实际底"所生的杂念的尘昏,进了那清朗一碧,宛如明镜止水的心境的时候,于是乃达于艺术底观照生活的极致。①

这样子,在"白日的梦"里,我们的肉眼合,而心眼开。这就是入了静思观照的三昧境的时候。离开实际,脱却欲念,遁出外围的纷扰,而所至的自由的美乡,则有睿智的灵光,宛然悬在天心的朗月似的,普照着一切。这幻象,这情景,除了凭象征来表现之外,是别无他道的。

不但文学,凡有一切的艺术创作,都是在看去似乎浑沌的不统一的日常生活的事象上,认得统一,看出秩序来。就是仗着无意识心理的作用,作家和鉴赏者,都使自己的选择作用动作。凭了人们各各的选择作用,从各样的地位,用各样的态度,那有着统一的创造创作,就从这浑沌的事象里就绪了。用浅近的例来说,就譬如我的书斋里,原稿,纸张,文具,书籍,杂志,报章等等,纷然杂然地放得很混乱。从别人的眼睛看去,这状态确乎是浑沌的。但是我,却觉得

---

① 《出了象牙之塔》九一至九八页说"观照"的意义这一项参照。

别人进了这屋子里，即单用一个指头来一动就不愿意。在这里，用我自己的眼睛看去，是有着俨然的秩序和统一的。倘若由女工的手一整理，则因为经了从别人的地位看来的选择作用之故，紧要的原稿误作废纸，书籍的排列改了次序，该在手头的却在远处了，于我就要感到非常之不便。一到换了地位和态度来看事物，则因各人而有差异不待言，即在同一人，也能看出不同的统一。文艺的创作之所以竭力以个性为根基的原因就在此。譬如对于同一的景物，A 看来和 B 看来，所看取的东西就很两样。还有从东看的和从西看的，或者从左右上下，各因了地位之差，各行其不同的选择作用。这和虽是同一人看同一对象，从胯下倒看的风景，和普通直立着所见的风景全然异趣，是一样的。——顺便说，不知道"艺术底"地来看自然人生的形式法则的万能主义者或道学先生之流，比方起来，就如整理我的书斋的女工。什么也不懂，单靠着书籍的长短，颜色，或者单是用了因袭底的想法，来定砚匣和烟草盒的位置，于是我这个人的书斋的真味，因此破坏了。

五　文艺与道德

到最后，我对于文艺和通常的道德的关系，还讲几句话罢。"文艺描写罪恶，鼓吹不健全的思想，是不对的。""倘不是写些崇高的道念，健全的思想的东西，岂不是不能称为大著作么？"凡这些，都是没有彻底地想过文艺和人生的关系的人们所常说的话。但只要看我以上的所述，这问题也该可以明白了。就是文艺者，乃是生命这东西的绝对自由的表现；是离开了我们在社会生活，经济生活，劳动生活，政治生活等时候所见的善恶利害的一切估价，毫不受什么压抑作用的纯真的生命表现。所以是道德底或罪恶底，是美或是丑，是利益或不利益，在文艺的世界里都所不问。人类这东西，具有神性，一起也具有兽性和恶魔性，因此就不能否定在我们的生活上，有美的一面，而一起也有丑的一面的存在。在文艺的世界里，也如对于丑特使美增重,对于恶特将善高呼的作家之贵重一样,近代的文学上特见其多的恶魔主义的诗人——例如波特来尔那样的"恶之华"的赞美者,自然派者流那样的兽欲描写的作家,也各有其十足的存在的意义。只是文学也如不以 moral 为必要条件一样,也原不以 immoral 为必要。这就如上文所说,因为是站在全然离开了通用于"实际底"的世界的一切估价的地位上的 non-moral 的东西。[①]

问者也许说:那么,在历来的文学里,将杀人,淫猥,贪欲之类作为材料的罪恶底的东西特别多,是什么缘故呢? 从作家这一边说来,这就因为平时受着最多的压抑作用的生命的危险性,罪恶性,爆发性的一面,有着单在文艺的世界里自由地表现出来的倾向的缘故。又从读者鉴赏者这一边说,则是因为惟有与文艺作品相对的时候,存在于人性中的恶魔性罪恶性乃离了压抑,于是和作品之间,起了共鸣共感,因而做着一种生命表现的缘故。只要人类的生命尚存,而且要求解放的欲望还有,则对于突破了压抑作用的那所谓罪恶,人类的兴味是永远不能灭的。便是文艺以外的东西,例如见于电影,报章的社会栏里的强盗杀人通奸等类的事件,不就是永远惹起人们的兴味的么? 法兰西的古尔蒙(Remy de Gourmont)曾说,"有许多人都喜欢丑闻(scandal)。就因为在别人的丑行的败露上,各式各样地给看那隐蔽着的自己的丑的缘故。"这就是我已经说过的那自己发见的欢喜的共鸣共感。

这样子,在文艺的内容中,有着人类生命的一切。不独善和恶,美和丑而已。和欢喜一起,也看见悲哀;和爱欲一起,也看见憎恶。和心灵的叫喊一起,也可以听到不可遏抑的欲情的叫喊。换句话,就是因为和人类生命的飞跃相接触,所以这里有道德和法律所不能拘的流动无碍的新天地存在。深的自己省察,真的实在观照,岂非都须进了这毫不为什么所因的"离开着看"的境地,这才成为可能的

---

① 拙著《出了象牙之塔》中《观照享乐的生活》第一节参照。

事么——在这一点上，科学和文学都一样的。就是科学也还是和"实际底""实用底"的事离开着看的东西。两点之间的最短距离是直线，恶货币驱逐良货币，科学的理论这样说。然而这是道德底不是，是善还是恶，在科学都不问。为理论（theory）这字的语源的希腊语的 Theoria，是静观凝视观照的意思，而这又和戏场（Theatron）出于同一语源，从这样的点看来，也是颇有兴味的事。

六　酒与女人与歌

在以上似的意义上，"为艺术的艺术"（L'art pour L'art）这一个主张，是正当的。惟在艺术为艺术而存在，能营自由的个人的创造这一点上，艺术真是"为人生的艺术"的意义也存在。假如要使艺术隶属于人生的别的什么目的，则这一刹那间，即使不过一部分，而艺术的绝对自由的创造性也已经被否定，被毁损。那么，即不是"为艺术的艺术"，同时也就不成其为"为人生的艺术"了。

希腊古代的亚那克伦（Anakreon）的抒情诗，波斯古诗人阿玛凯扬（Omar Khayyám）的四行诗（Rubáiyát），所歌的都是从酒和女人得来的刹那的欢乐。中世的欧洲大学的青年的学生，则说是"酒，女人，和歌"（Wein，Weib，und Gesang）。将这三种的享乐，合为一而赞美之。诚然，在这三者，确有着古往今来，始终使道学先生们颦蹙的共通性。即酒和女人是肉感底地，歌即文学是精神底地，都是在得了生命的自由解放和昂奋跳跃的时候，给与愉悦和欢乐的东西。寻起那根柢来，也就是出于离了日常生活的压抑作用的时候，意识地或无意识地，即使暂时，也想借此脱离人间苦的一种痛切的欲求。也无非是酒精陶醉和性欲满足，都与文艺的创作鉴赏相同，能使人离了压抑，因而尝得畅然的"生的欢喜"，经验着"梦"的心底状态的缘故。但这些都太偏于生活的肉感底感觉底方面，又不过是瞬息的无聊的浅薄的昂奋,这一点,和歌即文艺,那性质是完全两样的。①

第四　文艺的起源

一　祈祷与劳动

一切东西的发达,是从单纯进向复杂的。所以要明白或一事物的本质,便该先去追溯本源,回顾这在最真纯而且简单的原始时代的状态。

所谓生活着,即是寻求着。在人类的生活上,是一定有些什么缺陷和不满的。因此凡那力谋方法,想来弥补这缺陷和不满的欲求,也就可以看作生命的创造性。有如进了僧院,专度着禁欲生活的那修道之士,乍一看去,似乎是断绝了一切的欲求和欲望的了,但其实并不如此。他们是为更大的欲望所动,想借脱离了现世底的肉欲和物欲之类,以寻求真的自由和解放,而灵底地进到具足圆满的超然的新生活境里去。凡极端和极端,往往是相似的,生的欲求至于极度地强烈者,岂不是竟有将绝了生命本身的自杀行为,来使这欲求得以满足的时候么?

缺陷和不满者,就是生命的力在内底和外底两面都被压抑阻止着的状态,这也就是人类的懊恼,的苦闷。个人的生活,是欲望和满足的无限的连续,得一满足,便再生出其次的新的欲望来,于是从其次又到其次,无穷无尽地接下去。人类的历史也一样,从原始时代以至今日,不,更向着未来永劫,这状态也还是永久地反复着的。

为想解脱那压抑所生的苦闷,寻求畅然地自由的生命的表现,而得到"生的欢喜"起见,原始时代的人类怎么做了呢? 和文明的进步一同,我们的生活,也就在精神底和物质底两方面都增起复杂的

---

① 我的旧著《文艺思潮论》六七页以下参照。

度数来,所以在现代,以至在未来,和变化的增加一同,也越发加多复杂性。但人类生命的本来的要求既没有变,换了话说,就是在根本上并不变化的人间性既然俨然存在,则见于原始人类的单纯生活的现象,便是在现在,在未来,也还是永久地反复着的。

表示欧洲中世培内狄克(Benedikt)派道院的生活的话里,有一句是"祈祷和劳动"(orare et laborare)。这所指的生活,和在日本的禅院里,托钵的和尚将衣食住一切事,也和坐禅以及勤行一同,作为宗教底的修养,以虔敬的心,自行处理的事,是一样的。和这相仿的事,也可以想到作为人类而过了极简单的生活的那原始人类去。就是原始时代的人们,为要满足那切近的日常生活上的衣食住之类的物底欲求,去做打猎耕田的劳动,而一面又跪在古怪的异教的神们的座下,向木石所做的偶像面前叩头。在这时代,作为生命宇宙的发现,最显著地牵惹他们的眼睛的有两样。换句话,就是他们将这两者作为对象,而描写其"梦"。这两者就是日月星辰和作为性欲的表象的那生殖器。在露天底下起卧,无昼无夜地,他们仰看天体,于是梦着主宰宇宙的不变的法则,和无始无终的悠久的世界;也认知了人类所无可如何的绝大的无限力。又转眼一看自己,则想到身内燃烧着的烈火似的欲望,以性欲为中心,达于白热点。在为人类的生活意志的最强烈的表现的那食欲和性欲之中,他们又知道前者即使不完全,也还借劳动可以得到,后者的欲求却尤为强有力的东西了。因为在两性相交而创造一个新的生命,借此保存种族这一个事实之前,他们是不禁生了最大的惊叹的。

二　原人的梦

他们将这两个现象放在两极端,而在那中间,梦见森罗万象,对之赞颂,礼拜,唱赞美歌,诵咒文,做祈祷。将自己生命的要求欲望,向这些客观界的具象底的事物放射出去,以行那极其幼稚简单的表现。生的跃动,使他们在有限界而神往于无限界,使他们希求绝大的欲望的充足的时候,这就生出原始宗教的最普通的形式的那天然神教和生殖器崇拜教来。倘将那因为欲求受了制限压抑而生的人间苦,和原始宗教,更和梦和象征,加了联络,思索起来,则聪明的读者,就该明白文艺起源,究在那里的罢。在原始时代的宗教的祭仪和文艺的关系,诚然是姊妹,是兄弟。所谓"一切艺术生于宗教的祭坛"这句话的意思,也就可以明白了。无论在日本,在支那,在埃及,希腊,在印度,巴勒斯丁,或者在今日还是原始状态的蛮民的国土里,这种现象,都是可以指点出来的事实。

在原始状态的人类的欲求,是极其简单,而那表现也极其单纯。先从日常生活上的实利底的欲求发端,于是成立简单的梦。譬如苦于亢旱,求雨心切的时候,偶然望见云霓,则他们便祈天;祈天而雨下,则他们又奉献感谢和赞美。谷物、牲畜为水害风灾所夺的时候,则他们诅咒这自然现象,但同时也必至于非常恐怖,畏惧的罢。因为他们对于自然力,抵抗的力量很微弱,所以无论对于地水火风,对于日月星辰,只是用了感谢,赞叹,或者诅咒,恐怖的感情去相向,于是乎星辰,太空,风,雨,便都成了被诗化,被象征化的梦而被表现。尤其是,在原始人类的幼稚的头脑里,自己和外界自然物的差别是很不分明的,因此就以为森罗万象都像自己一般的活着,而且还要看出万物的喜怒哀乐之情来。殷殷的雷鸣,当作神的怒声,瞻望着鸟啼花放,便以为是春的女神的消息。是将这样的感情,这样的想象,作为一个摇篮,而诗和宗教这双生子,就在这里生长了。

比这原始状态更进一步去,则加上智力的作用,起了好奇心,也发生模仿欲。而且,先前的畏敬和恐怖,一转而为无限的信仰,也成为信赖。无论看见火,看见生殖器,看见猴子臀部的通红的地方,都想考究那些的由来,加上理由去,而终于向之赞颂,渴仰,崇拜。寻起根本来,也就是生命的自由的飞跃因为受了阻止和压抑而生苦闷,即精神底伤害,这无非就从那伤害发生出来的象征的梦。是不得满足的欲求,不能照样地移到实行的世界去的生的要求,变了形态而被表现的东西。诗是个人的梦,神话是民族的梦。

从最为单纯的原始状态看起来,祈祷礼拜时候的心绪,和在文艺的创作鉴赏时候的心境,是这样明白地有着一致,而且能够看见共通性的。

本篇部分章节曾刊载于 1924 年 10 月的《晨报副刊》。1925 年 3 月由鲁迅自费作为"未名丛刊"之一出版(北大新潮社代售)。1926 年 10 月后改由此新书局印行。

《苦闷的象征》后记

镰仓十月的秋暖之日,厨川夫人和矢野君和我,站在先生的别邸的废墟上,沉在散漫的思想中的时候。掘土的工人寻出一个栗色纸的包裹,送到我们这里来了。那就是这《苦闷的象征》的原稿。

《苦闷的象征》是先生的不朽的大作的未定稿的一部分。将这未定稿遽向世间发表,在我们之间,最初也曾经有了不少的议论。有的还以为对于自己的著作有着锋利的良心的先生,怕未必喜欢这以推敲未足的就是如此的形式,便以问世的。

但是,本书的后半,是未经公表的部分居多。将深邃的造诣和丰满的鉴赏的力量,打成不可思议的融合的先生在讲坛上的丰采,不过在本书里,遗留少许罢了。因了我们不忍深藏箧底的心意,遂将这刊印出来。

题名的《苦闷的象征》,是出于本书前半在《改造》志上发表时候的一个端绪。但是,只要略略知道先生的内生活的人,大约就相信这题名用在先生的著作上,并没有什么不调和的罢。因为先生的生涯,是说尽在雪莱的诗的"They learn in suffering what they teach in song."这一句里的。

356

当本书校订之际，难决的处所，则请教于新村出，阪仓笃太郎两先生。而且，也受同窗的朋友矢野峰人氏的照应，都在此申明厚的感谢的意思。

本书中的《创作论》分为六节，虽然首先原有着《两种力》，《制造生活的欲求》等的标记，但其余的部分，却并未设立这样的区分。不得已，便单据我个人的意见，分了节，又加上自信为适当的标题。此外关于本书的内容和外形，倘有些不备之处，那就是因为我的无知无识而致的：这也在此表明我的责任。

十三年二月二日，山本修二。

未另发表。

初收 1925 年 3 月鲁迅自印本（新潮社代售）"未名丛刊"之一《苦闷的象征》。

十一日

日记 晴。午后往北大取一月分薪水十八元。往东亚公司买『近代思想十六講』，『近代文芸十二講』，『文学十講』，『赤露見タママの記』各一部，共泉六元八角。晚得伏园信。夜 H 君来。

十二日

日记 晴。夜〔星〕期休息。下午顾颉刚，常维钧来。下午许钦文来。夜李庸倩来。

十三日

日记 晴。午吴〔胡〕萍霞女士来。午后往女师校讲。晚孙伏园，章洪熙来。

十四日

日记 昙。午后住世界语专校讲。下午伏园转来夏浮筠信片一。夜大风。

十五日

日记 昙,大风。上午后[得]段绍岩信,八日长安发。下午寄和森信。收去年七月奉泉二十六元。

十六日

日记 晴。午得胡萍霞信并文稿,午后复,又代发寄晨报社信片。寄三弟信。寄孙伏园译稿三章。

十七日

日记 昙。上午得春台信并画信片二枚,九月廿一日里昂发。往师范大学讲并收薪水泉十一元。午后往北京大学讲。买《古今杂剧》三十种一部五本,二元。

《有限中的无限》译者附记

法文我一字不识,所以对于 Van Lerberghe 的歌无可奈何。现承常维钧君给我译出,实在可感,然而改译波特来尔的散文诗的担子我也就想送上去了。想世间肯帮别人的忙的诸公闻之,当亦同声一叹耳。十月十七日,译者附记。

本篇连同《有限中的无限》(《苦闷的象征》第二章"鉴赏论"之第四节)原载 1924 年 10 月 28 日《晨报副刊》。

初收 1925 年 3 月鲁迅自印本（新潮社代售）"未名丛刊"
之一《苦闷的象征》。

初未收集。

十八日

日记　晴。上午得三太太信，昨日西山发。晚李庸倩来。
夜风。

十九日

日记　晴。星期休息。上午得胡萍霞信。得『人類の為めに』一
本，盖 SF 君寄赠。晨报社送来《副镌》合订本二本。下午章矛尘，孙
伏园来。

二十日

日记　晴。上午得三弟信，十四日发。午后寄伏园信。往女师
校讲。下午得伏园信。得李庸倩信。

致 李秉中

庸倩兄：

　　来信收到。我近来至于不能转动，明日还想去一设法，但希望
仍必极少，因为凡和我熟识可以通融之人，其景况总与我差不多也。
但我总要凑成二十之数，于礼拜四为止办妥，届时希一莅我寓为幸。

　　　　　　　　　　　　　　　鲁迅　十月二十日夜

　　其实钱之结果，礼拜三即可知。我想，如不得已，则旧债之若干

份,可由我担保,其法如何,望礼拜三晚来一谈。

二十一日

日记 晴。上午寄李庸倩信。买煤一吨十三元,车钱一元二角。午后往世界语校讲。下午得章矛尘信。

二十二日

日记 晴。上午李庸倩来别,赆以泉廿。午后许钦文来。

二十三日

日记 晴。上午李庸倩来。晚 H 君来,交以泉十。

二十四日

日记 晴。上午往师范大学讲。午后往北京大学讲。

二十五日

日记 昙。午后伏园来。往季市寓商量译文。

二十六日

日记 晴。星期休息。上午得胡萍霞信。午伏园,惠迭[迪]来。下午昙。晚李庸倩来。夜小雨。

二十七日

日记 昙。午后往女师校讲。下午得伏园信。晚 H 君来并交所代买『象牙の塔を出て』,『十字街頭を行ク』各一本,共泉四元二角。

二十八日

日记 晴。上午 H 君来。午后寄常维钧信。往世界语专校讲。下午寄胡萍霞信。从季市假泉十。晚宋子佩来。收北大《社会科学季刊》一本。

论雷峰塔的倒掉

听说,杭州西湖上的雷峰塔倒掉了,听说而已,我没有亲见。但我却见过未倒的雷峰塔,破破烂烂的映掩于湖光山色之间,落山的太阳照着这些四近的地方,就是"雷峰夕照",西湖十景之一。"雷峰夕照"的真景我也见过,并不见佳,我以为。

然而一切西湖胜迹的名目之中,我知道得最早的却是这雷峰塔。我的祖母曾经常常对我说,白蛇娘娘就被压在这塔底下。有个叫作许仙的人救了两条蛇,一青一白,后来白蛇便化作女人来报恩,嫁给许仙了;青蛇化作丫鬟,也跟着。一个和尚,法海禅师,得道的禅师,看见许仙脸上有妖气,——凡讨妖怪做老婆的人,脸上就有妖气的,但只有非凡的人才看得出,——便将他藏在金山寺的法座后,白蛇娘娘来寻夫,于是就"水满金山"。我的祖母讲起来还要有趣得多,大约是出于一部弹词叫作《义妖传》里的,但我没有看过这部书,所以也不知道"许仙""法海"究竟是否这样写。总而言之,白蛇娘娘终于中了法海的计策,被装在一个小小的钵盂里了。钵盂埋在地里,上面还造起一座镇压的塔来,这就是雷峰塔。此后似乎事情还很多,如"白状元祭塔"之类,但我现在都忘记了。

那时我惟一的希望,就在这雷峰塔的倒掉。后来我长大了,到杭州,看见这破破烂烂的塔,心里就不舒服。后来我看看书,说杭州人又叫这塔作保叔塔,其实应该写作"保俶塔",是钱王的儿子造的。

那么,里面当然没有白蛇娘娘了,然而我心里仍然不舒服,仍然希望他倒掉。

现在,他居然倒掉了,则普天之下的人民,其欣喜为何如?

这是有事实可证的。试到吴越的山间海滨,探听民意去。凡有田夫野老,蚕妇村氓,除了几个脑髓里有点贵恙的之外,可有谁不为白娘娘抱不平,不怪法海太多事的?

和尚本应该只管自己念经。白蛇自迷许仙,许仙自娶妖怪,和别人有什么相干呢?他偏要放下经卷,横来招是搬非,大约是怀着嫉妒罢,——那简直是一定的。

听说,后来玉皇大帝也就怪法海多事,以至荼毒生灵,想要拿办他了。他逃来逃去,终于逃在蟹壳里避祸,不敢再出来,到现在还如此。我对于玉皇大帝所做的事,腹诽的非常多,独于这一件却很满意,因为"水满金山"一案,的确应该由法海负责;他实在办得很不错的。只可惜我那时没有打听这话的出处,或者不在《义妖传》中,却是民间的传说罢。

秋高稻熟时节,吴越间所多的是螃蟹,煮到通红之后,无论取那一只,揭开背壳来,里面就有黄,有膏;倘是雌的,就有石榴子一般鲜红的子。先将这些吃完,即一定露出一个圆锥形的薄膜,再用小刀小心地沿着锥底切下,取出,翻转,使里面向外,只要不破,便变成一个罗汉模样的东西,有头脸,身子,是坐着的,我们那里的小孩子都称他"蟹和尚",就是躲在里面避难的法海。

当初,白蛇娘娘压在塔底下,法海禅师躲在蟹壳里。现在却只有这位老禅师独自静坐了,非到螃蟹断种的那一天为止出不来。莫非他造塔的时候,竟没有想到塔是终究要倒的么?

活该。

一九二四年十月二十八日。

原载 1924 年 11 月 17 日《语丝》周刊第 1 期。

初收 1927 年 3 月北京未名社版《坟》。

二十九日

日记　晴。午后许钦文来。晚收《旅伴》一本,李小峰寄赠。

三十日

日记　晴。上午 H 君来并交线衫一件,托寄去泉五。下午从子佩假泉五十,还季市十。

说 胡 须

今年夏天游了一回长安,一个多月之后,胡里胡涂的回来了。知道的朋友便问我:"你以为那边怎样?"我这才栗然地回想长安,记得看见很多的白杨,很大的石榴树,道中喝了不少的黄河水。然而这些又有什么可谈呢?我于是说:"没有什么怎样。"他于是废然而去了,我仍旧废然而住,自愧无以对"不耻下问"的朋友们。

今天喝茶之后,便看书,书上沾了一点水,我知道上唇的胡须又长起来了。假如翻一翻《康熙字典》,上唇的,下唇的,颊旁的,下巴上的各种胡须,大约都有特别的名号谥法的罢,然而我没有这样闲情别致。总之是这胡子又长起来了,我又要照例的剪短他,先免得沾汤带水。于是寻出镜子,剪刀,动手就剪,其目的是在使他和上唇的上缘平齐,成一个隶书的一字。

我一面剪,一面却忽而记起长安,记起我的青年时代,发出连绵不断的感慨来。长安的事,已经不很记得清楚了,大约确乎是游历孔庙的时候,其中有一间房子,挂着许多印画,有李二曲像,有历代

363

帝王像，其中有一张是宋太祖或是什么宗，我也记不清楚了，总之是穿一件长袍，而胡子向上翘起的。于是一位名士就毅然决然地说："这都是日本人假造的，你看这胡子就是日本式的胡子。"

诚然，他们的胡子确乎如此翘上，他们也未必不假造宋太祖或什么宗的画像，但假造中国皇帝的肖像而必须对了镜子，以自己的胡子为法式，则其手段和思想之离奇，真可谓"出乎意表之外"了。清乾隆中，黄易掘出汉武梁祠石刻画像来，男子的胡须多翘上；我们现在所见北魏至唐的佛教造像中的信士像，凡有胡子的也多翘上，直到元明的画像，则胡子大抵受了地心的吸力作用，向下面拖下去了。日本人何其不惮烦，孳孳汲汲地造了这许多从汉到唐的假古董，来埋在中国的齐鲁燕晋秦陇巴蜀的深山邃谷废墟荒地里？

我以为拖下的胡子倒是蒙古式，是蒙古人带来的，然而我们的聪明的名士却当作国粹了。留学日本的学生因为恨日本，便神往于大元，说道"那时倘非天幸，这岛国早被我们灭掉了！"则认拖下的胡子为国粹亦无不可。然而又何以是黄帝的子孙？又何以说台湾人在福建打中国人是奴隶根性？

我当时就想争辩，但我即刻又不想争辩了。留学德国的爱国者X君，——因为我忘记了他的名字，姑且以X代之，——不是说我的毁谤中国，是因为娶了日本女人，所以替他们宣传本国的坏处么？我先前不过单举几样中国的缺点，尚且要带累"贱内"改了国籍，何况现在是有关日本的问题？好在即使宋太祖或什么宗的胡子蒙些不白之冤，也不至于就有洪水，就有地震，有什么大相干。我于是连连点头，说道："嗡，嗡，对啦。"因为我实在比先前似乎油滑得多了，——好了。

我剪下自己的胡子的左尖端毕，想，陕西人费心劳力，备饭化钱，用汽车载，用船装，用骡车拉，用自动车装，请到长安去讲演，大约万料不到我是一个虽对于决无杀身之祸的小事情，也不肯直抒自己的意见，只会"嗡，嗡，对啦"的罢。他们简直是受了骗了。

我再向着镜中的自己的脸，看定右嘴角，剪下胡子的右尖端，撒在地上，想起我的青年时代来——

那已经是老话，约有十六七年了罢。

我就从日本回到故乡来，嘴上就留着宋太祖或什么宗似的向上翘起的胡子，坐在小船里，和船夫谈天。

"先生，你的中国话说得真好。"后来，他说。

"我是中国人，而且和你是同乡，怎么会……"

"哈哈哈，你这位先生还会说笑话。"

记得我那时的没奈何，确乎比看见 X 君的通信要超过十倍。我那时随身并没有带着家谱，确乎不能证明我是中国人。即使带着家谱，而上面只有一个名字，并无画像，也不能证明这名字就是我。即使有画像，日本人会假造从汉到唐的石刻，宋太祖或什么宗的画像，难道偏不会假造一部木版的家谱么？

凡对于以真话为笑话的，以笑话为真话的，以笑话为笑话的，只有一个方法：就是不说话。

于是我从此不说话。

然而，倘使在现在，我大约还要说："嗡，嗡，……今天天气多么好呀？……那边的村子叫什么名字？……"因为我实在比先前似乎油滑得多了，——好了。

现在我想，船夫的改变我的国籍，大概和 X 君的高见不同。其原因只在于胡子罢，因为我从此常常为胡子受苦。

国度会亡，国粹家是不会少的，而只要国粹家不少，这国度就不算亡。国粹家者，保存国粹者也；而国粹者，我的胡子是也。这虽然不知道是什么"逻辑"法，但当时的实情确是如此的。

"你怎么学日本人的样子，身体既矮小，胡子又这样，……"一位国粹家兼爱国者发过一篇崇论宏议之后，就达到这一个结论。

可惜我那时还是一个不识世故的少年，所以就愤愤地争辩。第一，我的身体是本来只有这样高，并非故意设法用什么洋鬼子的机器压缩，使他变成矮小，希图冒充。第二，我的胡子，诚然和许多日本人的相同，然而我虽然没有研究过他们的胡须样式变迁史，但曾经见过几幅古人的画像，都不向上，只是向外，向下，和我们的国粹差不多。维新以后，可是翘起来了，那大约是学了德国式。你看威廉皇帝的胡须，不是上指眼梢，和鼻梁正作平行么？虽然他后来因为吸烟烧了一边，只好将两边都剪平了。但在日本明治维新的时候，他这一边还没有失火……。

这一场辩解大约要两分钟，可是总不能解国粹家之怒，因为德国也是洋鬼子，而况我的身体又矮小乎。而况国粹家很不少，意见又很统一，因此我的辩解也就很频繁，然而总无效，一回，两回，以至十回，十几回，连我自己也觉得无聊而且麻烦起来了。罢了，况且修饰胡须用的胶油在中国也难得，我便从此听其自然了。

听其自然之后，胡子的两端就显出毗心现象来，于是也就和地面成为九十度的直角。国粹家果然也不再说话，或者中国已经得救了罢。

然而接着就招了改革家的反感，这也是应该的。我于是又分疏，一回，两回。以至许多回，连我自己也觉得无聊而且麻烦起来了。

大约在四五年或七八年前罢，我独坐在会馆里，窃悲我的胡须的不幸的境遇，研究他所以得谤的原因，忽而恍然大悟，知道那祸根全在两边的尖端上。于是取出镜子，剪刀，即刻剪成一平，使他既不上翘，也难拖下，如一个隶书的一字。

"阿，你的胡子这样了？"当初也曾有人这样问。

"唔唔，我的胡子这样了。"

他可是没有话。我不知道是否因为寻不着两个尖端，所以失了立论的根据，还是我的胡子"这样"之后，就不负中国存亡的责任了。总之我从此太平无事的一直到现在，所麻烦者，必须时常剪剪而已。

一九二四年十月三十日。

原载 1924 年 12 月 15 日《语丝》周刊第 5 期。

初收 1927 年 3 月北京未名社版《坟》。

三十一日

日记 晴,风。上午得胡平霞信。往师范大学讲。午后往北京大学讲。晚得三弟信,二十六日发。夜译文。

十一月

一日

日记 晴。下午得李庸倩信。夜译论一篇讫。

西班牙剧坛的将星

〔日本〕厨川白村

一 罗曼底

读了二叶亭所作的《其面影》的英译本,彼国的一个批评家就吃惊地说道,在日本,竟也有近代生活的苦恼么?英美的人们,似乎至今还以为日本是花魁(译者注:谓妓女)和武士道的国度。和这正一样,我们也以为西班牙是在欧洲的唯一的"古"国;以为也不投在大战的旋涡里,也不被世界改造的涛头所卷去,至今还是正在走着美丽的罗曼底的梦的别世界中。这就因为西班牙的人们,也如日本人的爱看裸体角力一样,到现在还狂奔于残忍野蛮的斗牛戏;也如日本人的喜欢舞妓的傀儡模样一样,心赏那色采浓艳的西班牙特有的舞姿;而其将女人幽禁起来,也和日本没有什么大差的缘故。

罗曼主义是南欧腊丁系 诸国的特有物。中欧北欧的诸国,早从罗曼底的梦里醒过来了的现在,然而在生活上,在艺术上,还是照旧的做着罗曼斯的梦者,也不但西班牙;意大利也如此。近便的例,则有如但农契阿（d'Annunzio）在斐麦问题的行动，虽然使一部分冥顽的日本人有些佩服了，而其实是出于极陈腐的过时的思想的。即不外乎不值一顾的旧罗曼主义。这样看来，便是但农契阿的艺术，如《死之胜利》，如《火焰》，如《快乐儿》，尤其是他的抒情诗，也都是极其罗曼底的作品。显现于实行的世界的时候，便成为斐麦事件似的很无聊的状况的罗曼主义了。只有被了永久地，新的永久地，有着华美的永远的生命的"艺术"的衣服，而被表现的时候，还有很可以打动现代的人心的魅力。所以我们之敬服他的作品者，即与我们现在还为陈旧的雩俄（Hugo）的罗曼主义所动。读了《哀史》和《我后寺》而下泪的时候正相同。对于旧时代的武士道毫无兴趣的人们，看了戏剧化的《忠臣藏》的戏文，却也觉得有趣。因为在这里是有着艺术表现的永远性，不朽性的。总之，用飞机来闹嚷一通的但农契阿的态度，即可以当作那客死在靡梭伦基的拜伦（Byron）的罗曼主义观。然而我现在的主意，却并不在议论意大利。

二　西班牙剧

无论如何，西班牙总是凯尔绵（Carmen）的国度。西班牙趣味里面，总带着过度的浓艳的色彩，藏着中世骑士时代的面影。在昔加勒兑隆（Calderon）以来的所谓"意气"和"名誉"之类的理想主义，直到现在，还和那国度纠结着。对于难挨的"近代"的风潮全不管；在劳动问题，宗教问题，妇女问题这些上，搅乱人心的事，也极其少有的。

然而桃源似的生活，是不会永久继续下去的。倘将外来思想当作不相干的事，便从脚跟，从鼻尖，都会发火。现实的许多"问题"，便毫不客气，焦眉之急地逼来了。在西班牙，这样的从罗曼主义到现实主义的思想的推移，在文艺中含着民众艺术的性质最多的演剧上，出现得最明显。尤其是从外国人的眼光看来的西班牙文学，自加勒兑隆以来，戏曲就占着最为重要的地位，乃是不可动摇的事情。

前世纪以来西班牙最大的戏曲家的那遏契喀黎(Echegaray)，恐怕是垂亡的罗曼主义剩下来的最后的闪光罢。虽是他，也分明地受了伊孛生(Ibsen)的问题剧的影响。然而，便是和伊孛生的《游魂》最相像，取遗传作为材料的杰作《敦凡之子》，也还是罗曼底的作品；至于《马利亚那》和《喀来阿德》，则内容和外形，都和近代底倾向远得多。他在五年前已经去世了。

然而衍这遏契喀黎一脉的新人物迭扇多的戏曲，则虽然也还是罗曼底，而同情却已移到无产阶级去。他那最有名的著作《凡贺绥》（一八九五年作）中，就将阶级争斗和劳资冲突作为背景描写着。剧中的主角凡贺绥，杀却了夺去自己的情人的那雇主波珂的惨剧，比起寻常一样的恋爱悲剧来，已经颇异其趣了。但以近代剧而论，则因为还带着太多的歌舞风的古老的罗曼底分子，所以总不能看作社会剧问题剧一类性质的东西。

三　培那文德

但是，现在作为这国度里最伟大的一个戏曲家，见知于全欧洲者，是培那文德(Jacinto Benavente)，独有他是纯粹的现实主义者，又是新机运的代表人。作为罗曼主义破坏者的他的地位，大概可以比培那特萧(Bernard Shaw)之在英文学罢。将那些讨厌地装着斯文，摆出贵人架子，而其实是无智，游惰，浮滑的西班牙上流社会的脸皮，爽爽快快地剥了下来的他的滑稽剧中，有着一种轻妙的趣致，比起挖苦而且痛快的北欧作品来，自然地很两样。尤其是将那擅长的锐利的解剖刀，向着虚伪较多的女性的生活的时候，那手段之高，是格外使人刮目的。

培那文德是著名的医生的儿子，一千八百六十六年八月十二日生的，所以现在是五十五岁（译者注：此文一九二一年作）。先在马特立的大学修法律,因为觉得无味,便献身于文字之业,先做起抒情诗和小说来;听说以诗集而论,也有出色的作品。到一千八百九十三年以后,便完全成了剧坛的人。但到以剧曲作家成名时,也曾出台爨演;便是现在,也时时自己来扮自作剧本中的脚色。他的开手的作品叫《在别人的寰里》的,在马特立的喜剧剧场开演,是一千八百九十四年。然而尽量地站在现实主义的地位上,来描写时世的他那近代底作风,最初的时候,是很受了些世人,尤其是旧思想家的很利害的迫害和冷遇。然而新思潮的大势,终于使他成为今日欧洲文艺界的第一人了。最先成名的是《出名的人们》,《野兽的食料》等,都是对于西班牙上流社会的讽骂。尤其是前一篇,将一个贵族的穷苦的女儿作为中心人物,用几个在她周围的奸恶的利己的人物来对照,描出贵族社会的内幕来,这是以他的杰作之一出名的。

培那文德的戏剧,不消说,是社会批评。但和伊孛生,勃里欧,遏尔维这些人的问题剧,却又稍稍异趣,绝没有什么类乎宣传者的气味,是用尽量地将现实照样描写,就在其中暗示着问题,使人自行思想,自行反省的自然的方法的。虽然也说是写实剧,但在此人的作品里,却总带着西班牙式的华丽的诗趣和热情。近来又一转而作可以说是象征剧的作品,竟也成功了。

听说他的著作一总有二十卷,近日已经开手于全集的印行。剧本的篇数是八十,创作之外,在翻译上也动笔,曾将沙士比亚的《空闹》和《十二夜》等,译成西班牙文。最近十年来,名声益见其大,他的作品若干种,已经在和腊丁亚美利加诸国关系最深的美国,译成英文出版了。其中如以客观底描写最见成功的《知县之妻》和《土曜之夜》;对于莱阿那陀名画《约孔陀》的千古不可解的谜的微笑,给了一个新解释的《穆那理沙的微笑》;以及美丽的童话一般的《从书中学了一切的王子》这些杰作,现在是据了英译本,虽是不懂西班牙文的我们,也可以赏鉴了。已经英译的诸作品中,《热情之花》曾经在美国开演,都知道是收效最多的杰作。

在最近这几年，为了大战而衰微已极了的欧洲文学之中，独有不涉战场而得专心于艺术创作的西班牙文坛上，秀拔的作品颇不少。以小说家而为现在欧洲最大的作家之一的迦尔陀思，也在戏曲上动笔，而且得了成功；昆提罗斯弟兄，玛尔圭那，里筬斯这些新作家，又接连的出现，使剧坛更加热闹。在小说一方面，近来欧洲诸国读得最多的东西，也就是这国里的作家伊本纳兹的用欧战的惨剧来作材料的《默示录的四骑士》（死，战争，瘟疫和饥饿）。这作家，是写实底的，且至于称为西班牙的左拉。然而他那描写上的罗曼底的色采之还很浓厚，则只要并读他的《伽蓝之影》这类的作品，便谁也一定觉得的罢。

四　戏曲二篇

凡听讲戏曲的梗概的，比起那听讲宴会的事情的来，尤为无趣味。但我为要介绍培那文德的作风，姑且选出他的两篇名作，演一回这无趣味的技艺罢。

培那文德的杰作里面，用农民生活和乡下小市镇的上流人物的内幕来做材料的东西是很多的。我现在就将《玛耳开达》（一九一三年作）和《寡妇之夫》（一九○八年开演）这两篇，作为属于这一类作品的代表者，来简单地说一说。

《玛尔开达》是相传的血腥的杀人悲剧，几乎可以说是西班牙特有的出名的东西。一个乡下人的寡妇雷孟台，和第二回的年青的丈夫伊思邦过活，但有一个和前夫所生的女儿叫亚加西亚。雷孟台想给这女儿得一个好女婿，来昵近的男人也很多，而女儿都不理。这也无怪，因为那女儿已经暗地里和母亲的现在的丈夫伊思邦落在恋爱里了；旁人虽然都知道，独有母亲雷孟台却未曾觉察出。在第三幕上，雷孟台向着女儿，命她称自己的丈夫伊思邦为父亲。女儿给伊思邦接吻，然而总不能叫出父亲来。母亲到这里，这才明白事情的真相了。当剧烈地责备丈夫的时候,那女儿的热烈的回答,却是出于意外的事:——

  雷孟台 但是你不叫他做父亲。她昏迷了吗?哦!嘴唇对嘴唇,而你紧抱她在你臂上!去,去!现在我知道为什么你不肯叫他做父亲了。现在我知道这是你的过失——我咒诅你!

  亚加西亚 是的,这是我的。杀我!这是真的,这是真的!他是我所爱的唯一的男子。

女儿是十足的西班牙式的热情的女人。这热情的女人的热烈的言语,遂作为悲剧的结末,在今则已经野兽一样,没有父亲,也没有母亲,没有女儿,只有火焰似的恋爱了。伊思邦遂用枪打杀雷孟台。

题目的 *La Malquerda*,即英语的 *Passion Flower*(热情之花),就是西番莲。这剧本的第二幕里,有"爱那住在风车近旁的女子的人,将恋爱在恶时;因为她用了她所爱的爱情而爱,所以有人称她为热情之花"这些意思的歌。雷孟台听了这歌,就说:

  "我们是住在风车近旁的人;那是他们都这样说我们的。而住于风车近旁的女人一定是亚加西亚,是我的女儿。他们称她为热情之花?就是这样,是那样吗?但是谁是不正当地爱她的?……"

爱她的是谁,雷孟台是不知道的。因为不知道,所以能达到上文所说似的这悲剧的大团圆。作者先将这歌放在第二幕作为伏线,并且也就用作这剧曲的题目了。(译者注:所引剧文,用的都就是张闻天先生的译本。)

《寡妇之夫》是纯粹的喜剧。凡有极其写实的风俗剧,是往往很受上流先生们的非难和攻击的;这也一样,而却是颇得一般社会欢迎的戏文。女的主角加罗里那,是一个国务大臣而且负过一世的重望的政治家的寡妻,但她现在已经和亡夫的同志弗罗连昂成了夫妇了。那事情,是明天就要到亡夫的铜像除幕式的日期了的前一天的事。

加罗里那正在为难,以为倘和现在的丈夫弗罗连昴相携而赴铜像除幕式,不知要受世人怎样的非议。而铜像建设委员那一面,也因为和这铜像一同,要立起"真理""商业""工业"这三个女神的裸体像的事,有着各种的反对,争论正纷纭。

这时,对于加罗里那没有好感的亡夫的妹子们,便趁着明天的除幕式的机会,将新出版的亡夫的评传给她看。翻开这书的第二百十四叶来,可登着故人的可惊的信札。这是叙述自己的身世,悲观将来的述怀,就寄给这书的编纂者凯萨伦喀的。信上说:——

> "人生是可悲的。我自有生以来,只有过一回恋爱。只记得爱过一个女人。这就是我的妻。而且只相信一个朋友。这就是友人弗罗连昴。而这妻和这朋友,我虽然献了生命而不惜的这两个……唉,我怎样告白这事呢?虽然连我自己也难以相信,其实是那两人恋爱着。秘密地,两面都发狂似的恋爱着的。"

这政治家亡故以后,便成了夫妇的寡妇加罗里那和好友弗罗连昴这两个人,其实是当他生前,已经陷了这样的不义的恋爱的事,由了这信札,都被揭破了。弗罗连昴却主张这信是伪造的,要去作诽毁的控诉,并且还说须向凯萨伦喀去要求他决斗。

然而意外的事,是那评传的编纂者凯萨伦喀却来访了。他原也是颇有名声的文士,但因为多年在失意之境,所以竟至成了来往乡间的电影的说明人了(在西洋,西班牙这些地方也如日本一样,电影是有人解说的)。现在是只要有钱,便什么文章都肯做。他用话巧妙地赞扬弗罗连昴的材干,终于反说到亡故的政治家是愚人,在不知不觉之间,早已和弗罗连昴妥协了。并且约定,将那信札是伪造的事,也公表出去。归结是得了钱便完的,然而问起那紧要的书籍不是已经传播在世上了么,则答道可是一部也还没有人买。于是即由弗罗连昴拿出二千元来,将初版全部买收了算完事。而在那一面,却还因为裸体像酿成问题,终于不许女人们参预除幕式,连那紧要的除幕式也延期了。这一场的喜剧,即以此完结。

以意外的事接着意外的事,令最先故使紧张着的读者的心情,忽然弛缓下去,而这喜剧即由此成立。培那文德的喜剧,是大抵以这样轻妙的特色为生命的,至于以对于时代风俗的讽骂而论,却还不觉得是怎样痛烈的作品。我们倒还是在他的悲剧那一面所有的热情味和深刻味上,认识他在欧洲剧坛的地位,而且看出确是西班牙一流的特色来。

译自《走向十字街头》

因为记得《小说月报》第十四卷载有培那文德的《热情之花》,所以从《走向十字街头》译出这一篇,以供读者的参考。一九二四年十月三十一日,译者识。

原载 1925 年 1 月 10 日《小说月报》第 16 卷第 1 期。

初收 1929 年 4 月上海北新书局版《壁下译丛》。

译者识未收集。

二日

日记　昙。星期休息。上午郁达夫来。下午许钦文来。李庸倩来。

三日

日记　晴。上午许钦文来。孙伏园来。午后昙。夜章洪熙来。

《论雷峰塔的倒掉》附记

这篇东西,是一九二四年十月二十八日做的。今天孙伏园来,我便将草稿给他看。他说，雷峰塔并非就是保俶塔。那么，大约是我记错了，然而我确乎早知道雷峰塔下并无白娘娘。现在既经前记者先生指点，知道这一节并非得于所看之书，则当时何以知之，也就莫名其妙矣。特此声明，并且更正。十一月三日。

原载 1924 年 11 月 17 日《语丝》周刊第 1 期。未署名。
初未收集。

四日
日记　晴。上午得胡萍霞信。午后往世界语校讲。

五日
日记　晴。上午王捷三来。下午寄三弟信并文稿一篇，又许钦文者三篇。

六日
日记　晴。上午得胡萍霞信并文稿一篇。夜风。

七日
日记　晴。上午往师大讲。午后往北大讲。下午得三太太信。

八日
日记　晴，风。午后寄胡萍霞信。收去年七月分奉泉廿三元。晚伏园，衣萍来。

九日
日记　晴。星期休息。下午张目寒来。许钦文来。

十日

日记 晴。午后往女子师校讲。往小市买小说杂书四种十本，共泉一元。高阆仙赠《淮南子集证》一部十本。收世界语校十月分薪水泉十五元。

十一日

日记 晴。午后往世界语校讲。

论照相之类

一　材料之类

我幼小时候，在 S 城，——所谓幼小时候者，是三十年前，但从进步神速的英才看来，就是一世纪；所谓 S 城者，我不说他的真名字，何以不说之故，也不说。总之，是在 S 城，常常旁听大大小小男男女女谈论洋鬼子挖眼睛。曾有一个女人，原在洋鬼子家里佣工，后来出来了，据说她所以出来的原因，就因为亲见一坛盐渍的眼睛，小鲫鱼似的一层一层积叠着，快要和坛沿齐平了。她为远避危险起见，所以赶紧走。

S 城有一种习惯，就是凡是小康之家，到冬天一定用盐来腌一缸白菜，以供一年之需，其用意是否和四川的榨菜相同，我不知道。但洋鬼子之腌眼睛，则用意当然别有所在，惟独方法却大受了 S 城腌白菜法的影响，相传中国对外富于同化力，这也就是一个证据罢。然而状如小鲫鱼者何？答曰：此确为 S 城人之眼睛也。S 城庙宇中常有一种菩萨，号曰眼光娘娘。有眼病的，可以去求祷；愈，则用布或绸做眼睛一对，挂神龛上或左右，以答神麻。所以只要看所挂眼睛的多少，就知道这菩萨的灵不灵。而所挂的眼睛，则正是两头尖尖，如小鲫鱼，要寻一对和洋鬼子生理图上所画似的圆球形者，决不可得。黄帝岐伯尚矣；王莽诛翟义党，分解肢体，令医生们察看，曾否绘图不可知，纵使绘过，现在已佚，徒令"古已有之"而已。宋的《析骨分经》，相传也据目验，《说郛》中有之，我曾看过它，多是胡说，大约是假的。否则，目验尚且如此胡涂，则 S 城人之将眼睛理想化为小鲫鱼，实也无足深怪了。

然而洋鬼子是吃腌眼睛来代腌菜的么？是不然，据说是应用的。一，用于电线，这是根据别一个乡下人的话，如何用法，他没有谈，但云用于电线罢了；至于电线的用意，他却说过，就是每年加添铁丝，将来鬼兵到时，使中国人无处逃走。二，用于照相，则道理分明，不必多赘，因为我们只要和别人对立，他的瞳子里一定有我的一个小照相的。

而且洋鬼子又挖心肝，那用意，也是应用。我曾旁听过一位念佛的老太太说明理由：他们挖了去，熬成油，点了灯，向地下各处去照去。人心总是贪财的，所以照到埋着宝贝的地方，火头便弯下去了。他们当即掘开来，取了宝贝去，所以洋鬼子都这样的有钱。

道学先生之所谓"万物皆备于我"的事，其实是全国，至少是 S 城的"目不识丁"的人们都知道，所以人为"万物之灵"。所以月经精液可以延年，毛发爪甲可以补血，大小便可以医许多病，臂膊上的肉可以养亲。然而这并非本论的范围，现在姑且不说。况且 S 城人极重体面，有许多事不许说；否则，就要用阴谋来惩治的。

二　形式之类

要之，照相似乎是妖术。咸丰年间，或一省里，还有因为能照相

378

而家产被乡下人捣毁的事情。但当我幼小的时候，——即三十年前，S城却已有照相馆了，大家也不甚疑惧。虽然当闹"义和拳民"时，——即二十五年前，或一省里，还以罐头牛肉当作洋鬼子所杀的中国孩子的肉看。然而这是例外，万事万物，总不免有例外的。

要之，S城早有照相馆了，这是我每一经过，总须流连赏玩的地方，但一年中也不过经过四五回。大小长短不同颜色不同的玻璃瓶，又光滑又有刺的仙人掌，在我都是珍奇的物事；还有挂在壁上的框子里的照片：曾大人，李大人，左中堂，鲍军门。一个族中的好心的长辈，曾经借此来教育我，说这许多都是当今的大官，平"长毛"的功臣，你应该学学他们。我那时也很愿意学，然而想，也须赶快仍复有"长毛"。

但是，S城人却似乎不甚爱照相，因为精神要被照去的，所以运气正好的时候，尤不宜照，而精神则一名"威光"：我当时所知道的只有这一点。直到近年来，才又听到世上有因为怕失了元气而永不洗澡的名士，元气大约就是威光罢，那么，我所知道的就更多了：中国人的精神一名威光即元气，是照得去，洗得下的。

然而虽然不多，那时却又确有光顾照相的人们，我也不明白是什么人物，或者运气不好之徒，或者是新党罢。只是半身像是大抵避忌的，因为像腰斩。自然，清朝是已经废去腰斩的了，但我们还能在戏文上看见包爷爷的铡包勉，一刀两段，何等可怕，则即使是国粹乎，而亦不欲人之加诸我也，诚然也以不照为宜。所以他们所照的多是全身，旁边一张大茶几，上有帽架，茶碗，水烟袋，花盆，几下一个痰盂，以表明这人的气管枝中有许多痰，总须陆续吐出。人呢，或立或坐，或者手执书卷，或者大襟上挂一个很大的时表，我们倘用放大镜一照，至今还可以知道他当时拍照的时辰，而且那时还不会用镁光，所以不必疑心是夜里。

然而名士风流，又何代蔑有呢？雅人早不满于这样千篇一律的呆鸟了，于是也有赤身露体装作晋人的，也有斜领丝绦装作X人的，但不多。较为通行的是先将自己照下两张，服饰态度各不同，然后合照为一张，两个自己即或如宾主，或如主仆，名曰"二我图"。但设若一个自己傲然地坐着，一个自己卑劣可怜地，向了坐着的那一个自己跪着的时候，名色便又两样了："求己图"。这类"图"晒出之后，总须题些诗，或者词如"调寄满庭芳""摸鱼儿"之类，然后在书房里挂起。至于贵人富户，则因为属于呆鸟一类，所以决计想不出如此雅致的花样来，即有特别举动，至多也不过自己坐在中间，膝下排列着他的一百个儿子，一千个孙子和一万个曾孙（下略）照一张"全家福"。

Th. Lipps 在他那《伦理学的根本问题》中，说过这样意思的话。就是凡是人主，也容易变成奴隶，因为他一面既承认可做主人，一面就当然承认可做奴隶，所以威力一坠，就死心塌地，俯首帖耳于新主人之前了。那书可惜我不在手头，只记得一个大意，好在中国已经有了译本，虽然是节译，这些话应该存在的罢。用事实来证明这理论的最显著的例是孙皓，治吴时候，如此骄纵酷虐的暴主，一降晋，却是如此卑劣无耻的奴才。中国常语说，临下骄者事上必谄，也就是看穿了这把戏的话。但表现得最透澈的却莫如"求己图"，将来中国如要印《绘图伦理学的根本问题》，这实在是一张极好的插画，就是世界上最伟大的讽刺画家也万万想不到，画不出的。

但现在我们所看见的，已没有卑劣可怜地跪着的照相了，不是什么会纪念的一群，即是什么人放大的半个，都很凛凛地。我愿意我之常常将这些当作半张"求己图"看，乃是我的杞忧。

三　无题之类

照相馆选定一个或数个阔人的照相，放大了挂在门口，似乎是北京特有，或近来流行的。我在 S 城所见的曾大人之流，都不过六寸或八寸，而且挂着的永远是曾大人之流，也不像北京的时时掉换，年年不同。但革命以后,也许撤去了罢,我知道得不真确。

至于近十年北京的事,可是略有所知了,无非其人阔,则其像放大,其人"下野",则其像不见,比电光自然永久得多。倘若白昼明烛,要在北京城内寻求一张不像那些阔人似的缩小放大挂起挂倒的照相,则据鄙陋所知,实在只有一位梅兰芳君。而该君的麻姑一般的"天女散花""黛玉葬花"像,也确乎比那些缩小放大挂起挂倒的东西标致,即此就足以证明中国人实有审美的眼睛,其一面又放大挺胸凸肚的照相者,盖出于不得已。

我在先只读过《红楼梦》,没有看见"黛玉葬花"的照片的时候,是万料不到黛玉的眼睛如此之凸,嘴唇如此之厚的。我以为她该是一副瘦削的痨病脸,现在才知道她有些福相,也像一个麻姑。然而只要一看那些继起的模仿者们的拟天女照相,都像小孩子穿了新衣服,拘束得怪可怜的苦相,也就会立刻悟出梅兰芳君之所以永久之故了,其眼睛和嘴唇,盖出于不得已,即此也就足以证明中国人实有审美的眼睛。

印度的诗圣泰戈尔先生光临中国之际,像一大瓶好香水似地很熏上了几位先生们以文气和玄气,然而够到陪坐祝寿的程度的却只有一位梅兰芳君:两国的艺术家的握手。待到这位老诗人改姓换名,化为"竺震旦",离开了近于他的理想境的这震旦之后,震旦诗贤头上的印度帽也不大看见了,报章上也很少记他的消息,而装饰这近于理想境的震旦者,也仍旧只有那巍然地挂在照相馆玻璃窗里的一张"天女散花图"或"黛玉葬花图"。

惟有这一位"艺术家"的艺术,在中国是永久的。

我所见的外国名伶美人的照相并不多,男扮女的照相没有见过,别的名人的照相见过几十张。托尔斯泰,伊孛生,罗丹都老了,尼采一脸凶相,勖本华尔一脸苦相,淮尔特穿上他那审美的衣装的时候,已经有点呆相了,而罗曼罗兰似乎带点怪气,戈尔基又简直像一个流氓。虽说都可以看出悲哀和苦斗的痕迹来罢,但总不如天女的"好"得明明白白。假使吴昌硕翁的刻印章也算雕刻家,加以作画的润格如是之贵,则在中国确是一位艺术家了,但他的照相我们看不见。林琴南翁负了那么大的文名,而天下也似乎不甚有热心于"识荆"的人,我虽然曾在一个药房的仿单上见过他的玉照,但那是代表了他的"如夫人"函谢丸药的功效,所以印上的,并不因为他的文章。更就用了"引车卖浆者流"的文字来做文章的诸君而言,南亭亭长我佛山人往矣,且从略;近来则虽是奋战忿斗,做了这许多作品的如创造社诸君子,也不过印过很小的一张三人的合照,而且是铜板而已。

我们中国的最伟大最永久的艺术是男人扮女人。

异性大抵相爱。太监只能使别人放心,决没有人爱他,因为他是无性了,——假使我用了这"无"字还不算什么语病。然而也就可见虽然最难放心,但是最可贵的是男人扮女人了,因为从两性看来,都近于异性,男人看见"扮女人",女人看见"男人扮",所以这就永远挂在照相馆的玻璃窗里,挂在国民的心中。外国没有这样的完全的艺术家,所以只好任凭那些捏锤凿,调采色,弄墨水的人们跋扈。

我们中国的最伟大最永久,而且最普遍的艺术也就是男人扮女人。

一九二四年十一月十一日。

原载 1925 年 1 月 12 日《语丝》周刊第 9 期。

初收 1927 年 3 月北京未名社版《坟》。

十二日

　　日记　晴,风。午后女师校送来一月分薪水六元。

十三日

　　日记　晴。上午有一少年约二十余岁,操山东音,托名闯入索钱,似狂似犷,意似在侮辱恫吓,使我不敢作文,良久察出其狂乃伪作,遂去,时约十时半。访衣萍。晚伏园,矛尘来。衣萍来。

记"杨树达"君的袭来

今天早晨,其实时候是大约已经不早了。我还睡着,女工将我叫了醒来,说:"有一个师范大学的杨先生,杨树达,要来见你。"我虽然还不大清醒,但立刻知道是杨遇夫君,他名树达,曾经因为邀我讲书的事,访过我一次的。我一面起来,一面对女工说:"略等一等,就请罢。"

我起来看钟,是九点二十分。女工也就请客去了。不久,他就进来,但我一看很愕然,因为他并非我所熟识的杨树达君,他是一个方脸,淡赭色脸皮,大眼睛长眼梢,中等身材的二十多岁的学生风的青年。他穿着一件藏青色的爱国布(?)长衫,时式的大袖子。手上拿一顶很新的淡灰色中折帽,白的围带;还有一个采色铅笔的扁匣,但听那摇动的声音,里面最多不过是两三支很短的铅笔。

"你是谁?"我诧异的问,疑心先前听错了。

"我就是杨树达。"

我想:原来是一个和教员的姓名完全相同的学生,但也许写法并不一样。

"现在是上课时间,你怎么出来的?"

"我不乐意上课!"

我想:原来是一个孤行己意,随随便便的青年,怪不得他模样如此傲慢。

"你们明天放假罢……"

"没有,为什么?"

"我这里可是有通知的，……"我一面说，一面想，他连自己学校里的纪念日都不知道了，可见是已经多天没有上课，或者也许不过是一个假借自由的美名的游荡者罢。

"拿通知给我看。"

"我团掉了。"我说。

"拿团掉的我看。"

"拿出去了。"

"谁拿出去的?"

我想：这奇怪，怎么态度如此无礼？然而他似乎是山东口音，那边的人多是率直的，况且年青的人思想简单，……或者他知道我不拘这些礼节：这不足为奇。

"你是我的学生么?"但我终于疑惑了。

"哈哈哈，怎么不是。"

"那么，你今天来找我干什么?"

"要钱呀，要钱!"

我想：那么，他简直是游荡者，荡窘了，各处乱钻。

"你要钱什么用?"我问。

"穷呀。要吃饭不是总要钱吗？我没有饭吃了!"他手舞足蹈起来。

"你怎么问我来要钱呢?"

"因为你有钱呀。你教书，做文章，送来的钱多得很。"他说着，脸上做出凶相，手在身上乱摸。

我想：这少年大约在报章上看了些什么上海的恐吓团的记事，竟模仿起来了，还是防着点罢。我就将我的坐位略略移动，预备容易取得抵抗的武器。

"钱是没有。"我决定的说。

"说谎! 哈哈哈，你钱多得很。"

女工端进一杯茶来。

"他不是很有钱么？"这少年便问她，指着我。

女工很惶窘了，但终于很怕的回答："没有。"

"哈哈哈，你也说谎！"

女工逃出去了。他换了一个坐位，指着茶的热气，说：

"多么凉。"

我想：这意思大概算是讥刺我，犹言不肯将钱助人，是凉血动物。

"拿钱来！"他忽而发出大声，手脚也愈加舞蹈起来，"不给钱是不走的！"

"没有钱。"我仍然照先的说。

"没有钱？你怎么吃饭？我也要吃饭，哈哈哈哈。"

"我有我吃饭的钱，没有给你的钱。你自己挣去。"

"我的小说卖不出去。哈哈哈！"

我想：他或者投了几回稿，没有登出，气昏了。然而为什么向我为难呢？大概是反对我的作风的。或者是有些神经病的罢。

"你要做就做，要不做就不做，一做就登出，送许多钱，还说没有，哈哈哈哈。晨报馆的钱已经送来了罢，哈哈哈。什么东西！周作人，钱玄同；周树人就是鲁迅，做小说的，对不对？孙伏园；马裕藻就是马幼渔，对不对？陈通伯，郁达夫。什么东西！Tolstoi，Andreev，张三，什么东西！哈哈哈，冯玉祥，吴佩孚，哈哈哈。"

"你是为了我不再向晨报馆投稿的事而来的么？"但我又即刻觉到我的推测有些不确了，因为我没有见过杨遇夫马幼渔在《晨报副镌》上做过文章，不至于拉在一起；况且我的译稿的稿费至今还没有着落，他该不至于来说反话的。

"不给钱是不走的。什么东西，还要找！还要找陈通伯去。我就要找你的兄弟去，找周作人去，找你的哥哥去。"

我想：他连我的兄弟哥哥都要找遍，大有恢复灭族法之意了，的确古人的凶心都遗传在现在的青年中。我同时又觉得这意思有些可笑,就自己微笑起来。

"你不舒服罢?"他忽然问。

"是的,有些不舒服,但是因为你骂得不中肯。"

"我朝南。"他又忽而站起来,向后窗立着说。

我想:这不知道是什么意思。

他忽而在我的床上躺下了。我拉开窗幔,使我的佳客的脸显得清楚些,以便格外看见他的笑貌。他果然有所动作了,是使他自己的眼角和嘴角都颤抖起来,以显示凶相和疯相,但每一抖都很费力,所以不到十抖,脸上也就平静了。

我想:这近于疯人的神经性痉挛,然而颤动何以如此不调匀,牵连的范围又何以如此之大,并且很不自然呢?——一定,他是装出来的。

我对于这杨树达君的纳罕和相当的尊重,忽然都消失了,接着就涌起要呕吐和沾了龌龊东西似的感情来。原来我先前的推测,都太近于理想的了。初见时我以为简率的口调,他的意思不过是装疯,以热茶为冷,以北为南的话,也不过是装疯。从他的言语举动综合起来,其本意无非是用了无赖和狂人的混合状态,先向我加以侮辱和恫吓,希图由此传到别个,使我和他所提出的人们都不敢再做辩论或别样的文章。而万一自己遇到困难的时候,则就用"神经病"这一个盾牌来减轻自己的责任。但当时不知怎样,我对于他装疯技术的拙劣,就是其拙至于使我在先觉不出他是疯人,后来渐渐觉到有些疯意,而又立刻露出破绽的事,尤其抱着特别的反感了。

他躺着唱起歌来。但我于他已经毫不感到兴味,一面想,自己竟受了这样浅薄卑劣的欺骗了,一面却照了他的歌调吹着口笛,借此嘘出我心中的厌恶来。

"哈哈哈!"他翘起一足,指着自己鞋尖大笑。那是玄色的深梁的布鞋,裤是西式的,全体是一个时髦的学生。

我知道,他是在嘲笑我的鞋尖已破,但已经毫不感到什么兴味了。

他忽而起来,走出房外去,两面一看,极灵敏地找着了厕所,小解了。我跟在他后面,也陪着他小解了。

我们仍然回到房里。

"吓!什么东西!……"他又要开始。

我可是有些不耐烦了,但仍然恳切地对他说:

"你可以停止了。我已经知道你的疯是装出来的。你此来也另外还藏着别的意思。如果是人,见人就可以明白的说,无须装怪相。还是说真话罢,否则,白费许多工夫,毫无用处的。"

他貌如不听见,两手搂着裤裆,大约是扣扣子,眼睛却注视着壁上的一张水彩画。过了一会,就用第二个指头指着那画大笑:

"哈哈哈!"

这些单调的动作和照例的笑声,我本已早经觉得枯燥的了,而况是假装的,又如此拙劣,便愈加看得烦厌。他侧立在我的前面,我坐着,便用了曾被讥笑的破的鞋尖一触他的胫骨,说:

"已经知道是假的了,还装甚么呢?还不如直说出你的本意来。"

但他貌如不听见,徘徊之间,突然取了帽和铅笔匣,向外走去了。

这一着棋是又出于我的意外的,因为我还希望他是一个可以理喻,能知惭愧的青年。他身体很强壮,相貌很端正。Tolstoi 和 Andreev 的发音也还正。

我追到风门前,拉住他的手,说道,"何必就走,还是自己说出本意来罢,找可以更明白些……"他却一手乱摇,终于闭了眼睛,拼两手向我一挡,手掌很平的正对着我:他大概是懂得一点国粹的拳术的。

他又往外走。我一直送到大门口,仍然用前说去固留,而他推而且挣,终于挣出大门了。他在街上走得很傲然,而且从容地。

这样子，杨树达君就远了。

我回进来，才向女工问他进来时候的情形。

"他说了名字之后，我问他要名片，他在衣袋里掏了一会，说道，'阿，名片忘了，还是你去说一声罢。'笑嘻嘻，一点不像疯的。"女工说。

我愈觉得要呕吐了。

然而这手段却确乎使我受损了，——除了先前的侮辱和恫吓之外。我的女工从此就将门关起来，到晚上听得打门声，只大叫是谁，却不出去，总须我自己去开门。我写完这篇文字之间，就放下了四回笔。

"你不舒服罢?"杨树达君曾经这样问过我。

是的，我的确不舒服。我历来对于中国的情形，本来多已不舒服的了，但我还没有预料到学界或文界对于他的敌手竟至于用了疯子来做武器，而这疯子又是假的，而装这假疯子的又是青年的学生。

二四年十一月十三日夜。

原载 1924 年 11 月 24 日《语丝》周刊第 2 期。

初收 1935 年 5 月上海群众图书公司版《集外集》。

十四日

日记 晴。午后往北大讲。下午得和森信，二日发。

十五日

日记 晴。晚小峰，伏园送《语丝》五分来。赙陶书臣父丧泉二元。

十六日

日记 晴。星期休息。午后荆有麟来。下午子佩来。夜矛尘，伏园来,以泉拾元交付之,为《语丝》刊资之助耳。

十七日

日记　晴。午后往女师校讲并收薪水泉二元。夜衣萍,伏园来。

"说不出"*

看客在戏台下喝倒采,食客在膳堂里发标,伶人厨子,无嘴可开,只能怪自己没本领。但若看客开口一唱戏,食客动手一做菜,可就难说了。

所以,我以为批评家最平稳的是不要兼做创作。假如提起一支屠城的笔,扫荡了文坛上一切野草,那自然是快意的。但扫荡之后,倘以为天下已没有诗,就动手来创作,便每不免做出这样的东西来:

宇宙之广大呀,我说不出;

父母之恩呀,我说不出;

爱人的爱呀,我说不出。

阿呀阿呀,我说不出!

这样的诗,当然是好的,——倘就批评家的创作而言。太上老君的《道德》五千言,开头就说"道可道非常道",其实也就是一个"说不出",所以这三个字,也就替得五千言。

呜呼,"王者之迹熄,而《诗》亡;《诗》亡,然后《春秋》作。""予岂好辩哉?予不得已也!"

原载 1924 年 11 月 17 日《语丝》周刊第 1 期。

初收 1935 年 5 月上海群众图书公司版《集外集》。

十八日

日记　昙。午后往世界语校讲。下午访陈文虎。访俞小姐。访章衣萍。夜衣萍,伏园来。小雨,夜半成雪。

十九日

日记　雪。上午得三弟信,十二日发,下午复并寄《语丝》一分。寄荆有麟信。收去年七月分奉泉八十三元。收《小说月报》一本。

二十日

日记　晴。上午季市来。午后荆有麟来。晚女师校送来薪水泉五元五角,一月分讫。夜郁达夫来。

二十一日

日记　晴。上午往师大讲并收去年十二月,今年一月薪水泉各八元。午后往北大讲并收二月分薪水泉十五元。晚得语丝社信。

关于杨君袭来事件的辩正(一)

今天有几位同学极诚实地告诉我,说十三日访我的那一位学生确是神经错乱的,十三日是发病的一天,此后就加重起来了。我相信这是真实情形,因为我对于神经患者的初发状态没有实见和注意研究过,所以很容易有看错的时候。

现在我对于我那记事后半篇中神经过敏的推断这几段,应该注销。但以为那记事却还可以存在:这是意外地发露了人对人——至少是他对我和我对他——互相猜疑的真面目了。

当初,我确是不舒服,自己想,倘使他并非假装,我即不至于如

390

此恶心。现在知道是真的了,却又觉得这牺牲实在太大,还不如假装的好。然而事实是事实,还有什么法子呢? 我只能希望他从速回复健康。

十一月二十一日。

原载 1924 年 12 月 1 日《语丝》周刊第 3 期。

初收 1935 年 5 月上海群众图书公司版《集外集》。

二十二日

日记 晴,风。上午得三太太信。矛尘,伏园来。小峰赠《结婚的爱》一本。

《苦闷的象征》引言

去年日本的大地震,损失自然是很大的,而厨川博士的遭难也是其一。

厨川博士名辰夫,号白村。我不大明白他的生平,也没有见过有系统的传记。但就零星的文字里掇拾起来,知道他以大阪府立第一中学出身,毕业于东京帝国大学,得文学士学位;此后分住熊本和东京者三年,终于定居京都,为第三高等学校教授。大约因为重病之故罢,曾经割去一足,然而尚能游历美国,赴朝鲜;平居则专心学问,所著作很不少。据说他的性情是极热烈的,尝以为"若药弗瞑眩厥疾弗瘳",所以对于本国的缺失,特多痛切的攻难。论文多收在《小泉先生及其他》,《出了象牙之塔》及殁后集印的《走向十字街头》

中。此外，就我所知道的而言，又有《北美印象记》，《近代文学十讲》，《文艺思潮论》，《近代恋爱观》，《英诗选释》等。

然而这些不过是他所蕴蓄的一小部分，其余的可是和他的生命一起失掉了。

这《苦闷的象征》也是殁后才印行的遗稿，虽然还非定本，而大体却已完具了。第一分《创作论》是本据，第二分《鉴赏论》其实即是论批评，和后两分都不过从《创作论》引申出来的必然的系论。至于主旨，也极分明，用作者自己的话来说，就是"生命力受了压抑而生的苦闷懊恼乃是文艺的根柢，而其表现法乃是广义的象征主义"。但是"所谓象征主义者，决非单是前世纪末法兰西诗坛的一派所曾经标榜的主义，凡有一切文艺，古往今来，是无不在这样的意义上，用着象征主义的表现法的"。（《创作论》第四章及第六章。）

作者据伯格森一流的哲学，以进行不息的生命力为人类生活的根本，又从弗罗特一流的科学，寻出生命力的根柢来，即用以解释文艺——尤其是文学。然与旧说又小有不同，伯格森以未来为不可测，作者则以诗人为先知，弗罗特归生命力的根柢于性欲，作者则云即其力的突进和跳跃。这在目下同类的群书中，殆可以说，既异于科学家似的专断和哲学家似的玄虚，而且也并无一般文学论者的繁碎。作者自己就很有独创力的，于是此书也就成为一种创作，而对于文艺，即多有独到的见地和深切的会心。

非有天马行空似的大精神即无大艺术的产生。但中国现在的精神又何其萎靡锢蔽呢？这译文虽然拙涩，幸而实质本好，倘读者能够坚忍地反复过两三回，当可以看见许多很有意义的处所罢：这是我所以冒昧开译的原因，——自然也是太过分的奢望。

文句大概是直译的，也极愿意一并保存原文的口吻。但我于国语文法是外行，想必很有不合轨范的句子在里面。其中尤须声明的，是几处不用"的"字，而特用"底"字的缘故。即凡形容词与名词相连成一名词者，其间用"底"字，例如 Social being 为社会底存在物，

Psychische Trauma 为精神底伤害等；又，形容词之由别种品词转来，语尾有-tive,-tic 之类者，于下也用"底"字，例如 Speculative, romantic, 就写为思索底，罗曼底。

在这里我还应该声谢朋友们的非常的帮助，尤其是许季黻君之于英文；常维钧君之于法文，他还从原文译出一篇《项链》给我附在卷后，以便读者的参看；陶璇卿君又特地为作一幅图画，使这书被了凄艳的新装。

一九二四年十一月二十二日之夜，鲁迅在北京记。

未另发表。

初收 1925 年 3 月鲁迅自印本（新潮社代售）"未名丛刊"
之一《苦闷的象征》。

二十三日

日记　晴，风。星期休息。午后 H 君来。下午钦文来。晚伏园来。夜衣萍来。

二十四日

日记　晴。上午得李遇安信并文稿，即复。寄孙伏园信并文稿。午后荆有麟来。往女师校讲。晚访衣萍不值，留字而出。夜伏园来。

烽话五则*

父子们冲突着。但倘用神通将他们的年纪变成约略相同，便立刻可以像一对志同道合的好朋友。

伶俐人叹"人心不古"时,大抵是他的巧计失败了;但老太爷叹"人心不古"时,则无非因为受了儿子或姨太太的气。

电报曰:天祸中国。天曰:委实冤枉!

精神文明人作飞机论曰:较之灵魂之自在游行,一钱不值矣。写完,遂率家眷移入东交民巷使馆界。

倘诗人睡在烽火旁边,听得烘烘地响时,则烽火就是听觉。但此说近于味觉,因为太无味。然而无为即无不为,则无味自然就是至味了。对不对?

原载 1924 年 11 月 24 日《语丝》周刊第 2 期。

初收 1935 年 5 月上海群众图书公司版《集外集》。

关于杨君袭来事件的辩正（二）

伏园兄:

今天接到一封信和一篇文稿,是杨君的朋友,也是我的学生做的,真挚而悲哀,使我看了很觉得惨然,自己感到太易于猜疑,太易于愤怒。他已经陷入这样的境地了,我还可以不赶紧来消除我那对于他的误解么?

所以我想,我前天交出的那一点辩正,似乎不够了,很想就将这一篇在《语丝》第三期上给他发表。但纸面有限,如果排工有工夫,我极希望增刊两板（大约此文两板还未必容得下）,也不必增价,其责任即由我负担。

由我造出来的酸酒,当然应该由我自己来喝干。

鲁迅。十一月二十四日。

原载 1924 年 12 月 1 日《语丝》周刊第 3 期。

初收 1935 年 5 月上海群众图书公司版《集外集》。

二十五日

日记 晴。午后往世界语校讲。晚伏园来。荆有麟来。

二十六日

日记 晴。上午得玄同信。得子佩信。得李庸倩信片,十四日上海发。下午复玄同信。复子佩信。晚 H 君来。收《东方杂志》一本。得新潮社信。

致 钱玄同

玄同兄:

尝闻《醒世姻缘》其书也者,一名《恶姻缘》者也,孰为原名,则不得而知之矣。间尝览之,其为书也,至多至烦,难乎其终卷矣,然就其大意而言之,则无非以报应因果之谈,写社会家庭之事,描写则颇仔细矣,讥讽则亦或锋利矣,较之《平山冷燕》之流,盖诚乎其杰出者也,然而仆未尝终卷也,然而殆由不仆粗心之故也哉,而非此书之罪也夫!

若就其板本而论之,则窃尝见其二种矣。一者维何,木板是也;其价维何,二三块矣。二者维何,排印是耳,其价维何,七八毛乎。此皆名《醒世姻缘》者也。若夫明板,则吾闻其语矣,而未见其书也,假其有之,或遂即尚称《恶姻缘》者也乎哉?

且夫"杨树达"事件之真相,于今盖已知之矣,有一学生之文章,当发表于《语丝》第三之期焉耳。而真杨树达先生乃首先引咎而道歉焉，亦殊属出我意表之外，而不胜其一同"惶而且恐之至得很"而且又加以"顿首顿首"者也而已夫。

祝你健康者也。

"……即鲁迅" 十一月二十六日

二十七日

　　日记　晴。上午伏园来。下午得杨遇夫信。夜风。

二十八日

　　日记　晴。上午往师大讲。午后往北大讲。下午往东亚公司买『辞林』一本，『昆虫记』第二卷一本，共泉五元二角。收晨报社稿费七十元，付印讲义费五元一角。夜李人灿来，假以泉五元。

二十九日

　　日记　晴。上午得胡萍霞信。午后昙。寄子佩信，还《言海》。下午大风。

三十日

　　日记　晴。上午得三弟信，廿二日发。往真光观电影。与孙伏园同邀王品青，荆有麟，王捷三在中兴楼午饭。下午访小峰，不值。晚往新潮社取《语丝》归。

十二月

一日

日记 晴。上午高女士来。午后往女师校讲。夜荆有麟来。声树来。伏园来。

二日

日记 晴。午后往世界语校讲。晚得臧亦蘧信。得郑振铎信。H君来,付以泉十,托其转交。夜得李遇安信并文稿。

三日

日记 晴。午后陶璇卿,许钦文来。下午寄三弟信。复臧亦蘧信。晚子佩来。

四日

日记 晴。上午复李遇安信。寄常维钧信。午昙。下午裘子元赠《石佛衣刻文》拓本二枚,其石为美国人毕士博买去。收《东方杂志》一本。夜衣萍来。空三来假泉三。有麟来。校《苦闷之象征》。

五日

日记 晴。上午往师校讲。午后往北大讲。寄顾颉刚信并《国学季刊》封面图案一枚。下午寄郑振铎信。晚李人灿来。有麟来交文稿。夜收《小说月报》一本,《妇女杂志》一本。

观照享乐的生活

[日本]厨川白村

一　社会新闻

　　日常，给新闻纸的社会栏添些热闹的那些砍了削了的惨话不消说了；从自命聪明的人们冷冷地嘲笑一句"又是痴情的结果么"的那男女关系起，以至诈欺偷盗的小案件为止，许多人们，都当作极无聊的消闲东西看。但倘若我们从事情的表面，更深地踏进一步去，将这些当做人间生活上有意义的现象，看作思索观照的对境，那就会觉得，其中很有着足够使人战栗，使人惊叹，使人愤激的许多问题的暗示罢。假使借了梭孚克理斯（Sophokles），沙士比亚，瞿提，伊孛生所用的那绝大的表现力，则这些市井细故的一件一件，便无不成为艺术上的大著作，而在自然和人生之前，挂起很大的明镜来。比听那些陈腐的民本主义论更在以上，更多，而且更深地将我们启发，使我们反省的东西，正在这社会新闻中，更可以常常看见。在这里动弹着的，不是枯淡的学理，也不是道德说，并且也不是法律的解释，而即是活的，一触就会沁出血来的那样的"人间"。"现代"和"社会"，都赤条条地暴露着。便是动辄要将人们的自由意志和道德性，也加以压迫和蹂躏的"运命"的可怕的形状，不也就在那里样样地出现，吓着我们么？

　　然而也有和普通的社会新闻不同，略为有力，而且使世人用了较为正经的态度来注目的事件。例如某女伶的自杀呀，一个文人舍了妻子，和别的女人同住了的事呀，贵族的女儿和汽车夫 elope（逃亡）了的事呀，一到这些事，有时竟也会发生较为正经的批评，比起当作寻常茶饭事而以云烟过眼视之的一般的社会新闻来，就稍稍异趣。然而这究竟也无非因为问题中的人物,平素在社会的关系上,立于易受世间注意的地位之故罢了。世人对于它的态度,仍然很轻浮;因此凡所谓批评,也仍然就是从照例的因袭道德呀,利害问题呀,法律上的小道理呀之类所分出来的,内容非常空疏贫弱的东西。

先前,以为凡是悲剧的主要脚色,倘非王侯将相那样的从表面上的意义看来,是平常以上的人物,或则英雄美人那样,由个人而言,有着拔群的力量的人物,是不配做的。然而自从在近代,伊孛生一扫了这种谬见以来,无论是小店的主妇,是侯门的小姐,就都当作一样地营那内部生活的一个的“人”用。从价值颠倒以及平等观的大而且新的观察法说起来,该撒(Julius Caesar)的末路和骗子的失败,在根本义上正不妨当作“无差别”看。依着那人的地位和名声,批评的态度便两样,这不消说,即此一节已就自己证明批评者的不诚恳了。

在这里引用起来,虽然对于故人未免有失礼之嫌罢——但当明治大正以来常是雄视文坛的某氏辞了学校的讲坛,离了妻子,和某女伶一同投身剧界的时候,世人对于这事的批评态度是怎样,在我们的记忆上是到现在还很分明的。我和他仅在他的生前见过一回面,对于个人的他知道的很不多。但曾经听到过,他和所谓名士风流者不同,是持身极为谨严的君子。而且在识见上,在学殖上,在文章上,都确是现在难得的才人,则因了他的述作,天下万众都所识得的。况且以他那样明敏的理智,假使也如世间的庸流所做的一样,但凭了利害得失的打算而动,那就决不至于有那样的举动的罢;未必敢于特地蹂躏了形式道德,来招愚众的反感了罢。然而行年四十,走穷了人生的行路的他,重叠了痛烈的苦闷和懊恼之后,终于向着自己要去的处所而独往迈进了。决了心,向着自我建设和生活改造直闯进去的真挚的努力,却当作和闲人为妓女所引的事情一样看待者,不是在自命聪明的人们里就不少么?对于那时的他的内生活的波澜和动摇,有着同情和理解的批评,我不幸虽在称为世间的识者那样的人们里,也没有多听到。

凡在这样的时候,人何以不能用了活人看活人的眼睛来看的呢?难道竟不能不要搬出拘执的窘促的因袭道德和冰冷而且不自然的僵硬的小道理来,而更简洁更正直地就在自己和对象之间,发见人的生命的共感的么?难道竟没有觉到,倘站在善恶的彼岸,用了比现在稍高一点稍大一点的眼睛,虚心坦怀地来彻底地观照人生的事实,也就是使自己的生活内容更加丰富的唯一的道路么?

二 观照云者

只要不是"动底生命"的那脉搏已经减少了的老人,则人的一言一行中,总蕴蓄着不绝地跳跃奔腾,流动而不止的生命力。倘若人类是仅被论理,利害,道德所动的东西,那么,人生就没有烦闷,也没有苦恼,天下颇为泰平了罢。然而别一面,便也如月世界或者什么一样,化为没有热也没有水气的干巴巴的单调的"死"的领土,我们虽然幸而生而为人,也只好虚度这百无聊赖的五十年的生涯了。在愈是深味,即新味愈无尽藏的人生中,所以有意义者,就因为无论如何,总不能悉遵道学先生和理论先生之流的尊意一样办的缘故。深味人生的一切姿态,要在制作中捉住这"动底生命"的核仁,那便是文艺的出发点。

人类诚然是道德底存在(moral being)也是合理底存在(rational being)。然而决不能说这就是全部的罢。当生命力奔逸的时候,有时跳出了道德的圈外,便和理智的命令也违反。有时也许会不顾利害的关系,而踊跃于生命的奔腾中。在这里,真的活着的人味才出现。要捉住这人味的时候,换了话说,就是要抓着这人味而深味它的时候,我们就早不能仅用什么道德呀道理呀法则呀利害呀常识呀的那些部分底的窥测镜。因为用了这些,是看不见人生的全圆的。倘不是超脱了健全和不健全,善和恶,理和非之类的一切的估价,倘没有就用了纯真的自己的生命力,和自己以外的万象相对的那一点真挚的态度,可就不成功。这就是说,须有力求理解一切,同情一切的努力。倘使被什么所拘囚,迁执着,又怎能透彻这很深很深的人味的底蕴呢。

历来的许多天才想看人生的全圆的时候,在那极底里,希腊的悲剧作家看出了"运命",沙士比亚看出了"性格",伊孛生看出了"社会"的缺陷,前世纪的 romanticist 看出了"情热",自然主义的作家看出了"性欲";一面既有看出了"神"的弥耳敦,别一面又有看出了"恶魔"的裴伦;零俄看出了"爱",而波特来尔却赞美"恶之华"。这是因了作家的个性和时代思潮的差异,而个个的作家,就看出样样的东西来。而这样的东西,就是道理不行,道德也不行的人生的本质底的事实,也就是充满着矛盾和缺陷的人生的形相。在这里,就有清新强烈的生命力发现。无论在社会新闻中,在大诗篇大戏曲的底下,都一样地有这样的力活动着。

英吉利的玛修亚诺德(Mathew Arnold),为批评家,为诗人,都是有着过人的天分的人物。但在今日看起他的著作来,古风的诗篇姑且勿论,那评论的一面,却也不觉得有怎样地伟大。只是这人是很巧于造作文句的。自己想出各样巧妙的文句来,自己又将这随地反复,利用,使其脍炙人口,这手段却可观。其中有论诗的话,以为是"人生的批评";还有咏希腊的梭孚克理斯的,说是"凝视人生而看见了全圆",也是出名的句子。这些文句,现在是已经成为文界的通语了,在这里面,读者就会看出我在上文所说那样的意义的罢。

有一种人,无论由社会新闻,或者由什么别的,和人生的一切的现象相对的时候,那看法,总是单用了利害关系来做根基:名之曰市井的俗辈。还有相信那所谓法律这一种家伙的万能的人们也很多。公等还是先去翻一翻戈尔斯华绥(J. Galsworthy)的戏曲《正义》(Justice)去,那就会明白在活人上面,加了法律的那机械似的作用的时候,就要现出怎样的惨状来罢。若夫对于摸着白须,歪着皱脸,咄咄吃吃地谈道的人们,则敢请想一想活道德是有流动进化的事。每逢世间有事情,一说什么,便掏出藏在怀中的一种尺子来丈量。凡是不能恰恰相合的东西,便随便地排斥,这样轻佻浮薄的态度,就有首先改起的必要罢。尤其是那尺子,倘不是天保钱时代(译者注:西历一八三○至四三)照样的东西就好。

重复说:立在善恶正邪利害得失的彼岸,而味识人生的全圆,想于一切人事不失兴味者,是文艺家的观照生活。这也便是不咎恶,不憎邪,包容一切的神的大心,圣者的爱。毫不抱什么成心,但凭了流动无碍的生命的共感,对于人类想不失其温暖的同情和深邃的了解,在这一点上,文艺家就是广义的 humanist,是道学先生们所梦想不到的 moralist。离了这深的人味,大的道德,真的文艺是不存在的。岂但文艺不存在而已,连真的有意义有内容的生活也不能成立的。

倾了热诚以爱人生者,就想深深地明白它,味识它;并那杯底里的一滴都想喝干,味尽。不问是可怕,可恶,可忧,丑,只要这些既然都是大的人生的事实,便不能取他顾逡巡那样的卑怯态度。我们自然愿意是贤人,是善人。但倘不毅然决然地也做傻子,也做恶魔,即难望观照一切,而透彻它们的真味。尽掬尽掬,总是不尽的深的生命之泉,终于不会尝到的罢。

阿绥罗(Othello)为了嫉妒,杀掉其妻兑斯迭穆那(Desdemona),自己也死了,沙士比亚对于他毫不加什么估价。叫作诺拉(Nora)的女人,跳出了丈夫海勒美尔(Helmer)的宅子了,伊孛生对于这也毫不加什么道德底批判。不过是宣示给公众,说道请看大的这事实罢!岂会有这样的人,竟在用法则和道德做了挡牌,说些健全或不健全,正或邪,这样那样之前,不先以一个"人"和这活的人生的事实相对,而不被动心的么?换了话说,就是:岂会有就在自己的心中鼓动着的那生命的波动上,不感到新的震动的?不就是为那力所感,为那力所动,因此才能够透彻了人味的么?正呢不正呢,理呢非呢,善呢恶呢,在照了理智和法则,来思量这些之前,早就开了自己的心胸,将那现象收纳进去。譬如一家都生了流行感冒,终于父母都死了,两个孤儿在病床上啼哭,见了这事,是谁也不能下正邪善恶的批判的。和这正一样,单当作可怕的人生的事实,感到一切的态度,不就是有人情的人的像人的态度么? 我相信,在绝不用估价这一点上,科学者的研究底态度和文艺家的观照,是可以达到没有大差的境地的。

春天花开,秋有红叶。这是善还是恶,乃是别问题;能发财不能,也在所不问的。单是因了赏味那花,看那红叶而感得这个,其间就有为人的艺术生活在。一受功利思想的烦扰或心为善恶的批判所夺的时候,真的文艺就绝灭了。文学是不能用于劝善惩恶和贮金奖励的。因为这毕竟是人生的表现的缘故。因为这是将活的事实,就照活的那样描写,以我和别人都能打动的那生命力为其根柢的缘故。

三 享乐主义

在人类可以营为的艺术生活上,有两面。第一,是对着自然人生一切的现象,先想用了真挚的态度,来理解它。我上文说过的那观照(或是思索),就是给这样的努力所取的名目。但是如果更进一步说,则第二,也就成为将已经理解了东西更加味识,而且鉴赏它的态度。使自己的官能锐利,感性灵敏,生命力丰饶,将一切都收纳到自己的生活内容里去。溶和在称为"我"者之中,使这些成为血肉的态度,这姑且称为享乐主义罢。

当使用享乐主义这一个名目时,我还有和这名目相关的一段回忆。

那是旧话了,早可过了十年了。那时候,和就住在我的很邻近的一位先辈见访的谈话之间,曾经议论到 dilettantism 这一个名词的译法。他说:"想翻作'鉴赏主义'罢……。"我从语源着想,却道:"翻作'享乐主义'呢?"此后不多久,那先辈在新闻上陆续揭载的自传小说体的作品里,就用了后一个译语了。这是这名目在文坛上出现的最始。

从此以后,享乐主义的名就被世间各样滥用,也常被误解,以为就是浅薄的不诚恳的快乐主义。毕竟也因为"享乐"这两个字不好的缘故呵,还是译作鉴赏主义倒容易避去误解罢。虽在现在,我还后悔着那时的太多话。那先辈,是已经成了故人了。

所谓什么什么 ism 者,原不过对于或一种思想倾向以及生活态度之类,姑且给取一个名目的标纸似的东西,在名目本身中,是并没有什么深意义的。就是因为有了那名目,便惹起各样的议论来,即名目所表示的内容,也被各样地解释。正如一提起自然主义,世间的促狭儿便解作兽欲万能思想;将 democracy 译作民主主义或民本主义,便以为是危险思想或者什么之类一样,享乐主义这一个译语,也和最初想到这字的我自己的意思,成了距离很远的东西了。想出鉴赏主义这译语来的那先辈的解释怎样,固然是另一问题,总之鉴赏主义这一面,也许倒是较为易懂的稳当的文字罢。

真爱人生,要味其全圆而加以鉴赏的享乐主义,并非像那飘浮在春天的花野上的胡蝶一样,单是寻欢逐乐,一味从这里到那里似的浅薄的态度。和普通称为 epicureanism 的思想,在文艺上,就是古代希腊赞美酒和女人的亚那克伦(Anakreon)以来的快乐主义,也完全异趣的。倘就近代而言,则比起淮尔特(O. Wilde)在"*Dorian Gray*"(其第二章及第十一章等)中所用的新快乐主义(new hedonism),或者别的批评家所命名的耽美主义(aestheticism)之类的内容的意义来,这是大得多,深得多的真率而诚恳的生活态度。淮尔特的那样的思想和态度,本来是从沛得(W. Pater)出来的,但到了淮尔特,则无论其作品,其实生活,较之沛得,即很有浅薄惹厌,不诚恳,浮滑之感了。

沛得在他那论集《文艺复兴研究》(*The Renaissance*)的有名的跋文中说——

　　"在各式各样的戏曲底的人生中,给与我们者,仅有脉搏的有限的数目。须怎样,才能将在脉搏间可见的一切,借了最胜的官能,于其间看完呢?又须怎样,我们才能最迅速地从刹那向刹那流转,而又置身于生命力的最大部分成了最纯的力,被统一了的焦点呢?任何时,总以这坚硬的宝玉似的火焰燃烧,维持着这欢喜,这便是在人生的成功。"

这些话,确可以道破我所说的享乐主义的一面的。但是沛得在这里,并没有用"dilettantism"那样的字,自然是不消说。这跋文无端惹了当时的英国文坛和思想界的注目,有一派竟加以严厉的攻击了,后来沛得便将自己的内生活用自传体的小说模样叙述出来,题曰《快乐主义者美理亚斯》(*Marius the Epicurean*),以答世间的攻难。那故事是描写纪元二世纪时,生在罗马的思潮混乱时代的一个青年美理亚斯的思想生活的路线的,他壮大后,遂成了古昔契来纳(Cyrene)的哲人亚理士谛巴斯(Aristippos)所说快乐主义的信徒,后受基督教会的感化,竟以一种的殉教者没世。这书的第九章叙"新契来纳思想"的一节说——

　　"这样的愉快的活动,也许诚然可以成为那所谓快乐主义的理想罢。然而对于当时美理亚斯所经过的思索,则以为那是快乐说的非难,却一点不对的。他所期待的并非快乐,是生的充实,是作为导向那充实的东西的透观(insight)。殊胜的有力的各样的经验,其中有宝贵的苦恼,也有悲哀;也有见于亚普留斯(Apulius)的故事里那样的恋爱,真挚热烈的道德生活。简言之,即无论出现于人生的怎样的形相,苟是英武的,有热情的,理想底的东西,则他的'新契来纳思想',是取了价值的标准的。"(同书一五二叶)

自从公表了先前的跋文以来,在为快乐主义者这一个恶名所苦的沛得的这言辞中，颇可见自行辩解的语气。但我想，他的态度是尽量地真率，严肃，并非只在刹那刹那的阴影里，寻欢奔走的那样的人，也不是耽乐肉欲，单淹在物质里的 sybarite（荡子）的流亚，也就可以想见了。

四　人生的享乐

给一种思想命名为 ism 的标纸，想起来，是似乎便当而又不便的东西。作为我在先想出享乐主义这一个译文的根源的那洋文的 dilettantism，在我所说的意义上，已经就是很不便当的文字了。

略想一想看，西洋的文学者是怎样地解释这话的。罗威勒（J. R. Lowell）的有名的文集《书卷之中》（*Among My Books*）的第二卷中，有一处说，dilettantism 和怀疑思想是双生的姊妹。诚然，从不相信固定的法则，由此规定的事即都不喜欢的那态度看起来，是带着怀疑思想的色采的。然而这也凭看法而定：既可以算作极其无聊的事，也可以成为生活态度的极其出色的事。倘将这解释为勇猛地雄赳赳地要一径越过那流动变化的人生的大涛的态度，则我以为其间即难免有怀疑的倾向；但我同时又想，凡为大的人生的肯定者当然应取的态度，岂不是一定带着这样似的色采的么？

在西洋，这字的最为普通的解释，是爱文学和美术，对于人生，则取袖手旁观的态度，自己是什么也不做，懒散着，而别人的事，却这样那样说不完，极其懒惰，温暾，而且从或一意义上说，则是伶俐的生活态度。和徒然玩着诗歌和俳句，摩弄书画骨董的雅人，相去不远。嘉勒尔用了照例的始终一贯，激烈地，痛快地，将时势加以骂倒和批评的名著《过去和现在》（劳动问题和社会问题正在喧嚣的此时，出于我的在京都的一个朋友之手的此书的全译，近来出了板，是可喜的事）的第三卷第三章以下所批评的，就是这样的意义的 dilettantism。古来，在日本文学史上，这一类的享乐家尤不少。又有虽然稍不同,但西洋的批评家评法兰斯(Anatole France)似的文人,说是 dilettant 的时候,我以为也确有这种意思的。

对于这样的态度,现在未必还有我来弄墨的必要罢。艺术生活者,决非与围棋谣曲同流的娱乐,也不是俗所谓"趣味"的东西。是真切的纯一无杂的生活。是从俗物看来,至于见得愚直似的,极诚恳而热烈的生活。因为并不是打趣的风流气分的弛缓了的生活的缘故。

我已经不能拘泥于名目和标纸之类了,不管他是洋文的 dilettantism,是嵌上了汉字的享乐主义,这些事都随便。但应该看取,这里所谓观照享乐的生活这一个意义的根柢里,是有着对于人生的燃烧着似的热爱,和肯定生活现象一切的勇猛心的。

从古以来,度这样体面的充实的生活的伟人很不少。文艺上的天才,大抵是竭力要将"人生"这东西,完全地来享乐的人物。袖手旁观的雅人和游荡儿之流,怎么能懂得人生的真味呢? 大的艺术家,即在他的实行生活上,也显现着凡俗所不能企及的特异的力。有如活在"真与诗"里的瞿提,就是最大的人生的享乐者罢。看起弥耳敦的政治底生涯来,也有此感。又从哈里斯(F. Harris)的崭新而且大胆的论断推想起来,则在以人而论的沙士比亚的实生活上,也有此感。去国而成了流窜之身的但丁,更不消说了。踢开英吉利,跳了出去的裴伦,愤藤原氏的专横,Don Juan 似的业平,就都有同样的意思的实生活的罢。至在艺术和生活的距离很相接近了的近代,要寻出这样的例子来,则几乎可以无限,他们比起那单是置身于艺术之境,以立在临流的岸上的旁观者自居,而闲眺行云流水的来,是更极强,极深地爱着人生的。耸身跳进了在脚下倒卷的人生的奔流,专意倾心地要将这来赏味,来享乐。一到这样,则这回对于自己本身,也就恰如旁观者的举动一样,放射出锋利的观照的视线来,于是遂发生深的自己的反省。我以为北欧的著作家,这样的态度是特为显著的。

以为文学是不健全的风流或消闲事情的人们，只要一想极近便的事，有如这回的大战时候，欧洲的作家做了些什么事，就会懂得的罢。最近三四年来，以艺术底作品而论，他们几乎没有留下一件伟大的何物。这就因为他们都用笔代了剑去了。为了旧德意志的军国主义，外面地，那生活的根柢将受危险的时候，他们中的许多，便蹶起而为鼓舞人心，或者为宣传执笔。英国的作家，是向来和政治以及社会问题大有关系的，可以不待言。而比利时的默退林克（M. Maeterlinck）和惠尔哈连（E. Verhaeren），这回也如此。尤其是后者的绝笔《战争的赤翼》（*Les Ailes Rouges de la Guerre*），则是这诗人的祖国为德兵的铁骑所蹂躏时候的悲愤的绝叫也。在法兰西，则孚尔（P. Fort）的美艳的小诗已倏然变了爱国的悲壮调，喀莱革（Fernand Gregh）的诗集成为《悲痛的王冠》（*La Couronne Douloureuse*），此外无论是巴泰游（H. Bataille），是克罗兑尔（P. Claudel），是旧派的人们，是新派的人们，无不一起为祖国叫喊，将法兰西当作颓唐的国度，性急地就想吊其文化的末路的那些德国心醉论者流，只要看见这些文艺作品上的生命力的显现，就会知道法兰西所得的最后的战胜，决非无故的罢。

我在上文曾说以笔代剑，但在这回的大战中，就照字面实做的文学者也很多。有如英国的勃禄克（Rupert Brooke）毙于大达耐尔（Dardanelles）的征途，法兰西新诗坛的首选侟基（Ch. Péguy）殒于玛仑（Marne）的大战，就是最著的例。还有，这是日本的新闻纸上也常常报告，读者现在还很记得的罢，听到了意大利的但农契阿（G. D' Annunzio）在飞机上负了伤的话，人们究竟作何感想呢？对于蒸在温室里面似的，带着浓厚的颓唐底色彩的这作家的小说，一概嘲为不健全的人们，敢请再将在艺术生活的根底里的严肃悲壮的生命活动，努力之类的事，略为想一想罢。但农契阿这人，无论从怎样的意义上看，总是现存的最华美的 romanticist，享乐主义者。倘不是真实地热爱人生，享乐人生者，怎么能做出那样的举动来？

五 艺术生活

　　以观照享乐为根柢的艺术生活，是要感得一切，赏味一切的生活。是要在自己和对象之间，始终看出纯真的生命的共感来，而使一切事物俱活，又就如活着照样地来看它的态度。美学上所谓感情移入（Einführung）的学说，毕竟也就是指这心境的罢。

　　并非道理，也并非法则，即以自己的生命本身，真确地来看自然人生的事象，这里就发生感兴，也生出趣味来。进了所谓物心一如之境，自己就和那对境合而为一了。将自己本身移进对境之中，同时又将对境这东西消融在自己里。这就是指绝去了彼我之域，真是浑融冥合了的心境而言。以这样的态度来观物的时候，则虽是自然界的一草一木，报纸上的社会新闻，也都可以看作暗示无限，宣示人生的奥妙的有意义的实在。借了诗人勃来克（W. Blake）的话来说，则"一粒沙中见世界，一朵野花里见天，握住无限在你的手掌中，而永劫则在一瞬"云者，就是这艺术生活。

　　我本很愿意将这论做下去，来讲一切文艺，都是广义的象征主义。但在这里，现在也不想提出如此麻烦的议论来。我觉得拿出教室的讲义似的东西，来烦恼正以兴味读着的读者，是过于莽撞的事，我还是将上文说过的那些，再来稍为平易地另讲一遍罢。

　　过着近日那样匆忙繁剧的日常生活的人们，单是在事物的表面滑过去。这就因为已没有足以宁静地来思索赏味的生命力的余裕了的缘故。虽然用了眼睛看，而没有照在心的底里看，耳朵里是听到的，但没有达到胸中。懒散，肤浅，真爱人生而加以赏味的生活，快要没有了。于是一遇到什么事，便用了现成的法则，或者谁都能想到的道理和常识之类，来判断了就完事。换了话说，就是完全将事象和自己拉远，绝不想将这收进到自己的体验的世界里去。人生五十年，纵使大规模地做事，岂非也全然是一种醉生梦死么？

我用了极浅近的譬喻来说罢。食物这东西,那诚然是为了人体的荣养而吃的。但这果真是食物之所以为食物的意义的全部么?倘使饮食的理由,单在卵白质若干,小粉若干,由此发出几百加罗利的热,则所谓食物者,不过在劳动运转以养妻子的一种机器上所注的油而已。然而人类既然是人类而非机器,则必须到了感得食物,即味得食物的地方,这才生出"完全地将这吃过了"这一个真意义。倘单是刺刺促促地,急急忙忙地,像吞咽辨当饭(译者注:须在外自食者置器具中随身携带的饭菜)似的吃法,则即使肚子会鼓起,而食物却毫不成为自己的生活内容,所谓"不切身"的。凡是忙到不顾及味识人生的艺术生活,即观照享乐的今人的生活,我就称之为这辨当肚。

　　我从这下等的譬喻再进一步说罢。为了要最完全最深邃地享乐食物,即不可不竭力地使其人的味觉锐敏,健康旺盛起来。如果是半病人,正嚷着那个好,这个不好,不消化的东西是严禁的,医生指定的食品之外,乱吃了就不行之类,则无论给他吃什么,又怎么能够懂得真的味道呢?而且味觉一锐敏,即不消说,也就会寻出别人所不能赏味的味道来。凡是不为道德和法律所拘囚,竭力来锐敏自己的感性,而在别人以为不可口的东西里,也能寻出新味的人生的享乐者,我以为就是这味觉锐利的健康人,就是像爱食物一样,爱着人生的人。

　　我用了"爱人生"这话的时候,读者中也许有人要指摘,说是文学者中很不少憎人者和厌生家罢。然而倘非真爱,就也不会憎,也不会厌的。因为所谓"可爱不胜,可憎百倍",憎者,不过就是爱的一种变态。倘在自以为现世不值半文钱,将人生敷衍过去,以冷冷淡淡地如观路人的态度,来对人生一切现象的人们,或者只被动于外部的要求,机器似的转动着的肤浅的人们,又怎么会有厌生,怎么会有憎人呢?

　　近来,略学了一点学问的人们,每喜欢说"科学底"呀,"研究底态度"呀之类的话。诚然,这是体面的可贵的事呵。然而研究者,乃是要"知"的努力,和享乐是别问题的。不消说,"知"来协助"味"的时候自然也很多。但以智识而论,则一无所知的孩子,却对于成人所没有味得的各样东西觉得有趣,在那里看出感兴。诗人渥特渥思(W. Wordsworth)时时追怀着自己幼时的自然美感,即从这意义而来的。而同时也有和这完全正相反,虽然很知道,却毫不加以味识的人们。例如通世故达人情的人们里面,丝毫没有味到人生的就很多。又在深邃地研究事物而知道着的学者中间,甚至于全然欠缺着味识事物的能力的也不少。这就因为作为智识而存立了,却未能达到味得,感得,享乐那对象的缘故。也就因为还没有将这消融在自己的生活内容之中,将自己的生命嘘进对象里去,使有生命而观照它的缘故。见了那现使满都的子女无不陶醉的樱花,加以研究的科学家,说,花者,树木的生殖机关也。作为智识,而知道花蕊和花粉的作用,那诚然是可贵的事。然而对了烂缦万朵的樱花,如果单以这研究底度态相终始,竟有什么看花的意思呢? 倒不如不知花为何物,而陶醉于花的田夫野人,却是为人的真正的生活法了。倒不如对着山樱,说道"人问敷岛大和心"那样全然不合常识,也不合道理的话的人,却是真要使人得生活的态度了。(译者注:"人问敷岛大和心,是朝暾下散馥的山樱。"是日本最通行的歌,矶城岛之作。"敷岛大和心"犹言日本精神。)对于这,一定以为非作"朝暾下发香的生殖器"观即属不真的科学者,我以为这才实在可悯哩。(对于文学上所谓真和科学家所说的真的关系,在后面《艺术的表现》里已经说了大概。)

借了勃朗宁的诗的意思来说,则"味"的事,就是"活"的事。"知"的里面,并不含有"to taste life"的意义。为要深味,自然应该深知。我们正因为要味识,所以要知道的。

读小说和看演剧,本不是风流,也不是娱乐。因为俗物们将这弄成风流,当作娱乐了,所以也就会不健全,也会有害。借了天才的特异的表现力,将我们钝眼所看不见的自然人生的形相,活着照样地示给我们,因此在文艺的作品上,就生出重大的生活上的意义来。所谓"无用之书也能有用"的就是。

愈是想,即愈觉近来日本人的生活和艺术相去太远了。五十年来,急急忙忙地单是模仿了先进文明国的外部,想追到他,将全力都用尽了,所以一切都成了浮滑而且肤浅。没有深,也没有奥,没有将事物来宁静地思索和赏味的余裕。说是米贵了,嚷着;说道普通选举呀,闹起来。哪,democracy 呵;哪,劳动问题呵;人种差别撤废呵;这样那样呵;那漫然胡闹的样子,简直像是生了歇斯迭里病的女人。而彼一时,此一时,因为在根本上,并没有深切宁静地来思索事物的思想生活这东西的,所以没有什么事,一切都是空扰攘。虽然发了嘶声,发病似的叫喊,但那声音的底里没有力,没有强,也没有深,空洞之音而已。从这样不充实的生活里,是决不会生出大艺术来的。

人们每将美国人的生活评为杀风景,评为浅薄的乐天主义。那诚然是确实不虚的罢。然而美国人有黄金,有宗教。日本人有什么呢?日本人没有美国人那么多的钱,也没有宗教的力。物质底和精神底两方面,日本人比起美国人来,生活更加贫弱,更加空虚。他们美国人,总之不就用了那一点国力,在现在各方面,使全世界都在美国化(americanize)么?在文学上,最近的美国也已经要脱离英吉利文学的传统,生了苓特希(Vachel Lindsay),出了弗罗斯德(Robert Frost);便是好个顽固的英吉利文坛的批评家,不也给玛思泰士(Edgar Lee Masters)的新声吃了惊么?回顾日本则如何?演剧入了穷涂了,新的路至今没有寻出。至于诗歌,就几乎灭亡,全从文坛上消声匿迹了。说起文艺批评来,便是短评或者捷评,说道"丰满的描写"呀,"温柔的笔法"呀之类,简直是棉袄或是垫子的品评似的一定章法。这也无怪,近来即使做了长长的文艺评论,谁也不见得肯像读普通选举论和劳动问题论那样地注意来读它。于是文坛就成为只仗着小说——这也只仗着几个只做短篇的作家,艰难地保着余喘的模样。这是怎样可虑的事呵!

宗教并不是称为"和尚"的一种专门家的职务,各人都该有宗教生活。还有,倘使政治还属于称为"政治家"这一种专门家的职务的时候,则真的 democracy 即不发达;不是各人都对于政治问题有兴味,无论如何总不会好的。和那些正一样,文艺也决非文艺家的专门职务,倘没有各人各个的艺术生活,即不会真生出大的民众艺术来。在各人,在民众全体,那根本上如果都有出色的充实了的内生活,则从这里,就会发生宗教信念罢,政治也会被革新罢;而且伟大的新兴艺术也会从这里起来,给民众和时代的文化,戴上光荣的王冠罢。在这样的意义上,日本人现在岂不是还有将自己的生活稍稍反省,加以改造的必要么?

作者对于他的本国的缺点的猛烈的攻击法,真是一个霹雳手。但大约因为同是立国于亚东,情形大抵相像之故罢,他所狙击的要害,我觉得往往也就是中国的病痛的要害;这是我们大可以借此深思,反省的。

十二月五日　译者。

原载 1924 年 12 月 9—13 日《京报副刊》。

初收 1925 年 12 月未名社版"未名丛刊"之一《出了象牙之塔》。

译者后记未收集。

六日

日记　晴。晚有麟来,取文稿去。夜得子佩柬。得三弟信,二日发。

七日

日记 晴。星期休息。上午高秀英小姐,许以敬小姐来。曙天小姐及衣萍来。午后伏园来。下午钦文来。空三来。

高尚生活*

［荷兰］Multatuli

一

高远地,高远地在天空中翱翔着一只蛱蝶。他自己得意着他的美和他的自由,而尤其是在享用那些横在他下面的一切的眺望。

"同到上面来,这里来!"他大声叫唤,向了一直在他下面的,绕着地上的树木飞舞着的他的弟兄们。

"阿,不的,我们吸蜜而且停在这底下!"

"倘使你们知道这里多少好看,一切都在眼中呵! 阿,来罢,来!"

"在那上面,是否也有花,可以吸养活我们的蜜的么?"

"可以从这里看见一切花,而且这享用……"

"你在那上面可有蜜么?"

没有,这是真的,蜜在那上面是没有的!

这反对住在下面的可怜的蛱蝶,乏了……

然而他想要停在天空里。

他以为能够俯视一切,一切都在眼中,很美。

然而蜜呢……蜜? 没有,蜜在那上面是没有。

他衰弱了,这可怜的蛱蝶。他的翅子的鼓动只是迟钝起来。他向下面走而且眼界只是减少……

但是还努力……

不，还不行，他低下去了！……

"唉，你终于到这里来了，"弟兄们叫喊说。"我们对你怎么说的呢？现在你来罢，从来吸蜜，像我们一样。我们很知道的花里！"

弟兄们这样叫喊而且得意，以为他们是对的，也不但因为他们对于上面的美并没有必要的缘故。

"来罢，并且像我们似的吸蜜！"

这蛱蝶只是低下去，……他还要……这里是一丛花卉……他到了这里么？……他早不是低下去，……他落下去了！他落在花丛旁边，在路上，在车道上……

他在这里被一匹驴子踏烂了。

二

高远地，高远地在天空中翱翔着一只蛱蝶。他自己得意着他的美和他的自由，而尤其是在享用那些横在他下面的一切的眺望。

他向着他的弟兄们叫唤，教他们应该上来，然而他们反对了，因为他们不肯离开了在下面的蜜。

他却不愿意在下面了，因为他怕被得得的蹄子踏得稀烂。

这其间，他也如别的蛱蝶们，对于蜜有同样的必要，他便飞到一坐山上去，那里是生着美丽的花，而且在驴子是过于高峻的。

而且他倘若望见，在下面的他的弟兄们中的一个，太走近了路上的辙迹，曾经踏烂过许多落下的蛱蝶们的地方去，他便尽了他的能力，用翅子的鼓动来警告。

然而这并没有得到注意。他的弟兄们在下面毫没有看见这山上的蛱蝶，因为他们只对于蜜的采集在谷底里忙，而不知道山上也生着花卉。

（译自 *Ideen*1862。）

原载 1924 年 12 月 7 日《京报副刊》。

初未收集。

八日

日记 晴。上午得有麟信。午后风。往女师校讲。晚子佩招饮于宣南春,与季市同往,坐中有冯稷家,邵次公,潘企莘,董秋芳及朱,吴两君。大风。

九日

日记 晴,风。午后往世界语校。夜小峰,伏园来。校印刷稿。

十日

日记 晴。午后钦文来。下午寄三弟信。寄新潮社校正稿。夜风。长虹来并赠《狂飙》及《世界语周刊》。得伏园信。

十一日

日记 晴。晚有麟来。

十二日

日记 晴。上午往师校讲。午后往北大讲。往东亚公司买『希臘天才之諸相』一本,ケーベル『続続小品集』一本,『文芸思潮論』一本,共泉五元二角。晚 H 君来,付以旅资泉卅。伏园来。有麟来。夜校《苦征》。

十三日

日记 昙。下午往北大取二月分薪水三元,又三月分者五元。

往新潮社交校正稿。往东亚公司买『托爾斯泰卜陀斯妥夫斯 JI』一本,『伝説の時代』一本,『浅草ダヨリ』一本,『人類学及人種学上ヨリ見タル北東亜細亜』一本,共泉九元四角。夜伏园来。衣萍来。

十四日

日记 晴。星期休息。上午得王锡兰信。得李庸倩信,五日发自广州。傅筑夫^{作樨}_{永年},梁绳祎^{子美}_{行唐}来,师范大学生,来论将收辑中国神话。高鲁君寄来《妇女必携》一本。下午复王锡兰信。晚伏园来。

从灵向肉和从肉向灵

[日本]厨川白村

一

日本人的生活之中,有着在别的文明国里到底不会看见的各样不可思议的古怪的现象。世间有所谓"居候"者,是毫没有什么理由,也并无什么权利,却吃空了别人家的食物,优游寄食着的"食客"之称。又有谚曰"小姑鬼千匹",意思是娶了妻,而其最爱的丈夫的姊妹,却是等于一千个恶鬼似的可恶可怕的东西。这也是在英美极其少有的现象。又在教育界,则有所谓"学校风潮"的希奇现象,不绝地起来,就是学生同盟了反抗他们的教师这一种可怕的事件。

这些现象,从表面看来,仿佛见得千差万别,各有各个不同的原因似的罢,然而一探本源,则其实不过基因于一个缺陷。我就想从极其通俗平易的日常生活的现象归纳,而指摘出这一个缺陷来。

将西洋的,尤其是英美人的生活,和我们日本人的一比较,则在根本上,灵和肉,精神和物质,温情主义和权利义务,感情生活和合理思想,道德思想和科学思想,家族主义和个人主义,这些两者的关系上,是完全取着正相反的方向的。我们是想从甲赴乙,而他们却由乙向甲进行。倘若日本人而真要诚实地来解决生活改造的问题,则开手第一著就应该先来想一想这关系,而在此作为出发点,安下根柢去。

在日本而宿在日本式的旅馆中,在我们确是不愉快的事情之一。更其极端地说起来,则为在景色美丽的这国度里,作应当高兴的旅行,而却使我们发生不愉快之感者,其最大的原因,就是旅馆,就是旅馆和旅客的谬误的关系。仔细说,则就是旅馆和旅客的关系,并不站在纯粹的物质主义,算盘计算的合理底基础上。

一跨进西洋的 hotel,就到那等于日本的帐场格子的 office 去。说定一夜几元的屋,单人床,连浴场,什么什么,客人所要的房子之后,这就完。什么掌柜的眼睛灼灼地看人的衣服和相貌,甚至于没有熟人的绍介就不收留;什么倘是敝衣破帽,不像会多付小帐的人便领到角落的脏屋子里去之类的岂有此理的事,断乎不会有。因为旅馆和寓客的关系,是纯然,而且露骨的买卖关系,算盘计算,所以只要在帐房豫先立定契约,便再没有额外的麻烦。待到动身的时候,又到帐房去取帐,就付了这钱,也就完。洗濯钱,饭菜钱,酒钱,这样那样,都开得很明细的。所谓茶代(译者注:犹中国的小帐)这一种愚劣的东西,是即使烂钱一文也绝对地不收,也不付。

那么,hotel 的人们对待寓客,就冷冷淡淡恰如待遇路人一样么?决不然的。还有,因为每室之间有墙壁,门上又有锁,那构造总是个人主义式,所以寓客和寓客不会亲热,住在里面不愉快么?也不然的。和这正相反,日本的旅馆的各房间虽然只用纸门分隔,全体宛然是家族底融洽底构造一般,而那纸门其实倒是比铁骨洋灰的墙壁尤其森严冰冷的分隔。而且连给所有的寓客可以聚起来闲谈的大厅的设备也没有。即使偶然在廊下之类遇见别的客人,也不过用了怀着"见人当贼看"的心思的脸,互相睨视一回;像西洋那样,在旅馆的前厅里,漠不相识的旅客们亲睦地交谈的温气,丝毫也没有。从个人主义出发,这彻底了之后的结果,就成为温情底了的是西洋的hotel。便是忙碌的掌柜和经理,在闲暇时候,也出来和客人谈闲天。看见日本人寓在里面,便谁也来,他也来,提出意外的奇问和呆问,大家谈笑着。寓得久了,亲热之后,便会发生同到酒场去喝酒之类的友爱关系,涌出温情,生出情爱来。这友爱,这温情,这情爱,即不外以纯粹的算盘计算和露骨的买卖贷借的契约关系,作为基础,作为根柢,而由此发生出来的东西。

在日本的旅馆里,就如投宿在亲戚或者朋友的家里似的,对于金钱之类,先装作不成问题模样。待客人交出了称为"茶代"的一种赠品之后,那答礼,就是临行之际,手巾还算好,还将称为"地方名产"的很大的酱菜桶或是茶食包送给客人。主人和掌柜的走出来,叙述些毫无真实的温情,也无友爱的定规的所谓"招呼"。那关系,是朋友关系似的,赠答关系似的,标榜着非常恳待似的,而其实却是在帐房里悄悄地拨着算盘,算出来的东西呵。在这友爱,这恳切,这温情之中,既没有一点温热,也没有一点甜味,所以,是不愉快的。

西洋的 hotel 的是从物质涌出来的精神,从"物"涌出来的"心",从杀风景的权利义务关系涌出来的温情。日本的旅馆可是走了一个正反对,是狼身上披着羊皮的。

二

在日本,师弟关系这一件事,议论很纷纭。还在说些什么离开七尺,可不可以踏先生的影子。即使为师者并没有足以为师的学殖和见识,但一做弟子,则反抗固然不行,而且还要勒令尊敬。一到金钱的关系,则在师弟之间,尤其看作绝对地超越了的事。那么,我们就可以说,在日本的师弟关系,情爱果真很深么?教师对于学生比在英美更亲切,学生对于教师比在英美更从顺么？教育界的眼前的事实,究竟声明着什么来？那称为"学校风潮"这一个犯忌的现象,岂不是在英美和别的文明国的学校里,几乎不会看见的最丑恶的事实么？

美国那样的国度里,教师的教诲学生,是当作 business(商业)的。从照例的顽固的日本式的思想看来,那是极其杀风景,极其胡闹似的罢,然而其实是 business 无疑。学生付了钱,教师就对于这施教育,在物质关系上,是俨然的 business;毫没有神圣的纯粹的灵底关系,或者别的什么在里面。不缴学费的学生就除名,教师收钱,作为劳动的报酬,衣食着,岂不是就是证据么。然而人类的本性,既然并非畜生,则受了较好的教诲,启发了自己的智能,就会自然而然地涌出感谢之念,也生出尊敬之心来;教师这一面,对于自己的学生,也自然会发生薪水问题和算盘计算以外的情爱:这是人情。只要不像现在的日本的学校一样,教师的头脑反比学生陈旧,学问修养品性上有欠缺,则师弟之间,一定会涌出温情敬爱的灵底关系来的。倘若改善了教师的物质底待遇,请了好教师,则彻底地将基础安在所谓 business 这算盘计算上,而在这里就涌出真的师弟的情爱。在对于无能的教师没有给钱的必要和理由这一种 business 本位的美国学校里,我曾见了比日本确是美得多高得多的师弟关系,很觉得欣羡。尤其是大学生和教授的关系,走出教室一步,便如亲密的朋友关系似的,见了这而觉得不可名言的快感者,该不只我一个罢。说是英美的学校,因为是自由主义,所以不起学校风潮之类者,无非不值一顾的浅薄的观察罢了。

还有些人说,英美是个人主义,所以亲子之情薄,日本是家族主义,所以亲子之情深。这也是完全撒谎。

在美国,一到暑假,体面的富豪——即资本家的子弟,去做电车的车掌,或者到农村去做事,成为劳动者的就很多。从一方面说起来,这自然是因为和日本的书生花着父母的钱而摆出公子架子,乐于安居徒食的恶风正相反，无贫富上下之别，对于劳动，尤其是筋肉劳动的神圣，谁都十分懂得的缘故罢，但其主要的原因，则不消说，就在个人主义。日本是称为"儿童的天国"的——但因此也就是"母亲的地狱"，——从婴儿时代起，父母就过于照料。所以无论到什么时候，孩子总没有独立心，达了丁年以上，还靠着父母养赡，不以为意。对别人已经能开相当的大口的青年，而缠着自己的母亲等索钱之际，便宛然一个毫没有个人的自觉的肉麻小子，这样的滑稽的矛盾，时常出现。当日本的高等程度的学生在暑假的几个月中，时间很有余裕，而花了父母的钱，跟在婊子背后的时候，美国富豪的子弟，却用了自己的额上的汗，即使为数不多，可是正努力于挣得自己的学费。即此一事，美国国运的迅速进步的原因究在那边，不也就可以窥见一端了么？

谈话有些进了岔路了，但是，因为亲子之间，都确定了个人的坚确的立脚点，所以美国的人们，父母在儿女的家里逗留，也付寄宿费；子女手头不自由了，便说：父亲，请你买了这一本旧书罢。这样的事实，从日本人的眼光略略一看，是极其杀风景，不人情的，没道义的。殊不料在这样巩固的彻底了的物底基础之上，却正如从丰饶肥沃的土里开出美丽的花来一样，令人生羡的快乐温暖的美的亲子的情爱，就由此萌芽，发育。冥顽的老爹勒令儿子孝顺，用压迫来勒索服从和报恩的国度里决不会遇见的孝子孝女和慈父慈母，在他们那里都有。最初就灵底地，精神底地——道德底地，而并不明确地，立于权利义务和物质底个人底基础之上，便到底得不到的深邃的母子之情，也就由此发生。岂不是人类么？岂不是亲子么？只要物质底基础一巩固，即使听其自然，也涌出温情来。

亲子，兄弟，夫妇，这些所有家族关系，在英美的个人主义国，却意外地比日本圆满得多，温暖得多。在夫妇之间，则因为有了财产和权利的个人主义底确定，所以夫妇之情也比在日本深得多。我要将日本的姑媳的关系指摘出来，作为最显明的一条这样的例证。

一看清少纳言的《枕草纸》，举姑媳为"不睦者"之一，就可见远自平安朝的古昔，下至大正的今日，这是日本的家族生活的一个大弱点。这珍奇的现象，在英美的个人主义国，不妨说，是几乎绝对没有的。儿子一结婚，母亲便如新得了一个女儿似的，加以爱惜。儿媳那一面，一想到那是生育了自己最爱的丈夫的母亲，则只要没有无理的压迫和强制，即自然有爱情之泉从两方面滚滚地腾涌出来。因为最初就互相尊重着个人的权利，一切都从这里出发的，所以两面都没有互相侵凌之余地。我以为现在日本的主妇之一切多不进步者，也不单是为夫的男子之罪，姑媳的不祥的反目嫉视，实是一个很大的原因，所以特地指出，作为例证。在日本的普通家庭中，儿媳走到姑的面前，岂非确是一种奴婢么？读了德富氏的《不如归》的英译本，见了纯然是西洋中世的女人似的浪子这女主人，美国人说：那是低能者，还是疯子呢？我以为他们不懂那小说的意思，也非无故的。

我的幼儿在美国妇人所经营的幼稚园走学。作为降生节的赠品，说是这给父亲，就将五六张纸订成的本子，又说这给母亲，另外又将厚纸所做的线板，使他拿回来。西洋的赠品，一定是一个一个，按每人赠送的。托丈夫做了事，送给夫人一条衣领做谢礼，也是无意味，因为夫妻的所有之间，是有确然的区别的。尤其是使那受了父母的赠品的幼儿，也宛然一个独立的个人一样，就将自己在幼稚园里所做的东西作为答礼这一种习惯，也是很好的事。从儿童的时代起，就用了这样的居心来抚育，这才能成就那为个人而有自觉的人。

三

西洋人就在裤子的袋子等类里，散放着钱，铿锵地响着。这是英美人最多，大陆诸国的人们所不很做的事。在日本人的我们，仿佛觉得总有些很下等的杀风景似的。这就因为日本人对于"金钱"这极端地物质底的东西,怀着一种偏见的缘故。仍然是想从精神向着物质,从灵向着肉而倒行的缘故。

拿谢金到师傅那里去,付看资给医生,交笔资给画家,都包了贡笺,束了"水引",还说这是不够精神底的,又加上称为"熨斗"的装饰。(译者注:日本馈送物品,包裹之外,束以特制之线,半红半白,——丧事则半黑,——称为水引。又于线间插一圭形折纸,曰熨斗。)大约还以为不足罢,这回又载在盘子上,包上包袱,而且还至于谦恭一通。又费事,又麻烦,物质和劳力全都虚耗的事,姑且作为别问题,这在日本人的生活上,实是想用了精神的要素,来掩饰物质底要素的恶风的一端。贡笺包裹的后面,就分明地写着"银几元"这极其杀风景的字样,不正是现实暴露的笑话么?这和上面说过的旅馆的结帐和茶代一样,都是装作从灵,即从精神出发模样,而其实却落在肉里,归到物质里去的。

谢金,看资,笔资,这岂非都是对于劳动的报酬么?倘以为和付给俸钱或工钱全一样,不加包太失礼,则装入信封里去付给,也是毫无妨碍的。尤其甚者,且至于中间的谢金看资笔资只有不适当的一点,而想用了体面的贡笺和伟大的水引来掩饰过去,在这地方,就有着日本人的生活的不安定,缺陷,浅薄。

将并非出于纯情的赠答品的东西,装作赠答品模样,以行金钱的支付。收受的一边,遇到不适当的少数的时候,本有提出抗议的权利的,但却带着称为"水引"和"熨斗"的避雷针,足够使他不能动用权利。即使怎样掩饰,装作精神底模样,而因为那根本的物质底基础并不明确巩固,所以毫不彻底,毫不充实的。

英美人的办法,是作为义务而付给金钱,作为权利而收受,所以付给之际,没有水引和熨斗的必要,收受时也无须谦虚。如此之外,便是西洋人,也说些"不过一点意思"的应酬话,收受者的一边也答礼道"多谢"。因为是立于合理的基础上的情态,所以有着真的温暖,诚然是士君子似的态度。

日本的旅馆的废止茶代,无论过了多少时候,终于不能办到者,就因为在日本人的生活上,有着这灵肉颠倒的缺陷的缘故。英美的饭店旅馆中付给堂倌的小帐,大率以所付全额的十分之一为标准,给得太多的,有时反成笑话。既没有给一宿两宿的旅馆的茶代就是数百元,而自鸣得意的愚物,也没有领取了这个而真心佩服崇拜的没分晓汉:这是英美式。无论什么时候,总用那超越了权利义务关系的贿赂式的金钱授受的是日本流。

四

我省去了那样的繁琐的许多例证,从速作一个结论罢。

重视那称为"礼仪"这一种精神底行为,在人间固然是切要的。然而倘若那礼仪不能合理底地,物质底地,内容底地充实着,则即使作为虚礼而加以排斥的事,还得踌躇,但有时候岂不是竟至于使对手感到非常的不快,发生反感么?

美国人之类,从衣袋里抓出一把钱来,就这样精光地送到对手的面前,说道,"唯,这是谢金。"这作为太不顾礼仪,彻底了唯物主义的一例,是诚然不愉快的,但比起避雷针的水引熨斗来,却还有纯朴的好处在。

日本人无论什么事,首先就唯心底地,精神底地,从人情主义和理想主义出发,并无合理底物质底基础,而要说仁义,教忠孝,重礼,贵信;假使像古时候那样,无论那里,都能够用这做到底,那自然是再好没有的事,但"武士虽不食,然而竹牙刷"(译者注:这是谚语,犹言武士虽不得食,仍然刷牙,以崇体制)的封建时代,早经葬在久远的过去中,在今日似的经济组织社会组织之下,这从灵向肉的倒行法,已成为全然不可能的事了。已成为不可能,而终于不改,总不想走从肉向灵,从物质向人情,从权利义务向情爱的合理的自然的道路，所以在日本人的生活上，有着缺陷，内容是不充实的。现在的情形，是自己就烦闷于这矛盾不统一了。

有如德川时代的稗史院本上所写那样，古时候的妓女，是虽然对于许多男子卖身，但心的贞操，则仅献于一个男子。那贞操观念，是纯粹的唯心的。在古时候，可以将精神和物质，灵和肉，分离到如此地步而立论，但这样的事，在今日的时势，难道果真是可能的么？虽在今日，一有行窃或失行的人，老人或者道学先生首先就呵责这人的"居心"坏。然而所谓"居心"之类的东西，难道果真能够独立的么？寒无衣饥无食的时候，为了生存权和生存欲望之故，即使怎样"居心"好的人，至于去偷邻人的东西，也是不足为奇的事。当研讯"居心"如何之先，为什么不想去改良这人的物质生活的？为什么不想去除掉使这人行窃的物质的原因的？为什么对于会生出尽做尽做，总不能图得一饱的人们来的社会组织的缺陷，不去想一想的！？

是有肉体的精神，有物的心。倘若将这颠倒转来，以为有着无肉体的精神，无物的心，则这就成为无腹无腰又无足的幽鬼。日本人于无论什么事，都不能深深地彻底，没有底力，跄跄踉踉，摇摇荡荡者，其实就因为度着这幽鬼生活的缘故。

彻底了现实主义，即从那极深的底里涌出理想主义来。用唯物论尽向深奥处钻过去，则那地方一定有唯心论之光出现。世界的思想史是明明白白地证明着这事实的。日本人因为于这两面都不能彻底而挂在中间，所以那生活始终摇荡着，既不成为古印度人那样的唯心底，也不成为现在美国人那样的唯物底。从这样的国度里，怎么会生出震动世界的大思想大文明来？

法兰西革命后的十九世纪的欧洲，是用物质文明走到尽头的了。用了权利关系，走彻了能走的路，已经一步也不能移动了。在人，则以个人主义，在国家，则以国民主义，都已彻底。自然科学的万能力，也发挥到极点了。到世纪末，已以这样十分地彻底，尽头了。于是最近二十年来，思想界遂产生了理想主义，精神主义，神秘主义，便是共存同聚（solidarity）的社会思想，也至于流行。又在实际界，则因为想要打破那十九世纪以来走到尽头了的权利关系，于是就演了一场称为"世界战争"的大悲剧。国度和国度的关系，既以各自的权利主张入了穷涂，这回便改了方向，想以情爱主义道德主义的灵底信仰和理想主义来维持国际关系，硬想出所谓"国际联盟"这一条苦计来。国际联盟的力量，真将各国的关系，完全地安在称为"道德"的精神底基础之上的成功的日子，那前涂还辽远罢，但在讲和条约上所定的国际联盟的规约，总也算是宣示着将要从肉向灵，以权利思想为基础，而向平和主义道德思想进行的世界改造的方向和意义了。

从无论何时，总将时代的思潮，最迅速最鲜明地反映出来的文艺上看来，这样的倾向更见得明显。唯物主义科学万能思想所产的自然主义现实主义的文艺，约在三四十年前，已和一大转变期相遇；将近前世纪的末叶，而在走到尽头了的唯物观，现实观上面，建立起精神主义，神秘思想，人道主义那些新的理想主义的文艺来。文艺上之所谓象征派，或者大率称为新罗曼派的倾向，无非就是物质和理智都已到了尽头，因而兴起的"灵的觉醒"（réveil de l'âme）。还有，伊孛生一派的问题文艺渐衰，而为默退林克，为辛格（J. M. Synge），为夏芝（W. B. Yeats），为罗斯当（E. Rostand），以至出了霍夫曼斯泰尔（Hugo von Hofmannstal）和勖涅支莱尔（A. Schnitzler），也是宣示着思潮的同样的变迁的。

然而以上单是十九世纪以后的话。综计古今，概括地说起来，就是西洋人的生活，较之东洋人的，从古以来，就尤其物质底得多，肉底得多。而且尤其合理底得多，自然科学底得多，也都是无疑的事实。在这样的基础之上，他们就立道德，信宗教，思哲理。因为是从肉向灵而进行的，所以西洋文明那一边，较之东洋文明，更自然，更强，其发达遂制了最后的胜利，而造出今日的世界文化的大势，并且将从灵向肉的幽鬼生活的东洋文明压倒了！

426

五

从上文所述的见地,将这应用在劳动问题上,试来想一想罢。就灵和肉,温情主义和权利思想这两者的关系而言,也可以一样地解释的。

近时,代表了日本而往美国的劳动使节的一队,回来了。其中有资本家代表的那叫作武藤某的谈话,登在日报上。我读了这个,觉得这乃是全不懂得东西文明的本质上的差异者之谈。倘使为自己的便宜和利益起见,拿出这样的结论来,那我不知道;如果当作一种独立的见解,则我以为不过是知其一不知其二者的观察罢了。大阪的几种大报上所载的谈话中,有着下面那样的一节:

> "加入了劳动联合的美国劳动者,大概不过三成呀。可是那倾向,却和日本全然相反;和日本的向着权利思想正相反,在美国,近来是从个人主义向着家族主义走,就是温情主义极其流行了。而且很普遍;联合是向来不兴旺。日本的资本家们也有大家同盟起来,从此奖励那温情主义的必要罢。"

不错,美国人现在正想从肉向灵,从个人主义向家族主义,从权利主义向温情主义而迁变,在或一程度上,那是事实罢。然而这是于肉走尽了的结果;是用个人主义权利主义一直走到了可走的极度之点,而在那基础上面建筑起来的温情主义。就和我上文说过的美国人的亲子夫妇的爱情,师弟关系,旅馆的待遇相同。现在向了毫无个人主义的基础,也没有权利思想的根柢的人们,教他们走到温情主义去,乃是对着乌鸦硬要他学鹈鹕。世上岂有说是因为胖子在服清瘦药,便劝瘦子也去服清瘦药的医生么? 对了跄跄踉踉,摇摇荡荡,度着从灵向肉的幽鬼生活的日本社会,还要来说温情主义,这岂不是要使这幽鬼生活更加幽鬼生活么? 武藤某又添上话,说,"学者们也还是略往美国去看一看好罢。"我也许因为见识不足之故罢,自己也往美国看了来,可是并没有达到这样奇怪之至的结论的。
(再说,在美国,加入劳动联合的所以较少者,是因为劳动者的大多
数并非纯粹的盎格鲁索逊系的美国人,而是日耳曼种及其他,多是
移住劳动者这一个事实的缘故。这是出于世界人种集合营生的美
国特有的情势的,并不是足供他国参考的事件。北美人和别国的移
住劳动者,到处是水和油的关系,这只要一看现在加厘福尼州的日
本移民和美国人的关系那样的极端的例,不就可以明白么?至于在
日本的日本劳动者,则不待言,九成九是纯粹的日本人。即此一端,
美国的事情在日本也全不足以作为参考。)

　　英美人是世界上最为现实底,物质底,权利义务思想最是发达
了的国民。因为那现实主义现在已经十分彻底了的缘故,从那里要
涌出精神主义温情主义来了。所以在近时,英美的劳动问题,社会
主义的思想,和德法意及其他国度的社会主义不同,很带着人道的
艺术底宗教底色彩;甚至于还有竟使人以为似乎先前的洛思庚
((Ruskin),嘉勒尔(Carlyle),摩理思(William Morris)等时候的基督
教社会主义的复活的。诗人摩理思的艺术底社会主义,今又骤然唤
起世人的注意,著过《近代的乌托邦》的现时英国小说界的老将威尔
士(Wells),至于写出《神,莫见的王》(*God, the Invisible King*)来,岂
不是都表示着这般的消息么?(参照拙著《印象记》中《欧洲战乱与
海外文学》三八五页。)然而这即在西洋,也特是英美的话。是只限
于建国以来,一向以权利主义物质主义行来的盎格鲁索逊人种的
事;别的诸国,则还正在忙杀于物质主义,自然科学底社会主义的基
础工程哩。

　　在已经彻底了科学底物质底的事,近来且将成为空想底艺术底
人道底的国度的人们,看见日本人现在重新来读"科学底社会主义
之父"的马克斯(Marx)的所说——约四十年前去世了的他的著作,
也许禁不得要喷饭罢。然而马克斯是旧是新都不妨。日本人总该
首先倾听唯物史观,一受那彻底了的物质主义的洗礼。因为倘不是

先行筑好根柢,是不能达到大的理想主义,深的精神生活的。沙上面,不是造不成大厦高楼的么?

我国的夫妇间爱情之不及西洋人,师弟间温情之缺乏,劳动者和资本家关系之像主仆,旅馆之不能废止茶代,归根结蒂,只在一端。就是因为没有合理底生活的根柢,不彻底于物质主义权利思想,总是希求着与肉无关的灵的生活,被拘囚于浅薄脆弱的陈旧的理想主义的缘故。

为人类的最像样的生活,那无须再说,是灵和肉,内容和外形之间,都有浑然的调和,浑然的融合的生活了。于肉不彻底,于物质未尝碰壁,于内容并不充实的日本人,是没有大而深,而且广的精神生活的。因为精神生活并不大而深而且广,所以没有哲学,也没有宗教,道德也颓败,艺术也衰落了。无论冲突着什么问题,那对付的态度,是轻浮,没有深,也没有强,总不会斩钉截铁的,是幽鬼生活的特征。到最后,我再说一遍罢:日本人的生活改造,倘不首先对于从肉向灵的这根本的问题,彻底地想过,是不行的!

　　这也是《出了象牙之塔》里的一篇,主旨是专在指摘他最爱的母国——日本——的缺陷的。但我看除了开首这一节攻击旅馆制度和第三节攻击馈送仪节的和中国不甚相干外,其他却多半切中我们现在大家隐蔽着的痼疾,尤其是很自负的所谓精神文明。现在我就再来输入,作为从外国药房贩来的一帖泻药罢。

　　一九二四年十二月十四日,译者记。

　　　　原载 1925 年 1 月 9 日、10 日、12 日、13 日、14 日《京报副刊》。

　　　　初收 1925 年 12 月未名社版"未名丛刊"之一《出了象牙之塔》。

　　　　译者后记未收集。

十五日

日记　晴。上午矛尘来。午后往女师校讲。晚有麟来。郁达夫来。得伏园信。得顾颉刚信。向培良来。校《苦征》稿。

"音　乐"?[*]

夜里睡不着，又计画着明天吃辣子鸡，又怕和前回吃过的那一碟做得不一样，愈加睡不着了。坐起来点灯看《语丝》，不幸就看见了徐志摩先生的神秘谈，——不，"都是音乐"，是听到了音乐先生的音乐：

> "……我不仅会听有音的乐，我也会听无音的乐（其实也有音就是你听不见）。我直认我是一个甘脆的 Mystic。我深信……"

此后还有什么什么"都是音乐"云云，云云云云。总之："你听不着就该怨你自己的耳轮太笨或是皮粗"！

我这时立即疑心自己皮粗，用左手一摸右胳膊，的确并不滑；再一摸耳轮，却摸不出笨也与否。然而皮是粗定了；不幸而"拊不留手"的竟不是我的皮，还能听到什么庄周先生所指教的天籁地籁和人籁。但是，我的心还不死，再听罢，仍然没有，——阿，仿佛有了，像是电影广告的军乐。呸！错了。这是"绝妙的音乐"么？再听罢，没……唔，音乐，似乎有了：

> "……慈悲而残忍的金苍蝇，展开馥郁的安琪儿的黄翅，唵，颉利，弥缚谛弥谛，从荆芥萝卜打玎琤溯洋的彤海里起来。Br-rrr tatata tahi tal 无终始的金刚石天堂的娇嫋鬼茱黄，蘸着半分之一的北斗的蓝血，将翠绿的忏悔写在腐烂的鹦哥伯伯的狗肺上！你不懂么？咄！吁，我将死矣！婀娜涟漪的天狼的香而秽

恶的光明的利镞，射中了塌鼻阿牛的妖艳光滑蓬松而冰冷的秃头，一匹黯黮欢愉的瘦螳螂飞去了。哈，我不死矣！无终……"

危险，我又疑心我发热了，发昏了，立刻自省，即知道又不然。这不过是一面想吃辣子鸡，一面自己胡说八道；如果是发热发昏而听到的音乐，一定还要神妙些。并且其实连电影广告的军乐也没有听到，倘说是幻觉，大概也不过自欺之谈，还要给粗皮来粉饰的妄想。我不幸终于难免成为一个苦韧的非 Mystic 了，怨谁呢。只能恭颂志摩先生的福气大，能听到这许多"绝妙的音乐"而已。但倘有不知道自怨自艾的人，想将这位先生"送进疯人院"去，我可要拚命反对，尽力呼冤的，——虽然将音乐送进音乐里去，从甘脆的 Mystic 看来并不算什么一回事。

然而音乐又何等好听呵，音乐呀！再来听一听罢，可惜而且可恨，在檐下已有麻雀儿叫起来了。

咦，玲珑零星邦滂砰珉的小雀儿呵，你总依然是不管甚么地方都飞到，而且照例来唧唧啾啾地叫，轻飘飘地跳么？然而这也是音乐呀，只能怨自己的皮粗。

只要一叫而人们大抵震悚的怪鸥的真的恶声在那里!?

原载 1924 年 12 月 15 日《语丝》周刊第 5 期。

初收 1935 年 5 月上海群众图书公司版《集外集》。

我来说"持中"的真相 *

风闻有我的老同学玄同其人者，往往背地里褒贬我，褒固无妨，而又有贬，则岂不可气呢？今天寻出漏洞，虽然与我无干，但也就来回敬一箭罢：报仇雪恨，《春秋》之义也。

他在《语丝》第二期上说，有某人挖苦叶名琛的对联"不战，不

和,不守;不死,不降,不走。"大概可以作为中国人"持中"的真相之
说明。我以为这是不对的。

夫近乎"持中"的态度大概有二:一者"非彼即此",二者"可彼可
此"也。前者是无主意,不盲从,不附势,或者别有独特的见解;但境
遇是很危险的,所以叶名琛终至于败亡,虽然他不过是无主意。后
者则是"骑墙",或是极巧妙的"随风倒"了,然而在中国最得法,所以
中国人的"持中"大概是这个。倘改篡了旧对联来说明,就该是:

    "似战,似和,似守;

    似死,似降,似走。"

于是玄同即应据精神文明法律第九万三千八百九十四条,治以
"误解真相,惑世诬民"之罪了。但因为文中用有"大概"二字,可以
酌给末减:这两个字是我也很喜欢用的。

原载 1924 年 12 月 15 日《语丝》周刊第 5 期。

初收 1935 年 5 月上海群众图书公司版《集外集》。

十六日

日记 晴。午后往世界语校讲。下午理发。东亚公司送来亚
里士多德『詩学』一本,勖本华尔『論文集』一本,『文芸復興論』一本,
『昆虫記』第一卷一本,共泉六元四角。夜得李遇安信并文稿。

无礼与非礼*

[荷兰]Multatuli

在萨木夜提——我不知道,这地方可是这样称呼的,然而这是

432

我们的言语上的缺点,我们应该来弥缝——在萨木夜提有一种礼教,是从头到脚,满涂上臭烂的柏油。

一个年青的萨木夜提人没有照办。他全不涂,不涂柏油也不涂别的什么。

"他不遵我们的礼教,"一个萨木夜提的老师说,"他没有礼……他是无礼。"

这话都以为很对。那少年自然就被重罚了。他其实比别的人都捉得更多的海豹,然而也无益。人们夺下他的海豹来,分给了顺从地涂着柏油的萨木夜提人,而使他挨着饿。

但是来得更坏了。这年青的萨木夜提人在这不涂状态中生活了若干时之后,终于开手,用香油来洗了……

"他违背了礼教做,"这时老师说,"他是非礼!好,我们要更其收没他的海豹,而且另外还打他……"

这事情就实现了。但因为在萨木夜提还没有知道逸谤演说以及压制法律,以及诬告法,以及胡涂的正教义或虚伪的自由说,还没有腐败的政治以及腐败的官僚,以及朽烂的下议院——于是人们打这病人,就用了他自己捉来的海豹的多下来的骨头。

(译自 *Ideen*1862。)

原载 1924 年 12 月 16 日《京报副刊》。

初未收集。

十七日

日记 雾。上午章矛尘来。午后钦文来。以《语丝》寄李庸倩。

十八日

日记 昙。下午寄三弟信。晚往南千张胡同医院看胡萍霞之病。

十九日

日记　晴。上午往师校讲。午后往北大讲。下午收去年七月奉泉四十三元。晚有麟来。东亚公司送来《革命期之演剧与舞踊》一本,价泉六角也。

二十日

日记　晴。午后云五,长虹,高歌来。下午访胡萍霞,其病似少瘥。

复　仇

人的皮肤之厚,大概不到半分,鲜红的热血,就循着那后面,在比密密层层地爬在墙壁上的槐蚕更其密的血管里奔流,散出温热。于是各以这温热互相蛊惑,煽动,牵引,拼命地希求偎倚,接吻,拥抱,以得生命的沉酣的大欢喜。

但倘若用一柄尖锐的利刃,只一击,穿透这桃红色的,菲薄的皮肤,将见那鲜红的热血激箭似的以所有温热直接灌溉杀戮者;其次,则给以冰冷的呼吸,示以淡白的嘴唇,使之人性茫然,得到生命的飞扬的极致的大欢喜;而其自身,则永远沉浸于生命的飞扬的极致的大欢喜中。

这样,所以,有他们俩裸着全身,捏着利刃,对立于广漠的旷野之上。

他们俩将要拥抱,将要杀戮……

路人们从四面奔来,密密层层地,如槐蚕爬上墙壁,如马蚁要扛鬃头。衣服都漂亮,手倒空的。然而从四面奔来,而且拼命地伸长颈子,要赏鉴这拥抱或杀戮。他们已经豫觉着事后的自己的舌上的汗或血的鲜味。

然而他们俩对立着,在广漠的旷野之上,裸着全身,捏着利刃,然而也不拥抱,也不杀戮,而且也不见有拥抱或杀戮之意。

他们俩这样地至于永久,圆活的身体,已将干枯,然而毫不见有拥抱或杀戮之意。

路人们于是乎无聊;觉得有无聊钻进他们的毛孔,觉得有无聊从他们自己的心中由毛孔钻出,爬满旷野,又钻进别人的毛孔中。他们于是觉得喉舌干燥,脖子也乏了;终至于面面相觑,慢慢走散;甚而至于居然觉得干枯到失了生趣。

于是只剩下广漠的旷野,而他们俩在其间裸着全身,捏着利刃,干枯地立着;以死人似的眼光,赏鉴这路人们的干枯,无血的大戮,而永远沉浸于生命的飞扬的极致的大欢喜中。

一九二四年十二月二十日。

原载 1924 年 12 月 29 日《语丝》周刊第 7 期,副题作《野草之五》。

初收 1927 年 7 月北京北新书局版"乌合丛书"之一《野草》。

复　仇（其二）

因为他自以为神之子,以色列的王,所以去钉十字架。

兵丁们给他穿上紫袍,戴上荆冠,庆贺他;又拿一根苇子打他的头,吐他,屈膝拜他;戏弄完了,就给他脱了紫袍,仍穿他自己的衣服。

看哪,他们打他的头,吐他,拜他……

他不肯喝那用没药调和的酒,要分明地玩味以色列人怎样对付他们的神之子,而且较永久地悲悯他们的前途,然而仇恨他们的现在。

四面都是敌意,可悲悯的,可咒诅的。

丁丁地响,钉尖从掌心穿透,他们要钉杀他们的神之子了,可悯的人们呵,使他痛得柔和。丁丁地响,钉尖从脚背穿透,钉碎了一块骨,痛楚也透到心髓中,然而他们自己钉杀着他们的神之子了,可咒诅的人们呵,这使他痛得舒服。

十字架竖起来了;他悬在虚空中。

他没有喝那用没药调和的酒,要分明地玩味以色列人怎样对付他们的神之子,而且较永久地悲悯他们的前途,然而仇恨他们的现在。

路人都辱骂他,祭司长和文士也戏弄他,和他同钉的两个强盗也讥诮他。

看哪,和他同钉的……

四面都是敌意,可悲悯的,可咒诅的。

他在手足的痛楚中,玩味着可悯的人们的钉杀神之子的悲哀和可咒诅的人们要钉杀神之子,而神之子就要被钉杀了的欢喜。突然间,碎骨的大痛楚透到心髓了,他即沉酣于大欢喜和大悲悯中。

他腹部波动了,悲悯和咒诅的痛楚的波。

遍地都黑暗了。

"以罗伊,以罗伊,拉马撒巴各大尼?!"(翻出来,就是:我的上帝,你为甚么离弃我?!)

上帝离弃了他,他终于还是一个"人之子";然而以色列人连"人之子"都钉杀了。

钉杀了"人之子"的人们的身上,比钉杀了"神之子"的尤其血污,血腥。

一九二四年十二月二十日。

原载 1924 年 12 月 29 日《语丝》周刊第 7 期，副题作《野草之六》。

初收 1927 年 7 月北京北新书局版"乌合丛书"之一《野草》。

二十一日

日记 晴。星期休息。上午张目寒来。衣萍，曙天来。季市来。午后有麟来。晚伏园来。向培良来。夜得李醒心信。

二十二日

日记 晴。休假。上午复李醒心信。寄伏园信。午后有麟来。夜衣萍来。

未有天才之前
一九二四年一月十七日在
北京师范大学附属中学校友会讲

伏园兄：今天看看正月间在师大附中的演讲，其生命似乎确乎尚在，所以校正寄奉，以备转载。二十二日夜，迅上。

我自己觉得我的讲话不能使诸君有益或者有趣，因为我实在不知道什么事，但推托拖延得太长久了，所以终于不能不到这里来说几句。

我看现在许多人对于文艺界的要求的呼声之中，要求天才的产生也可以算是很盛大的了，这显然可以反证两件事：一是中国现在没有一个天才，二是大家对于现在的艺术的厌薄。天才究竟有没有？也许有着罢，然而我们和别人都没有见。倘使据了见闻，就可以说没有；不但天才，还有使天才得以生长的民众。

　　天才并不是自生自长在深林荒野里的怪物，是由可以使天才生长的民众产生，长育出来的，所以没有这种民众，就没有天才。有一回拿破仑过 Alps 山，说，"我比 Alps 山还要高！"这何等英伟，然而不要忘记他后面跟着许多兵；倘没有兵，那只有被山那面的敌人捉住或者赶回，他的举动，言语，都离了英雄的界线，要归入疯子一类了。所以我想，在要求天才的产生之前，应该先要求可以使天才生长的民众。——譬如想有乔木，想看好花，一定要有好土；没有土，便没有花木了；所以土实在较花木还重要。花木非有土不可，正同拿破仑非有好兵不可一样。

　　然而现在社会上的论调和趋势，一面固然要求天才，一面却要他灭亡，连预备的土也想扫尽。举出几样来说：

　　其一就是"整理国故"。自从新思潮来到中国以后，其实何尝有力，而一群老头子，还有少年，却已丧魂失魄的来讲国故了，他们说，"中国自有许多好东西，都不整理保存，倒去求新，正如放弃祖宗遗产一样不肖。"抬出祖宗来说法，那自然是极威严的，然而我总不信在旧马褂未曾洗净叠好之前，便不能做一件新马褂。就现状而言，做事本来还随各人的自便，老先生要整理国故，当然不妨去埋在南窗下读死书，至于青年，却自有他们的活学问和新艺术，各干各事，也还没有大妨害的，但若拿了这面旗子来号召，那就是要中国永远与世界隔绝了。倘以为大家非此不可，那更是荒谬绝伦！我们和古董商人谈天，他自然总称赞他的古董如何好，然而他决不痛骂画家，农夫，工匠等类，说是忘记了祖宗：他实在比许多国学家聪明得远。

　　其一是"崇拜创作"。从表面上看来，似乎这和要求天才的步调很相合,其实不然。那精神中,很含有排斥外来思想,异域情调的分子,所以也就是可以使中国和世界潮流隔绝的。许多人对于托尔斯泰,都介涅夫,陀思妥夫斯奇的名字,已经厌听了,然而他们的著作,有什么译到中国来?眼光因在一国里,听谈彼得和约翰就生厌,定须张三李四才行,于是创作家出来了,从实说,好的也离不了剽取点外国作品的技术和神情,文笔或者漂亮,思想往往赶不上翻译品,甚者还要加上些传统思想,使他适合于中国人的老脾气,而读者却已为他所牢笼了,于是眼界便渐渐的狭小,几乎要缩进旧圈套里去。作者和读者互相为因果,排斥异流,抬上国粹,那里会有天才产生?即使产生了,也是活不下去的。

这样的风气的民众是灰尘,不是泥土,在他这里长不出好花和乔木来!

还有一样是恶意的批评。大家的要求批评家的出现,也由来已久了,到目下就出了许多批评家。可惜他们之中很有不少是不平家,不像批评家,作品才到面前,便恨恨地磨墨,立刻写出很高明的结论道,"唉,幼稚得很。中国要天才!"到后来,连并非批评家也这样叫喊了,他是听来的。其实即使天才,在生下来的时候的第一声啼哭,也和平常的儿童的一样,决不会就是一首好诗。因为幼稚,当头加以戕贼,也可以萎死的。我亲见几个作者,都被他们骂得寒噤了。那些作者大约自然不是天才,然而我的希望是便是常人也留着。

恶意的批评家在嫩苗的地上驰马,那当然是十分快意的事;然而遭殃的是嫩苗——平常的苗和天才的苗。幼稚对于老成,有如孩子对于老人,决没有什么耻辱;作品也一样,起初幼稚,不算耻辱的。因为倘不遭了戕贼,他就会生长,成熟,老成;独有老衰和腐败,倒是无药可救的事!我以为幼稚的人,或者老大的人,如有幼稚的心,就说幼稚的话,只为自己要说而说,说出之后,至多到印出之后,自己的事就完了,对于无论打着什么旗子的批评,都可以置之不理的!

就是在座的诸君,料来也十之九愿有天才的产生罢,然而情形是这样,不但产生天才难,单是有培养天才的泥土也难。我想,天才大半是天赋的;独有这培养天才的泥土,似乎大家都可以做。做土的功效,比要求天才还切近;否则,纵有成千成百的天才,也因为没有泥土,不能发达,要像一碟子绿豆芽。

做土要扩大了精神,就是收纳新潮,脱离旧套,能够容纳,了解那将来产生的天才;又要不怕做小事业,就是能创作的自然是创作,否则翻译,介绍,欣赏,读,看,消闲都可以。以文艺来消闲,说来似乎有些可笑,但究竟较胜于戕贼他。

泥土和天才比,当然是不足齿数的,然而不是坚苦卓绝者,也怕不容易做;不过事在人为,比空等天赋的天才有把握。这一点,是泥土的伟大的地方,也是反有大希望的地方。而且也有报酬,譬如好花从泥土里出来,看的人固然欣然的赏鉴,泥土也可以欣然的赏鉴,正不必花卉自身,这才心旷神怡的——假如当作泥土也有灵魂的说。

原载 1924 年北京师范大学附属中学《校友会刊》第 1 期
(葛超恒记录,经鲁迅审校);同年 12 月 22 日经作者再次校
正后,重刊于 12 月 27 日《京报副刊》。
初收 1927 年 3 月北京未名社版《坟》。

二十三日

日记 晴。午后往世界语校讲。收《妇女杂志》一本。晚培良来。子佩来。

二十四日

日记 晴。上午复孙楷第信。复李遇安信。复李庸倩信。下

午寄伏园信并文稿。晚子佩来。仲侃来。长虹来。

通　讯（致郑孝观）

孝观先生：

　　我的无聊的小文，竟引出一篇大作，至于将记者先生打退，使其先"敬案"而后"道歉"，感甚，佩甚。

　　我幼时并没有见过《涌幢小品》；回想起来，所见的似乎是《西湖游览志》及《志馀》，明嘉靖中田汝成作。可惜这书我现在没有了，所以无从覆案。我想，在那里面，或者还可以得到一点关于雷峰塔的材料罢。

鲁迅。二十四日。

　　　　原载 1924 年 12 月 27 日《京报副刊》。

　　　　初收拟编书稿《集外集拾遗》。

二十五日

　　日记　晴。休假。午后有麟来。钦文来。衣萍，曙天来。下午得吕琦信，字蕴儒。子佩来。夜郁达夫来并赠 *Gewitter im Mai* von L. Ganghofer 一本。李人灿来并还泉五，又交小说稿一篇。濯足。

二十六日

　　日记　晴。上午往师范大学讲并收一月分薪水泉二十五。午后往北大讲。晚收李寄野信。收有麟信片。子佩来。收李庸倩信，十四日发自广州黄埔。夜得向培良信。

二十七日

日记　昙。午后钦文来。姚梦生来。晚伏园来。有麟来。

二十八日

日记　晴。星期休息。荆有麟邀午餐于中兴楼，午前赴之，坐中有绥理绥夫，项拙，胡崇轩，孙伏园。下午往东亚公司买『タイス』一本，泉一元。得三弟信，廿三日发。

二十九日

日记　昙。午后往女师校讲。夜子佩来。世界语校送来九月十一月薪水泉各十元。

三十日

日记　雨雪。午后往世界语校讲。下午霁，夜复雪。校《苦征》印稿。

三十一日

日记　晴，大风吹雪盈空际。下午伏园来，托其寄小峰信并校正稿去。晚有麟来。

书　帐

淮南鸿烈集解六本　三·〇〇　二月二日
东亚墨画集一本　五·〇〇　二月十六日　　　　　　　八·〇〇〇
比亚兹来传一本　一·五〇　四月四日
文学原論一本　二·七〇　四月八日

真実はかく偉る一本　　一・一〇

苦悶之象徵一本　　一・七〇　　　　　　　　　　　　　　　　七・〇〇〇

师曾遗墨第一集一本　　一・六〇　　五月三日

师曾遗墨第二集一本　　一・六〇

论衡举正二本　　高阆仙赠　　五月六日

邓析子一本　　〇・一〇　　五月十四日

申鉴一本　　〇・三〇

中论一本　　〇・四〇

大唐西域记四本　　一・五〇

文心雕龙一本　　〇・五〇

太平乐府二本　　四・〇〇

文字学讲义二本　　〇・四四〇　　五月二十三日

中古文学史讲义一本　　〇・三二〇

词馀讲义一本　　〇・二四〇

新语一本　　〇・二〇　　五月三十一日

新书二本　　〇・七〇

嵇中散集一本　　〇・四〇

谢宣城集一本　　〇・三〇

元次山集二本　　〇・六〇　　　　　　　　　　　　　　　　一三・二〇〇

潜夫论二本　　〇・六〇　　六月十三日

蔡中郎集二本　　〇・七〇

陶渊明集二本　　〇・七〇

文选六臣注三十本　　八・四〇

永元断专拓片一枚　　裘子元赠　　六月廿四日

花专拓片十枚　　同上　　　　　　　　　　　　　　　　　　一〇・〇四〇

蔡氏造老君象四枚　　〇・六〇　　七月十五日

张僧妙碑一枚　　〇・四〇

郭始孙造象四枚　　〇・六〇　　七月二十日

锜氏造老君象四枚　〇・[八]〇

华严经第十二品一枚　〇・三〇

明圣谕图解一枚　〇・二〇

九九消寒图一枚　〇・一〇

苍公碑并阴二枚　一・〇〇　七月三十一日

大智禅师碑侧画象二枚

卧龙寺观音象一枚　　　　　　　　　　　　　　　四・〇〇〇

颜勤礼碑十分四十枚　刘雪雅赠　八月三日

李二曲集十六本　同上

师曾遗墨第三集一本　一・六〇　八月十六日

吕超[静]墓志一枚　二・〇〇　八月二十二日

晨风阁丛书十六本　八・〇〇　八月二十七日

比干墓题字一枚　李怡山赠　八月三十一日

吴道子观音象一枚　同上　　　　　　　　　　　一一・六〇〇

崔勰造象一枚　一・〇〇　九月十八日

六朝杂造象十一种十四枚　三・〇〇

残杂造象七种十枚　一・〇〇　　　　　　　　　五・〇〇〇

赤露见タママノ記一本　〇・七〇　十月十一日

近代思想十六講一本　二・一〇

近代文芸十二講一本　二・〇〇

文学十講一本　二・〇〇

古今杂剧卅种五本　二・〇〇　十月十七日

人類の為めに一本　S.F. 君贈　十月十九日

象牙の塔を出て一本　二・一〇　十月二十七日

十字街頭を行く一本　二・一〇　　　　　　　　一三・〇〇〇

淮南子集证十本　高阆仙赠　十一月十日

辞林一本　二・八〇　十一月二十八日

昆虫記第二卷一本　二・四〇　　　　　　　　　五・二〇〇

石佛衣刻文拓本二枚　　裘子元贈　十二月四日

希臘天才の諸相一枚［本］　二・〇〇　十二月十二日

ケーベル続続小品集一本　一・六〇

文芸思潮論一本　一・六〇

托氏卜陀氏一本　二・四〇〇　十二月十三日

伝説的時代一本　三・二〇〇

浅草ダヨリ一本　一・二〇

北東亜細亜一本　二・六〇

亜里士多德詩学一本　一・七〇　十二月十六日

勖本华尔論文集一本　一・二〇

文芸復興論一本　一・二〇

昆虫記第一卷一本　二・三〇

革命期の演劇と舞踊一本　〇・六〇　十二月十九日

タイース一本　一・〇〇　十二月二十八日　　　　　　二二・二〇〇

　　総计九九・二四〇，每月平匀八・二八六元耳。